长篇小说

青春无歌

The Youth without a Song

沈言真

Shen Yanzhen

美国华忆出版社

Remembering Publishing, LLC. USA

Copyright © 2021 by Remembering Publishing, LLC. USA
RememPub@gmail.com

The Youth without a Song

Shen Yanzhen

ISBN： 978-1-68560-002-0（Print）
978-1-68560-003-7（Ebook）

青春无歌

作者： 沈言真

出版： 美国华忆出版社
版次： 2021 年 10 月第一版，第一次印刷
字数： 215 千字

美国国会图书馆编目号码 LCCN：2021 919 526

序　言

隐秘之恋："无歌"时期的爱情

雷　霆

　　《青春无歌》从初稿到最后成书，期间有十数年的搁置。作品搁置不是因为作者的放弃，而是因为作者严谨守业的态度和主动沉淀的自觉。本人和作者沈言真是内蒙古生产建设兵团同团同连的知青战友，小说的初稿我也在第一时间读过。那时整个社会对知青运动的反思还远没有到达现在的深度和广度。但是言真的笔触已经有了超前的抵达，小说中的人物情节突破了主旋律的是非道德标准，更接近知青生活的真实境况和知青内心的真情实感。对人性的描述也更加立体多元。

　　十数年之后，从改革开放中走过来的知青一代，并未肩负起社会赋予的革新角色，在对历史反思中觉醒起来的是少数人，大多数人包括社会顶层反而陷入回潮倒退之中，虚无的国家历史和真实的民间记忆激烈冲突，社会思想分裂加剧。此时，作者再次进入创作激情，历经数月的修改，《青春无歌》终于以更充实更生动也更接近知青生活底色和时代烙印的崭新面貌出现在读者面前，为知青文学创作再添一抹亮色。

　　小说中贯穿始终的是一对知青情侣的爱情故事。在沉重艰苦的农事劳动和压抑的政治氛围下，在把爱情归于资产阶级情调的舆论教育以及兵团明令禁止谈恋爱的禁锢中，年轻的心对爱情的向往和追求被迫转入地下。作者不惜笔墨淋漓尽致地描写了知青的爱情，令读者分享其中的甜蜜与苦涩，痛心其艰难与扭曲⋯⋯

沉着稳重的知青副指导员郑绩东和单纯美丽的女战士郁海静在远离家乡的内蒙古荒原上互相吸引偷偷相爱，环境不允许这种爱情的存在，所以他们事实上是一对隐形恋人。这对情侣暗中的关切，内心的思念，抑制不住几乎外溢的情爱，分手后的痛苦与思念，误解中的悔恨与折磨，历经波折后的重逢……作者把这个过程中每个人物真实的心理体验描述得细致精准，令人动容。女性作者特有的细腻和深情往往化为传神之笔，将读者带进那神奇美妙的"可可托海"之中，与主人公悲欢与共。

　　当郁海静被选调到师部篮球队，恋人面临离别时，他们的情感有了一次升华，作者写道：

　　这半天来，胸中郁积的愁闷霎时按捺不住，郑绩东不由得握住她冰凉的手，她的手指细长，他抚摸着它，温暖着它。他高大强健，眼前的这个美丽富有活力的女孩儿是他最渴望保护的，他爱她，今天他刚刚领会到，深爱她！猛然，他举起她的手送到自己唇边，吻它。

　　"我不去，我不去。"郁海静喃喃地说，骤然离别让她不能接受，看到郑绩东这样动感情她更百感交集，向下望，只能看见他头顶上浓黑短直的头发和低垂的脖颈，她脑子一片空白。

　　从进屋见到他的那一刻，她就做出决定了，她不愿远离他。只有这个想法，来不及考虑别的，甚至郑绩东会怎么想，她也并没有顾及。

　　郑绩东明白，她不是来安慰他，也不是在做出牺牲，目前，她脑子里根本没有那些意识，就是简单的舍不得。这就够了，恰恰这样，极大地安慰了他，她像透明的水滴，她的爱清澈自然，洗褪他的烦忧。她丝毫没有考虑自己，那么，谁应当替她作打算呢？

　　爱情本该是纯净的。在知青生存艰难境遇下，这种爱情就更显宝贵，作者的描述更让人为情所动。爱情滋润着苦难中年轻的心。

　　有人说那个时代的主题不是爱情，是的，那是于一场浩劫之中，是人人自危，生存艰难的时代，整整一代人人生的命运都因此不可逃脱地带上了悲剧色彩。但是，爱情却不会因此灭绝。尤其在兵团这个姑娘小伙汇聚的群体中，尽管上级采取了极端反人性的严防死守，爱照样出现并以特殊的形式发展。我是个比较保守的女知青，也在夜晚的灌渠旁，偷偷约会过本连的男生。我利用职务之便，暗中为男女知青传信搭线，竟也促成了三对鸳鸯。所以当我读着书中的爱情故事时，既有感同身受，又别有一番滋味在心头。

当然，书中的爱情故事是具化在兵团生活之中的，作为当年的兵团知青，作者对亲身经历的事件和场景非常熟悉，信手拈来，写得自然而流畅。特别是因为每个事件、场景、人物都有原型，而作者又以尊重事实、尊重人性的准则从事写作，直抵最真实的原生态，使数十年前发生的故事跃然纸上，重现于读者面前。

曾记得：那次打场，那次堵渠口，那次食物中毒，那次连队大搜书；那个绝食女生，那个落井而死的小童，那个放荡不羁的干部子弟，那个因饥饿难耐去偷拿猪食马料的夜晚，那个母猪屋内大造反的午后，那个吊在蚊帐上的浸满敌敌畏的布条；那种围剿野兔的快乐，那种不能上大学的绝望，那种被罚站在蚊虫叮咬中的忍耐和愤怒……呵，一切都历历在目鲜活如昨，作者用她那携风带雨般的文字把我们推回到当年的岁月，推回到内蒙古兵团知青的青春时光。

是的，那么熟悉的荒凉野蛮严酷的生态环境，那么熟悉的忍饥耐饿挥汗苦干洋溢着青春活力的劳动场面，那么熟悉的亢奋扭曲失望无奈痛苦渴望逃离的心路历程。然而和我们个人感受不同的是，作者呈现给读者的视角是新颖多样的：脱粒机上那个被老鼠钻进裤子的女孩在惨叫，黑夜掩盖了女孩的身影，读者随着作者仰视的镜头睁大眼睛去寻找。当汹涌的渠水把知青们冲走裹入泥水中时，作者的镜头是航拍式的，读者看到的是全军覆灭的全景，而对下井救人的事件，作者的镜头是平视的，这些场景、视域，令读者耳目一新。

而作者对知青内心的探究和揭示也显出功力。十六岁的女孩刘玉芳被招兵的解放军忽悠到荒蛮之地后，竟以五天的绝食抗争要求回家。当然她未能成功。

书中写道：

大约从那天开始，刘玉芳进食了。绝食无果而终，应了大家的预言。

多年后她曾与最信任的人提起进食的事，淡淡地说："如果再不吃，就死了。"

16岁女孩的心思，多么凄然！

她会饿死吗？连里领导和团里领导会任凭她被饿死吗，会的！即使送医院抢救不过来，也不会从她愿的。因为关系到军心动摇的问题，假若她成功获准返回北京，绝食立即蔚然成风，局面将不可控制。

人是奇怪的动物，大部分人都后悔、都想逃离，而刘玉芳没有损害任何人的利益，甚至有可能为大家踩出一条路，但是几乎没人同情她，没有任何人伸出援手。反而各种议论层出不穷（尤其女生），当然还有积极分子的革命义愤。

这一段言简意赅的文字写到了人性的痛点，读之心里也有痛苦掠过。

凡此种种，不但使小说的格局突破了知青个人经历的局限，而且深化了作品的思想内涵。通过这些真实画面，作者为兵团生活的亲历者提供了重新审视集体主义和奉献精神的机会；为不了解兵团生活的读者展示了革命的非人性——当"一不怕苦，二不怕死"成为强力灌输的"正能量"的时候，"一怕不苦，二怕不死"就会成为社会常态。

小说对知青生活的描述，是把知青放在社会人的位置上来定位的，年少失学发配边陲边务农边"接受再教育"，这是兵团知青的共同属性。班排连的组织呈网格状把知青管束起来，但是年轻的心谁不向往自由，谁不向往未来。书中对全连大搜书的描述令人心惊肉跳。而当年的我们，除了想方设法藏书和忍痛交出书本之外，还有貌似做错了事的心虚。如今重新面对此情此景，心里的怒火直冲上来，这不仅是对求知欲的可怕扼杀，更是对文化明目张胆地屠戮！作者冷静从容、不露形色地把这种反文化反人性的时代特色娓娓道来，使作品更具有了震撼人心的力量。

更可贵的是，作者写兵团知青，却不被兵团所限。小说的时空从内蒙古扩展到知青的出发地和归属地——北京。知青的故事离不开生于斯长于斯的城市，离不开父母乡亲左邻右舍。这不仅是亲情乡情的连接，也是"再教育"之翅膀扇动的必然波及。小说透过郗海静、古岗南的眼睛，把"四五"天安门广场事件完整生动地展现出来。知青们关注甚至参与了这场人民自发的抗争，那些抄满广场诗词的小本子在知青中传阅，知青受到的启蒙不言而喻。

内蒙古兵团与北京之间曾经发生过一件大事，那就是黄帅—王亚卓事件，北京中关村小学的学生黄帅要打破师道尊严，写信告了老师一状。告状信被刊登在《人民日报》上，内蒙古兵团知青王亚卓写信对黄帅之信提出异议，不料捅了马蜂窝，异议者被公开打成反革命分子。这件轰动全国的政治事件，除了当事人的纪实文学，在长篇小说中被记录和再现，本书应是首创。郑绩东因为参与其中受到牵连被免职并强制劳动，在此期间他表现出坚强的性格和自主的思考，这一情节是作者颇具匠心的安排。使郑绩东的人格更加完善，也使郗海静对他始终不渝的爱有了令人信服的理由。知青思想的成熟和人格的升华在此可见一端。

作者是在北京中关村地区长大的，那里的一草一木都印在她的心里，科学院的各个院所，八大学院的每个校门，甚至莫斯科餐厅里的菜肴都是她闭着眼就能想出来的。所以她的笔下，对当时知识分子境遇的描写可谓入木三分。真正的知识分子被打倒，没有知识的知识青年下乡被农民再教育，这是多么荒谬的令历史蒙羞的倒行逆施，但是它真实地发生在神州大地上，也被作者以清晰的有血有肉有细节的笔墨记录到她的作品里。

小说的结尾，作者给予了一个温暖的落幕，温暖在此是希望之光的折射——终于恢复了高考，那对情侣分别考上了大学。他们的爱情也终于可以光明正大地走到阳光之下。一切恢复到了来之不易的常态。但是变态是否会卷土重来？"红轮"是否会倒转？小说的余味中弥漫着的忧虑，似乎在等着历史的回答。

1958 年杨沫出版了风靡于世的小说《青春之歌》，她赞颂革命的青春，呼唤青年跟着党向旧世界宣战，1957 年的反右运动为这一代青年的归宿做了注脚。五十多年后，言真把同样讲述青春故事的小说命名为《青春无歌》，为否定文革、否定上山下乡运动提供了事实依据。

《青春之歌》那个时代渐行渐远，杨沫和那一代人的初心已变得模糊不清。但言真的《青春无歌》却鲜活地存在于我们这一代人的记忆之中。那种无歌的回忆常常使人心痛，使人不忍直视却刻骨铭心。这本书用那割断了爱情声带的"无歌"岁月，催人自新，发人深省：我们为什么会从一个文化多元、思想自由、个性解放的旧中国，走向一个思想一统、文化专制、禁言禁欲的新时代？生长在红旗下的一代青年，为什么会狂热、偏执、愚昧，而迷恋于践踏人道的理想，迷恋于扼杀个性的集体主义，甘愿将青春年华，以至宝贵的生命献祭给那场虚幻的革命？

但愿这本书能唤醒后人，但愿今后的青春都充满歌声！

2021-9-27

目　录

第一章　女生宿舍的不速之客

1

在麦秸堆里睡觉，松软温暖，众所周知，但是，在零下二十多度严寒的内蒙古高原的夜晚，露宿麦秸堆里，照样温暖，不亲自试一试，恐怕谁都不会相信。

天已渐亮，场院上，巨大的麦垛顶上非常平坦，松软的麦秸厚不见底，细看凹陷的一道一道深缝中，一排排脑袋隐约显现，每个脑袋上都紧裹着皮帽子，每个皮帽的帽檐上都凝结密密的白霜，几乎掩住了深藏在皮帽里的红扑扑脸蛋，——她们睡得很香。

高高的麦垛上面安宁静寂，东一个班、西一个班疏密不均地深埋着甜甜熟睡的生产建设兵团的女战士。

起床哨吹响了，哨声尖锐急促毫不留情，正象铁面连长的为人，肯定是连长在吹哨，决不会让你多睡一分钟。

沉睡的麦垛渐渐有了生气，人们纷纷从自己温暖的洞穴里钻出来，乍一吸冷得扎人心的寒气，顿时咳嗽声、喷嚏声四起。女排13班的班长老猫首先从麦秸堆里爬起来。

"起床起床！"

她边叫唤边抄起一把比人还高的木丫叉，三把两把地掀去盖在姑娘们身上的厚厚几层麦秸。她完全有权利这么做，因为这麦秸就是她昨晚盖上的，每晚临睡前，都是她，用三齿木叉先把大伙埋暖和，还必须小心不埋脑袋，妥妥贴贴了才最后钻进去。她这么无私，不听她的，不赶快起床，行吗？没办法，班长的原则性太强啦。

女孩们皱着眉小声哼唧着不情愿地"起床"，其实班长老猫喊的不对，天寒地冻，严冬腊月，在高原露宿有冻死的危险，必须全副武装地睡觉，厚棉袄、厚棉裤、再裹紧绿色棉大衣和皮帽子外加口罩，哪里谈得上起床呀，无非是就地爬起来。离开场院回到宿舍洗漱时，得知郗海静没拿回枕头，班长执意让她返回去找，看见郗海静不情愿的样子，她就开始一连串地说：今晚再去睡时就找不到原来的地方了从此你就没有枕头了……，郗海静也没法跟她较劲，只好乖乖去找。

人去楼空的巨大麦垛上一片狼藉，军用水壶、揉成团的床单、手电筒、枕巾、帽子、凡属生活必需的零碎东西、粗心大意的人容易丢的、这里都有。它们散乱在角落，隐藏在缝隙里，脚下甚至还埋伏着大三齿木叉。郗海静磕磕绊绊地爬上去，穿着棉大衣臃肿笨重呀。

昨晚全班人为了集体一起睡觉而挖的那个长坑已经看不出来了，经过早晨众人的忙乱，钻撩掀踩，"万人坑"早已经恢复成高高低低蓬松的麦秸团，与麦垛混同一体。她深一脚浅一脚地在麦垛上乱翻，满眼都是金黄色的秸秆，上哪儿找去？将要绝望时，突然看见自己的白色镂花枕头的一角，同时，也看见了古岗南，确切说是踩醒了古岗南。她想过去拿枕头，刚迈步，一脚踩在一条胳膊上，吓得不轻。

"谁呀？"她惊恐地竭力站稳脚跟，尖声尖气问，埋在麦秸里的那个男战士从梦中疼醒，翻身坐起，火不打一处来的粗声大喊："干什么！"一霎时，两人都看清了对方。

"是你！"古岗南定睛认出是郗海静，朝着她翻了翻白眼不满地咕噜一声，算是打招呼，然后坐在他的巢窝里举手拍打帽子上沾的麦杆，另一只手挥走垂到眼帘上的草棍，睡眼惺忪的，看样子不打算站起来，郗海静笔直站着，眼睛瞪得大大的，盯住古岗南，惊讶得一时不知该说什么。

"你，你睡在这儿？"问得有点傻气，所以别指望能得到回答，古岗南可是个怪里怪气的傲慢人。

"你怎么跑到这里睡觉？这里……"话说到一半郗海静就开始感觉这事儿挺可笑，语气也由严厉转变成嘲弄：

"这座麦垛是我们女……，嘻嘻——是娘子军的！"

古岗南把自己拍打利索后，懒洋洋地紧了紧身上的大衣，刚想换个更舒服的姿势接着来个回笼觉，将躺下未躺下的瞬间，他听懂了郜海静的话，急忙打住，身体停在半空，翘起头来直愣愣看着郜海静。

"不可能，"他自言自语满腹狐疑地，"想骗谁呀，你嘴里能吐出象牙？"

边说边一个鲤鱼打挺想跳起来，却根本使不上劲，反而深陷在软绵绵的麦秸堆里，无奈，只能窝窝囊囊地挣扎起来，摇晃着站直身体打量周围。他个子高大，军大衣扣子一个都不系，大衣襟搁乎着，松松垮垮好像破门帘吊在身上，皮帽随意瘫在头上，帽子上沾着几根秸杆。他的视线由近及远，脸色阴晴变化，一副不肯置信的神色。

近些天连队的生活节奏被搅乱，上级通知，据科学预报，内蒙生产建设兵团这一带将要发生可怕的大地震，所有人员一律不准在房屋里睡觉，遵照命令，全连四百多人全部转移到平坦安全的麦场，爬上高高的麦垛过夜。

古岗南站在麦垛顶上放眼望出去，下面平坦的打麦场像足球场一样大，麦场上排列两座巨大的麦垛，每座麦垛成长方形，原本是坡顶，像二层楼房般高大威武，称麦垛并不准确，其实它们是由没有麦穗、已经脱完粒剩下的麦秸杆堆成。

堆这种麦秸垛技术难度极大，要堆得方方正正还要坚固耐久，能坚持一年取用而不倒塌。当然，它们现在已经被折腾得提前散架子啦，活像两摊即将融化的冰淇淋，一摊归三个女生排住宿，一摊归三个男生排住宿，连长指导员决不会允许男女排混住，对他们来说这是相当严肃的问题。

古岗南肯定不会故意趟这个雷区，胆敢违反"男女有别"的旧矩新规。虽说昨晚他犯自由主义，没有跟随马号班排着队来麦场睡觉，这不假，但，再黑灯瞎火也不至于上错麦垛呀。

他站在边缘居高临下，望望下面，望望紧邻的男麦垛，然后慢慢地骂了声"妈的"，显然认清了形势，承认了现实。回想当时，已经夜深，寒气刺骨，只顾赶紧找个暖和窝，大意了？难道果真挤在女人堆里睡了一晚？他觉得在郗海静面前有些尴尬，干脆以攻为守，踢一下脚底的秸杆，很有点愤愤不平地责问：

"这垛是你们的？怎么比我们的大？这连长，偏向女生有什么用，干活又没力气，还睡那么松快！算不过账！"

"不是偏向，是你们男生心不齐，乱糟糟的能不挤吗！"

男排战士个个吃独槽，都是刨坑挖洞各自为战，把个男麦垛糟蹋得蜂房一般密密麻麻布满洞，甚至有人懒得爬上顶部，在"墙上"掏个洞钻进去就睡，他才不管上面万一塌了，会把他闷在里面。正由于他们各行其是才造成生存空间拥挤。

古岗南这才明白，难怪他昨天晚上没碰到任何障碍，第一次挖洞就成功。

郗海静看着讪讪的古岗南，根本没打算让他有台阶下，反而幸灾乐祸，水汪汪的眼光里闪着一点坏笑朝他探身，柔细悦耳的声音问：

"逃到这儿当党代表来了，洪常青？"

"哼！"

古岗南从鼻孔里吹出一声，看也不看郗海静，退后几步，用劲伸展身体，深深吸进几口干冷干冷的空气，立时感到肺里被扎得刺痛，心头一振，额头舒展，眼睛也清亮有神了。他双手叉腰，高高大大，威风凛凛站在垛顶，望着远处营区若有所思。

远远的，连队的几十栋泥坯房星罗棋布，兀自站立，土头土脸与黄土地融为一色。冬天的早晨，空气冰冷清冽，四周田野寂寞了无生气，枯黄的干草死气沉沉贴在地面，早被一冬的疾风吹得挺不起来。

冬日特有的萧索肃杀被远处袅袅升起的炊烟冲淡了，那是连队里的食堂炊事班房顶上天窗冒出的蒸汽，意味着馒头蒸熟正在下屉，马上就要开早饭了。与想象——或者说是盼望中的景象相差甚远，他更愿意一觉醒来抬头望去，营区已是房倒屋塌遍地瓦砾一派惨象。

"唉！"重重叹气，古岗南转过身朝郗海静走过来，皱起眉头恨恨地说："怎么还不震？已经预报几天啦！震吧快震吧。"

郗海静捡起一把木丫杈用它挑起大团大团麦秸，堆叠成沙发形状，刚造型完毕，古岗南已经走到跟前顺势舒舒服服坐在上面，郗海静立即叫起来：

"嗨，真不拿自己当外人？"她抗议，弯弯的细眉扭了起来表示愤慨，古岗南满不在乎地笑着朝郗海静拍拍身旁的空位，粗声大气地邀请：

"别喊，有的是地方，过来坐下歇会。"

郗海静扔下木丫叉，凑过去坐下的同时，伸手从古岗南头上摘走帽子，扣在自己脑袋上，出门时太匆忙忘记戴皮帽子，此时她耳朵冻得发疼。狗皮帽子压得很低，几乎遮住黑亮的大眼睛。

"为什么盼着地震？"郗海静抬手拥住帽耳捂着冻得绯红的脸蛋，有些不解地问，"真够反动的，房子塌了住在哪儿？"

"还用操心住哪儿，散伙儿回北京呗。"

"别想美事，震不起来，不会地震的！"郗海静斩钉截铁。

"你怎么知道？"

"因为我知道！"

古岗南侧过身来认真地看着郗海静问："因为什么你知道？"他用重重的声音强调"什么"两字，显然急于探究。

"地震不能预报，别信那些家伙吹牛，这是世界性科学难关，现在人类根本无法预知地震。"

"你可比我反动多了，伟大领袖毛主席说人定胜天，你说胜不了，公然唱反调！"古岗南显得有点受打击，又有点半信半疑，说完凝神琢磨了琢磨，又歪着头更认真的紧盯住她问："不是胡诌？你怎么对地震知道得那么清楚？"

"我家楼上楼下对门住的都是研究地球物理的反动学术权威我能不知道能不反动吗？"郗海静一口气像绕口令似的说了一长串，她挺信任古岗南，有把握他不会去告密，可以跟他无需设防地说落后话。

"当头一棒！你可真能让人扫兴啊，我以前不知道你竟然还有这本事。"古岗南真正地垂头丧气大失所望了。

"我以前还不知道你竟然这么革命呢，人定胜天？早知道绝不敢理你。"

郗海静本意是反唇相讥，及至说出口才发觉自己这话极有问题，除了自我贬低外，还有那么股亲密味，实际她认为自己不大认可他的处世态度，但不知为什么却喜欢他浑身上下透出的落拓不羁。

郗海静当然没想到，她刚说出口的这几句话，听者也不受用，古岗南觉得这话刺心，刺就刺在说他"革命"。按照他的标准，这无异于说他假模假式伪君子，必须反击，"我？我再革命也不如某人革命，可是没见你不理他。"

"醒醒吧，你是假革命，跟谁比呀。"

这下古岗南可真火啦，假革命倒没啥，妈的，为什么不能跟郑绩东比，他始终闹不明白如此清新的女孩儿犯什么病啦，对郑绩东那样极左的人一往情深！

"假在哪儿啦？真又真在哪儿？劳驾给开导开导。"他沉着脸问，硬压住声调以免嚷起来，难得有机会能跟她聊天，不愿意惹翻她，但也适当地带着怒气。

"你迟早是个郎当兵，郑绩东是真心要有一番作为，他有抱负。明摆着的事，别抬杠！"郗海静仍然直言不讳，她没觉察出古岗南心情变坏了。

"你说句心里话，在这儿"古岗南一声比一声高，"老荒凉，种地，能有作为？"他目光锐利手指着脚下，一句一顿，步步紧逼，郗海静连连退让底气不足地招架，

"起码，屯垦戍边是责任吧，我也讨厌唱高调，但是——"

"趁早别跟我说屯垦戍边，那玩意只在古代管用。"古岗南抬手胡乱朝四面八方挥一挥，"看，一马平川，知道吗，当年苏联红军的坦克师，就是从这里长驱直入攻打日本关东军的。"转头直视郗海静教训她，"就是这里，坦克！你用锄头去挡？还想成边！"

郗海静惊得花容失色，慌忙前后左顾右盼确认没有旁人。偌大的北京军区内蒙古生产建设兵团存在的理由就是屯垦戍边，十几万知

青啊，大家离开城市离开父母浩浩荡荡开到这里是为了什么！

"疯子，说这话不怕被关进监狱吗，疯子！"她压低声音斥责，古岗南不想吓住她，于是停止胡言乱语安静下来。郗海静也沉默了，他的这番话她闻所未闻，落后得出了格，但是……想一想，不由得举目远望。从这个制高点望过去，满眼都是荒寒的土地，原野广袤，阡陌纵横，一排一排防风林，依次延伸，无边无际。防风林中间含着平坦的田地，在严寒中裸露着黄土，间或，低洼一些的地方则有泛着碱花的荒地。一览无余，直至天边都是同样景象。

营区北面，几球风滚草由远及近擦着农田沟渠边缘，毫无阻挡地一路滚过白花花的盐碱滩，到营房附近才暂时驻了步，被挡在场院的土围墙外。

她觉得真有点邪门，话不中听却有道理，抑制不住好奇心问："你怎么知道的，苏修坦克？"

"我家楼上楼下对门都是研究军事的我能不知道吗？"他抬眼看了看她，字字有力地回答，这串绕口令又全部还给郗海静，古岗南觉得痛快透了。眼见得这个灵气十足的女孩被抢白得只能呆望着他，鲜润的嘴唇微张，一副傻相，明显没词应答了。

沉思了片刻，女孩轻声问：

"都议论你爸爸是将军，看来是真的？"郗海静从不接近高干子弟，他们往往十分肤浅却又有很强的优越感，古岗南倒没显出这种毛病，所以她索性直来直去地问，古岗南淡淡地笑笑，回答："不是。"

他显然不想多说，线条分明的双唇紧闭，只是重重地向后靠在"沙发"背上沉默，有几分忧伤似的陷入沉思。郗海静松了一口气，她生怕他有一丝丝的吹嘘得意，那样会让她心生厌烦，葬送掉两人的友谊。

"好心劝你一句，别穿个破棉袄腰里扎根草绳在咱们连里晃荡了，没用，照样是纨绔子弟。"郗海静全无恶意地调侃。

很意外，古岗南此时从话中偏偏就听出并不存在的弦外之音，他迅速瞥了她一眼，目光不太友善，表情愈发凝重，沉默不语，接着，突然站起来，不看她，不说话，迈开大步往麦垛下走去。郜海静有些懊悔，猜想玩笑开过头了，他对"纨绔子弟"的称呼过于敏感？

她也随着站起来，带着歉意，声音清脆地喊："洪常青，接住。"

说完摘下头上的帽子，手指灵巧地把帽子的护耳翻上去，作了一个绝对标准的投掷动作，把帽子当飞碟似的向着他的背影扔出去，根本不管他是否准备接。古岗南慢腾腾不情愿地转回头恰好看到她轻盈的姿势，紧接着帽子沿弧线飞到眼前，他急忙侧身举臂，干净利索地接住自己的帽子。

"好球！"郜海静高声笑着喝彩，快活的眼神闪动着青春的勃勃生机。

欢乐具有感染力，古岗南心情松快多了。

早饭后，尖锐的哨声又吹起，各排战士急忙列队一路唱着歌，提着自制的圆形小草垫走进礼堂开会。

2

七十年代初的冬天，在内蒙古中部邻近中蒙边境地区，生产建设兵团的一个农业连队的普通一天已经照常开始。

礼堂里，男排的战士们坐在北半球，女排的战士们坐在南半球，南北之间留一条宽宽的通道，界限分明，排列整齐。虽然开会必须席地而坐几个小时，大家还是欢迎脱产开会，相当于休息，平时下地干活累得要命哪有这福气。

台上发言的人一个接一个大谈学习毛泽东选集心得体会，台下的听众坐地下，埋头在膝上记录，各忙各的互不相扰。灰砖砌的主席台尽管简陋也照样能体现出权力中心，连里的几个领导都坐在台上，此时，台上的副指导员郑绩东当然知道这些听众根本不是在记录，而是在聚精会神写家信，台上的发言他们听不进几句。

郑绩东身材魁梧眼神明亮，长时间的户外劳动使他强壮却改不掉身上的气质，一眼便能看出他是知青，作为脱颖而出被提拔起来的副指导员，他比指导员、连长这些穿正牌国防绿军装的现役军人更了解知青，他知道礼堂后门附近会越来越挤，连长不在台上，他此时肯定正在宿舍区巡查，开会溜号的人不会被连长抓住的，一个猎手哪里斗得过一伙狐狸。连队里最坐不住最不安分的这些人会一个一个悄悄地回到礼堂，坐在靠近门口处，便于连长回到台上后他们二次溜号。

郑绩东能感觉到，郗海静也在门口附近，她身材细高排队必定排在队尾，最接近后门，而且惯于趁乱时不引人注意地蹭出礼堂，毫无必要地在外面透透气什么的。他总能感觉出郗海静在哪里，不必用眼睛寻找。也不能那样做，作为领导坐在台上，眼神必须漫无目标，泛泛地扫视下面，才能不被人看破心事。但是现在，门口那堆人出现一阵骚动，他趁势堂堂正正地盯住那个方向。

古岗南心里很腻烦早就想出去，但是连长"捕猎"还没有回来，所以只好忍耐。

讲台上还在大讲"扎根边疆一辈子，在火热的三大革命斗争中，滚一身泥巴，磨一手老茧，炼一颗红心。"

"个人利益再大也是小事，山高路远挡不住执行毛主席革命路线的决心。"

这套过多过滥的老八股加重了他的烦躁，挤在门口，伸不开腿，蜷成一团坐在地上实在难受，他干脆往里面松快一些的地方蹭过去，打算姑且韬光养晦。

郗海静看见班长老猫从大门外面小心翼翼地弯腰进来，连忙做手势示意她坐到自己这里，背靠着墙坐很舒服，但素来遵纪守法的老猫，不愿同流合污，她可没有溜号，是合理合法出去方便一下，速去速回，没必要鬼头鬼脑，她要大大方方坐到里面去。老猫穿过稠密区进入女排地盘，在同屋刘媛身边紧贴着坐下，伸出手臂亲昵地搂住她的脖子，同时回头远远地朝侧后方的郗海静抱歉地笑笑，结果发现身后众人目光异样，视线全集中在自己这儿，很不对劲，赶紧转头，恰好鼻尖碰上古岗南惊讶的目光，原来搂错了人，她惊慌地从古岗南肩上"倏"地抽回手臂，周围的人们"噗嗤"笑成一团，前仰后合，造成小小骚动。

难怪她出差错，礼堂很冷，人人都捂着棉军装、戴狗皮帽、缩成团坐在地上、单看背影很难分辨出男女。老猫万分狼狈地败退到郗海静旁边。

"唉，让我怎么说你！"郗海静朝她叹着笑着，悄声表示不太真诚的同情。

这段插曲引来指导员、副指导员的严厉目光，顿时安静。

郑绩东第一眼就看见了郗海静，她笑得皮帽子都歪了，用手掩着口强忍着不让声音放出来。他最担心她纪律松散，她不像一般家境好的女孩子那样娇气，很能吃苦也很能干活，但是表现得再积极却纪律不好就全抵消了，毕竟这里是半军事化的农垦兵团。他深知她天性浪漫不喜拘束，这种性格既吸引他又令他牵肠挂肚放心不下，此时她又在显眼之处，什么时候能长大？

李春山指导员站起来走到主席台边上，望着台下朝气鲜活的青年人，深感肩上担子的分量，他们都是北京、天津、呼市等地来的城市学生，怀着满腔热血来到边疆，现实与理想的巨大差距带来数不尽的烦恼，他不知道怎样解决也没能力解决，几年来，只求安安稳稳别出事故。李春山是现役军人，五十多岁了，身材颀长，外表严肃实际上性格比较宽厚。

鉴于近些天人仰马翻地防地震，上级机关严令不许睡在房屋里，全连几百号人连日睡在露天已经疲惫不堪，秩序也有些混乱，所以，连里决定这几天不下地劳动，改为开会加强政治思想工作。李指导早已看到后门一带男女混杂，暂且不打算干涉，只要没有谈恋爱的危险倾向，他也不愿管得过紧。

二十岁不足的少男少女们朝夕相处必然会产生恋情，所以兵团规定一条奇怪的纪律，不允许搞对象。为落实这条规定，连队领导费了不少心思，一是不能让这些精力充沛的年轻人有空闲时间，除了干活就是政治学习，累得他们没有闲心惹事谈恋爱；二是不让他们有接触机会，男排宿舍在西边，女排宿舍在东边，几十栋平房排列整齐，中间隔着小操场，泾渭分明，下地干活也尽量不安排在一起，万不得已也必须有距离，遥遥相望。由于措施得力至今没出纰漏。

此时，老猫文才英惊魂未定，她相貌和善，眼睛不算大，很有神，左眉梢有颗小小的黑痣。她素来踏实稳重，偏偏当众出丑，不免心中郁闷难过。都笑什么呀，是笑话吗？你们自己如果碰上这种事也笑吗？

只顾沉浸在内心的怨艾里，根本没有注意到小米粒频频向她打手势。

作为一班之长，文才英领导着十一个姑娘和一栋房子，善良的她比同班人稍长二三岁像大姐，关心着十一个妹妹不容易，心操碎了脾气磨没了，得到一个莫名其妙的昵称"老猫"，是敬重还是喜爱谁也说不清，总之姑娘们没有谁怕她，遇事却都要找老猫拿主意。

3

终于散会，大家总算得到自由，三三两两叽喳着绕过礼堂走回后面的宿舍。

全连这几十栋营房，连部与礼堂、食堂组成办公区，它们后面就是宿舍区，占地很大，进入宿舍区，首先看见栋栋房屋纵横排列，整齐有序，在正前方的几排宿舍土墙上，写着"志在边疆，红在边疆，屯垦戍边，寓兵于农"十六个鲜红的大字，房子虽然是以土坯为主的泥房子，但方方正正，轩敞明亮，维护得很好。

小米粒从后头追上老猫，紧抓住她的胳膊不安地说：

"班长，咱们屋里有响动！"

她姓米，小米粒，是因个子瘦小而得的外号，她年龄最小，刚来到连里时才十五岁，声音还很尖细呢，是地地道道的小孩，她也像最小的妹妹尊重大姐似的从不叫班长的外号。

"响动？"老猫停住脚步目光疑惑。

"是刚才……"小米粒怯生生地坦白"我回来一趟，听到有响动，就……没敢进去。"

响动，难道是入室盗窃？

13 班的平房就是"志在边疆"那栋，一共五间，三个人住一个房间，剩余一间当做库房。她们的这栋宿舍靠近大路边，但从来不锁门，顶多用小木棍穿在门鼻上别一下，整个营区也没见过锁门的房子，没有必要，哪有盗贼？方圆几百里全是兵团的兄弟姐妹早就提前共产主义啦。

房间里面不大，土炕占了一大半，上面的几个军绿色被子叠得方方正正。朝南向阳的一面是明亮的绿漆木门窗，白灰抹的窗台上摆放香皂盒、刷牙杯，整整齐齐连牙刷都朝向同一个方向，窗下粘土地上是一溜脸盆，屋内没有任何家具，简单得即使最低级的小偷都不可能光顾这里。

此时，宿舍门紧紧关闭，反倒显得有些异常，细听门内也没有声音，老猫跨上台阶，伸手"咣"地一响推开门，只见屋里一个大家伙"呼啦"一声猛地旋转身躯朝向门口，呼哧呼哧喘粗气，老猫吓了一跳，急忙后退，与后面紧跟上来的几个姑娘撞成一团。

刘媛站在外围，人高马大最镇定，也就看得最清楚，她高声叫道："是猪是猪！"

是那只黑色大母猪，它是猪号里最狡猾的角色，一向有智慧破解猪圈门栓上的机关，逃出来找食吃。目前它陷入了困境，不知怎的，门越顶越紧，出不去，这让它烦躁不安大为光火，屋里窄小转身都困难，现在只好低着头瞪着两只小眼与堵在门外的人对峙。仅几秒钟，它就感觉出，她们更害怕，狭路相逢勇者胜，看准缝隙一头冲过去，姑娘们甚至来不及闪出路，任凭这畜生擦着腿边"咕噔咕噔"蹿出去迅速逃远。

屋子里面臭气熏天，眼前情形把素来爱干净的姑娘们震呆了，饭碗、饭盆、饭桶全都被舔得湿津津黑乎乎，七倒八歪滚在地上，那是为全班人打饭用的桶和盆，早饭后里面剩下少许糜子粥和胡萝卜咸菜，谁承想竟遭荼毒。

土炕上的褥子被叼拽下来半耷拉在地，枕头就更惨，已经被咬破，满地碎片。藏在褥子下面的书散落在地上，经踩咬后，残烂破碎，面目全非。更有甚者，连一个放针线的方铁盒都被咬瘪，扭曲不成形。最让人欲哭无泪的是，所有被猪碰过的东西全都臭不可闻。

小米粒眼里噙着泪水，刘媛恨得坐在门外台阶上生气，老猫咬着嘴唇尝试着从门口开始清理，本班的、别班的姑娘都来帮忙收拾，索性用铁锨把地上所有东西全铲出屋，挑水的，晾晒的，洗涮缝补各献本领，排长梅小延到井边担回两大桶冰冷的水把臭哄哄的饭盆饭桶狠劲冲洗干净，总还要用它们打饭呀！闹得门前结了一地冰。尽管忙乱，排长还是不露声色地注意到地上的破书，她发觉小米粒单单捡起书收走了它们，别的几乎无心顾及。书在这里基本属于违禁品，除了毛泽东选集以外，都应该上缴。

4

郗海静极少特意去找郑绩东，他们两人现在相爱是不合法不能公开的，所以郗海静十分注意把握自己，不过于接近郑绩东以免影响他进步。这次，去了两趟连部才遇到机会，第一次去时听到连长在门里面说话，她就没进去。

第二次去，郑绩东一个人坐在办公桌前修理一部手摇电话机，这是连里唯一的电话，这台陈旧的摇把子经常接触不良声音时断时续，他全神贯注埋头拆卸，手里拿着改锥灵活地拧松这儿，撬动那儿的，把这老古董整治得狼藉满桌彻底哑了。郗海静轻悄悄推开门闪进去，故意像敲门似的叩了叩他的桌面，客气地问："有人吗？"

郑绩东猛抬头看见是郗海静不由得眼神一亮，随即眉宇舒展明朗，绽放出发自心底的笑容，"哪阵风把你吹来了？"

"邪风"郗海静故作神秘地报告，"我们班出事啰，副指导快去吧，长见识。"她眉尖稍稍挑起，表面看起来清亮如水的一双眼睛，深处隐隐跳动着想捉弄人的火花。

郑绩东不为所动仍旧笑着打量她，"你又闯祸啦？"

语气略含嘲讽，神色中流露出内心的愉快，他虽然刚满二十四岁，但是年轻人特有的清俊脸庞已经受到风霜磨蚀，显得比实际年龄大些，身担的责任又让他举动稳重，与郗海静的活泼无忧形成鲜明对照，他有点溺爱她，她却毫无觉察，只顾着报告坏消息，

"我可没那么大本事，是猪跑进班长她们宿舍里折腾个够。"

"哦，又成猪了，上次不是毛驴吗？"郑绩东问，他奇怪荒谬的事情为什么更多地出现在女排，她们本该心思细密周到，实际上粗枝大叶到极点，几倍于男排。

"毛驴，那是——没进屋儿只从窗户伸进头，而且吃的是我饭盒里的馒头，这次老猫她们可……你什么意思？"郗海静醒悟过来，翻去年的旧账恐怕不能看作好意，郑绩东急忙伸出双手向下压，平息她的斗志。

"好，好，猪把她们的馒头吃啦？"

"唉，你怎么还不明白，那只大母猪自己把门顶上出不去，憋在屋里闹翻天，就差上炕了。"说到这儿，郗海静记起了此来的目的，话题一转，"给我两壶开水吧"。

连部的炉子烧得最旺，炉子上铁壶里的开水响得咕嘟咕嘟的经常过剩，羡煞人。

"干什么？烫死它？"

"烫我们的饭盆，消毒。传染上猪瘟怎么办！"郗海静被自己的挑衅逗乐了。

"你们自己没开水吗，炉子又灭了？"郑绩东却由开玩笑转成严肃，他关心地问。

"谁还生火呀，那么呛，我们一致决定了，宁可冻死也不呛死。"

这的确是个问题，连队几个领导也挺发愁，天寒地冻，女排却还是普遍不会使用砖砌的土炉子，生火就等于沤烟，用连长的话说就是"红脸蛋个个熏成黑漆巴乎"，丫头就是笨。

"海静，你在北京时生过炉子吗？"郑绩东声音温和地问，郗海

静愣住了，看他目光诚恳不像讽刺，迟疑着回答："当然，生过蜂窝煤炉。"

"会用煤末吗？"他认真地追问，今年不比去年，没有闪亮的煤块，只有最简陋的烟煤末，齑粉一样，看来她根本没用过，在北京，生活贫困的家庭还是用煤末的，郑绩东在这方面从小就被锻炼出来，生活能力非常强。

"会用。"郗海静嘴硬，不愿被看成笨蛋，"你不相信？"

她躲避着郑绩东的目光，有点不服气，端杯水到门外煤堆上，三下两下就和了一团湿煤末铲了进来，一股脑投进炉膛，欢快跳跃的火苗顿时熄灭，呛人的烟气冲了上来。

郑绩东镇定地看着郗海静这串难于预料的动作，甚至不试图阻拦，他平静地望着失去勃勃生气转入休眠的炉火，抬起头盯住她，一言不发满脸的询问，郗海静只好难为情地解释：

"等一会儿火苗就缓上来了，只能填这湿的，添干煤末更呛。"

郑绩东猜想她说的都是亲身得来的教训，点了点头，问："为什么不把湿煤晾干再添进去？"

轮到郗海静惊讶了，她睁大了双眼，白净的额头亮晶晶地透着吃惊，"晾干？晾干了就又变回煤末啦！"

郑绩东盯着她，又点了点头，继续问："你不知道应该往煤末里掺黄土吗？"难怪她们的炉子灭了生生了灭，屋子里冷得连毛巾都冻成了板儿。

"不知道，黄土也能烧吗？"

"你呀你呀！"郑绩东连声叹息，转身走回办公桌旁，一下子坐进椅子，好像被操心费神耗尽了力气。

"我怎么啦？"郗海静紧跟身后追问，他低头思忖，手指无意识的转动一支铅笔，桌上那部古老的手摇电话机被肢解后，凌乱地散在桌上用沉默无语表示抗议。郗海静等了一会儿，见得不到回答，伸出手拨弄一下他手里的笔，固执地问：

"我怎么了？"

"什么？"郑绩东从沉吟中惊醒，望着她倔强的神气，忍不住咧嘴笑了，露出洁白整齐的牙齿，"你立了大功劳！"

"咣"一声，连部的门被推开，随着股冷风，女排长梅小延走进屋，郑绩东马上朝她朗声说：

"噢，正要找你，来得真巧。"

梅小延大步走过去，信心满满地坐在他办公桌对面副连长的椅子上，惊奇地看着桌上的残局说声：

"呵，电话坏了！有什么事，副指导？"她抬脸望着郑绩东热心地问。

郗海静立时换了一副面孔似的，从容地提起炉子上一壶冒出热气的开水十分礼貌地说：

"那，副指导，我把这壶开水拿走啦？"

"可以可以，用完再来拿。"郑绩东已经俨然是副指导员。

"排长，你把饭盆放在哪儿了？我去烫烫它们。"郗海静出门前又很周到地转向梅小延问。

梅小延早已注意到郗海静在这里，心里正有点奇怪，听她问，才明白是来讨要开水，那只猪的余波都荡漾到这儿了，她赞同地答道：

"在宿舍门前冻着呢，烫去吧，更保险了。"

郗海静提着开水壶离开连部，一路寻思"立大功"是什么意思，莫非是反话？

"4排长，你们女排烧煤掺黄土吗？"郑绩东拿起改锥，低头继续修理电话，同时很郑重地询问，梅小延一时反应不过来，凝神想想，"地里已经冻得邦邦硬，挖不动黄土，基本不掺吧。"

"男排能取到土，他们有专门取土的地方。"郑绩东若有所思地说。了解到症结所在，也找到解决问题的方法，他成竹在胸心情轻松，还要跟连里其他领导商量，估计明天就可以干起来。

果然，连长和指导员非常重视，专门召集各排长开会布置协调。后来的几天，女排各宿舍门外煤末堆旁边，陆续出现一小堆一小堆黄土，是男排无私支援一车车拉来的。

第二章 活页《苔丝》

1

连续几天平安无事，严阵以待预防地震的气氛松懈下来，团部通知停止露宿。晚上能回到宿舍睡觉，皆大欢喜，夜幕降临以后营区又有了点点灯光和人声笑语，生活逐渐恢复平静。

于玲玲闷闷不乐地待在炕上，把自己捂得密不透风。

屋外风声一阵紧似一阵，吹着哨音，门被吹开，卷进一股股凉风。窗下再次响起唐突的脚步声，半掩的门被推开，一个高大的黑人影走进屋里。

不速之客站在屋当中，朝炕上厉声发问："是谁呀？"他反倒像是主人。声音粗重，一听就是王连长，凭这种霸道劲也能猜出是他。

于玲玲无精打彩乖乖地回答："是我。"她实在没力气多说话，声调细细。连长仍旧认不出是谁，炕上黑色的身影怪模怪样，帽子压得极低，几乎遮住半张脸。

"怎么没去学习？"王连长严肃地问。

"没去。"声音绵弱，回答得毫无意义。不参加政治学习是犯了不大不小的错误，但此时她肚子疼哪顾得上这些！

王连长正在检查晚上各班的学习情况，走到这排房，看见其中一扇门被风刮开条缝儿，大冬天的！本想帮一下手给关紧，结果发觉里面有人。

"怎么屋里这么冷？"连长声音透出惊讶，屋里冷似冰窖。

"炉子灭了。"

"怎么不点灯？"这屋里黑咕隆咚。

"灯捻掉进去了。"

王连长这个气呀！当时就在心里决定明晚开大会时必须损损这些懒丫头。

懒？他根本不可能理解，灯捻掉进去是多么让人头疼的事，那意味着必须用手指伸进墨水瓶里，捞出灯捻，再固定它，手指浸满刺鼻的煤油，哪儿有那么多水洗手？冬天去井台挑水容易吗！娇气？不洗手凑合着照样活？那你就吃饭时用手抓馒头试试，满嘴煤油味，连续多少天！所以宁肯黑暗着。

王霖正在炕上躺着发高烧，王连长进来时他并不认为是看望他，心中紧张想坐起来又头痛欲裂，真合了那句话：心虚气短。

王连长的确是专门看望他，一进门就觉得暖风扑面，穿棉衣稍觉燥热，小子们就是能干，会料理自己，比那群丫头省心，王霖就是被她们累病的，白天黑夜的搪了多少炉子！连长当兵多年，已经有二个儿子，仍不改重男轻女的农民观念，当然不说出口，毛主席说妇女能顶半边天他可不唱反调。

王霖中等个子，这一冬的农闲养得他皮肤细腻，一副白面书生的样子。人不可貌相，偏偏就是书生，搪炉子的本领堪称一绝，他经手抹出的炉膛，火烧得旺，旺到能呼呼响的程度。而且他热心无私，无论谁叫他帮忙都立刻过去，况且这次是连长交待的任务。接连几天马不停蹄在女排各屋忙晕了头，也不排除那种受欢迎的热烈程度，导致他晕了头，于是发生昨晚的事。半夜他起来出去解手，去茅房可就远了，按照他们的惯例转到房后僻静处简单解决。所以薄衣单裤披个棉袄迷迷糊糊出去没作长期打算，谁想回来后发现炕上没有了自己的地方。借着照进来的暗淡月光，朦胧中能看出炕上睡满了人，真的没有空地方，他糊涂，纳不过闷来，在地上打转，刚才那个被窝呢？

炕上一个人醒了，更迷迷糊糊，从被子里仰起头，声音含混地问他："你是刘大头哇？"竟然是女人声音！

他骂一声"×"翻转回身逃出门去，隆冬腊月小风刀割一样，跌跌撞撞摸索好一阵儿才找到自己温暖的宿舍钻进熟悉的被窝，连冻带吓病倒。早起班长给他打回病号饭放在枕边，安慰他：

"那是你这两天走顺了脚，走顺了脚，没事。看不出你这小子挺有桃花运，深更半夜还能跑进闺房！"

这番安慰显然不能让忠厚老实，处事谨慎的王霖宽心，反而加重了病情，他担心这属于流氓行为，这年头乱扣帽子的事太多了。

王连长此时并不知道这桩公案，没有人汇报。现在他只担心男排宿舍温度太高，室内室外温度相差太大当然得感冒，需要叮嘱几个男排排长注意，他怀着这个心事离开王霖。事情并未复杂化。

其实还是激起波澜。王霖逃出房门后，接着那个女孩儿就清醒了，她急忙叫醒同屋其他人，这才聚集了胆量下地把门闩插上。几个人嘀嘀咕咕到天明，汇报班长，班长悄悄汇报排长，排长自然又悄悄汇报给李指导员。指导员分析不像坏人，很可能是走错了屋，今后女排注意安全，晚上必须插门，此事不再扩大到此为止。仁慈的李春山指导员，把握着航向，从不允许连里人为地掀起风浪，所以他一直在基层工作没有得到提拔。

在王霖等男排战友的帮助下，整个冬天，女排宿舍前的地面添了一道风景：摊满各种形状的煤饼，非常影响交通。屋内则旧貌换新颜，炉子里闪动着火苗，占据半间屋的土炕也有了温乎气，每晚睡觉前终于不用口中念念有词：下定决心，不怕牺牲，排除万难……在毛主席语录的鼓舞下一狠心才能钻进冰块似的被窝。脸盆、水桶里的水再没有结过冰碴。

2

星期天难得的放假一天，古岗南偷偷骑马去团部玩，虽然后勤排的人有骑马的便利，但并不合法，连级干部才允许骑马，所以他不让马走大路，从小路拐弯抹角斜穿田地。

团部有军人服务社，类似于商店，因而具有吸引力。各连的战士们徒步一两个小时来这里朝拜，为的是把并不多的津贴费想办法花掉。郁海静和于玲玲在商品匮乏的小商店里五分钟的时间就已经转遍了两圈，简陋的货架上稀稀疏疏摆着信纸牙刷的，实在没有可买的东西，郗海静买了一盒蛤蜊油搽脸用，这油味道难闻，但是她搽雪花膏时，香味扑鼻，招来梅排长嫌恶的脸色，闹得她惭愧得要命。

"买几张年画吧？"于玲玲用鼻尖指了指水泥柜台，征求郗海静的意见，立即得到赞同。柜台上摆满色彩绚丽的八个样板戏的剧照，充当年画卖。

"受不了啦，我都忘了这世上还有别的颜色。"郗海静夸张地做出痛苦表情，漫长的冬季，贫瘠的黄土地，泥屋泥顶，连褪了色的军装都呈枯草黄，满眼皆是黄色，单调沉闷。此时，见到色彩缤纷的画面、精美的舞台布景、茂密的芦苇荡和红日下的椰树林、感觉极其悦目。再加上人物造型变化多姿，杨子荣正义凛然，喜儿纯真欢快，难得的令人心情一振，似乎距离文明突然近了。

两个姑娘喜欢芭蕾舞的画，专门挑选了几张《白毛女》《红色娘子军》跳足尖舞高踢腿、造型优美富于艺术性的。

古岗南在团部大院附近下马，他远远看见郗海静走进军人服务社门里，不想跟过去，倒不至于是受到了什么伤害，就是打不起精神。他关心她，时时关注她，却很少得到回应，偶尔她心血来潮开几句玩笑，更刺他心，因为她只是纯朋友式的，特别麻木不仁。他拐到宣传队转了一圈，想找同学借几本书顺便拉拉琴散心。

下午返回，巧得很，古岗南又远远看见郗海静，她走在前面约一里地远，一马平川就有这个好处，视野出奇地广阔。古岗南缓缓策马斜线远随，仍旧避开大路，离连队不远接近马号时，他放马小跑追上去从她身边掠过，再勒马回身挡住去路。

"嘿，你！"郗海静喊出声，倏然停住脚步，眼睛闪出光芒，喜出望外笑容灿烂。她独自走了一路正感到闷得慌，猛然见到古岗南，心中十分高兴。"真神气！"赞美脱口而出，她羡慕他骑马的身姿。

"怎么剩你一个，那个伴儿呢？"古岗南跳下马走她身旁，随口搭话，她的热情多多少少感动了他，心中的烦闷减轻一些。

"谁，于玲玲？她去团部医院看望她的天津老乡，你瞧见我们了？"俩人并肩一边走一边聊，严冬的威力似乎有点减弱，路两边大片的农田裸露着干黄干黄的泥土仍然没有生气，但薄薄的日光斜映在土路上，从精神上给人带来暖意，所以郗海静没有穿军大衣，感觉轻快许多，一路走来，帽子显得累赘了，额头甚至发热，她向上推起皮帽，露出柔软的黑发垂在微微濡湿的额前，红润的双颊散发出热气，由于有了新同伴兴致很高，步履更加轻捷，与身旁阴郁的古岗南大不相同。

"呵，我在团部小学看到地图了，关东军不是在东三省吗，苏联坦克怎么会从咱们这儿过去攻打他们，多绕远。"她还记得麦垛上的谈话，高兴地找后账，古岗南不言声。

"是危言耸听吧！"

古岗南这才回答一声："是，在东边，反正也是兵团嘛。"

"这马也心情不好，跟你似的？"那匹马跟在两个人的身后，百无聊赖地小步踱。

她心情挺好，话题跳跃性太大，他有一搭没一搭地对付着她，懒得跟上节拍。古岗南有些扫兴，在朋友那儿没能借到书。他渴望看书，生活太枯燥，艰苦劳累固然让人感觉沉重，但那是理所当然，边疆嘛！可是精神生活贫乏，不允许带书，没有书看简直让人发疯，度日如年。

走了一会儿，他声音低沉地问："郗海静，把你的书给我看看行吗？"他只是猜测她不会不带书来兵团，并不能确定，所以故意语气毫不含糊，希望能诈出几本书。

他早已把私自带来的几本小说看得几乎能背下来，连枯燥的《联共（布）党史》和《第三帝国兴亡史》都滚瓜烂熟，零星搜罗来的一些旧书也远远满足不了精神饥渴，没有书，生活显得极为空虚难熬。

郗海静心中一震，从声音可以听出他非常苦恼，自己何尝不是，无非隐藏得很深罢了。问题是，文化大革命，革的就是封资修的命，除了毛主席著作，其它书早就难见踪迹，何况这里明令禁止带小说。

"好吧。"她不忍心拒绝这种要求，同病相怜呐。

"你有书？什么书？"古岗南大喜，禁不住语速加快，急切追问。他的直觉正确，他俩的确是同类。

"有一本陀思妥耶夫斯基的《罪与罚》，只许你一个人看。"

"放心，绝不会有第二个人见到，只有一本吗？"他必须乘胜追击，多多斩获。

"哇，人心不足蛇吞象。"

"还有吗？"

"还有一本，可是不能借给你，它已经成活页了。"

3

她指的是那本哈代的《苔丝》。

不肯借给古岗南的那本《苔丝》，此刻散乱地躺在炕席下面，因为它太旧，已经被翻看得零落散开，又因为它太厚，所以郗海静乐得它散开，便于隐蔽，她把所有的书页平铺在褥子下，歪头端详了片刻，还是不放心，为防人有意无意翻起她的褥子暴露出秘密，她又把解体的书平铺在炕席下，上面盖好褥子，这样既安全又便于偷看。

晚上全班人来这屋政治学习时，可以悄悄从炕席下取出几页，垫在毛选上看，尤其停电时最相宜。伴着门外呜呜刮过的风声，屋里点的那一盏煤油灯忽闪忽闪，微弱的光亮只供念报的人使用，坐在地下和炕上昏昏欲睡的同伴更不注意她。她坐在炕上角落里支起膝盖背靠土墙打着手电筒只管放心看，唯一让人烦心的是页码乱了，内容对接不上，看得她不甚明白，晕晕忽忽绕进古老虚伪的英国出不来。

4

夜深了，阵阵刺骨冷风扫过营区，沙粒打在窗玻璃上发出微响。熟睡的战士们当然不知道，此时，王连长还在护卫他们。连长每晚必来查铺，他绝不是走形式捞取关心战士的美誉，而是事出无奈有这个必要。他担心有人煤气中毒，虽然每一个宿舍窗户上都安装了防煤气的纸风斗，理论上是安全的。但他仍然在每一间屋外仰头仔细查看，这群不知深浅的年轻人，偏有出格的，嫌风斗吹进冷风，竟然把它用纸糊上，他曾发现过二次，除了大发雷霆外，从此再没有放心过，人命关天不查可不行。

郑绩东钦佩王连长，过去当排长时就以他为榜样，现在更常替他分担压力，每晚也去查铺，他只查男排。此外，郑绩东要求自己不能脱离劳动，冬天地里的活少，他就经常在炊事班帮厨，天气太冷，滴水成冰，沾水最受罪，所以他主要帮炊事班打水。

甜水井很远，一路上地面结满冰，都是日常运水时溅落出来，瞬间成冰平滑如砥，水车随时有滑进路旁深沟的可能。

井台上，冰结的有一米厚，层层迭堆，呈乳白色半透明，天然冰雕般地衬托着井台和辘轳，简洁纯净得动人心魄。

虽然美却很不安全，容易滑进井里。他和炊事班一名战士极小心地登上去，上面滴溜滑，井口冻成圆圆小洞，只能勉强通过水桶，磕磕绊绊一桶桶用辘轳摇上来装满一水车已经不容易，推车回来的路上，脚底打滑，他既要用力帮助推，又要时刻不让水晃荡出来，寒风不时轻声呼啸打着旋掠过他们，遮盖水车口的麻袋片早已冻得硬硬的走了形，被风吹得盖不严，呆不稳，只能用手扶住它，他的棉手套被溅湿，手也冻僵，鼻孔里被冻得针刺一样疼痛，口中呼出的白气遇到帽檐的皮毛凝结成冰珠帘，垂在眼前晶莹剔透。回到食堂时，尽管两人身强体壮也早已气喘吁吁。

炊事班长急忙迎出来，不忍地说："副指导，进去暖和，我们来卸水，今天这一车水够用，别再去推了。"

郑绩东走进大伙房中央的发面灶旁烤火，转一圈，看见沿墙壁摆着的一大排水缸，其中有空的，执意又去推回一车水，他担心这几天下雪，先储备好心里踏实。

炊事班人手不够，是不是应该安排人轮流来帮厨？也便于群众监督伙食。他转着心思回到自己宿舍，推开门见到郗海静在屋子里面，正在伸长腰肢往墙上贴画，两条黑亮的长辫袅娜地垂在背后，听到门响她扭身回头，立时显出曲线婉转的身姿。看见他进来她慌忙声明："马上就走。"声音清脆愉快，然后麻利地抹糨糊贴好最后一张画，审视一下，满意地回身询问他："好看吗？"

郑绩东站在门外台阶下，两手撑着门框观赏屋里面，陋室内有了色彩的确增添温馨气，其实，他感觉只要她在，屋里就光彩生辉，吸引他全部注意力。现在他满心愉快满脸笑意全都缘于贴画的人而与她贴的画无关。不过，似乎哪儿显得不对头？他明白啦，脸上的微笑不见了。

郗海静感觉出他细微的心理变化，急忙问："好像不喜欢的样子？"

郑绩东炯炯的眼神有点黯淡，满脸遗憾悄声说："怎么全都是女的呀！人家该笑话了。"

他跛进屋里，面对着满墙的娘子军女战士和她们的翩翩舞姿无可奈何摇摇头，"多不好意思，"一面摘下棉手套烤在炉台上，一面用背对着郗海静说："别用批判的眼光瞪着我，你不懂。"

郗海静此刻的确用不赞同的眼光斜睨着他，眼见被别人看穿，挺难为情，怎么回事？他背后也长眼！只好不予理睬，高高兴兴说一声："老封建，告辞啦。"出门拐弯不见了。

郑绩东看着她的身影消失在房后，才把门关上捅旺炉火，屋子渐渐暖和。他住的这个单间很小，除了土炕，只放着一桌一椅一凳，基本没有私人空间，他也不需要，只把旧木桌的二个抽屉锁上，屋里人来人往，连长指导员经常来商量事，各排排长也喜欢在这儿坐坐，尤其男排的战士踩破门坎，所以这屋充满阳刚之气，他不能顺着郗海静。他摘下墙上的画，摘到第三张时，心中似有所动，举着的手停下来，仰脸凝视这幅吴琼花独舞的画。吴琼花一袭红衣，用足尖站立，身材婀娜挺拔，手捧红旗低头深情吻它，长辫逶迤垂前。太像郗海静了！她们有相似的柔美挺秀，同样活力漾溢。许久，他稍有迟疑，还是下决心摘下了这张画。

第三章　隐秘的爱

1

女大十八变，郗海静已经二十岁，出落得很动人，却并不自知，所以，听到于玲玲说她像画上的吴琼花，完全是意外惊喜。墙上贴满她们买回的样板戏画，早上临出工，迈出房门前，于玲玲无意中说了那么一句。

郗海静肩挑一副筐不便回转，急忙一步一步倒退回门槛，偏着头看一看屋内墙上的画，高高挑起眉毛快乐地问："真的吗？"

她全无自信，所以又转头看于玲玲，追问："哪儿像？眼睛像还是鼻子像？"

"哪儿都像！只有这张像，那张倒踢紫金冠的就不像了。"于玲玲漫不经心，朝夕相处见惯了郗海静模样，没啥特殊感觉，在这点上，她与郗海静本人眼光相同，只不过是碰巧了有些像呗。

郗海静又端详画，吴琼花虽不是艳光四射但有一种雅致的美，"是吗？"她充满期望又转而向屋里另一边的王玉茹求证。

"是挺像，你自己看不出？"王玉茹戴好帽子拿起手套走出房门，淡然地说。

当然看不出来！自从到内蒙后，她就没有完整见到过自己的样子，两年多来仅能用巴掌大的小镜子匆匆忙忙照一照脸，始终看到的是局部。不止她，恐怕大家都一样，很可能每一个人最不熟悉的就是自己的模样，细想起来真有几分委屈。

自古以来，山野少女还能在河边映照袅袅身影，或者伏在水缸沿上欣赏自己粉面桃花，在这里的革命战士，两头都沾不上：城市的穿衣镜想都别想，乡村风味也距离十万八千里。谁敢臭美？

她拿着工具跟大家一起出发干活时，想起郑绩东那里的墙上，也贴有这张画，不由得一路上心里柔柔的。

2

近一个月，她们一直在马号清圈积肥。连里的马群很大，有上百匹马，真正驾辕套车干活的少之又少，大部分养尊处优。冬天在马号圈里，天暖了草绿了就去二百里外的后山草原放牧，吃得膘肥体圆带着幼子回来过冬，周而复始。谁也别想弄清楚养它们有什么用，大约是传统吧，非此，不足以表现出内蒙古的特色。

马号离营区较远，距离一里多路。它规模大，有许多单间马厩，地上要垫厚厚的干麦秸，还要经常更换，吐故纳新，也称清圈积肥。这活儿分散，二人搭伴干，因此比较自由，但是马厩里的马烦她们，甚至不友好，白着眼珠子瞪人，蹄子用力跺地耍脾气。话说回来，也可理解，空间本来就狭小，还挤进两个陌生人，确实烦，况且她们还坐在食料槽里休息，差劲得很！

郗海静凭直觉确信那些马对女人有敌意，在马号宽敞的院子里，门口附近拴马桩上零散拴着几匹高大神气的公马。饲养员来来往往，这几匹马气定神闲甩着尾巴，温良恭俭让。唯独她们运送圈草经过，顿时形势大变，它们必定拧转身躯，四蹄躁动地将马屁股朝向她们，明摆着想尥蹶子踢人。她们也有招数应对，手下的小推车成盾牌挡在人马之间，且御且走，勉强相安无事。尽管如此，姑娘们都想骑马，或者因为跟马的关系这么紧张，所以更想骑着它们威风一番，最好再给它们几鞭子，积闷气唯一吐而快！

机会终于来到，这天，马号的人放马回来在咸水井边饮马。冬天也要放出去让它们跑跑，回来喝够水再回圈喂料，跟人不同，它们可不能有空儿就闷在屋里政治学习。井边乱糟糟挤满口渴的马，马司令一个人汲水忙得额头冒热气，姑娘们互相使个眼色，放下小车上前帮忙，当然意在沛公。

马司令对这支生力军感激不尽，"马司令"也是绰号，因为他是马号班长，这里的最高长官。兵团各连都接纳了一批从部队复员的农村兵，在连队里作为骨干。马司令是复员兵，年龄稍大又比较老相，在女知青们眼中已经不年轻，因而都愿意跟他拉近乎。加以他性格宽厚仁和，尤其不讲原则性，所以人缘极好。

马号的这口井，非常古老，小学教科书上讲古代人的智慧时，常配有古人利用杠杆原理汲水的一幅画，这井跟那幅画如出一辙。不同的是杠杆下站着心怀鬼胎的13班姑娘们。

她们中两个人面对面站好，一齐用力向下拽绳子把水桶沉进井里，井架上那根长吊杆也随着倒立，尾端高高翘在了天上，然后两人松手不再使劲拽，吊杆尾端绑着沉重的石头便缓缓往回落下，另一端满满的水桶就从井里升上来了，一人借势将水桶一推倒进饮水石槽，二人配合干得起劲，干累了就换一组新人，长长延伸的石头水槽里流淌着激跃的水花。马喝够了就扬长而去，不慌不忙自动走向马圈，路上稀稀疏疏形成一支马队，络绎不绝，井边则渐渐清净。马司令抽空儿回去牵来两匹马，其中一匹还没有来得及卸马鞍，它们是专供骑乘的混血马，英俊高大，与矮小的本地蒙古马大为不同。

姑娘们开始甜言蜜语，"这井真好，井边为什么不结冰呀，司令？"

"嗨，整天有马搅和，又是咸水，结不了冰。"

"这两匹也要饮吗？等一等，给它们提一桶新水。"刘媛极为热心。

"别介，牲口喝什么都是喝，你们歇歇。"马司令指一指不远处低矮的泥坯房，压低声音邀请姑娘们，"吃炒黑豆去，我给你们。"那是马饲料，而且是精饲料，炒熟的香极了，很难偷到。

"噢！万岁，司令。"姑娘们小声欢呼，看到时机成熟，提出进一步要求，"让我们骑骑马吧。"

"我们从来都没骑过。"语气可怜，小米粒甚至抱住马司令的胳膊，看似央求，更不如说是想趁乱撸下缰绳，造成既成事实。因为担心学骑马摔死人，农业师绝对不允许战士骑马，牧马的战士除外。

"想骑就骑吧，别摔着。"出乎意料地顺利，马司令答应得痛快。真是天高皇帝远，县官不如现管。

"啊——"一片胜利的尖叫。

班长老猫慌了，摇动双手制止，"不要喊，别……"

两匹马喝饱水，昂起了头，马司令牵着它们离开井台，问："谁先骑？"

"我！"刘媛抢上一步。

小米粒已经占尽先机拿到缰绳，她挑中有马鞍的那匹，把另一匹的缰绳扔给刘媛，自己开始费劲地上马。她个子不高，蹬上马镫子实属不易，大家手忙脚乱帮她。

刘媛更是勇猛，她的这匹马连鞍子都没有，光背。身大力不亏的她手扶马背，原地轻跳二下，然后猛地发力，纵身上窜，像蹿墙头一样蹿上去，成功趴在马背上。实际是耷拉在马背上，因为她腿没能及时跨上马背，手无抓挠，没办法调整姿势。挣扎之际，马儿可不容她了，轻轻甩动屁股原地转圈。只听"咕咚"沉闷的一声，刘媛摔在冻得铁硬的土地上，大家丢弃小米粒一齐扑向她，众声惊叫，幸亏厚棉衣厚棉裤，虽然疼得她"咝咝"吸冷气，却也没受伤。

这当儿，小米粒那儿又出事了。她的一只脚总算认进马镫子里，不等另一只脚离地，马已经失去耐性开步向前走，她被迫金鸡独立随着蹦跳、蹦跳。并不危险，因为马司令已经及时抓着缰绳，但挫伤了她以及大家的胆气。

"还骑吗？"马司令笑着问大家，姑娘们面露犹豫，一时沉默。郗海静咬咬牙，"要不，我试一试？"她望着众人征询，机会失去还会再来吗？

"算了吧，可别再出事。"老猫先打退堂鼓，"干活啦，都去干活。"

没有人响应，她就左手一只鸡右手一只鸭地强行抓走两人。事不宜迟，郗海静抓住马鞍子抬腿往上跨，其余的姑娘一拥而上，齐心协力向上托她，眨眼工夫她就高高在上稳坐马鞍，两只脚尖被别人迅速安排进马镫里，脚下能踩住劲，两腿也就夹得住马肚子了，郗海静壮胆挺直腰背，感觉像在半空中，怎么这么高！尽量让声音不发颤，说："还行，前进！"

她手中没有缰绳，何去何从，全凭脚下的战友们左右，这叫做兄弟般的信任。

刘媛和于玲玲紧握缰绳，听令开始拉马前行，看起来一切顺利，马司令放心了，不再跟随簇拥。

3

牲口就是牲口，性情多变。离开马司令还不算远呢，这匹很会看人下菜碟的马就翻了脸，它发觉前面那两个梳着辫子的年轻女孩儿牵着它走向错误的方向，心中大为不满，拧起脖子扭头往相反方向拔腿就跑。两个姑娘大惊，拼命拉紧缰绳争夺，像拔河一样，无奈马的力气太大，她们根本不是它的对手。所以形成这样一种情景，最初是马牵着她俩跑，不久，缰绳从她们手中被拔出去，她们只能远远追在马后面绝望地喊叫，离她俩更远的后面跟随着一串姑娘，边喊边追一片惊慌。

郗海静则直挺挺骑在马背上，双手死命抓住马脖子上的毛呀皮呀什么的，任凭马儿一路小跑，自己纹丝不敢动，唯有随着马的颠簸，一声一声有规律地尖叫：

"啊——啊——啊——"

大家眼睁睁看着郗海静腰背挺得笔直骑在马上，神气万分，姿态活像一位伯爵夫人，惊叫着，越跑越远，最后沿着马号的土围墙一拐弯不见了踪影。每一个人都有大祸临头的感觉，指导员、连长多次在大会警告过，别的师团发生了惊马把骑者拖死的事故。此时，那些恐怖的画面频频闪现在脑海，迟来的威慑作用开始见效。于玲玲确信惨剧将至，拼命追赶想要力挽狂澜。

古岗南在草料棚干活，他听见喊声，有点耳熟，停住手里的活儿细听，像郗海静的声音，这嗓音怎么不正常，透着不祥啊？他出了草料棚朝前院匆匆走过去。

此时，马号的人都在各个角落忙自己的营生，大院子里空无一人。马群已经回圈，马厩里的马也安安静静地吃料，秩序井然。

"啊——啊——"凄惨的喊声近了，接着古岗南看见那匹脾气温和的黄花马轻松地颠儿进院里，缰绳拖拉着，它不紧不慢跑进自己的单身宿舍，与往常稍微不同的是背上多了个声声叫喊却仍保持风度的郗海静。

待他穿过院子，跑进这间狭小马厩时，高大的黄海骝站在食料槽前低头吃得正欢，毫不在意背上骑着人。惊魂甫定的郗海静困在马上，脑袋几乎触到马厩顶上的木梁，不再叫喊，盘算着怎么才能回到大地母亲的怀抱。

"喂！"他凑上前拍一拍她的小腿，仰起头跟她打招呼，只见她向下定睛瞧着他，嘴唇不明显地抖动着，雾一般迷离的眼睛里慢慢溢满泪水。然后，倾刻间泪流满面，同时不顾一切朝他纵身扑下来，如同逃离着火的船只跳进大海。古岗南差一点措手不及，忙不迭接住她，他看出她受到惊吓，现在还恢复不过来，所以轻声安慰她：

"没事了，行啦。"一动不动站着任凭她紧缩在自己怀抱里。

那匹黄海骝看见古岗南进来，讨好地朝他喷着鼻息，又忙着大声咀嚼。

她依旧无声地流泪，紧紧靠在他怀里，两只手牢牢抓住他的衣服，脸埋在他肩上不肯抬起。古岗南从来没有想到能够拥抱她，此时此刻他明白，她只不过是一时失态，所以自己处境尴尬。既希望给她更多安全感，又唯恐日后她难为情，如何准确把握，来不及细思。

4

事后，姑娘们笑话她时，郗海静矢口否认曾经哭泣，也不承认紧抱过古岗南。并非她忘恩负义，而是因为她的记忆是从古岗南的肩头望出去时才开始。透过婆娑泪眼，她望见马厩外跑过来上气不接下气的于玲玲刘媛们，还望见脸色铁青的李春山指导员。他双腿叉开坚不可摧地站在院子中央，穿双坚固的大头皮鞋，打着紧紧的绑腿，腰间扎着皮带，红领章红帽徽一身军装。背着手，腰背挺直，站立在那儿，锋利的眼睛冷冷地看着马厩这里。

李指导突然现身马号，对在场众人来说如五雷轰顶，震得大家灰溜溜，只想缩小自己不引起注意，只想尽快离开。郗海静被震醒，反应极快，她疾速脱离古岗南怀抱，侧身从他身旁闪出马厩，贴墙根趋过去，融进陆续跑进院来自投罗网的姑娘群里。古岗南转回身看发生了什么，他的目光与李指导恼怒的目光相遇，对视片刻，才低下头走出马厩。他问心无愧，低头，只是不跟指导员作对罢了。

李指导原本心情很好，他去大田转了一趟，各排战士在平整土地，都干得不错。挖不动地里的冻土，战士们就用手搬运表层松动的大土块，去高填低，进度挺快。返回时他顺路拐进猪号，破坏了好心情。每一个圈里都是猪瘦毛长，饿得乱叫。这些猪哇，年复一年，只许喂养不准宰杀，什么政策！宰一口猪必须层层批准，所以连队根本没有饲养积极性，太费粮食，人还挨饿不够吃呢。出猪号进牛圈，再从一个小边门进马号，迎头撞上刚才那一幕。

李指导可怕就可怕在火气越大越不发脾气，他目光严厉，声音阴沉地问姑娘们："你们班长呢？"

"去……去麦场，拉草。"小米粒觉得目光盯在自己脸上，不敢沉默，胆虚地看着指导员，嗫嚅地回答。

"大刘呢？"这是在向古岗南问话，李指导连看都没看他，只略微侧一下头。

"去井边饮……他来了。"古岗南刚回答半截，就看见马司令四平八稳地拐进院子。大刘就是马司令，他姓刘，只有领导还记得。

"都干活去！"指导员命令道，说完朝马司令迎过去。大伙忙不迭执行，慌着四散出去，哪敢有片刻磨蹭。

马司令自认倒霉，他没有料到指导员这早晚啦还会来马号，以往都是偶尔早晨来看一看，真是经验主义害死人！当务之急是虚心接受批评，沉痛检讨错误，让领导先消气。

"那什么，指导员，是我不对，"他憨笑着挠挠头，苦于不擅言词，"赶明儿不这么干啦，谁也不准骑！"

他最后一个进马号，啥也没看见。

指导员瞪着他，一言不发，直到把他瞪得浑身不自在，指导员才从牙缝里挤出一句，"上梁不正下梁歪！你，扶不起的刘阿斗！"

李指导骑兵出身，飞马疾驰还能腾出手侧身砍战刀，复员军人都服他。他也熟悉这些部队下来的文化水平不高心地单纯的农村战士，很自然地有亲近感，说话都透着亲密，就像现在。这番重话绝不会砸给知青的。

"我错误严重。"马司令丈二和尚摸不着头脑，只好言不由衷地检讨，

"到连部来！"李指导粗声说一句转身就走，马司令赶紧跟在后头。

骑马并非什么大事，指导员心里明镜似的，这种情况马不会受惊；要说违反纪律，也不至于让他动真火；这次不能吓唬吓唬就了事，是因为刚才这一男一女俩人……。

这个苗头不好，对，关键是苗头！要把它们消灭在萌芽状态，敲打敲打他们有益无害。

敲打，首先从两个班长开始。马司令在连部一直熬到晚饭哨吹响，才勉强获释，老猫以受教育为主，其结果是身负重任走出连部。李指导十分英明，不愧做了多年思想工作。他始终不直指此事，只谈纪律，避重就轻，迂回前进，薄薄的窗户纸就是不捅破。一旦捅破将失去回旋余地，万一弄假成真，可就陷入被动喽。让他们有压力即可，就达到目的。

老猫比可怜的马司令强多了，她早已从班里人的口中了解清楚来龙去脉。不过，让她内疚痛心的是违纪骑马这事，而古岗南那档子

事不值得大惊小怪，魂吓没了谁都会抱紧救命稻草。因此领导的意图她没能心领神会，而是扎扎实实开会整顿纪律。先自我批评再互相批评，全班每人轮过二圈后，基本上把私心杂念清理得所剩无几，估计谁都不敢再骑马了。

5

马号则严重得多，每晚都在司令宿舍里开会整顿作风，已经连续几天，休想敷衍了事。马号班军容军纪都很差，房子里面是被烟熏得黑乎乎的土墙，铺着破旧苇席的土炕上被子七扭八歪，炕下是砌着一口大铁锅的土灶，灶口的土地上散乱着柴火碎渣。

李指导坐镇开会现场，开场白就绵里藏针说得人人自危。人人都巴不得积极表现，赶紧把犯事的人帮助好，大伙能尽早回到平静的日子。每一个人都轮着检查自己的缺点，这是既定方针，不明着针对某一个人。显而易见，古岗南自我批评不深刻，因为指导员不满意嘛！马司令到此时已经知道原委，眼见李指导坐在油亮的带着裂纹的木炕沿上，只抽烟不发话，揣摩古岗南这小子蒙混过关难啦，自己不带头来几句得罪人的话，今晚这整风会甭想散。

"嗯，"他掐灭自制的纸烟，咳咳嗓子，朝着满屋子的烟雾说：

"你的毛病是要求自己不严，集体观念差。"

他举例：入冬前，晚上去团部看露天电影，大家那么高兴，偏你硬不去。怎么劝也不去，虽说八个样板戏都看过不少遍啦，可是集体活动再不情愿也要参加呀，还说累了要睡觉，倒找给二块钱才去，不讲理嘛，叙到这儿，他感觉似乎渐渐跑题了，朝挤在炕上炕下勾着头睡眼昏昏的人们晃晃手指，

"大伙都说说，发言。"

马号复员军人多，兵油子斗争性不强。发言不疼不痒，只说些台面上的话，与心里想的毫不沾边，比如批评古岗南：

"天天读"迟到呀，实际他们也迟到；

读报纸偷工减料呀，实际大得人心早读完早散会；

爱瞧外国资产阶级杂书呀，实际碍不着自己的事。

晚上九点时，李指导比较满意地离开。他觉得火候差不多了，已经把马号这帮吊儿郎当的家伙整怕啦，再跟古岗南单独谈一次，事情就可了结，今后一段时间不会再出事。李指导不是热衷于掀起狂风恶浪的人，年轻人教育教育吓唬住就可以了。

然而，他过于乐观了。

6

第二天傍晚，连部里气氛凝重，郑绩东也在谈话现场，指导员叫他来协助配合。谈话进展不顺利，李指导不免情绪焦躁起来，在屋中来来回回踱步。那天在马厩，他从古岗南的眼光中看到了桀骜不驯，让他不悦。所以，他本想把看杂书当作突破口，施以压力让古岗南今后老实点，别惹是生非，就这么简单。照老方法，批评缺点错误之前首先说优点，所以谈话从：你脑瓜灵，喜欢学习，等等官话开始。

夸奖他好学，在古岗南看来是居心叵测，他用沉默不语来自卫。

"好学虽然是好事，但是，还要看你学的是什么！资产阶级的东西决不允许在这里抢占阵地！"鉴于古岗南抵触情绪严重，李指导干脆单刀直入疾言厉色。

果然，真正目的是扣帽子整人，古岗南心想。他坐在指导员的办公桌对面，垂着眼皮辩解，"没看资产阶级的东西。"

"没看？那你看的是毛选吗，是毛主席语录吗？"不能从气势上压倒他，指导员非常恼火。

"是马克思恩格斯通信集。"

指导员愣住了，这顶帽子扔回来要给谁戴？想说我反对马克思恩格斯？知识分子就是难斗，没有人愿意跟他们打交道。其实古岗南只不过是初中毕业。

"哼，林副主席说学习马克思主义的捷径是学习毛主席著作！其它的书缴上来。"这个棘手的话题就此结束，不能陷进去。

突破口选得不成功，一时有点冷场。因而指导员只能来回踱步，心中憋气，怎么反而弄成自己困兽一般？僵局需要打破，郑绩东认为应该插进来协助指导员了，他语气和缓地问：

"看小说是错误吧？《红与黑》可是资产阶级。"

相当犀利，难于招架。他看不惯古岗南对指导员傲慢无礼，为什么不能虚心接受批评，检讨几句？他没有意识到，自己已经熟悉指导员和连长这类没念过几年书的工农干部的思维方式，而古岗南则没有这个条件去经常接触他们，不懂怎样息事宁人。

古岗南听到这话怒火中烧，同是知青，相煎何急！一时没控制住自己，抬起头直视郑绩东，眼中明显闪动着反感，张口轻声道：

"说明你也看过呀。"他用平淡的声音尽量掩饰心里的厌恶。

郑绩东并不回避，他镇定地接住了古岗南挑战的目光，一字一句回答："可是不会在这里看，它是资产阶级！"

两人视线相撞，谁也不肯首先错开眼神。

古岗南腻烦这些虚伪的"进步青年"，认为正是他们在推波助澜，将这股愚昧之风带到了急需文化的蛮荒边疆！

而郑绩东也非常不赞成面前这个同龄人的偏激态度，看出他虽然身处建设边疆的热潮中，却没有放下城市人知识人的身段真心改造自己的世界观。

指导员文化水平低，听不懂所说的书名是咋回事，但看出两人在交锋，他勃然大怒，脖子一下子涨红，情绪激动地低声吼道：

"古岗南，你什么态度！你要注意了！"

最后一句意味深长，是真正在威胁。古岗南听懂了这句话，心中极其蔑视这种威胁，静静坐了片刻，不等打发就站起来，

"还有事儿吗？没事我走了。"

没有人理他，古岗南默默站着固执地等待，略垂着眼，年轻的嘴角刻出不屈的纹线，终于指导员厉声说："走吧！"

古岗南属于"可教育好子女"，他的档案是带着印记的。分配他

来连队之前，指导员就听了情况介绍，所以安排他去马号，以免影响别人，也便于接受老兵们的教育。

站在窗前看看他的背影在暮色中走远，指导员忍不住骂了句：

"又臭又硬！茅坑里的石头。"

他完全有办法也有权力给这个目无长官的臭小子重击，打成个反革命之类的，让他一辈子都休想翻身。不过，毁掉年轻人的前途他实在于心不忍，所以，他不打算真的下狠手，但是整整他，还是有必要的。

郑绩东心情复杂，古岗南对他有敌意令他意外，莫非这家伙觉察到郗海静和他有恋情所以故意跟他过不去？郑绩东很早就发觉马号的这个古岗南对郗海静极其友好，但是郗海静却没心没肺只把这种友好当友谊，她心中再放不进别人，这他清楚。

马厩事件属于违反纪律，他的见解与老猫大致相仿，插手处理这事他并不热心，暗地保护郗海静，公私不分有违做人原则，他不允许自己这样，然而大张旗鼓严厉谴责，他也不愿意去做。错在郗海静，棒子却打向古岗南，这样的预防措施是否必要，他心中也有所保留。但是，现在他有点理解指导员了，也隐隐觉得古岗南像潭深水，难以看透。

最幸运的当属郗海静，她是核心人物竟然纤毫未损，跟大家一样顺利过关，没有受到特殊待遇。指导员做得对，如果采取过激做法，势必招致反感，将她推向古岗南。此时她真心忏悔，懵懂到甚至不知道自己幸运。

细微的变化是她们不再在马号干活，改成下大田平地。干这种平整土地的活，好处是敞亮，开阔心胸，坏处是累，受限制。上工，一路上排队打着红旗唱着歌去，下工，照样如此一番才能回来。久而久之，人人练就一条嘹亮嗓子。

第四章　绝食女孩

1

春天已经临近，大地返绿，转眼麦苗三寸高了，即将开始旷日持久的中耕。农活儿越干越多，备耕完了是春播，春播完了是锄地，女战士脸蛋上的红晕消失，身材急速恢复苗条，一冬天的贮蓄早早消耗殆尽。战士们越来越累，晚上，"XX战役打响"的动员大会一个接着一个开，开得大家士气低落。

所幸的是，支援力量来了。又新到一批北京知青，这次阵容庞大足有一二百人，几乎全是16岁左右的男女中学生。营区立刻热闹起来。领教了几天内蒙高原的军垦生活之后，夜晚女排出现集体哭声，用她们新兵自己的话是"大合唱"。聚集在一间土坯宿舍燃着凄惨的煤油灯，黑黢黢的屋里，大家挤在土炕上想妈妈了，哭呗，也就这点本事。

郗海静住在她们的隔壁，听到哭声不由暗笑。她也曾有过这个阶段，只是没有哭出声罢了，很快每个人就会适应，就会乖乖接受现实成为连里急需的劳动力。

然而她预见不到的是，唯有一位名叫刘玉芳的女孩采取决绝行动，躺在被窝里不起床不吃饭，只哭泣，要求退回北京，后悔来这里了。

于是，刘玉芳成为新闻人物。

每天下工后总会有人跑去瞥几眼绝食者，回来向大家实况报道。因此，胆大包天敢绝食的事迹很快传出连队，分布在全团的新战士都听说了又加以扩散，刘玉芳声名远播。

反悔、想回家、想回北京的战士，多了去啦，谁采取行动？不敢，没用，鸡蛋往石头上碰，绝不会让你离开这里，大部分人都这样想。偏偏这个小姑娘就行动了，就试试了！结果无人佩服反而许多人都说风凉话批评她、鄙视她。郗海静也不赞成绝食，也认为没有用处，甚至也不同情，只不过还没有闲心去说风凉话。

然而刘玉芳很坚决，一天、二天、三天，仍然不吃不闹在炕上躺着，人们才意识到她是来真的。

2

绝食第五天，好像是午后出工之前，郗海静跟排里的女生们一起围在她宿舍门前看热闹，眼见李指导和他老伴一同来了。老伴手端一碗热面条，这碗面条啊，绝不会是大食堂做出的，而是熟悉的妈妈味儿。久违了，碧绿的葱花透出香味，满满的面条上还有白胖胖的卧鸡蛋，在这地老天荒满眼泥坯房的边陲地界，天天喝糜子粥啃胡萝卜咸菜，哪能见到这水平的面条！可想而知这些旁观者馋成什么样子。

李指导敲敲门，老伴递给他那碗面条，门开了，是陪伴刘玉芳的女生打开的。李指导进屋，外面围观的人听不清他劝说什么，只能看到刘玉芳躺在炕上露出的黑头发。许久没动静，李指导一直坐在炕沿温言劝慰，微微冒热气的面条放在枕边的炕席上。

忽然，刘玉芳从被窝里抬起头面朝门外的女孩们，有点气愤有点矫情地告状："她们说我！"她声音嘶哑低沉，黑发凌乱、面容苍白。她耳朵真尖，混在人圈里的人都不一定听见，李指导更没听见，一个劲儿地哄"谁说你哦，没有人说你哦。"

刘玉芳倔倔地低声反驳，"她们说，还求她吃饭！"她有点恍惚地眼睛半睁着，弱弱地盯着门外的女孩们，眼神冰冷丝丝寒气。

是小米粒不满地低声嘀咕，"德行，还求她，不吃拉倒呗！"小米粒主要是馋这碗鸡蛋面条。

日后她将为这句话付出代价。

李指导走出来示意老伴进去，然后紧紧关上门，转过身，脸板得硬硬地训斥："我们正在做工作，谁在捣乱？散开！散开！"

大约从那天开始，刘玉芳进食了。绝食无果而终，应了大家的预言。

多年后她曾与最信任的人提起进食的事，淡淡地说："如果再不吃，就死了。"

16岁女孩的心思，多么凄然。

她会饿死吗？连里领导和团里领导会任凭她被饿死吗，会的！即使送医院抢救不过来，也不会从她愿。因为关系到军心动摇的问题，假若她成功获准返回北京，绝食立即蔚然成风，局面将不可控制。

人是奇怪的动物，大部分人都后悔、都想逃离，而刘玉芳没有损害任何人的利益，甚至有可能为大家踩出一条路，但是几乎没人同情她，没有任何人伸出援手。反而各种议论层出不穷（尤其女生），当然还有积极分子的革命义愤。

另类的命运是悲惨的，那就是被同类唾弃。她敏锐地感觉到了，所以用乖张来反抗。

刘玉芳分到了郗海静这一班，老猫班长将她留在自己宿舍怕她受欺负，显然，艰难的日子在后面。

刘玉芳以失败告终，不仅是退出舆论中心那样简单，她是最垫底的落后分子。扛锄下地、开会发言、打饭挑水，生活中一切，时时刻刻都抬不起头，忍辱负重呀。

3

"敕勒川，阴山下，天似穹庐，笼盖四野。天苍苍，野茫茫，风吹草低见牛羊。"

这首古老的诗中提到的阴山，就在眼前，因为它颜色铁青，人们更愿意叫它大青山。越过山是中蒙边境，边境的那一侧就是著名的温都尔汗。

端着脸盆出门拐到房侧去泼残水，扭头北望就能看见它，在远方连绵起伏，阴沉沉地横亘天边。连队里一位文采飞扬的知青形容过大家所处的位置：如果把黄河看做中华版图上腾跃的一条龙，我们就跨在它脊梁的最高处。

蜿蜒的黄河"几"字形的大拐弯，造就出了河套平原，最北面的黄河外套，尤其河网密布，富庶一方，是著名的农业区，内蒙古生产建设兵团的粮仓就在这里。

既然地处阴山山脉和黄河之间，承负着粮仓的盛名，连队里的农活必然繁重得让人喘不过气来。当前，最现实的是，几万亩麦田，要靠锄头除净杂草。

绿绒绒的麦田野性十足地伸展向远方，一道道灌溉斗渠匍匐其中哺养着稚嫩的麦苗。脱下冬装的女排战士们约好似的都穿着色彩各异的衣衫，呈散兵线在麦田锄草，显得渺小单薄，宛如蔚蓝天空中的雁阵，人字队形奋力前行，真正是一锄头一锄头一步一步顽强前进，仿佛要征服地平线。完全靠人力锄草松土，艰巨呀！任重道远，连里的劳力全部投入，男排女排齐上阵，大田里红旗飘扬，热火朝天，大干特干。

刘玉芳手上的水泡磨破了变成血泡，她的锄头又破又钝，长长的木柄还有一道粗大的裂口，硌破了手心。她咬着牙忍受疼痛，一心想跟上大家的步伐，不肯落后。与全班十二位女孩比，她还没有闯过劳动关，况且，别看班里的人在默默地干活，实际都憋着劲暗暗比赛争先进，她不是对手。

战士们每个人锄两垄，依次排列，参差前进，副指导员郑绩东也加入男排中间，跟他们边干边聊。这活熬人，天黑才让下工，所以只在早晨刚上工的时候心旷神怡，郑绩东听到远远落在后面的两个战士聊天。

"那边穿粉色的是琼花吗？"清晨声音传得远，正是这句话偶然飘进郑绩东耳里，才引得他听下去，因为独有郗海静穿一件引人注目的粉色衬衫。琼花？那幅身着一袭红衣，足尖站立的剧照在他的脑际闪过。他寻思着扬起头张望,水渠上新发嫩叶的高大钻天杨构成天然屏障,透过水桶粗的树干,可以看见水渠那一侧,郗海静在距离很远的前方和几个女孩儿一起锄地。

"没错,是她,这年头敢穿粉色,真够显眼。"

"你这家伙,眼睛瞧哪儿?锄草呢还是锄麦苗,死了心吧,你没戏!"

"嘿,你要还认我是你哥,就别打她的主意,记住,她是你嫂子。"

"放心,我没相中……"二人遥望水渠那边,荒腔走板地畅想未来,嚼到得意处,哈哈大笑。

郑绩东听那两个家伙胡扯,觉得有趣,尤其想到郗海静如果知道了自己大胆穿着引来如此议论,定会气恼,不禁嘴角含着会心的微笑,抬起头欣赏远处的画面。

这是缺少色彩的年代,此地是缺少花朵的春天,但是,美,能压抑吗,姑娘们发自天性大胆装点青春,实在是最顺乎自然。

她们的背影都很美,轻盈飘逸,锄地的动作有韵律感,郗海静个性太强,在穿著上不愿受旁人左右,毫不在乎异议,所以显得特殊。不过,她的粉色衣衫的确漂亮,明快给人美感,与众人素暗的色彩相比很醒目,颇有万绿丛中一点红的效果。

爱美是人的天性,即使革命者也不例外,只是嘴上不承认罢了。

因为只有资产阶级才臭美,所以女孩子即使有意打扮也遮遮掩掩,郗海静不声不响打破常规,谁禁止过啦?她问自己,没有答案,于是她决定穿粉的。

4

他最初见到郗海静是在猪号。那时他们全都刚刚来到兵团,满身学生气。尤其她,到达连队时,是手里拿着两只羽毛球拍跳下卡车的,似乎来旅游。正是那羽毛球拍引起他的注意。在猪号,他认出她是球拍的主人，郁海静的打扮素静清爽，一尘不染，头发黑亮柔顺，编成两条匀称的麻花辫垂在腰际，整个人亭亭玉立。她面容娇好，乌溜溜的黑眼睛，鼻梁高高，红润的脸蛋上还隐隐带着少女未褪尽的透明小绒毛。面对挑猪食用的桶和扁担，她碰都不敢碰它们。

那副桶肮脏到极点，里里外外积满厚厚黑渍，沾着菜叶和汁汤，酸臭扑鼻，仅空桶也有十几斤重，她羞红了脸为难地对猪号班长说：

"我连空桶都挑不动。"

声音轻悄文静略带娇气，面颊布着淡淡红晕。猪号班长挑着满满两桶浓稠的猪食，咔嚓咔嚓大步流星忙着喂猪。见这情形，赶紧把她们几个女孩儿退回给连长，只留下几个圆头虎脑浓眉大眼，赤脚清猪圈干得起劲的男学生，其中就有郑绩东。

后来对她的印象就大为不同了，那时他当基建排长，带着一帮男战士抢在雨季前给全连的房顶抹泥加厚，他们在房顶上干活，女班在地下当小工配合，此时的郁海静已经变得胆大能干，她突然对向房顶上飞锹递泥感兴趣了，执意要试试。这是男劳力才干得动的活，她丝毫不听劝阻，盘起辫子露出光洁的脖颈，挽着袖子挺起胸脯意气风发地，细胳膊举着沉甸甸的一锹湿泥，根本扔不高。她不服输，反复试，弄得自己浑身泥点，鼻梁上、面颊上、眉毛上都溅上泥，却更显健康和快活。

她有一种纯真的执著。反复向上扔，次次失败，还是不认输，努力想把锹竖着扔向房上，全然不知这很危险，锋利的铁锹头容易伤到人。房顶上的人都怕得躲开，只剩郑绩东坚持着。他耐心配合她，站在房顶上冒险朝下大弯腰，竭力捞住她像箭一样扔上来的锹，于是有了他们俩第一次目光相碰，也有了他此生第一次心里重重的一叩，霎时有些慌乱。

让他吃惊的是当天她就练会了。巧劲用得恰到好处，似乎不费力，就将一铲泥连铁锹一同灵巧地扔上房顶。而且铁锹竖着扔上去，离手的瞬间使个偏劲，铁锹柄中途变成横着飞上去，便于房上的人接住。开女排先河，自此飞锹才在女排突然普及。

如今，她长高了晒黑了，依然刻意穿着端整，性格中多了果断少了娇弱，干起活来已经脆爽利索。郑绩东喜欢她满不在乎特立独行时洋溢出的活力，她有一种脱俗的气质，常轻轻地触动他。

5

中午，娇阳高照，白灼灼阳光把大地晒得发烫，把翠绿的麦苗晒得油旺旺，一条一条的麦垄长 800 米，笔直地通向尽头。水渠把它截断，越过水渠，又是笔直看不到边际的麦苗。远远近近遍布田地的战士们，全都朝向一个方向，躬腰执锄，参差不齐有条不紊地前进。人人身后拖着条条绵长的划痕，那是被翻起的土壤变成潮湿的深褐色，刚长出嫩尖的杂草被兜底铲除，翻出白嫩的细根。大地被截然划成两种深浅不同的颜色，锄过的与没锄过的，此消彼长。

锄地的人一气儿 800 米锄到头之后，数好田垄掉头往回锄，基本上大家进度差不多。只有刘玉芳干得非常吃力，远远落在后面，方向跟大家相反，很孤独。班长看在眼里，分派她去担水给干活的人喝，让她发痛的胳膊和手掌缓缓。班长脾气好办事公道，对班里每个战士都尽量照顾，送水是特意给她的轻活。刘玉芳歪歪扭扭挑来两小桶热水，肩膀被扁担压得生痛几乎挑不动，好不容易从大路下到田里，沿着斗渠的渠背朝班里挑过去，脚步有些踉跄。大家都渴了，远远地停下手中锄头等待她走近，突然"嘭"一声，刘玉芳担子上的热水桶翻了一只，扁担另一头的桶也失了平衡随即摔翻，水，洒光了。"嘻嘻嘻"于玲玲笑出声，马上又忍住，每个人都望着刘玉芳，空气中凝结着难堪的安静。

其实，不会干活不足为奇，都有个学习过程，刺心之处不仅是那声笑，还有那安静，伤人的安静。全班十几个姑娘齐刷刷看她的笑话，那意味着不被接纳，刘玉芳懂。

又是锄地的一天。

日头西沉时，已经接近 8 点，田地上空蚊蚋早已活跃，飞绕在战士们头顶，加重了大家的饥饿感，疲惫的锄头开始在地上胡乱划拉连草带苗一起削断，下工哨才吹响。

下工路上，成团的野地蚊子在队伍头上像烟雾一样飞舞伴随，有冒失的专爱往人的嘴里飞，害得大家不敢张口唱歌，有两人摘下军帽向上一阵乱搧，效果不大，于是站在队伍排头扛着红旗的人挥舞开双臂，"呼呼"耍弄出声响，翻飞的旗帜驱散了蚊子军团，大伙嬉笑喝彩，气氛轻松，一天的疲劳褪去许多，不料，惹怒了梅小延排长，刚走上有风的大渠背，蚊子渐少，她却气哼哼大喊：

"立定－－向后转－－齐步走！"

队伍默默地向回走，顿时，大家心中忐忑不安，拿不准是否又要回到地里重新干活。走到蚊子猖狂的地方排长让队伍停下来，让大家一动不动地站那儿供蚊子叮咬，她开始训话，"红旗是什么？是烈士的鲜血染成，用它哄蚊子！站在这儿想一想吧，如果想不通，今天就一直站在这里——"

大团的蚊子围了上来，聒噪个不停，"嗡嗡"的响声直逼排长的声音。

接下来，训斥的火力集中在：自由散漫，结束语时，又一次强调"自由散漫已经带来恶果"，站在队伍排头的郗海静发现自己竟然被她盯住了好几秒。

6

大地收走了落日的金色余晖，只剩晚霞烧红半边天，四排的女战士们才垂头丧气地回来，宿舍区早已热闹起来，而食堂已经冷清，迟归的13班打饭端回来的馒头，是笸箩最底层压扁走了形的，桶里的粥已经冰凉，却非常浓稠，这是唯一的意外之喜。吃饱后姑娘们才顾上干净，开始洗呀换的，终于干干净净利利索索，坐在房门外空地搓洗盆里脏衣时，已是暮霭四起，晚风欲来了。

郗海静踩着薄暮去井台挑回两大桶水给王玉茹洗衣服用，王玉茹身材丰满，动辄出汗，这个季节最怕挑水，郗海静没耐性搓洗，两人互补合作，有时惠及于玲玲。把满满的水桶稳稳撂在房门外王玉茹身旁以后，郗海静从肩上拿下扁担，把它横架在两只水桶上边，自己坐在这条临时的长凳上，她没忘记那目光，沉默着，百思不得其解，终于开口问王玉茹，

"排长那话是什么意思，自由散漫恶果？"

王玉茹素来处变不惊，从不急躁，此时低着头用搓板洗衣服，半响才不紧不慢回答：

"冲你说的呗。"

"我也有这感觉。"郗海静立即同意，英雄所见略同，可是奇怪了，她左想右想还是心中奇怪，仍旧想不通，怪腔怪调地发问：

"我招你惹你啦？"郗海静皱着弯弯的眉毛，梗着脖颈，一本正经地质问并不在眼前的梅排长，她真不理解，无缘无故的，干嘛对我那么凶？

"你没听说？还不知道？"王玉茹直起腰抬头惊奇地问她，于玲玲隔窗听见两人的话，拿着一个空脸盆走出来，插话：

"能不知道吗，别理她，装蒜！"

她的草帽丢在田里找不到了，所以火气大，说着拽起郗海静，弯腰提起地上的水桶倒出一盆水，放回桶，架好扁担，又把郗海静摁归原位，端起脸盆就回屋准备自己使用，郗海静如堕五里雾中，眼疾手快一把扯住于玲玲的后衣襟，"你给我回来，知道什么？"她最不愿被蒙在鼓里，这两人居然一唱一和，单把她排除在外。

看到她茫然的样子，王玉茹笑了，对于玲玲说：

"她好像真的不知道。"然后慢声细气地告诉她，马号班的古岗南被发配看麦场了，八成是你那一抱给抱去的，公众看法。

简直匪夷所思，郗海静气得不知说什么才好，脸涨得通红，连恼怒的眉毛上方都泛出粉红，想了想，进出一声：

"什么乱七八糟的！"又定神想了想，"我找指导员去。"咬着嘴唇，站起来就走。

王玉茹慌忙用湿淋淋的手死死抓住她的胳膊，"早八辈子的事啦，你神经病，老猫，老猫！"

喊来一墙之隔的老猫和刘玉芳才一起把她强拉进屋。大家并不认为郗海静跟古岗南有特殊感情，所以才会半开玩笑地指责她，但是古岗南遭受冤狱，她们可是不折不扣地站在他那边。

说是公众看法，当然夸大其词，只不过是 13 班几个人只知其一不知其二的误解罢了。古岗南因为顶撞领导才受到处罚，但外人不知道是这个原因。骑马事件过了很长一段时间，才有人见到他在看麦场，本来是很平常的事，并未有人注意。偶然被小米粒听说，才引起13 班一些议论，不久就被淡忘了，今天排长话里所指，不见得是这事，纯系猜测。郗海静冷静下来也觉得不应该去连部闹一顿找挨整。

但她还是内疚，对受到她连累的那个青年不由得柔情在怀，满心惭愧。怎么会这样荒谬，惩罚古岗南！连累了别人却毫不知情过得挺平静，她觉得自己像木头。想什么办法帮助他？诸多设想之后，她发觉根本帮不了他，唯一应该做的就是那天在马厩别拿他当救生圈。

第五章　场院夜谈

1

第二天，下工回来，她去麦场看望古岗南。

天刚黑透，凉风习习，非常清爽。暗蓝色的天幕闪着深远的星光，把通往麦场的大路映成一条灰白色的飘带，在黑暗中似乎飘忽不定。这条土路上有坑洼，郗海静有时拿不稳脚下，不能走得很快，她渐渐走近麦场。

那里与冬天的景象已大不相同，高大的麦秸垛不复存在，只剩无边的平坦，黑暗中显得深邃神秘。麦场角落里，孤零零立着一间看场人住的小屋，在星光下呈现出深黑色的轮廓，令人有几分不真实的幻觉。

郗海静径直走近这个简陋的小泥坯房，借助手电筒昏黄的微光摸索到破木门，毫不客气地乒乒乓乓把它摇撼几下，大声问，"古岗南，干嘛呢？"

悄无人声。没在？

顿时，她感到寂静和黑暗一起从背后压过来，赶紧更用力摇动面前的破门，咣啷咣啷，仿佛有声音就有安全。仍然没有回应，为了克服胆怯，她自说自话："死了？"

索性拉开门，小心翼翼朝里张望，小屋里面漆黑，什么也看不清，沉寂无声，能感觉出没有一丝人气。她急速关上门，失望地撤退。如此大的麦场，黑黢黢的只剩她一个人，这可没有预料到，扫兴！

她越走越快，似乎到处影影绰绰埋伏着阴森，紧张得脚底生风如同逃离。接近场院大门时，从看不清楚的地方冒出来一个浑重的声音："嘿，我在这儿。"

懒洋洋的声音像从冥冥中传来，郗海静冷不防被吓了一跳，脚下愈发加快速度，一边走一边慌张地前后左右四下张望。

"郗海静，在这儿。"浑厚透亮的声音再次传来，比刚才响亮，满含关心与提醒。这次，她听出是古岗南的声音。眼睛努力在黑暗中分辨，伴着星光隐约看出，麦场的矮土墙附近，有一个黑沉沉的大石碾，声音从那里发出。

古岗南席地坐在石碾旁，舒适地背靠着它。夜色下，面对空阔的麦场与宽大的土豁子院门，一切动静都逃不过他眼底，包括郗海静踏进这里的第一步。显然，从那时起，他就静静旁观，听之任之。现在，看着郗海静一步一步走过来站在跟前，他坐着没动，抬起头仰望她，夸赞：

"你胆子很大，勇敢，勇敢。"黑暗中他的眼睛很亮。

郗海静生气了。本来她满怀歉意，从营区走来一路思考如何表达抱歉之意，很费了一番心思。此刻，歉意烟消云散，内疚不内疚的，也早已置诸脑后，去它一边的！

她恼火地一个字一个字地往外蹦，"你，什、么、人！"想想刚才自惊自吓的经历更加生气，厉声问："有正型吗？什么古岗南，古怪！"

古岗南仍旧抬着头望她，慢吞吞回击一句：

"那你，什么郗海静，还稀奇呢。"看不清楚他的表情，听声音是毫不介意。

"稀奇古怪，稀奇古怪。"他咀嚼这两个词，似乎挺满意。

他喝酒了，手心握着一个军用水壶。看清眼前情景，郗海静心被扎了一下，内疚又涌回心头，迈上前弯腰伸出一根手指拨拉古岗南的头发，关心地问："醉了？"

她的手指爽滑，眼睛里充盈着关切。

古岗南偏头甩开她的手，警告说：

"你注意，我可喝了不少。"

这两句，声音冷静清晰，他的确没有醉，郗海静急忙缩回手。

2

自从被贬谪到看场小屋，旁人看起来，孤独的他挨整受罪，住的四面透风，与虫鼠为伴，苦到家了。实际古岗南认为日子过得不错，单独一人自由自在，恰遂了他的心意，场上现在只剩些干草，已经没有粮食，责任不重，防火为主。每天巡视几圈，轰走牲口，闲人免进，就算忠于职守。偶尔从麦垛底捡回军用水壶、军挎包一类的地震遗忘物，还可以送到马号，让那里的人们大为高兴，拿到后山跟当地牧民换羊肉，各取所需。美中不足的是小泥坯房没有通电线，只能在冒油烟的昏暗马灯下看书，但是，知足吧。

"无事不登我这三宝殿，你来有什么事？"见到郗海静，其实古岗南心里很高兴，只是受不了她客客气气的样子。

"没事就不能来了？"郗海静认为他话中有刺，所以决定不同情他了，她眯眼遥望远处那个东倒西歪的黑影，不客气地提醒：

"你的那个窝，苦大仇深的贫雇农都比你强，别三宝殿了。"

"给你，"她把鼓囊囊的军挎包扔过去，里面塞满她的活页。

"什么？"

"书呗。"

古岗南嘿嘿笑了，"请坐，这是草席，你坐过草席吗！"原来，他在地上铺一领苫粮食用的旧席子，不是直接坐在土地上，想不到他竟然讲究开了。

"我坐惯了土坷垃，好吧，我也亨爱亨爱。"这是她近来的新兴趣，刻意读错别字。

"喝闷酒呢？活得挺滋润嘛。"郗海静坐下之后不忘又射一箭。

古岗南低头看看自己手中的酒壶，无声地笑笑。

月光下来了，薄薄洒一层，四周稍微亮些，能看清古岗南穿一件白衬衫敞着领口，头发浓密稍带些弯曲，人显得柔和了许多。他拧开手中酒壶的盖子，递给她，接着她的话茬说："你来了就不算闷酒，喝一点，烧刀子。"是团里副业连产的白酒。

"我可不敢喝，太辣，又没有下酒菜。"

"有，给你下酒菜。"古岗南马上递给她一小块腌咸菜，

郗海静笑了，摇头拒绝，"不喝，你也别喝了，说说话吧。"

"不喝酒的人怕死，成不了英雄，没大出息。"

"哪儿来的谬论！"

"谬论？打过仗的人都这么说。"

"你想喝成英雄？"郗海静坐在他对面，向前探身故意端详他的脸，好像审查他够不够英雄资格。她此时才注意到，古岗南算得上模样英俊，眉毛浓黑鼻子端正，额头上黑发微微垂下几缕，居然是曲卷的！颇有些颓废艺术家的样子，于是，不以为然地摇摇头，

"哪有你这样的英雄，像少爷。"这句话刺中痛处，古岗南懊丧地抓抓自己微卷的头发，一筹莫展地请教，"你说，有什么办法让它不卷？"

郗海静不假思索地伸出一根手指在他头发上空轻快地一划，脆声吐出两字"剃光！"

没想到她毫无同情心。古岗南忍不住哈哈大笑，郗海静也跟着笑了，问："这是发配吗，哪个笨蛋把你搁到这儿的？"听到这话，他更加大笑不止。

月儿明亮起来了，银光如水，洒满麦场，远处景物的阴影也显现出高低起伏。土墙外，一条弯曲小路隐隐约约伸向菜地，菜地边那口甜水井上的辘轳，黑色、细小，缥缥缈缈，像玩具的剪影。

看见古岗南并不情绪低沉，郗海静心里轻松一些。

"不过，干嘛整你？"她装出轻描淡写的口气问，古岗南没回答，郗海静存不住心中的困惑脱口而出："这太可笑了吧，做错什么了？"

"男女授受不亲呀。"古岗南大彻大悟了，再一次夸赞她："你很勇敢。"

他带着笑意盯着她，忽然发觉她美丽的眼睛里闪动着不平与深深的……什么呢，似乎是深深的失望。古岗南感到自己的太阳穴被敲击般地突突跳动，他认真起来，坐直了，迎住她的目光，说："是挺

可笑，甭在意，你也受批判啦？"

原来如此，听这话意思，他还受到批判！郗海静的心情彻底变坏，她恨恨地回答："没有，那我也窒息。"

窒息，这个词含意太深了，古岗南手指里耍弄一根草梗发出细碎响声，心中琢磨。一向以来，他期望跟她有更深的友谊，能够深谈、交心，但是都止于轻松的玩笑，现在，她终于想向他倾诉苦恼。

"你不喜欢这里，动摇了？"他看不起那些唱"扎根边疆一辈子"高调的人，不相信郗海静也会言不由衷。

她迟疑地，"没……动摇。"

"小姐，你诚实一次吧！"古岗南有了气，不由得提高嗓门，

"去你的！"郗海静反击他的训斥。

郗海静凝望挂在半空的圆月入神，久久无语，古岗南默默等待她回到现实。许久，她不易觉察地轻轻叹一声，低下头，古岗南始终注意着，看她叹气，问："想到人生了？到底有什么样的将来？"句句猜得对，也许正是因为这些他才喝酒，郗海静早就发现他和自己有共通之处，总能想到一块儿去，这让她有点儿不服气，莫非我也是落后分子？

"我觉得自己一无所长，没有本领，将来拿什么立足社会？"郗海静语含一丝悲哀，"抓空儿学习一点有用的知识，还必须偷偷摸摸，没劲透了"。

对她来说，更悲哀的是这些话不能向她最想依赖的郑绩东倾诉，恐怕他不会容忍这种极端的自私吧？

"有用的知识？你学习什么呢？"

"数理化。"

"在这儿耪地用得上数理化？"古岗南又忍不住了，似乎今晚存心跟她过不去，"哦，我猜猜，你想将来老死之后墓碑上刻着：这是一个有文化的农民。"

尽管没有指望得到安慰，她也没有料到古岗南会在伤口上再捣一拳，她瞟一眼他，冷冷地说："你是一个……"

不等说出后面的刻薄话，古岗南打断她的话音，替她说完，"恶毒，一个恶毒的人，对吧？"

"……一个很有自知之明的人！"她迅速说完自己的话，眼下她的确这么认为。

古岗南轻轻笑笑。

夏夜，清风一阵一阵拂面而过，柔和轻缓悄无声息。过了一会儿，郗海静不干了，提议，"咱俩换换地方，我亨爱亨爱碾子。"

其实石碾子又宽又大，足够两人并排靠着，但是郗海静觉得这样有点儿甜蜜蜜的，太别扭，执意赶走古岗南。所以古岗南一边嘟囔"我怎么就从来没有见过讲理的女的？"一边磨磨蹭蹭站起身腾地方。

郗海静挪过去背靠碾子坐舒服，又有了闲心赏月。

此时，月至中天，更圆更明亮，悬在头顶似乎距离很近。

"那月亮上黑乎乎的到底是什么？"她仰头望着，半晌，古岗南又说煞风景的话，"肯定不是嫦娥。"

古老的传说寄托乐观，充满人情味，引人遐思，浮想联翩。

"真希望那上面是山脉河流，人死之后能去那里。"郗海静对月喃喃自语，沉浸在自己的世界里，古岗南也不由得望月不语，银月晴光，照人清切，两个人默默坐着。

"也许，我奶奶在那上面？"她带一点希望地探询，像问月，又像在问古岗南。

奶奶去世前没能见孙女一面，是全家的痛。面临上山下乡的大潮，她选择来内蒙兵团，临出发前她去医院辞别，奶奶靠在病床上，瘦骨嶙峋的手紧拉着她最疼爱的孙女不松开，老泪簌簌，无力地、反复地说："再也看不到你了，再也看不到你了。"声音微弱。

郗海静伤心得简直不想离开，火车启动前才急匆匆赶到北京火车站登上北去的列车。到这里之后，由于纪律严格不许请假探亲，至今她没能踏出连队一步。几个月后奶奶死了，一周后，她才接到信。有时，她真想相信天上的确游走着人的灵魂，那样，奶奶就能来看望她，随时随地。可是，皓月无语，只有皎洁月光……

她收回目光，有些不好意思，低头笑笑掩饰莹莹泪光，对古岗南说："你不理解。"

听见这句话，古岗南目光一闪，转过头瞧了她一眼，他半站半坐在石碾沿儿上，双臂抱在胸前，静静地一声不响，夜清月明，四周寂然无声，偶尔响几声怯生生的虫鸣，他抬眼望着月亮，过了一会儿，下巴朝天上点一下，告诉郗海静：

"我爸爸也在上面。"

郗海静蓦然愣住，他面色平静，眼光中不含感情，迎住她的诧讶目光，又平平常常地说："他是自杀。"

她更震惊，心骤然缩得紧紧，下意识地抬起一只手按住胸口，呆呆地望着他。古岗南看见她这副样子，心中后悔，刚才她那句话突然刺激了他，还能有谁比他更理解呢？一时冲动，产生倾诉的欲望，哪知会吓着她。现在反过来倒是他安慰她：

"我没事，已经过去五年了。"

郗海静眼睛张得大大的，从席子上站起来，也倚在石碾子上，没有说话，能说什么呢，只有沉默，沉默。

古岗南没有料到自己会提起往事，今天很意外，几年来，他不曾跟别人说过一个字。他希望郗海静不要表示同情，尤其担心她说些惯常的安慰话，因此，当两个人陷入长时间的沉默时，他感觉好多了。

夜已深，晚风袭人，远看营区，栋栋房屋沐浴在银色的月光下，拖着短小的灰影子，悄无声息。

古岗南打破沉寂，"回去吧？我送你。"

郗海静没听见一般，一动不动，

"走吧，"他低声劝。

路上，两人并排走得很慢，还是默默无语。

在岔路口，郗海静停住脚步，迟疑地说："我不知道该说什么……你受牵连了吗？"

"当然啦，"他淡淡笑一下，"要不早就参军了，我从小一同长大的伙伴们，还有同学，都参军了，独独我被挡在外面，没有资格呀"。

她又迟疑，知识分子自杀，她听说过，军人，"怎么会……？"

"唉，枪林弹雨都能闯过来……，一时想不开吧。"古岗南有些感慨，又有些像谈论别人的事。他没有想到能如此平静地对待这段惨痛的家事。

在北京，文化大革命造反初起时，北京几个军队总部大院有一阵子闹得挺热腾。他父亲本不是批斗大会上主要靶子，仅仅陪着挨斗。但是，他母亲，急于表现革命性，上台揭发批判，并且大步朝台上低头站着挨斗的丈夫走过去，搧了他一记耳光。他父亲当晚回家后就服了一瓶安眠药自杀，六个儿女全都在各自的天地里闹革命，家里只有与他坚决划清界限的妻子。自杀，是对抗人民，不可原谅。

从最初的震惊渐渐冷静，心终于慢慢松开，郗海静轻声告诉他：

"知道吗，我家也有问题。"古岗南转头看她，她苦笑，"说我爸是特务。"看见古岗南眼中现出疑问，她加一句，"他是从美国回来的，所以特务。"

原来这样啊，荒唐的事满目皆是。

他无可奈何地笑笑，说：

"这可真是，相逢何必曾相识。"

郗海静原本不觉得自己是天涯沦落人，只需言行谨慎些罢了，万没想到桀骜锋利的古岗南背负沉重得多的压力，仔细想想，两人家庭出身都有问题，的确属于另册。

3

从麦场回来后，接连几天心情抑郁。她信任他，当然也感受到他的信任，想来唯有她能看到透明的他，作为朋友，她极为珍视这友谊，人生能有几知己？然而郗海静天性追逐快乐，躲避沉重，正因为此，她非常想从郑绩东那里汲取力量，他能带来坚定，能让人依赖。

还有，她想家了，非常想。半夜从梦中醒来，她发觉泪水满面，枕巾已经被眼泪沾湿。梦见什么了？她躺着，竭力回想梦境，却支离破碎连不成片，头脑越来越清醒，难以入眠。

她清晰地记得，她去研究所的"牛棚"给爸爸送毛背心。远看那座五层办公楼的外墙，依旧缀满墨绿色的爬山虎，沉稳庄重。走近却是另一番景象，大字报棚上，墙壁上，甚至门上，玻璃窗上，全都贴满红红绿绿，层层叠叠的大字报，满目皆是"打倒 xxx""砸烂 xxx"的大标语。地面上飘动着碎纸屑，扔着破笤帚，笤帚上沾满半干的浆糊，斗争气氛浓烈，但是难见人影。总算找到造反派的小头头，反复向他申明解释，这个小头目才带她走近一处偏僻院子附近，命令她止步。那头头自己走进去，许久许久，在她焦灼万分时，才隐约见到爸爸从一排低矮的平房里蹒跚出来，后面跟随着另一人，穿蓝色劳动布工作服，工人模样，像是在监视。

天凉了，妈妈忧心忡忡，准备了几件厚衣让她送去，孩子去没有黑帮联络的嫌疑，也许不会遭到拒绝。奶奶已显衰弱，但更加老谋深算，拦着不让带几件，只取出毛背心一件交给海静，这样还可以有借口下次再送。嘱咐孙女，要注意爸爸是否平安，不要多说话，免得给爸爸惹祸，妈妈在旁立即浓缩成为"不要说话"，告诫的目光她至今忘不了。

爸爸很瘦，头发已花白，脸晒得很黑，显然一直劳动，身上的衣服皱皱巴巴，但不脏。他面无表情，没有伸手接毛背心，而是回身看着监视他的人，那人目光有点凶，个子不高，鼻子很尖。

郗海静当然不知道，这个人很怪，时常这样审问她爸爸：

你为什么回国？

而当他的犯人回答出原因时，他又不相信，再问：

在美国生活得那么富裕，还回来，不是特务是什么？

作为革命群众的阶下囚，她爸爸实在打不破这个逻辑，所以只好听天由命，对他毕恭毕敬。

那人懒懒地站在远处，点点头，爸爸才从女儿手上拿过毛背心，抖一抖它，叠在手中。此时，他眼中才谨慎地露出关切，问：

"你奶奶好吗？"声音很高，超出私人谈话的范围。

海静急急点头，冒险加一句：

"好，都挺好的！"这意思是家人没有受太大连累，妈妈没有关进牛棚，奶奶活着。

见面到此结束，爸爸转身回返，海静心中麻木，伫立原地望着他的背影。这时，小院里出来一人，匆匆朝她走来，小声喊一句：

"静静，等一下。"

是郗海静从小就熟悉的吴阿姨，住在她家楼下，此时却几乎让人认不出了，她脸色灰黄，手拿一把长柄铜钥匙，想交给海静捎给她自己的家人。爸爸骤然停住脚步，扭头望望监视他们的人，又望望自己的女儿，海静不敢接钥匙，只好看着爸爸等他发话，吴阿姨慌忙指指平房方向，解释：

"哦，已经请示了。"

又迅速走向那个冷眼旁观的民间狱吏，让他验看钥匙，那人不耐烦地点头，海静接过钥匙时看到吴阿姨的手非常粗糙。这把大钥匙上由细绳拴一个本色的小木牌，貌似简陋的钥匙坠，小木牌正反两面写满密密麻麻模糊的细小英文，是手写蓝色钢笔字，木牌和上面的字很脏，被汗水浸得发黄、发黑。

回家后妈妈见到钥匙和字牌，拿在手上稍一沉吟，就让海静送下楼去。

上面写些什么？

月光透过窗棂洒在炕梢，她躺在土炕上，在千里之外又一次琢磨，上面写些什么？妈妈懂英文，但她不会告诉女儿的，知道得越少越安全。那年她十五岁。

夏夜，一片安宁，只有从很远很远的地方，隐隐传来夜耕的拖拉机轰响，这个季节，还在播种什么呢？她想着。妈妈警觉的眼神、爸爸短得露出脚腕的灰裤子、吴阿姨头发里的半片枯树叶，多么遥远的事。与古岗南相比，她的家庭算是幸运的，她渐渐意识模糊睡着了。

第六章 饥 饿

1

男生排的王霖，生不逢时，读完小学就赶上文革混乱，在中学，一天正式课都没有上就被告知毕业来到这里。最近，几本陈旧的初中数理化课本，带给他极大乐趣，下工回来，无论多么累，只要捧起课本就忘记一切，津津有味地学习，他惊喜地发觉自己眼前展开一条崭新的大道，突然，生活变得有色彩充满乐趣，前途变得敞亮。

近来晚上连续停电，不得已只能使用煤油灯，一灯如豆，人们就着一盏墨水瓶做的煤油灯摸索着勉强干一点事，通常就不得不早早睡觉，返回日落而息日出而作的远祖生活。可是王霖魔怔了，每天晚上点灯熬油地不睡觉，趴在炕上看书！搅和得他身边五大三粗的张宝兴也睡不踏实，你想想，小灯捻的亮光晃着眼，耳朵边隔不多一会儿就响起嘶嘶啦啦翻书页的声音，延续到半夜，能不发疯？忍无可忍的张宝兴终于发作，一骨碌坐起，伸手抢过王霖脑袋前的油灯，重重墩在自己跟前。

"你干什么！"冷不防吃一惊的王霖抗议，眼前顿时黑乎乎看不见书上字。

"我饿！"张宝兴有气没处撒，驴唇不对马嘴地哼哼，他从挂在墙上的军挎包里掏出一包玉米粒，又摸索出一根缝衣针，盘腿端坐，细致地将一颗灿黄的玉米插到针上，举着在油灯的小火苗上烤，时时转动玉米粒，许久，"啪"地清脆一声，熟了，玉米粒爆开，变成一颗质量低劣的爆米花。

"啊！"王霖赞叹，迅雷不及掩耳地摘过这颗散发香气的米花，塞进嘴里，张宝兴举着针上的米花欣赏自己的杰作，转瞬间米花不见，眼前只剩针尖，他仅发呆一秒，就反应过来，急忙去抢，为时太晚，只见王霖嘴里嚼两下，咽下去了。

"孙子！"张宝兴低声咆哮，他生怕吵醒别的饿狼。

"你丫别事儿妈，快他妈烤。"王霖也急了，还以低声咆哮，张宝兴有点犯晕，论理到底应该谁当家作主？他又扎上一粒，耐心烤，"啪"，响声未落，直接送入嘴里，历史的经验值得注意。就这样，俩人你一粒我一粒，越吃越饿。

"从哪儿弄来的玉米？"此刻王霖才起了好奇心。

"偷的。"

"运种子的时候偷的？这可是国家财产。"从本质上讲，王霖是遵纪守法好公民，不越雷池半步。

"那有什么关系，连我都是国家的。"张宝兴满不在乎，他的歪理多得很。他们负责拌种子，能接触到没有拌入农药的干净粮食。

活累劳动量大，必然饭量大增，伙食定量却增加得有限，饥饿开始折磨人们，尤其男排，一天到晚觉得饿。本来早点入睡可以有效治疗饥饿，但是王霖秉烛夜读，殃及四邻，张宝兴发火的确有他的逻辑。现在他也起了好奇心，问王霖：

"你看的那玩意有意思吗，我瞅瞅。"拽过一本，凑到灯下埋着头认书皮，

"代……数"期期艾艾读出声，摇晃脑袋不解地自言自语，"学它有用吗？我连算术都没学完。"

一页一页翻看，口中叨叨："看不懂。"

再翻，"看不懂，看不懂……"一页一句地念念有词。很快，长长的哈欠连续袭来，敌不过困意，他放弃书本香甜入梦，失眠终于不药而愈。

2

厌倦劳动成为通病，张宝兴拄着锄头站在田里发愣，他在研究地

平线。远处灰蒙蒙，像乌云，他抱着希望问前面埋头锄地的班长：

"待会儿要下雨似的？天发黑了。"

班长顺着他的视线抬头望一望天，瞪他一眼毫不留情地浇一盆凉水，"你色盲呀，那是黑嘛！"

张宝兴早就饿了，他感觉肠子抽搐，胃里擂起响亮的战鼓，朝班长无奈地哼唧："你看远处黄澄澄，眼看要刮风，刮风不如下雨好，下雨可收工。"离收工还早着呢，再勒一勒裤腰带忍住饿，干吧。

夏日白天长得很，夜则短多了，为了避开中午的毒日头，开始有午睡时间，因而午饭后不多功夫，营区就变得安静。张宝兴本来沾枕头就能睡着，今天也没打算例外，他钻进蚊帐。白天蚊帐用来挡苍蝇，没有蚊帐，苍蝇在人脸上爬来爬去，赶都赶不走，它是敌进我退，敌退我扰，不知疲倦纠缠不休，你别想睡着，所以人人离不开蚊帐。

他钻进蚊帐仰面朝天把后脑勺重重砸进枕头窝，舒舒服服吁口气，刚要闭眼，突然看见头上的蚊帐顶上卧着一只……！他的蚊帐顶部是白布做成，很结实，竟然仍旧承受不住重量，深深地凹下来，虽不透明，但能清楚地看出横卧的两只鸡爪形状，他大叫一声，腾地坐起，眼睛瞪圆打量这两只爪子。

"吃错药啦，吓我一跳！"班长也粗声叫喊，他躺在炕上另一个蚊帐里。

"鸡？"张宝兴坐在蚊帐里，脑袋往上一冲，迸出一声，恍然大悟的样子，炕上四个蚊帐陆续钻出三颗脑袋，个个眼睛骨碌转，齐盯张宝兴蚊帐顶。王霖离得最近，他看清是一只白母鸡安详地卧在软软的蚊帐顶正中央，真逗，它可挺会选地方，最数张宝兴的蚊帐簇新。好脾气的王霖站在炕上，帮助轰走这只不速之客，其他两人忙着幸灾乐祸地夸他的蚊帐，哪知这只白母鸡不愿放弃新家园，任凭吓唬也不挪窝。恼了张宝兴，钻出蚊帐在炕上站起身伸手就搦，这只鸡早有防备，立即逃命。它在屋里拍打翅膀又奔又飞，上下折腾，外加声嘶力竭地"嗷嗷"叫唤，闹了个乌烟瘴气，最后从大敞的窗户飞出去。屋里尘埃落定，大家各归各位，将入睡时，又听张宝兴大叫一声，腾地又坐起，"鸡蛋！"他怪叫，原来隔着布顶他看出蚊帐顶上有一只鸡蛋。登时，四人困意全消，钻出蚊帐站立在炕上，脑袋聚在一块儿观察蚊帐顶上的这只蛋，它又大又白，不，微微呈粉色，嫩粉，极新鲜显然是刚才下的。四个人互相看看交换目光，彼此心照不宣，一齐跳下炕，冲出屋外，母鸡早已没了踪影。

食堂买了几只鸡，可是炊事班那些既缺少血性又不善做饭的知青没有人敢杀它们，只好自由放养。炊事员李莹时不时地喂它们些碎菜叶、残粥底什么的，谁都没有要求她做，只因她生来喜欢小动物，不忍心看它们被冷落。尤其那只白母鸡，最惹人疼，干净温顺，成了李莹的宠物，每天得空儿就抱着它，白母鸡也善解人意，乖乖待在她怀里忍受抚摸，耐着性等待自由之时。

近些日子，李莹感觉她的宝贝小白显得心神不宁，有点离心离德似的，这会儿，又不见它的影子。她在食堂忙完午饭，才抽出空儿到处寻找它，附近没找到，她拐到宿舍区找。

张宝兴王霖他们四人试图挽回刚才的愚蠢，每个人都不约而同地，轻手蹑脚，四面散开，专往犄角旮旯张望，嘴里"咯咯咕咕"地轻声呼唤，一看就是不怀好意。男生排各宿舍静悄悄，全在睡觉，每间房屋都门窗大敞，里面都有蚊帐，这让他们十分痛心。

炊事员李莹出现的时机再合适不过，张宝兴寻找到了白母鸡，它在稍远处营房边缘的圆草垛下流连忘返。健壮的张宝兴半蹲着向前蹭，尽量显出亲和力，长长伸出一只强有力的大手，手心里放一小撮刚搓出来的草籽，口中温柔地发出"咯咯，咯咯"的叫声，逐渐缩近距离，活像阴险的狼外婆。李莹用直接出击粉碎张宝兴的迂回战术，她大步笔直走到草垛跟前，弯下腰一把抱起小白，始终机警的白母鸡此时双翅稍垂，乖乖蹲下，任由李莹俘获，把个张宝兴看得瞠目结舌。

"你想干嘛？"

矮矮的李莹抱着白母鸡仰脸质问张宝兴，声音中、目光里带着恼怒，她恨这个损人利己的傻大个，明摆着，他想把小白糊上湿泥烤熟吃，她不晓得鸡蛋的事，所以不可能想到他们另有细水长流的计划。

张宝兴外强中干，只能采取守势，"喂喂它，犯法呀？"阴阳怪气地说完，转身果断败退，绝不恋战。

3

轮到小米粒在食堂帮厨，手脚不停地摆了整整一下午生馒头，几个炊事员在大案板前一直不停地揉馒头，开饭前才算胜利结束，腰终于能直起来，真忙呀！巨大的蒸屉，反复轮替，前后共蒸了二十几屉两千个馒头。做菜则简单之极，由于现有条件太差，无肉缺油，基本上是盐水煮菜，以小米粒的见识，跟猪号大锅熬食相仿，这话当然不能让炊事员们知道。

最热闹当属打饭。各班负责打饭的人排在打饭窗口，不耐烦不满意连同饭盆、饭桶递进窗口，满满的馒头、菜、粥递出窗口随着牢骚怪话离开食堂。风卷残云般，厨房里高高堆起几大笸箩的白馒头见底了，大锅里的糜子粥只剩一小圈，不再热气腾腾。炊事员也都散去，只留两人打扫战场收拾残局。小米粒当仁不让扫尾工作，她和李莹洗完屉布晾好，收拾利索时，厨房里已经暗下来。虚掩的打饭窗口被外面的人推开，响起粗声大气的问话：

"给加饭吗？"

是张宝兴，四个大馒头瞬间下肚，胃里仍旧感觉空荡荡，他没吃饱。拉着同样没饱的王霖来碰碰运气，李莹在昏暗中认出小窗口外站着的，正是那只大灰狼，顿时有了一脑门子气，斩钉截铁地说：

"不加！"她是在坚持原则，无可厚非。

"来，给你们加一点儿粥吧，挺稠的。"小米粒在一旁息事宁人，从另一个窗口对王霖说。

张宝兴早有思想准备，他有韧性磨人，不达目的不轻易罢休。他眼尖，从窗口伸进去一只粗壮的胳膊遥指案板旁的笸箩，耐着性启发：

"那儿不是还剩着几个馒头嘛，留着喂耗子？"

"那是给夜班浇地的人留的，不加！"李莹本来性情温厚，这会儿判若两人，横眉冷对，张宝兴根本没有机会。此时他感觉到气氛异常，这才想起母鸡事件，嗨！冤家路窄，怎么忘记这码事了？完啦，甭想加馒头。心一横，缩回胳膊，低头把大脑袋换进去，窗口太窄小，小心地、慢慢地伸进去，转动头朝厨房里四处张望，嘴唇撅着，貌似沉吟地问：

"那就……，有火捅条吗？借用用。"

"有。"小米粒一直于心不忍，急忙答应着，抬脚准备去里间小厨房拿火捅条。

李莹用不信任的目光瞥着张宝兴，冷得像冰一样的声音问："要它干什么？"

"给皮带再扎两眼呗。"张宝兴翻翻白眼，拉长声调回答。听话听声，锣鼓听音，小米粒急忙止住步子，与李莹相视，两人用手掩着口弯腰笑出了声。

其实，小米粒早就在另一个窗口乘李莹不注意，给王霖递粥时暗地里又递出去两个压走了形的馒头，王霖心领神会，接过瘪馒头拎着粥桶回身就走，任由张宝兴留在窗口瞎纠缠。

当然，铩羽而归的张宝兴还是吃到了额外的馒头，他也很明智地只领王霖的情。至于在女孩儿面前自己屡碰钉子，张宝兴得出的结论是：必须模样斯文。照这理论他将来的路途还会很艰难。

4

比起张宝兴把自己送到砧板上任人鱼肉，刘媛和郗海静则高明得多，她们也饿也对"吃"极感兴趣，但是行动更有主导性，简单说来就是去偷。

这天，她俩牺牲午睡，趁杳无人迹之时，冒着骄阳出营区直奔猪号。不走大路而是贴墙根，绕菜窖，曲曲折折到达，为的是避人眼目。

与预料相同，猪号安安静静，连猪都躲在圈墙根阴凉处睡了。大食料间里空无一人，灶台上三口大铁锅满满的，冒着微微热气，还没有完全晾凉，锅里正是俩人想要偷的猪食——煮胡萝卜。作案极其顺利，毫无惊险悬念可言，她俩从容退出猪号，神不知鬼不觉，满载而归。返途中，两人手里握着温软的熟胡萝卜，边走边吃，高原的胡萝卜长得特别壮，胳膊一样粗，用手一撸褪下表皮，露出软嫩的红瓤，香甜可口解除饥馋，不仅猪爱吃。

"你偷了几个？"刘媛嘴里嚼着，问话含糊不清，郗海静略想想，同样声音含混地回答："不知道，数数吧。"

俩人的挎包鼓胀得快被撑破，她们蹲下，开始检点。拿出来堆放在怀里，里外数数，竟然一共有 16 个，还不算手上吃了的那个，真够可以的。

"好个把家虎！快回去吧，够全班吃啦。"俩个人嘻嘻哈哈收拾妥当往回返。既然当贼干见不得人的勾当，就理应行动隐秘，她们俩却光天化日之下坐地分赃，满不在乎。

远远地，站着郑绩东。

他早就看见她俩鬼鬼祟祟，所以等在库房墙角下阴影里，这儿是必经之路。俩人仍旧贴房根走，走到跟前时郗海静才猛然看见副指导员，几乎撞上他。她刚结结实实咬了一大口胡萝卜，嘴里塞得密不透风，唯有瞪着眼睛看着他，口中"呃"了一声，举着手里的胡萝卜僵住。

郑绩东凛然挺拔，表情严峻地朝她呵斥：

"吃！吃！"

他竭力绷住脸，必须吓唬住她，刘媛在郗海静旁边，比她强不了多少，只来得及把手中不利的证据挪到身后，两人狼狈局促。郗海静一边硬咽下满嘴的食物，一边迅速打量地形，突然拉住刘媛就拐弯往房后跑，俩人边逃边笑，丝毫没有罪恶感。

她们居然拒捕，大出意料，跟在姑娘身后追赶？不行，太不像样了，郑绩东只能任由她们跑没了影，留下串串银铃一样的笑声，他继续检查粮库房顶，这里绝对不能漏雨。

郑绩东估计郜海静下工后会来找他解释中午的行为，所以，晚饭后，他坐在屋前那棵盘曲嶙峋枝叶繁茂的沙枣树下乘凉，这棵老树很不简单，从它扭曲低矮的枝干可以看出它不是人工培育的，多年来能抗住春天的风沙活下来，长得如此粗壮，可见它生命力的顽强，偌大的营区只有这一棵大树。

5

天蒙蒙黑了，今晚有电，难得的，各个房间都射出灯光，宿舍区战士们开始三三两两从闷热的屋里出来乘凉散步，指导员和连长也出来转悠，他们跟郑绩东聊了一会，各自散去。郑绩东仍旧坐着乘凉，偷吃煮熟的胡萝卜虽然算不上大事，但如果全连人知道这个诀窍都去偷，猪号就吃不消了，所以应该制止。制止的办法有很多，并非必须跟郜海静直接谈，他就是想听听她怎么狡辩。

不出所料，郜海静果然来了，却与他等待的大不相同。

尽管黑暗中身影模糊，但离很远他就识别出是她，她身材苗条，步态轻快。

然而，待到走近，却看出她脚步匆匆，两手紧紧捂住一只眼睛，低头只顾赶路，根本没发现大树下的他，急急拐进灯光四射的医务室。

似乎出什么事了？郑绩东急忙站起来，快步赶过去，迈进医务室一眼见到郜海静已经平躺在诊床上，面色惨白，军医朱大夫手拿大瓶小盘的在她身旁忙碌，猛然见到他进来，军医好像见到救兵似的，疾声朝他喊：

"快帮忙！"顿时气氛紧张。

"副指导员，拿着这个。"

递给他一个形状弯曲的盘子，示意他把盘子贴在郜海静的眼睛下方，自己快速将大瓶里的蒸馏水倒进小玻璃壶里，壶嘴对准她的眼睛倒水冲洗，残水流进盘子，此时，郑绩东才闻到浓烈的敌敌畏气味。

"怎么回事？"他的心陡然提到嗓子眼，紧张得有些喘不上气，郗海静怕郑绩东担心，强撑着发出声音："没关系。"

她有点口齿不清，一只眼皮被医生撑开灌水，另一只眼睛闭着，脸扭曲模样古怪，神志很正常。但这并没有让他放松下来，惊疑涌上来，他端的那个弯盘子开始有点儿抖，只能勉强保持镇静，一个劲追问医生："要紧吗？还是送团部医院吧。"他竭力让自己的声音显得不那么反常，实际上已经有点失去判断力。

"看看再说。"大夫并不慌乱，一壶接一壶连续冲洗她的右眼，敌敌畏的气味更加弥漫空间，而情况却明显好转，一会儿，郗海静不再软弱无力，她要求坐起来，躺着让她觉得难堪，郑绩东扶起她，接过透明的玻璃小水壶继续不断冲洗，这时他才刚刚反应过来，医生治疗的始终仅仅是眼睛。

大夫则开始检查她的眼睛，又翻眼皮又照瞳孔，郗海静感觉不再像最初时那样异常疼痛难受，她知道自己在渐渐恢复，心中充满对医生的感谢。

"真的没事吗，朱大夫？"郑绩东又追问，"没问题啦，挺及时，洗干净了。"朱大夫一边检查一边放心地回答，郗海静注意到郑绩东对医生的称呼，她坐在诊床上，一只眼皮被翻开只能用剩下的一只好眼向上斜翻瞧着医生，轻轻重复，"朱大夫？"声音透出胆怯与惊讶。

青年军医朱利民三十多岁，现役军人，性情狷傲，来连队半年多了，人缘仍不好，由于面色白皙，所以被知青们起了外号：小白猪。此时他听见郗海静的那一声轻问，明白她在想什么，所以突然脸色一变，厉声斥责：

"不给你，就偷偷倒走那么多，没处使啦？往眼睛里倒！"全然没有了刚才救死扶伤的可敬形象。

郗海静老老实实挨骂，自知理屈，嗫嚅着：

"没偷多少，白大……朱大夫。"

稍稍恢复一些的郗海静急忙逃出医务室，躲在门外贴墙靠着等候郑绩东。

医务室和连部办公室属于同一栋平房，各占这栋超长平房的两端，剩余的中间几个小间本是连里领导的办公室兼宿舍。但他们都带着随军家属另辟住处，所以实际晚上只有郑绩东独自占据这里。他想扶郗海静进自己屋，她却硬朝隔壁的连部办公室走去，何必招惹来多疑的目光，她看出现在是郑绩东有点乱了阵脚。

郑绩东拦住她，抓着她的胳膊，"进去躺会儿，看你，还是一走三晃呢。"他语气坚决，不容分说。

"我要看报，快点。"清醒的反而是郗海静，她悄声要求，很急切，甩脱他径直跨进办公室。连部办公室很大，里面宽宽松松放着几张办公桌，还有一排报架，下工后，战士们常来看《参考消息》，或者取寄来的信件邮包什么的，这里基本上是公共场所。

郑绩东把当天的解放军报递给她。郗海静常常突发奇想，行动莽撞难测，他知之甚深，但这次却猜不透又是哪出戏，郗海静顾不上解释，抓过报纸着急忙慌地观看，阅读片刻，松口气，放心地重重坐下。隔着桌子，小声告诉坐在对面目不转睛望着她的郑绩东：

"那会儿，我眼睛看报纸上的字，都是反的！头朝上、脚朝下。"办公室也开始飘散敌敌畏味儿。

"哦，太危险了。"郑绩东吸一口凉气，他从来没有听说过这种事，紧皱眉头极不放心，简单治疗能管用吗？

"左眼怎么样？闭上一只眼看看。"他替她担心，拿起桌子上的一个本子，隔着桌子向前倾身过来遮住她的一只眼，另伸出两个手指提问："这是几？"

凭着感觉郗海静知道不会出大问题，只是身上还略微发软手使不上劲，比起刚才已经大为改观，所以她彻底放心了。眼睛看东西完全恢复正常，比如现在，她被捂住一只眼，但是用另一只眼就能够清清楚楚地看见，郑绩东脸上满带着认真，眼睛里饱含着关切，在问她极其幼稚的问题。于是她笑了，缓缓地安慰他，"真没事了，全都能看得特别清楚。"

"这是几？"郑绩东坚持问，不改变姿势，仍举着两个手指，他已经不相信她的判断。

郗海静看见这位眼科医生用急切的眼神催促她，只好回答："是6。"

实在忍不住，"噗"地笑出声，又轻声加一句解释："你是六指。"

遭到戏弄的郑绩东直视着她，嘴唇紧抿，慢慢放下坚持让她辨认的两只手指，总算放心了，同时严肃地用手中的本子敲敲她的脑门说："嗯，你确实正常了。"

事情要从昨天说起，郗海静需要敌敌畏消灭宿舍里那些讨厌的蚊子，谁知去医务室讨要敌敌畏碰了钉子，医生拒绝给。

她的要求挺合理，遭到拒绝的原因，在于她使用的称呼出了问题，当然，这是十分钟前坐在诊床上才刚刚意识到。她只知道军医的外号是"小白猪"，所以想当然地，就恭敬地称他白大夫，她简单的脑瓜想也没想到还有另一个可能：姓朱。很不幸，这位医生偏就姓朱。而且他显然听说了自己的外号，看穿郗海静的恭敬是虚伪，结果，越叫"白大夫"，朱大夫态度越坏，拒绝得越坚决。无奈只好趁医务室人多杂乱时，她溜进小里间打开靠墙的药柜，从大瓶里偷偷倒出一小瓶。

那是昨天的事，今天，也就是刚才二十分钟前，她把沾透敌敌畏的沉甸甸湿布条挂在自己蚊帐门口外正上方，就是从这儿总飞进蚊子，搅得人一夜不得安宁。

治不死它？不信了！

她狠狠地嘟囔着挂好。谁想到，转身就忘记了这回事，临出门，刚想探身进蚊帐里拿手电筒，一头撞在湿布条上，霎时右眼剧痛视力模糊，贴在墙上当作炕围子的报纸，上面的字迹变得大而黑，竟然一个都不认得，全部是颠倒歪斜的，吓坏了她。宿舍里只有她一个人，只好独自恍恍惚惚奔向医务室，路上就已经开始感觉脸发麻头发晕，脚下像踩着起伏不定的波浪。

叙述完事情的前因后果，郗海静抱怨："这敌敌畏这么厉害？谁还敢用它。"

"哼"郑绩东聚精会神听她讲完，典型的郗海静风格，他无奈地笑一声。看她脸色仍旧苍白，嘴唇尚未恢复血色，实在无法生她的气，只好嘲弄一句，

"今后你还用得着敌敌畏？"

听了这话，郗海静眼珠子转转，明白了，慌忙低头闻闻自己身上，闻闻衣袖，没有异味呀？根本就什么气味也没有。她暗暗思忖，很可能真正受损的不是眼睛而是鼻子。

"需要躺一会儿吗？外面有个破躺椅。"

郑绩东看出她很疲惫，又担心了，为打消她的顾虑，他出去把吱吱扭扭油黑的破竹椅子搬到医务室门外大树下黑影里，回来费了番口舌才把她劝去。郗海静瞧瞧躺椅的位置，从医务室出来在这儿歇歇顺理成章，不再拒绝，躺下后才觉得自己确实全身无力，非常累。郑绩东站在她身后不远，靠在树干的低矮横枝上，你一句我一句地说些闲话，朱大夫听到声音也出来，摸摸她手腕的脉搏，跟着聊一会儿，有战士来看病他又进医务室去。

一切显得自然，没有过于亲密的嫌疑，郗海静这才放松下来，想起最初在医务室里郑绩东紧张的样子，不由微微笑了，她问：

"你是不是以为我畏罪自杀？"

一直精神紧张的郑绩东被逗笑，

"就因为胡萝卜？"他面容恢复了轻松，此时斜靠树上，嘴角带着沉静的笑容，不想让她知道自己刚才的胡思乱想。实际上他差点认定她一时大意误喝下敌敌畏，以她的马虎劲儿，并非不可能。

"你现在变得越来越鲁智深，知道吗？粗放，边疆生活打磨的，你就是典型例证。"他开玩笑地分析，但是转瞬间他的理论就站不住脚了。

"我从小就是粗毛野兽。"郗海静在躺椅上扭过头来向上望着他说。

"什么？"这名称可与她秀丽的形象相差太远，

"我奶奶说的，我每次打碎玻璃杯玻璃盘什么的，她就这么叫我。"回忆往事给她带来愉快。

粗毛野兽，这词传神！

郑绩东思忖着，她可要改掉这粗枝大叶伤害自己的毛病，他知道她的奶奶是旧式的知识妇女，一生相夫教子，没有出来工作，故意紧接她的话头说下去："你奶奶很会看人。"

说这话时略微沉吟了一下，他想尽量准确地表达，

"……可是，摔个杯子就能算得上粗毛野兽？小看你了！"

"唔，你含沙射影，这可不像你，我记得郑绩东很正派。"郗海静稍有点儿惊讶，含笑反击，

"你记得！哼，你那点记忆力。"他小声嘟囔，仍然不依不饶，暗含责备，这种情况在他身上很少见，看起来是真吓着了。郗海静有些良心不安，试想，有一个人时刻关心你，而你却隔三岔五地出乱子让他揪心，的确不太说得过去。

"知道了，我知道了。"她声音满含歉意，说出来的话却不像认错，似乎她闷头撞上敌敌畏这行为，跟粗心大意记忆力不好之类的毛病没关联，属偶然事件。

郑绩东依然毫不客气地问："你知道什么啦？"

"生命诚可贵呗。"郗海静又用打趣对待严肃，他倚着沙枣树干，医务室射出的灯光洒在郗海静脸上，看着她气色不再那么难看，活泼劲又露头，他的情绪也慢慢平静。既然她巧妙地暗示"爱情价更高"向他表示感激和歉意，反倒是他不能再追究什么了。

朱大夫又走过来，用手电筒照照郗海静的两只眼睛，很满意，他皱了皱鼻子，说：

"敌敌畏对人身体有害，你应该好好洗掉这股味，头晕吗？"

郗海静承认有轻微头晕，她动作不够灵活地站起来准备回去，朱大夫伸手拦住郑绩东，负责任地对他说：

"你不用去，小郑，我送她吧。"他根本就稀里糊涂。

第七章　渴望而得不到的表扬

1

一排长半躺在炕上。这里是郑绩东的宿舍，他斜倚着郑绩东原本叠得方方正正的被子，跷着二郎腿，遐思万里，问郑绩东："傅将军是谁？"

郑绩东坐在门槛上，用晒成干黄的芨芨草扎大扫帚，麦场上扫粮食用的。他费尽力气在一块方砖上狠砸，扎紧箍圈，听到问话，没抬头，只答一句："不知道。"

"昨天夜里我在老鸦渠浇地，碰见一当地老乡也浇地，——他借咱们的水。"这事连里领导都知道，郑绩东没有理睬背后的一排长，低头继续砸。

"我跟他聊，那老汉六十多了，看不起咱们。"随后，一排长晃荡着腿，模仿当地人的口音：

"饿（我）眼见的队伍多啦，兵团，连个地也种不下，净长草，兵团比日本人强，比傅将军的队伍错远啦！"轻蔑之声学得惟妙惟肖。

听到这里，郑绩东笑了，停下手，想一想，回头对他说："傅作义吧？国民党的将军，解放前这一带好像是他的地盘。"

一排长坐起身盘着腿，恍然大悟频频点头，"难怪呢。"又觉得不对劲，歪着头作深思状问自己，"这算不算阶级斗争？怎么觉得是歌颂旧社会？"

"当然算，而且还诬蔑新社会。"

梅小延插话，她站在窗外，隔着大敞的窗户听得一清二楚。"指导员，我说的对吧？"她问走在身边的指导员，二人刚从办公室出来路过这里，"嗯。"李指导微笑，不置可否，走进屋里，李指导并不鼓励梅小延的斗争精神，他只求平稳。郑绩东偏转身给他们让开路，仍坐在门槛忙他手里的活。

"地方老乡的事，哪里管得清，管好你一排的王霖吧。"他朝一排长半认真地说。一排长听见这话，忙往炕里缩。梅小延看他这副样子被逗得"咯咯"笑，逼近几步嘲笑他，"躲什么？又不是你往二支渠跑。"说着坐在炕沿。

一排长嘟囔："他那是在二支渠浇地，我问了，那个女的，好像是你那个排的。"

对啦，一排长发觉自己处于有利的地位，精神抖擞起来，直起身呈攻击姿势。"好好管管你女排的兵吧！我们是树欲静而风不止扫帚不到灰尘照例不会跑掉世界上没有无缘无故的爱也没有无缘无故的恨凡是敌人反对的我们就要拥护——"

梅小延警惕了，打断他的毛语录情结，一股劲追问：

"谁？我们排的？叫什么名字？"

梅小延对人对己都要求严格，从装束上就可以看出她与众不同，旧军衣，解放鞋，不带女性色彩，她中等个子，睫毛长而黑，轻俏的下巴，模样很好看。她毫不看重长相，讨厌打扮，为了省事，连辫子都不要，只梳两个简便的短刷子，十分容易打理。

服从命令听指挥是第一要义，不许谈恋爱，就别谈，挺简单的事，现在排里被外人说三道四，她暗自窝火，决心查出来，不能姑息。

等到屋里只剩她和郑绩东两人时，她推心置腹地说：

"副指导，是不是该收缴一次书？乱七八糟的书太多了。"

"哦，女排多吗？"郑绩东注意听了，放下手里摆弄的新扫帚，转回身面对她。对女排的了解他远不如梅小延，乱七八糟的书？指什么书？以他对梅小延的了解，大约是指毛主席著作以外的一切书。

"数理化？"听完她的汇报，他踌躇费思量了，没想到梅小延有如此的政治敏锐性，提出一道难题。

"应该算白专道路吧？"梅小延看到提议引起他重视，心中鼓舞，又向纵深发展，直接上纲上线。毫无疑问，郑绩东这样思想进步的人和自己是有共同语言的。

在北京上高中时，郑绩东学习优秀，如果不是几年文化大革命把他挡在大学门外，此时他铁定从北京顶尖一流大学毕业了。文化革命迫使大学停止招生，当时批判白专道路的气势凌厉逼人，大学梦破碎对他内心打击沉重。不过很快，崇高的理想主义热情被激起，他斗志昂扬地投身革命洪流，满眼看见的都是红色了。但是，心灵深处的隐秘角落里，并不排斥"知识就是力量"这一资产阶级逻辑。

"应该吧。"他点头同意，理论上，红色以外的都是"白"。但是等一下！他和缓地思考着说："如果有人说是又红又专呢？"

梅小延早已深思熟虑轻而易举地解决了这个难题，"在边疆这里，不需要数理化，想成名成家就是白专！"

对，郑绩东点头同意，这里需要的是吃苦耐劳精神。心底里他并不认同梅小延的观点，但她大义凛然站在革命的制高点上，所以他不会跟她争执，一句也不肯多说。

"为什么阴魂不散呢？批判一下？"梅小延提议，她真想不明白，居然还是有人逆潮流而动留恋白专道路，她感觉应该及时压制下去。

可是，郑绩东似乎过于谨慎，对这个话题不热心。也许他不能绕过指导员，果不其然，郑绩东开口了：

"我看，这事应该指导员做决定，这是一种思想倾向，你汇报了吗？"

他党性很强，梅小延愈发佩服他，但是，她希望他更有魄力些，敢于大刀阔斧，像这样一切听从指导员，什么时候能有突出的工作成绩？

"现在正汇报呢，你怎么啦？"梅小延爽朗地笑了。

"我写这个脑袋都发胀。"郑绩东也觉得好笑，朝桌上指一指为自己辩解，那里摞着一叠厚厚的稿纸，都是工作上的任务。他还是希望她向指导员汇报，于是话题不起眼地转移了。

2

二支渠两旁种着高大的杨树，轻风抖动，碧绿的树叶发出沙沙响声，斑斑阳光透过枝叶在地上晃动，这里适合约会，躲在粗大的树干后面，可以慌慌张张说几句生涩的情话。淡黄的渠水无声地流淌，极其漠然地缓缓流过站在渠背上的心急如焚的小米粒。此时的她在树荫下，时间不多，趁大家午睡时溜出来等待王霖，必须见他一面，到底上缴什么书？她没了主意。

谨慎过头的王霖坐在红柳丛后，不时探出脑袋张望，确认小米粒身后没有跟梢的，才沿渠背走过来。肩上扛一把铁锹，裤腿卷起打着赤脚，像是在浇地，唯一的破绽是背着军挎包。他给小米粒带来了《雷锋的故事》《钢铁是怎样炼成的》，上交这两本书，好歹说得过去啦，无论如何不舍得交出物理、数学书。

他俩互有好感，狗胆包天暗地来往，实际上只限于交谈几次，交换几本书，是外界压力使这两个过于年轻的心灵紧靠。

"混得过去吗？"小米粒接过书却没啥信心，她很担心，说话都是悄悄的，

"还有，什么叫白专道路哇？"她急迫地问，这个疑问挺折磨她，排长一再警告她别走白专道路要突出政治，闹得她十分痛苦。

"只顾好好上课认真学习，不关心政治，就叫白专道路。你当着她的面多念念毛主席语录，"王霖帮她出主意。

"不管用，我整本的语录都会背，毛主席的哪句话在哪一页我比她背得熟！"不说还好，一提起这些，小米粒更急眼，说话声音更小，几乎变成耳语。金蝉脱壳计是王霖想出的法子，他本以为兵来将挡水来土掩，有啥了不起的，不就是交几本书糊弄过去嘛，看来她的排长是个难缠的，不好办。

帮不上小米粒让他大受挫折，自己已经身陷另一个麻烦中。他担心他的排长跟踪监视，最近他动不动就会碰上排长别有意味窥探的目光。所以此时他眼睛东瞄西望，一副存心不良的样子。警惕是安全

的保障，他发现了，远远的有人朝这个方向走来，看身形是女的。

小米粒识别出，是班长老猫，她安慰王霖，"班长不像是来抓我。"她的班长经常提前出工，比梅小延更加苦干，奇怪的是她没被提拔当排长，听说她出身不好，可能是因为这个。

走得近一些时，能看清的确是老猫，她扛着锄头拐向了另一条路。虽然虚惊一场，两人还是躲在树丛后急匆匆商量几句便各自东西。

3

天空没有一丝云，太阳烤白了脚下的土路，走在上面能踏起轻尘。刘玉芳提前上工，她全副武装，头戴草帽、身上斜挎着行军水壶，肩扛锄头，俨然资深军垦战士好劳力。为了避开高原正午的毒辣日头，按规定饭后有午睡时间，她不愿意待在气氛沉闷的宿舍里，宁愿多下地干活。

刘玉芳孤独而寂寞，她习惯了，眼下，刘玉芳渴求的是表扬，劳动好可以受表扬，受到表扬说明比别人先进，只有先进才能改善自身处境，这个逻辑她看得透透的。一天，她终于得到了：梅排长做当天的劳动总结时口头表扬几个人，其中有她，说她不怕脏不怕累劳动积极主动，而且是在队列前当众表扬。刘玉芳站在队伍里，很想抬起头直视一次她身前身后左边右边队列里的女排战士们，但是忍住了。她看到改善的迹象出现，班长去仓库给她领了一把新锄头，那是跟仓库保管员争吵了几句才抢回来的。

随着时间推移，她的双臂开始有劲，肩膀已经能稳稳地挑担子，手上的血泡也已痊愈，同宿舍的刘媛去卫生室时顺便捎给她一卷纱布。迄今为止刘玉芳没有勇气去卫生室和小卖部这种人来人往的地方，所以她非常感激大刘，不止因为她雪中送炭更因为她对自己释出了善意，太可贵。当然，评选先进典型根本没有她的份，班里开会讨论人选时，互相提名一团和气，唯独没有人推选她。

水，是生命之源，连队里有几口水井，但是独独远离营区的这里生机盎然，因为这里的井是稀有的甜水井。井台一带，郁郁葱葱，小树林家族旺盛，钻天杨绿荫遮蔽，紧邻甜水井是连里的菜园，成片的菜畦，黄瓜架上缀满黄花，西红柿的绿秧蔓中隐隐闪现颗颗红珠。只有此时，孤独的刘玉芳心情才轻松起来，树荫下凉爽的风偶尔拂过面颊，瞬间忘记烦恼。不远处，高高的井台上，几个小男孩在摇辘轳玩耍，吱儿哇叫着嬉闹。这几个小孩带来少见的农家闲适，他们是兵团接管这个农场之前原场职工的孩子。

突然，刘玉芳瞅见孩子们四下惊散，惶恐地逃离井台，朝大路这边跑来。跑在最前面的一个男孩只有七八岁的样子，他拼命朝营区这个方向跑，他们的家在那里一个偏僻角落。

"怎么啦？"刘玉芳好奇地问他，男孩猛地止住步子，"哇"地哭出声，惊恐地对她喊：

"小亮掉进去了！"又大哭地跑起来，回家求救。几个孩子接连跑过，他们被吓坏了，一声不吭，只知道跑。刘玉芳扔掉肩上锄头，直奔井台。

班长老猫也刚走出营区，她又热又渴，这个午觉睡不下去了，不如提前上工跟刘玉芳比个高低，还可以先在井台喝个饱，用冰凉的井水洗把脸。近来刘玉芳麻利多了，锄地总是远远干在前头，这不，上工都走在她前头。

老猫并没有意识到她刚才惊散了一对幼稚的鸳鸯，她只望见远远的井台上的情形。听不清孩子喊些什么，只见刘玉芳突然跑百米比赛似的飞奔起来，草帽飘落身后，转眼冲上井台，跳进井里消失了，只留下静静的辘轳和井绳。班长老猫拔腿追过去，同时撕心裂肺地喊：

"快来人呀，有人掉井里了！"她不知道谁掉井里，但刘玉芳肯定掉进去了。

一路喊一路跑，到井台跟前，已经喘得上气不接下气，不暇多想，坐在井口沿就想出溜下去。她硬被拽住了，是王连长，他厉声叱道：

"你想砸死她们？用井绳！"

老猫热血偾张，早已昏头，甚至觉得王连长是从天而降。现役军人王六合连长，是连队里生产劳动的当家人，整天在田头转悠是他的习惯，老猫的呼叫声起时他正在旁边菜地里巡视。

这口井很深，里面黑洞洞，勉强能看见水光，探头下去，没有看见人。

此时井下，井水冰冷刺骨，刘玉芳冻得全身麻木。她已经下潜一次，但摸不到孩子，浮力太大阻止她向水底潜，她用僵硬的声音朝上面窄小的、射进圆形亮光的井口喊："太深，潜不到底。"她能看到井口人影，能听到上面说话声，还能听到自己的声音在井里回荡，同时意识到身上的衣服拖着她往下沉。

井上的老猫班长和王连长听见井下的喊声疾速抽身四处找石头，放进桶里坠下井，失败了，辘轳的井绳不够长，桶沉不到底，扶着它仍是潜不深。刘玉芳勉强浮出水面大口吸气，冻得有些支持不住了，紧抠井壁咬牙挺住，刚才第三次潜水时，她几乎没力气浮上水来。在黑暗的水里，死亡的预兆出现，从小到大的往事，竟然像一幕幕电影迅速在眼前闪过。她驱赶脑中这些图像，出于求生本能，拼死向上划水，用最后一点力气冒出水面。

王连长攀着井绳下来了，他连扎几个猛子，仍摸不到孩子。

已经有不少人跑过来，郗海静她们女排上工路过这里，也都围上来，郑副指导员水性好，他拨开众人下到井中，男排的一位排长也跟了下去，但都无济于事。刘玉芳先于连长被辘轳摇上来，辫子滴着水，湿淋淋的衣服紧裹身上，嘴唇冻得发紫，浑身不住颤抖。她的梅排长劝她马上回宿舍，她不说话，只摇头。

就这样轮番地上来下去，宝贵的时间在无情地消失。一位农场老职工有经验，扛着一根又长又粗的竹篙赶来，插进了井底。他顺竿滑进井里，又借助竿子下潜，几次三番，井上的人们屏息等待。郗海静注意到一位瘦削憔悴的妇女急急赶来，她跑到井台附近时，看见树下有一双小黑鞋，马上过去拿起辨认。这是担心弄湿而特意摆放在干燥地方、谁都没有注意到的两只小鞋，她只看一眼就把鞋放回地上，蹲下小声哭了。任凭同伴怎么劝慰，也没力气站起来，看来是孩子的妈妈。此后，她始终蹲在那里无声地哭，眼巴巴望着井台上的忙乱。太阳晒暖了刘玉芳僵冷的身体，但她仍旧颤抖无法控制，她眼睛盯着那位妈妈，一直盯着。

大家的心情越来越沉重，终于，井下喊："救上来啦！"几个男排的人奋力摇辘轳，老职工跨在桶上腋下夹着孩子升上来。

"啊！"井台上下，惊喜声一齐发出，孩子软绵绵，小细胳膊耷拉着，卫生室朱大夫等候多时了，立即抢救，就地给孩子打强心针，刘玉芳看到针尖从胸口直接扎进孩子心脏位置时，惊骇绝望涌上她心头。

孩子死了，他肚里没喝进水，是被呛死的。

4

此后几天，刘玉芳极少开口说话，绝口不提救人的事。

缠绕她心中的是一个念头，挥之不去的念头。她想知道，如果她因救人而牺牲，淹死在井里，会出现怎样的结果？她不想死，她渴望美好的生活，所以才付出了惨重代价。她想搞清楚，兵团能追认她为烈士吗？这个英雄辈出的时代，奋不顾身救人而牺牲的烈士涌现出很多，她算吗？

悲剧过去好几天了，大家还没有从阴影中走出来，默默地下大田，轻轻地回宿舍，老猫小心翼翼不露痕迹地照看刘玉芳，有点佩服这个不安心扎根边疆的落后分子。她深有感触，那天，自己也会毫不犹豫地跳进井里，但是，坐在井口看见下面幽幽深井里闪动的水光，刹那间，心中有风萧萧兮难回还的壮烈感。

郗海静也对刘玉芳起了绝大的好感，她奇怪，这些天来，连里没有动静，按常规，应该表彰嘉奖呀？虽然孩子没能救过来，但见义勇为的精神照样高贵，起码应该表扬。

一个不起眼的日子，下工晚饭后，各班晚汇报时间改成在礼堂全体开会，是个低调的表彰会。团里政治部副主任到会，念了表彰名单，连长、副指导员、排长、战士，跳下井的都受到点名表扬，都是谱写舍己救人壮丽诗篇的最可爱的人，唯独没有刘玉芳的名字。礼堂里全连四百多人，排列有序密密匝匝席地而坐，刘玉芳坐在女排靠前的位置，她脸上木木，面无表情地望着台上的副主任，仿佛周围人们的窃窃私语跟她没有任何关系。

第八章　北京的牵挂

1

进入七十年代的北京城，与前几年文化大革命初起时的如火如荼相比，已经沉静了许多，街头行人明显稀少，红墙琉璃瓦的天安门前，宽阔的长安街寂寥无声，路上偶然驶过几辆汽车打破寂静，反倒像闯入者，显得突兀。只有清晨上班时，才有如潮的自行车滚滚涌过长安街超宽的自行车道，像滔滔汀水，气势如虹。

此时是中午，最清静，郗正清坐在公共汽车上穿过长安街，望着窗外。他发现，路边浓绿树荫下的便道上，零星闲走的行人，基本上是中年人、老年人，难得见到年轻的，与他的大女儿海静同龄的孩子们都见不到踪影。

他家里现在也是这种状况，人员减少一半多，剩下他与上中学的小女儿凑合度日。老母亲去世，是无可奈何的事，逝者长已矣，存者且偷生。年已半百的妻子去江西干校一年了，归期遥遥。大女儿已经几年不得相见，只能在信上长谈，让他欣慰的是，从信中看，这孩子在迅速成熟，无论是笔迹还是口吻，稚嫩已经消退。此番他从郊外的中关村来到城里繁华的王府井购物，就是为了她们母女俩，家里的生活以她们为轴心，围绕着远在千里之外的她们而转。

百货大楼富丽堂皇，里面人不算少，大都在闲逛，商品琳琅满目，二楼布匹柜台堆放着蓝布、灰布、绿布，也有一些花布，无论谁经过柜台前，都伸手捻一捻它们，但真正买的人很少，布票必须精打细算。柜台后的售货员，态度冷漠但还算有礼貌，比起城外，服务态度要好多了。郗正清大半生不问家事，现在需从头学起，他穿一身灰色中山装，面容清癯，身材瘦高，与周围人穿着打扮没有区别，眼镜也很普通，但仍显露儒雅之气。货架上的黑色雨靴看起来一模一样，让他颇为踌躇，因为小女儿反复叮咛，要给姐姐买有鞋跟新式样的，特别好看。

所以肯定样式有区别的，他戴着眼镜隔着柜台耐心观察，拿出做学问的人特有的认真劲，他现在拥有大量时间，不必匆忙。

他分辨出了，的确有两种不同式样，站在柜台后的售货员也证明，她从货架上取下来放在玻璃柜台上的这双高筒雨鞋，是新式样，好些年来，这是第一次改式样。以他的审美眼光，这鞋有了女性特征。与大多数摆放的笨拙的高筒雨靴比，它纤细、有曲线，带小巧的略高的鞋跟。

他决定，给妻子也买新式样，既然能卖，为什么不敢穿？几张工业券和钱是小女儿音音给他准备好的，管理家财还要靠她。网兜也是音音临上学前给他的。

网兜里放进两双雨靴，没有鞋盒包装，那是资产阶级的浪费恶习，早已革命革掉了。他提着网兜经过食品柜台时，临时决定买些食品。他当然知道各式点心需用粮票买，这不难，粮票有富裕。问题是酥皮点心、蛋糕等易碎不好邮寄，几番比较，他买了二斤散装巧克力和几袋肉松，可以放进鞋肚子里一同寄过去。

换了几次公交车，终于回到城外。中科院角落里的一个宿舍区，浓荫遮蔽，幢幢灰色小楼隐映其间，楼门前，一株石榴树满枝红花怒放，上二楼开左侧门，到家了。他感觉很累，这一趟用去近一天时间。

邻居在厨房做饭，身影闪动，香气四溢，说明小女儿音音早已经做好饭。他穿过过厅，走进自己家。果然，音音炒的西红柿鸡蛋、青椒肉丝，两菜一汤摆在餐桌上微微冒热气。这孩子胆大敢折腾，起初，她照着《大众菜谱》做的饭菜味道古怪，不易下咽，但很快就步入正轨，现在，有模有样了。桌上放一张粗笨的字条，是音音写的：

"我去后面楼同学家还书，饿了就先吃吧。"

她总是放学回来就马上做饭，赶在邻居下班以前使用完厨房，所以两家相处和睦。

他穿过餐厅，进女儿的房间。姐妹俩共用的这个房间，幽静整洁，窗外浓密的绿色枝叶微微摇曳，穿透进来的光线柔和恬淡。他把买来的东西放在栗色五斗柜上，坐在床上歇歇，伸手抚平刚坐下时弄皱的蓝色淡花床单。这张单人床是海静的，那时她不喜欢红啊粉啊，妹妹更进一步，现在，连花纹都不要，对面她的单人床上是纯素的嫩绿床单。

他打量这间房子，一只长毛绒玩具狗蹲在书架顶上，金黄色的毛，吐着小红舌头，温顺地耐心等待主人。它是海静上山下乡前买来自己送给自己的纪念品。书架被妹妹侵占得差不多了，海静喜爱的那些书被挪到最下面两层，角落挤着那个臃肿的纸包是什么？哦，想起来了，是海静的溜冰鞋。这孩子！快要把姐姐淘汰了。

这套房子原本他自己家居住，后来工宣队分配进来一家住，挤走了客厅。那倒没什么，反正早已没有人敢来做客了。只是厨房、卫生间变成两家公用，很伤脑筋。不过，楼上楼下各家反动权威都被挤走了房间，普遍现象，他不愿抱怨什么。

东西放在这儿，音音会去邮局寄走。他还是不善做琐事，跑远路这宗大活由他完成，因为他不常去上班。从牛棚放回来以后，对他的管束日见松弛，研究所里的造反派、工宣队、军宣队们，注意力早已转移，始终忙得很，而他几近被遗忘。当然少去露面为好，免得想起他。重又发给工资了，经济上最拮据时期已经过去，每天只需小心翼翼别惹事就行。他现在最重视、最在意的是家人，母女俩各在几千里外生活艰苦物质匮乏，他无能为力，只能偶尔寄点东西，多了还不行。

2

雨靴打成包裹寄了出去，分南北两地，反馈来的信息大不相同。

江西方向，妻子婉言抱怨，有那个漂亮的高跟，在潮湿的南方泥泞的田埂上走，不太稳当。

内蒙方向，女儿高兴得夸个不停，信纸写了几张，尤其对巧克力说得多：

有一位喂马的复员兵，平时对她们挺照顾，所以偷偷放进他口里一块巧克力表示谢意。谁知他伸着脖子含在嘴里刚咂咂味，就大声叫唤，唉哟、唉哟、什么味，毒药吧？真把她心疼得够呛！不过以后别再寄食品了，被领导知道会说她娇气的。指导员在大会上说了，"有些人说连队生活艰苦，缺少什么维生素，我看他是缺少无产阶级的艰苦朴素"。虽然她从不敢说缺少维生素这类的落后话，但也有点心虚害怕。

这天休息日，班里大部分人都步行外出访友买东西去了，屋里安静得一反常态，明亮的玻璃窗洒进耀眼阳光，照在地上一溜洗脸盆上，房间里光线很好，郗海静靠在炕上看书，今天独自一人，可以公然抱着几何书不必躲闪，她觉得很惬意，空虚枯燥的感觉一扫而光，真希望班长排长的一整天都在外面玩不回来。她在一张草稿纸上随着书中的例题演算画图，算对了、弄懂了、心情大悦，正在有趣时，冷不防门被推开，吓她一激灵刚想藏书，定睛细看进来的是含笑的小米粒。

小米粒利索地爬上炕紧靠在她身边，贴在她脸旁瞅瞅她膝上的书，声音欢快地说：

"给你看本最棒的书，呀，太感动人了，我羡慕他们，快看。"她急不可待地把手里的书"啪"地压在郗海静的书上面，热心地强迫她看，"我一口气看了两遍，不忍心单独享受才给你送过来，看完你肯定也不平静，存在着那么丰富的世界。"

是一本《元素的秘密》，儿童读物，讲上世纪著名化学家们的探索。郗海静很快就看得入了迷，小米粒捡起她弃置一旁的几何书也开始绞脑汁，屋里再次安静得只剩沙沙翻书页的声音。

时间默默地流走，一个多小时后，随着翻过最后一页，郗海静抬眼见到小米粒发亮的期待目光，小米粒性急地催问：

"怎么样，好看吧？他们的生活多有意思！"

郗海静内心兴奋，不仅书有趣而且启发出她新想法，故意神秘地跟小米粒说：

"看这个门捷列夫的周期表有多少空白啊。"

"呵，啊？哦……"小米粒低头看书末尾元素族类的表格，又抬脸看着郗海静，微张嘴，慢慢眼睛发亮，明白了，"哦，咱俩研究发现新元素，填上它们！"她喊。

"两个女门捷列夫。"郗海静也叫着回应，

她们狂妄地放声哈哈大笑，笑倒在炕上。

今天太难得了，能够这样有趣。

第九章　龙口夺粮

1

收获的季节已到，颗粒饱满的麦穗眼见得发黄成熟，微风轻拂便头重脚轻地摇晃，是丰收年！割麦子是场硬仗，当然准备工作充分，动员大会热闹响亮，深入人心不留死角，全连每一个人都要参加这场战役。

终于，到了开镰的日子。起床哨响，匆匆准备就出发上工，连"天天读"都取消，它被全国尊为雷打不动呀。

凌晨四点，星斗满天，夜色犹在，大队人马急急赶路，奔往最边远、最早成熟的地块。张宝兴在半睡状态里，他不多操心，跟在队伍里走就行。直到深一脚浅一脚时，他才略清醒，繁星不知何时消逝，黎明前最黑暗，只能看见前面人的后背，他跟着走，渐渐看清，队伍已经变成单行，脚下杂草旺盛，是离了土路下到田里走在小渠背上。草越发茂密缠腿，扫在身上发出"刷刷"的响声，打头的战士开始用镰刀开路，不时有扑通扑通声，那是受惊的青蛙慌不迭跳进水沟。

男排走过之后，渠背上半人高的草丛被踏倒，女排跟过来，踩在上面柔软湿潮，露水重了，抖落在地，湿了裤脚。天变得蒙蒙亮，刘玉芳闪出队列抓空挽裤腿，蹲下后一眼看清脚底踩住一只早被压得扁扁的死青蛙，薄薄的白肚皮露出在鞋边，像一张纸，不由吓得闪开，摔坐在草地，弄得身上更湿。她急急赶上队伍，心中混杂着恻隐与无奈。她觉得自己就像这片青蛙，被众人无视，如果自己不拼上全力去脱颖而出，遭受踩踏也将是她的命运，不光彩的过去需要多久才能抹去？奋不顾身搭上性命去救人都不能改变人们对自己的鄙视，前路漫漫。劳动，必须干活出色才能在这里立足，她做好长期打算，这次麦收即使累得脱几层皮，她也要争做先进，争取得到表扬。

各班分散下田地了，晨曦中，影影绰绰，无际的麦田上到处漂浮着人影，星星点点，分布四方。在地边站好，麦子的香味弥漫四周，按田垄分工，每个人仔细数准自己要割的垄，接连排好，开割。

此时，东方刚露出鱼肚白。

2

人们常形容农民勤劳辛苦，说他们是顶着星星出去，戴着月亮回来，这话名副其实，晚上，一牙儿弯月高悬，大队人马才回来，寂寞无声的营区立时嘈杂，食堂成为热闹的中心。

王霖身轻体捷，动作麻利，一马当先，远远割在前头。张宝兴不敢松懈，拼命追赶，弯腰左手搂麦，右手挥镰，直立的麦子纷纷倒下。清晨分外静寂，唯有"嚓嚓"的声音，那是锋利的镰刀擦着地面割断麦秆的声响。

几天来，割麦子累，只是一方面，另一方面是腰疼，最痛苦，有的人痛到不能忍受只好靠吃止痛片支撑着干活。战士们只顾埋头劳动，心无旁骛，日头升得很高，衣上露水被晒干后又被汗水浸湿，太阳越来越辣。正午，送饭的马车直接赶进光秃了的麦田，就近开饭。

午饭丰盛，菜有油炒的香味，甚至掺着肉丝！馒头可以不限量，随意吃。

张宝兴再次去炊事班的马车那儿，这趟打回满满一饭盒西红柿鸡蛋汤，顺便大手掐着几个馒头，递给王霖和班长，他俩坐在麦捆上吃着，伸手接馒头，毫不客气地得寸进尺，

"汤！"抄起张宝兴的饭盒吸一大口鸡蛋汤，两人各吸一口饭盒就见了底。张宝兴骂一声接过空饭盒又去盛。他们不知道汤里飘着的鸡蛋花是炊事员李莹精心攒下的鸡蛋做的，所以，喝时心情没出现波动。

这块田地刚割完麦子，显得荒芜凄凉，空空的裸露出带着麦茬的

地皮和细弱的绿草，人们有的靠着堆起的麦垛，有的坐在零散麦捆上，也有席地坐在草帽上或镰刀把上的，三五聚伙，边吃边闲话。秃秃的地上残留长长一段没割净的麦子，半堵墙似的挺显眼，朱大夫在那儿笨拙费力地消灭它，只剩他还在割。

"看，小白猪拿大顶呢。"

张宝兴吃了朱大夫给的止痛片就好了疮疤忘了疼，嘲笑开了，三人目光投向远处孤零零干活的那个人。"白"大夫的确姿势奇特，他腰疼难忍，不敢弯下去只好叉开腿降低身高，才能割到麦子，由于腿叉开得太大，远看极像准备翻跟头倒立。

突然，旁边的一排长惊喊：

"兔子！"

一只野兔从大夫的镰刀下蹿出，冲向这边。

顿时，王霖迎头跑过去拦截，张宝兴紧随其后，饿虎扑食般气势汹汹，野兔见势不妙，闪身冲往另一方向，惊动了那边更多的豺狼虎豹，他们先是粗声喝叫："兔子！"即刻跳起来追扑，无一例外。刚才，它在最后的一小片隐蔽地待不下去，被逼无奈出来逃生，哪知仍在劫难逃。

3

古岗南手持长杆大鞭子站在送饭马车旁边，四处张望，他看见郗海静她们几个姑娘坐在水渠边树荫下，就大踏步朝她那边走过去。

大体上说，连里的男女战士互相是不说话的，因为有纪律的管束，也因为青春期的羞涩，总之，两个原因互相影响以至放大了效力。几年下来重回封建时代，造成男女生竟成陌路人，非常不正常地害羞，双方对面走过连眼都不敢抬起，严重阻碍了恋爱的途径。只有怪异另类的人，才敢突破这个自设的牢笼。

古岗南在众目睽睽之下，大摇大摆朝女性地盘走去。

"哟，你赶大车了？被释放啦？"郗海静惊喜地跟他打招呼，

"哈哈，人手不够，老猫，要磨镰刀吗？"古岗南笑着满不在乎地一下坐在老猫和郗海静中间。

"稀奇，拿过来，镰刀，"他朝郗海静命令，放下鞭子，从腰后抽出一块扁薄的磨刀石。这是真正的雪中送炭，不仅老猫喜出望外，刘媛、于玲玲……纷纷递过镰刀和感谢，

"啊，磨刀石！这么轻巧的磨刀石，我们班的那块石头有半尺厚，谢谢啦，谢谢啦。"

"友谊万岁，海内存知己，天涯……"

"我们自己磨吧，你往后只管背来这块石头就感激不尽。"

郗海静坐在他旁边，热心地接过左一把右一把各方向递过来的镰刀，笑嘻嘻整齐地排在古岗南脚下。古岗南卷起袖子摆好架式，接过老猫递过来的半饭盒水放到磨刀石旁，准备大磨特磨。他看得分明，郗海静忙着给大伙张罗，唯独不拿出自己的。

古岗南俯身开始"刷、刷、刷"地磨，一边拧过头来直直地瞅她一眼，责问全在脸上写着：怎么啦？不接受好意？

郗海静躲闪他的目光，眼睑朝下翕动，过了一会儿趁人不注意悄声对他耳朵说：

"瞪我干嘛！给我起外号没跟你计较就算了。"

古岗南猛然停手，往她身前身后四处搜寻，目光落在她身边扣放的草帽上，伸手想要掀开看下面，郗海静急忙按住它阻拦，并朝班里的女伴们看看，神色不安。

古岗南的手半路停下，他抬眼与她的目光相遇，犀利的目光想探询进她的内心。但她抖动睫毛垂下视线，再一次躲避开他的盯视，她不想直面那双眼睛。

古岗南明白她在逃避，那只悬着的手马上毅然地推开郗海静的手，刚要翻开草帽，郗海静闪电一样"啪"地又将两手都按在上面，动作快速倔强。

她捍卫什么秘密？古岗南可以毫不费力地挡开她，但他骤然停止，看看她，转回身继续磨刀。

这番无声的争执旁人没有发觉，因为这时，姑娘们的注意力早已转移到前方。

4

只见男排那边风云突变，七八个小伙子聚成一团在疯狂地奔跑，出事了？

他们忽东忽西地奔突，猛然又一齐朝地上扑，原来，是在追一只灰褐色的野兔。它箭一般地奔逃，众多大汉俯身扑向它时，它一次又一次灵巧闪避做殊死战。追击者也奋不顾身，凌空扑倒在地又爬起来紧追不舍，队形始终聚成一团，瞬息变幻起伏上下，像一面飞舞灵动的旗帜，整齐地扑倒，整齐地甩向另一个方向。

小伙子们个个来劲，表现欲旺盛，算这只兔子晦气，碰上现场有这么多女观众，不然，哪里会情势如此危急。在姑娘们的注视下，男战士们更加身手矫健不肯落后，人人奋勇争先，兔子倒在其次，可怜的它制造了令人兴奋的机会。

女孩们先是愣住观看，继而哈哈大笑，她们不懂小伙子的心理，反而一心同情兔子，望着贪婪的捕猎者被牵着鼻子跑，太滑稽！如她们所盼，野兔即将获胜，它找到了突破口：女排这边儿。眼瞅它蹿过一片遍布麦茬的空地越过田埂，即将冲进没有割过的金黄色麦田，那里及腰高的麦子浓密厚实，是它的"青纱帐"。

郗海静坐在原地伸长脖颈紧张地观看，她希望兔子能逃脱，眼见野兔即将安然无恙，她轻轻吁一声长气，放心了。

古岗南两条胳膊搭在膝盖上坐着，一直面无表情地旁观。此时预见到它的路线，站起来敏捷地几步赶过去，手拿长鞭利索地用劲一甩，清脆一声，鞭梢飞出，野兔在地上翻了两个滚，继续奔跑，顽强逃进麦田里不见了。

"哎呀！"随着鞭声，姑娘们齐声惊叫，接着看到兔子脱险才松了一口气。强悍的突击队失去了目标，立时松散，笑着，擦着汗，互相责备打闹，士气越发高涨地各回各位。古岗南也志得意满踱回原位，他跟兔子没仇并不想置它于死地，甩出这一声响鞭以后，心里敞快了，落座时，发现郗海静狠狠横了自己一眼，那目光刺得他有点回不过劲来。他凝神片刻若有所动，转而一笑，甩甩头，不打算理睬，抬起头朝老猫爽朗地说：

"拿过来，看我的手艺！"伸长胳膊从老猫面前拽过磨刀石，抢过镰刀，又"刷刷"地重新开始，动作麻利果断，于玲玲原本坐在渠背上面，这时也高兴地下来，凑在旁边帮助浇点水什么的侍候，等待轮到自己的镰刀。

"噢，"她恍然大悟，"你磨过大铡刀，早就练出来啦。"

"那是，没有金刚钻敢揽瓷器活嘛？"古岗南在马号铡草时跟她们混熟了，

"不信你看看，谁敢过来？"他扬起脸用下巴朝四周点一点，他说得对，空地上，尽管大家东一堆西一伙，高低错落自由散坐，仍然有一条暗中的男女界线，绝不混在一堆。

老猫憨厚地笑了，"你说的！也不至于不敢啊，我们都成老虎了？"

古岗南嘿嘿笑一下，只有郗海静听出笑声里的意味。他直起腰伸出拇指在刃口上刮刮，磨得白亮的刃口发出"沙沙"脆声，锐利无比。

古岗南心里不痛快，他始终没等来郗海静的镰刀，他还是看分明了，她身边盖在草帽下的是一把镰刀，刃口雪亮锋利，显然并不需要他帮助。

他喜欢郗海静，可是她离得那么近，却又那么远，让他很无奈。有时，她很亲近，比如刚才瞪那一眼，是她对他的无声责备，流露出她自知比别人有资格责备他，但是，他懂得，他未能走进她的心。

在古岗南眼中，她脱俗却不孤傲，出众的女孩子他接触得并不少，大多过于傲气缺乏吸引力，而郗海静隐含高贵的气质却又开朗热情，难得能将两种特质融于一身，跟她在一起心情能变得愉快清爽，有那种心弦被拨动的特殊感觉。但是她不需要他。

此时已经都吃完饭，大家休息聊天。

割完麦子的田地显得光秃斑驳了许多，地上遍布一行一行麦捆，延伸向远方，展示出人的力量；还没有割的麦地，则丰腴浑厚，绵延无际，望不到边，风吹过，麦浪缓缓波涌起伏，显现大自然的宽仁。

除了几个男战士东倒西歪半躺在地上打盹。大部分人坐着，女战士当然羞于躺下，男战士则是精力充沛无需休息。所以，他们又在找乐子。这次目标是古岗南，他们朝着这边，齐声唱响耳熟能详的毛主席诗词歌曲：

"俏也不争春只把春来报……"起劲地唱，透着诡异，唱到最后一句反复唱：

"待到山花烂漫时，它在丛中笑，它在丛中笑，它在丛中……"目光齐刷刷望向这边，脸上都带着坏笑，很反常。

古岗南听着，明白了，拾起一块土磕块用劲扔过去，然后从烂漫的"花丛"中间站起不慌不忙地离开，挥着镰刀朝他们威胁，招惹来更兴奋的歌声。

姑娘们这才反应过来，"吃吃"地偷笑。的确，独有古岗南一人胆敢坐在女战士丛中，相比起男生女生互不说话的大多数人，他挺特殊。

上工哨吹响，人们纷纷起身收拾，突然，粗重的歌声又响起来：
"它在丛中笑，它在丛中笑，"

歌声吸引田地里所有人的目光，大家不约而同都寻找古岗南，而且都一齐往女生扎堆的地方找，但是错了，他不在女生堆里。实际情况是，炊事班已经在马车上整顿妥当锅桶瓢箩的，各归其位准备返回，古岗南坐在赶大车的位置上，身后挤着一大堆剩余的鲜葱。所以这次唱的还是"待到山花烂漫时，它在丛中笑"。

古岗南坐在车辕上笑着朝歌唱家们狠狠甩过一鞭子，大家哈哈笑。

副指导员郑绩东带头朝地里走，也笑着催促："干活啦，干活啦。"

古岗南其实没有任何机会，郑绩东每天一早将磨得锋利的镰刀供给郗海静。早在几天前，麦收刚刚第二天，郗海静的手指就被镰刀割破，因为镰刀太钝。头天晚上下工后她累得不想磨镰刀直接睡觉了，结果第二天，半天下来刀刃就钝了，急匆匆割时，一不小心，钝刃顺着麦杆滑上来碰着抓麦的左手指，当即鲜血淋淋。尽管割破手不算什么，但干活时会带来许多不便，艰难的日子在后头，郑绩东看在眼里没有多问，只是，把自己磨得雪亮的镰刀递给她。

从那天开始，郑绩东每天跟她换镰刀，他总能找到机会不引起别人注意，换给她锋利的镰刀。

<h1 style="text-align:center">5</h1>

一天接一天，紧张高强度的劳动，渐渐耗尽姑娘们的体力，下巴显得尖了，头发变得枯干凌乱。

这天，刚上工，郗海静割了一会儿，就发现不对头，手上粘而多汁，是攥碎了肉虫！借着晨光仔细观察，立时头皮发麻，棵棵麦子上都爬满毛毛虫！长长的黄毛，软软的身，还有丑陋的斑点，一缩一伸的爬，每一根麦穗、麦杆、麦叶上都有！看看手，柒成了褐色，她觉得恶心，赶快高声提醒大家：

"毛毛虫，毛毛虫。"声音慌乱，影响广大。

天已大亮，周围的姑娘们都发现了，麦子上伏满虫子，不满一寸长，毛绒绒，在叶间蠕动，整片田地满视野都是它们。大部分人全躲回到田埂上，不知如何是好，只有班长老猫下到田里，刘玉芳也紧跟在她身后埋头扎在田里干活，两人表现先进很突出很不得人心。老猫管不了大家，她斗不过虫子，刘玉芳根本不在乎班里姑娘们的好恶，她就是要与众不同，要做先进分子。比起平时受到的轻视，虫子她并不怕。

王六合连长和郑绩东拿着镰刀匆匆走过来，这么多人站着，怎么回事！大部队已经远远地割在前方。

弄清原因，王连长发火了，厉声说：

"都给我干活去！死得了人吗！"

郑绩东首先下到田里，大刀阔斧干起来。他先用镰刀在麦子上轻扫一下，毛虫纷纷抖落在地，然后"嚓嚓嚓"霎时割倒长长一片，在麦浪里劈开一条胡同，像条领航的船驶向前方。姑娘们面面相觑，一个挨一个地回到田里，都学会了，拿镰刀来回反复扫了又扫，珍惜麦子的王六合连长几次想喊忍着气又憋回去：把麦粒碰掉啦！

地上落满爬动的虫子，无处下脚，但连长脸黑森森的也挺可怕，所以大家把袖子拉下来扣严在手腕处，眼一闭牙一咬，干吧。

郗海静更怕郑绩东，他一直埋头割麦，胳膊强悍有力地挥动镰刀，脚下麦子纷纷倒卧。除了偶尔有粗重的喘息声，他不说话，不看她，但偏偏跟她齐头并进。

沉默是无声的谴责，郗海静算是领教了冷暴力。割了一会儿，她忍受不住了，加快割的速度，想远远超过他摆脱压力。可是做不到，她快，他更快，赛不过他，索性慢下来落在后面，他就在前面替她割两垄，郗海静只好又跟上来。一个多小时，就这样僵持。郗海静的性子上来了，她的动作开始带着气，每一下割得都杀气腾腾，汗水顺着面颊流下来，滴到镰刀把上，滴到地上，郑绩东仍旧不理她。

郑绩东生气她不顾大局，抢收、抢收，就要争分夺秒，还有闲心顾那些鸡毛蒜皮！他钉在这儿割麦子，也是为了帮她们赶进度，弥补刚才浪费的时间。郗海静看不出这点，惑乱军心之后还不知愧疚，一个劲跟他使脾气。比如现在，她每割一下，心里必定在叨叨一句：我怎么啦！我怎么啦！保准没猜错，瞧她那节奏！

郑绩东根本不打算让步。

总算熬到中午收工，郗海静才脱离管教。今天干活的地块离营区近些，可以回去吃午饭和休息一会儿。大家踏上归途。走出田地踩着田埂上了渠背，再沿渠背走一段才拐到大路，大路上的情景令人吃惊。

这条平坦宽敞、能并排走两辆马车的大路，密密麻麻布满毛毛虫，土路的路面被遮蔽得严严实实，变成深褐色，上万、十几万条毛毛虫全都朝着同一个方向爬动，仿佛整条路都在缓慢地挪动，悲壮大迁徙。毛毛虫大军浩浩荡荡，绵延一里地长，占据着四五米宽的大路，根本没有容得人插脚的地方。就连男排的那伙愣头青们，也只敢在路的边缘、露出路面的那狭窄一沿儿、踮着脚尖谨慎走过。走了很长时间才超过这支大军，虫子才逐渐零落。

第二天，老猫与副指导、梅小延他们一伙儿人走在上工路上，她有意提起昨天的虫子，目的当然是想替班里的姑娘们辩解一下：难怪大家惊慌失措。

她说起昨天半夜，郗海静从梦中吓醒，猛然坐起来，手不停地从身上抓什么东西往炕下丢，丢一下，叫一声："毛毛虫！"

再丢一下，又叫一声"毛毛虫！"，就这样不断毛毛虫、毛毛虫地丢，直至把别人吵醒，急忙帮她查看，身上没有虫子，是在抓虚拟物，可笑的是，她皱着眉喊叫，眼睛却未睁开，根本没醒。

一路同行的人听完都笑了，梅小延评说："郗海静干活不错，可是娇骄二气也都占全了。刘玉芳不错，皮实。"

言者无意、听者有心，老猫立即噤声，她本想开脱谁知更添新罪，郑绩东则含笑不语只管走路。

梅小延不懂，男人并不真的喜欢女人太刚强，他们钦佩刚强的女人，但不爱她们。尽管"娇气"这个词含有绝对贬义，与大无畏的刚硬革命之风相悖，然而，对男人来说，少女不经意间透露出的娇媚具有永恒魅力。

郗海静也不懂。她苦恼身上有娇气，犟着劲儿地想改造掉它们，郑绩东最受打动的恰是这点。她纯净美丽，跟他那么不同，他生长在多子女度日艰难的工人家庭，没有任性的童年，稳重早熟，从小就懂得忍让关爱，在家替父母分忧，在学校品学兼优，是让父母骄傲的长子。而她，无忧无虑满不在乎，像欢快的溪水清澈活泼，徒劳地与自然天成的性格较劲。他不反感娇气，甚至担心她改造得不再率真热烈，变成富于心机的女人？他无法想象。

麦收仍在持续，势头未稍减，这是地广人稀的内蒙独特之处，也是麦收的可怕之处，人们的体力严重透支。

刘玉芳瘦得脸细了，似乎只剩下两只大眼睛，面色灰暗，她自嘲：脸都蓝了。胳膊肘棱角突出，戳着哪，哪被扎疼。她脑中一片空白，只知道把面前的麦子割倒割倒，捆成捆儿，颗粒归仓，决不能让一年的辛苦毁在地里。一进入麦地，就忘记了疲劳一股劲地干，始终割在前头。

同每个姑娘一样，她顾不上美，连干净也顾不上。穿着兵团发的衬衫，肥大邋遢，衣裳脏极了，浸满汗渍，白色早已变成灰黄色。她不敢洗它，刘媛曾经试图洗，结果至今脏衣服还泡在盆里，从那以后，没人再冒险，珍贵的时间全部用来睡觉，没力气去井台挑水。

连队食堂的伙食越来越好，今天的晚饭有炸鱼。金黄色泛着油光的炸鱼，没有勾起张宝兴的食欲，由此他判定自己快要散架了，连这么好的东西都吃着不香，你想想，一年也就吃这一次！大家累到了极点，最需要的是躺下睡觉。他的班长更累，每天凌晨把他们踢醒去上工，就费不少力气。

但是，农活仍然高速高质地干，节气不等人，晚熟品种的麦子也已经熟得过了火，黄得似乎透亮，眼看将要掉粒，每一个人都有责任感，都在拼出最后一点力气。

又是劳动一天，红日西沉，人人知道离下工还远，闷不吭声拼命向前割。晚风送爽，劳动速度慢下来，眼前模糊已经看不清，收工哨才吹响。早已不排队了，人们稀稀拉拉败兵一样散布在归途上，拖着脚步耷拉着肩，有气无力，天漆黑才走回营房。

第十章　大会战胎死腹中

1

自开镰麦收，已经近半个月，人人疲惫不堪，这种状况下，8月1日临近。

8月1日不是普通日子，而是"八一建军节"。在兵团这是隆重的日子，庆祝方式也非常特殊。上级首长决定在这个"粮仓"重地组织一场千人以上的"麦收大会战"，用一天时间将剩下的几千亩麦子突击割完，胜利结束麦收战役，向建军节献礼。

出于重视，机关抽调了百余人以及邻近的三连和七连来支援。师部还从百里之外的乌梁素海调十九团一个连的战士参战，甚至从师里的发电厂也调来了农忙电。可以想象，一级一级宣传准备工作到了多么细密周到的程度，领受任务的各级通讯报道员们早早拟好了宣传稿，只待临阵填上先进人物名字和数字。而基层连队厚厚的挑战书、决心书、火线入（团）党申请书纷纷递交到连党支部及团党委。

7月30日，"大会战"前夜，紧张亢奋情绪在连队营区蔓延。半个月的"龙口夺粮"终于迎来了曙光，每个人精神重新振奋起来，浑身恢复了干劲，对明天充满想象和期待。

不料，胎死腹中。酷似巨人举起屠龙刀千钧之力将要砍下去，突然，浑身瘫软轰然倒地。

2

午夜，几个小时之后大战即将开始，夜色浓重。

营区东边女排宿舍亮起灯光，影影绰绰有女生蹲在宿舍外面发出尖厉呕咳声。另一头，门窗大开的男生宿舍，几乎同时声响大作，灯影晃动中呕吐的战士一个又一个踉跄奔出，往公路边黑暗的茅房跑去。一时，连队里此起彼伏呻吟声不绝。没有症状的忙着照顾上吐下泻痛苦扭曲的战友，而腹痛呕吐病号还在不断增加，连部和卫生室亮着灯，大夫不知道被绊在哪个班，跑来求助的人四处撞头！

车灯划破黎明前黑暗，一辆又一辆从师部和团部来的汽车往返拉走症状严重的病员，连马车驴车都用上了……。天色大亮才逐渐平静，几百名战士食物中毒，男排几乎全军覆没，甚至有人瘫倒在去茅房的路上，昨天还摩拳擦掌的连队转瞬失去了活力。

师团首长精心组织的大会战夭折了。

是食物中毒，凉拌牛肉惹的祸。那晚食堂做的牛肉馅包子，意外的是还很大方地另外给了凉拌牛肉。割麦回来的人们蹲着吃晚饭，根本没注意菜盆里凉拌牛肉啥样，反正谁也不讲究，风卷残云一扫而光，累坏了，明天还要鏖战，吃饱倒头就睡。

天热牛肉已经变味，炊事员舍不得扔掉，刮了刮表面的苍蝇卵，靠浓烈的蒜和醋汁遮住味道解决了问题。当晚情形相当惨烈。

3

刘玉芳这夜睡得很沉，醒来时神清气爽，天尚黑，照常出去刷牙，见老猫蹲地上呕吐绿水，没多想，只是递给她装满水的牙缸让她清清口腔，相当麻木不仁。

紧接着出工，满天星斗，这时她才看见人很少，排不成队，稀稀拉拉走在路上，感觉异样别扭。终于走到地头，割了一会儿，天色蒙蒙亮，只见一辆大卡车扬着一路灰尘开过来接干活的人回去，这时刘玉芳才鼻子酸酸知道出的是大事，也挺感激毛主席的：派人来接这几个人坐卡车收工。真怪，那时，得到任何温暖都认为是毛主席给的。

回到连里，天已大亮，到处是现役军人的身影，连部门前，食堂周围，宿舍内外……团里的、师里的、或许还有兵团总部的、一群群簇拥着首长。从来没见过连里有那么多国防绿红领章的军人，足够装一卡车。

为了迎接乌梁素海驰援的兄弟连队，女排早就腾出六栋房屋，自己搬到礼堂去打地铺。刘玉芳坐在地铺上，旁边躺着郗海静，郗海静瘦骨嶙峋脸色晒得黝黑，正在等待去团部住院输液，危重病号已经先送去住院了，老猫班长除了上吐下泻之外还发高烧40度，胡言乱语不停地说"失策了失策了"完全是半昏迷状态，最先被送去抢救。轻病号也都去了，剩下几个在等待。难怪这里冷清清，满地空铺和凌乱床单。郗海静无精打采，简单说了一下情况，刘玉芳的心情愈发沉重，她本来对会战寄托期望以为能大展身手打个翻身仗，万万不料一切落空。

从麦收第一天开始，刘玉芳就在中间打腰子，割麦子三人一组，"打腰子"那是手脚利索割得快的人才能胜任的位置。自然而然，于玲玲和小米粒两人被她远远甩在后面，她常常毫不停歇地左右替她们割一垄直到她们赶上来，结果，每天她的这组都领先。凌晨，走到地头，天边才露出鱼肚白，下到麦田里照例趁着晨光数田垄，夜露浓重晨雾飘渺中，她隐约看到几人竟然无声地抢着想要排在她旁边与她在一个组里，被人需要，这让她心里产生一种异样的痛快。

尽管割麦子最让人发怵的是腰疼，她却发觉自己的腰不疼，看到别人咬着牙挥镰奋战，每一次艰难直起腰时都疼得龇牙咧嘴，她却轻松自如，真神奇，不知道是不是因为她从小练舞蹈腰肢柔软。有了这一大优势，她一马当先，远远割在最前边，将所有劲敌甩在后面，非常显眼。她要的就是显眼！

所以，她动了心机，不向任何人透露自己并不腰疼，把这当作秘密。为了保守住这个秘密，她不惜也做出痛苦的样子，用拳头顶着腰慢慢站直身体，让大伙都看到她割得快，是忍受巨大的痛苦咬牙拼命的结果。

刘玉芳的心机很有必要，因为她旁边一组割得也很快，是她的追敌。刷刷刷，听到身后这割麦声音，不用回头看，就知道另一组打腰子的杨丽追上来了。刘玉芳拼了，飞快挥动镰刀冲向前，嚓嚓嚓，麦子被割断时的响声都变成咄咄逼人的，浸湿了额发的汗水流下来刺痛眼睛，都顾不上擦一下。几乎没有抬起过腰，她知道割到尽头时，杨丽的腰肯定直不起来，这让她心中毫不难过。无论如何要压住杨丽，她暗暗地想："不许她割到前面。"

刘玉芳忘不了开完麦收战前动员大会，她递交入团申请书时杨丽蔑视的目光，杨丽是团小组长。

很快，她割出长长的"胡同"遥遥领先，太阳已经升上来。温度高了，汗水浸透衣裳又被骄阳烤干，她不在乎，力气耗尽怕什么，睡一觉明天力气又会长回来，实干苦干拼命干，她做到了，在金黄麦浪的战场，人人都看在眼里。

本来，今天大会战，将有更多人看到她！谁想到竟然还没开场就结束了，失望深入骨髓。

她昨晚只吃了牛肉包子没有吃凉拌牛肉，尝了一口，蒜太多太辣只好放弃不吃，现在肚子不疼但是浑身乏力，一心只想睡觉，她躺在小郗旁边沉沉睡去。不一会儿被小郗推醒，礼堂四敞遥开的大门有军人进来，都是国防绿红领章，先进来几个女军人，后面是大老爷们，一个接一个鱼贯而入。一众人马向她们缓缓走来，然后站住，沿着地铺中间留出的甬道一字排开，慰问她俩，嘘寒问暖，之后有条不紊地向礼堂另一边慰问去了，两人坐在地铺仰头望着高高的首长们，不知所措。她后悔没有做到顽强战斗不下火线，在首长们面前，那将是多么英勇的表现。于是她趁没人注意，拿起镰刀，悄悄离开地铺，回到地里去割麦子。

刘玉芳孤军战天斗地的行为惹怒了团长，他命令手下的参谋逮回她，够热闹了再有一个病死在田里怎么办？乱弹琴！所以她徒步走到遥远的零号地麦田，这里是大会战的战场，割了不多一会儿就有吉普车追来，她被押解回连部门前下车，众目睽睽，只见这个瘦长小姑娘肥大的衣服肮脏不堪，短辫子像两束枯涩的干草，手中拖着一把锋利的镰刀，讪讪地从车门钻出来，实在让这群军人印象深刻。

第十一章　极左排长三把火

1

食物中毒事件最后的结果，二师党委通报批评，主持连队工作的领导检讨，撤职，调离。

所有病号陆续康复回到连里，大田兵照常劳动，生活恢复原样。只是行事不够强悍的指导员李春山被调走了。接任的指导员叫赵德民，他的工作风格与前任大不相同。他绝不会送一碗面条卧鸡蛋做贴心思想工作，而是首先立威，强调纪律强调服从，对歪风邪气严厉整肃，从抓政治着手，阶级斗争那根弦一下子绷得倍儿紧。班长和排长们增添了统治权，于是管治降临，顿时，歌声嘹亮红旗飘展，秩序建立井井有条。

有趣的是，刘玉芳的机遇反而来了。

麦收后，班里甚至排里不少人又在背后对她嘀嘀咕咕，颇看不惯她假积极。"积极就是积极，哪分什么真假？"她心中生气了。家里从北京来信，说起邻居家墙上新贴了一张五好战士奖状，印着北京军区的大红印章，全家脸上有光。

"他家二小子也是去了兵团。"

明摆着话里有话。大杂院里，也在憋着劲互相比啊，刘玉芳觉得对不起父母，他们都是机械厂普普通通的好职工，从不甘落后。

她只有一条路，就是"进步"。以前，她用翻看毛主席语录来摆脱苦闷，慰藉自己，指望汲取营养指导她前进，但是革命道理似乎很难解决她遇到的实际问题。她不知道怎样才能扬眉吐气。赵指导的抓政治让她看到了方向，于是，她加大学习深度，将语录换成毛选四卷，扩大范围寻找照耀她前进的灯光。

2

不安分的战士总结出赵指导的特点，一是喜欢训话唱高调，二是喜欢熄灯后夜查。这后一条有点刻薄。

晚上，赵指导果然又在巡视营区，透过女生宿舍窗户发现刘玉芳在一盏煤油灯下读毛著，连续多日皆如此。大部分人不是串门聊天就是早早睡下，总之累了一天这会儿都在放松，唯有她坚持不懈武装头脑，赵指导颇为激动，在全连大会上郑重表扬她学习毛泽东思想的自觉性。

此后一发不可收拾，越表扬越学，越学越表扬，有时甚至彻夜苦读！仅仅学不行，还要运用，随之而来是让她上台发言，介绍学毛选经验和活学活用的事迹。刘玉芳的口才得到长足发展，短时间内却难以化为文字功夫，于是，赵指导指令连里有文才的报道员"小秀才"之类的，不出工脱产帮她写讲演稿。尤其强调不准避讳痛处，要敢于自我革命敢于揭短，以往那段消极对待"屯垦戍边、寓兵于农"伟大指示的不光彩往事，要说出来，狠斗私字一闪念，要有鲜明对比。

赵指导不愧是突出政治的老手，精准点在穴位上。材料几番修改，如何改造自己脱胎换骨，顺带着"一帮一一对红"还拯救了另一个落后战友的种种事迹，越写越棒。接下来就可想而知，她大翻转的故事太典型了，很快走向团里的讲台，走向师里的讲台，走向兵团总部的讲台甚至到北京参加北京军区积极分子代表大会。像迅速升起的红色明星，成为连队响当当的品牌。

平心而论，刘玉芳确实没有自暴自弃，绝食之后她谨言慎行，从不像别人那样随意发牢骚讲怪话，劳动上，确实严于自律肯吃苦，但她把自己封闭得很严，如此大转变的契机是什么？谜一样，内心深处的话不向人透露。

那些讽刺过她、蔑视过她、慢待过她的女孩们，没有被她的光环炫倒，尊重并没有随之而来。但是无论如何，她跨过了忍辱负重阶段，即将迎来什么？谁都没有想到，刮目相看的日子在后面。

3

刘玉芳被提拔当排长了，震动全连，她接替梅小延的职位，梅小延升职调到团部担任政治部宣传股干事。

更令人大跌眼镜的是，她的女排居然响当当过硬，大会小会表扬。劳动任务不止完成得漂亮，还经常超额！下工她的排回来最晚！回来后她的列队总结最严格，解散的最晚！她的潜质喷发出来，效果惊人，带动其他排也热火朝天奋发图强。男排也有他们的先进人物，总之，连里的精神面貌健康昂扬，团里也多次表扬这个曾经让他们丢脸的连队，距离评上"四好连队"已经是指日可待。

老排长梅小延离开连队之前，跟新排长刘玉芳推心置腹交谈了一次，她赞赏刘玉芳的革命干劲，向她吐露了对排里工作的担忧，包括小米粒有恋爱嫌疑郜海静有白专倾向等等，以及她曾向连里提议搞一次收缴闲书的行动，做了全面的工作交接。她坚信将刘玉芳早点扶上马，她曾经领导的这个女排不会褪色。

赵指导撬动一个小小的刘玉芳便呼风唤雨，迅速扭转了连队的颓势。他选中的切入点堪称英明，他的前任竭尽全力与王连长一起抓生产，啃硬骨头，败得一塌糊涂，粮食产量连连跳水，眼看着要挨饿。赵指导采取避其锋芒不打硬仗的策略，而是选择突出政治，"政治是纲，纲举目张"赵指导深刻领会毛主席最高指示，立马大获全胜。

当然，农业连队还是要靠实打实的粮食，要打出粮食来！太难了，盐碱地产量低，现役军人和知识青年，都不懂农业生产，除了瞎指挥，只能拼体力拼时间，过于劳累侵蚀了战士们的身心，粮食已经不能自给，饥饿来临，如何应对？

毛主席说："阶级斗争一抓就灵"。赵指导员对此心领神会，既然一抓就灵，那就狠抓。连里的阶级矛盾眼见着升级，隔三岔五便揪出个落后分子，召开批判他的大会。事先安排几个发言人，每人负责一项罪状，比如批判他出工不出力，批判他讲吃讲穿，批判他传看黄色书籍。有没有具体事实？那还用说吗？多得很：有一次吃忆苦饭，他给扔掉了；还有他经常把裤子压出裤线来穿，诸如此类。最隆重的一次竟然设立了六个批判名目批斗一个人，发言的，轮番上台，讲稿念得慷慨激昂；遭批判的，则独自站在台上示众，颜面扫地。比如，倒霉蛋落后分子张宝兴赶上挨批了，他站在台上低着头不敢看发言人一眼，浑身哆嗦头冒冷汗，"两股战战几不能立"，被台下的观众起了个亲昵外号"歪歪"。

更厉害的是关禁闭，抓几个看黄书听黄歌或者偷拿连队的小物件跟当地老乡换东西吃的捣蛋鬼，绑起来扔进冰冷的空粮库，时间最长的关押了五天。上山下乡知识青年是来接受再教育的，必须老实。

4

刘玉芳对指导员的铁腕手段举双手支持，在排长会上表态最热烈。从此，她的女排里面阶级斗争也开始变得分外激烈，她也投身政治挂帅，目光灼灼动辄上纲上线。但她跟大多数知青一样，只是初中学生，并没有学到多少知识，难免狭隘短视，所作所为更多的是可笑而不能让人服气，更严重的时候是盲目行动不知轻重。

尽管对于盛行的"阶级论"并不懂，却敢于无知无畏乱扣帽子整人，比如有女孩搽雪花膏，她组织开会批判人家，说是资产阶级思想泛滥。

对于爱看书的人，她不能理解，排里开会时训话：毛主席都不让办大学了，老师都下放了，看书有什么用。这种肤浅的认识如果只停留于此，那么与大多数有肤浅认识的人一样构不成危害，可怕的是，她被授予了"生杀予夺"的权力，她又属于不怵滥用权力的性格，造成对别人的伤害极其严重。

对小米粒，刘玉芳十分了解，她好学、喜爱读书，却很少学习毛著，因而开会发言一般化，思想上不求进步。重要的是，刘玉芳牢牢记得小米粒曾经讥讽她，在她生死关头落井下石。那时，她五天没吃饭，昏睡的时间越来越长，梦中的幻境与现实常常区分不清，她意识到自己快死了。不是指导员送来的那碗面条救了她，而是他们夫妇的温暖唤回了她生的欲望，然而，她清晰地听到有人骂她"德行"，险些摧毁她微弱的生存意志。

梅小延交接工作时刘玉芳最注意听的就是关于小米粒有恋爱嫌疑的这部分，于公于私都值得追查到底。

小米粒来到兵团时才刚刚 15 岁，相比一起来到连队的同学她小一岁，她自幼聪颖所以提前一年上学，读书是她最大的爱好。放到现在，这类孩子必居优秀之列，因为主动学习是难得的品质，往往将来容易出类拔萃。然而在那个知识越多越反动的时代，情况就相反了，她很容易被找茬，很容易受到攻击。实际上她接触不到特别优秀的书籍，全连范围内没有多少书，几本小说偷偷传阅而已。

小米粒看一本《欧阳海之歌》，红色小说，被刘玉芳发现，声色俱厉地叱道："不许看小说，欧阳海是什么？乱七八糟的，交上来！"

注意，她竟然不知道欧阳海，那是一本曾经风靡中小学生的英雄励志小说。书没收，但事情没完。小米粒吃完饭急着上工干活，不小心把空饭碗放在毛选上，不幸被刘排长又发现了，立即成为重大罪行。排长有样学样，利用下工后晚上时间，在排里召开正式批判会，先安排班、排里的小姑娘们写发言稿声讨小米粒，罗列的罪状主要是传播资产阶级思想，干扰学大寨运动，侮辱红宝书，前账后账一块儿算，从政治上定性：不忠于毛主席。

更要命的还在后面。

收缴闲书的行动实施了，连部几张办公桌上、条凳上、地上、堆满书，都是各班长陆续交来的。

差不多每个人来时都是同样的表现：怀里抱着书，进门找地方一撂，如释重负终于完成任务，急匆匆忙着离开。他们有苦衷，哪有人愿意交！连哄带吓，才算收上来一、二十本，大面上过得去，经不起推敲，"遭到"表扬是不可能了，所以不敢多耽搁。

正副指导员把这些书认真翻检一遍，气都生不起来，最后只好一笑置之。其实，赵指导更看重收缴杂书这一行动本身所产生的震慑效果，它发出强烈信号：要有正确的政治思想，来不得一丝一毫的懈怠。

刘玉芳主动挑重担，自告奋勇整理这些书，让她惊讶的是，面前这么多的缴获物，大部分是去年发下去的政治学习材料，一册册的，少量是红色书籍，《金光大道》《欧阳海之歌》……甚至有胆大包天的，把毛泽东选集四卷一股脑都交来了。

功夫不负有心人，她终于抓到小米粒的把柄。从 13 班交来的书堆里，有一本旧书的扉页里写有：

学习雷锋好榜样，做毛主席的好孩子

王霖

1965.10.3 新华书店买

笔划工整，一团孩儿气，从日期看是多年前写的。刘玉芳立即敏感起来，拿着这本书找到班长老猫。老猫一贯有工作认真负责的毛病，这可害人不浅，收缴书时她做了仔细登记，白纸黑字，证明是小米粒交的这本《雷锋的故事》，小米粒交的是王霖的书。梅排长说过一直怀疑他们两人有来往，现在证实了！

为什么你手里有王霖的书，怎么借来的？刘玉芳拿着证据质问小米粒，小米粒面临"说清楚"的境地。

她哪里说得清，反而越描越黑。如果她老练些，就能从容应对，如果有一点回旋的时间，她和王霖也能串供编造一个说法。可惜，面对刘玉芳的严厉逼问，小米粒一个回合就败下阵来，全招了。

承认俩人合谋，等于承认俩人有密切交往，那就是谈恋爱！这下犯了天条，连里必然要严肃处置。于是，王霖被二次光顾连部，享受与指导员单独谈话的待遇。自那以后，他抬不起头，目光躲躲闪闪不肯与人正视，经常一个人到大渠上长久呆坐，似乎果真干了伤风败俗的事。

这年月，由于人人严格要求自己，所以道德的标准已经被哄抬得极高，评上先进越来越难；伤风败俗的门槛却低得不可思议，稍不留意就会一脚滑进去被扣上这帽子。结果，反倒造成兔死狐悲的氛围，令男战士们对这类事态度并不严厉，格外通情达理，对软骨头王霖一味地自卑，大不以为然。

女知青这半边天可就流言蜚语四起，宽容心差远了。四排长刘玉芳严阵以待，13班当然是重灾区，全排也深受连累。小米粒脸色发青，被批评得吃不下饭，她竟不知道爱情如此的肮脏，内心自责，后悔随随便便就去涉猎。

更加后悔莫及的是，诚实招来了灾祸，如果最初不招供不坦白，能有接踵而来的这些批判吗？在哪儿跌倒在哪儿爬起来！小米粒迅速成熟，政治经验突飞猛进，从此采用一言不发应万变，休想从她嘴里问出别的，什么也不再招了。

刘玉芳认为她态度恶劣。

这天下工后回到营房前面，全排人马不许解散，站成四队，齐刷刷在房前立正，聆听刘排长讲话。排长先从思想改造的必要性讲起，再转入警告陷入资产阶级泥淖的某些人。

"我不点名，但是，这位同志尤其要高度警惕了，思想上有污点……"虽说隐去姓名，但全排人的目光都向右偏，站在最右边的小米粒无地自容，不敢抬头。

其他排的兄弟姐妹们，打饭、挑水、上医务室，来来往往，在她们面前经过，好奇地看几眼，小米粒更觉得自己被示众，心如刀割。刘排长口才出色，导致这通训话时间过长，队伍里的人站累了，开始弓腰缩背，没有几个人挺的直，队形也演变得七扭八歪。这种懈怠的情形促使刘玉芳决定斗争力度还要加大，当场布置，让几个人晚上写批判稿，为明天开会做准备。

第十二章　反抗：割腕与破货

1

第二天中午，下工回来，老猫把一抱扁担扔在屋外窗下，叮叮当当整理扁担钩子。刘排长走过来，问她稿子审过吗？要重视，今晚在礼堂开批判会，别出错，别再给咱排丢脸啦。

隔窗有耳，小米粒在房间里听到，以为问题不断升级，严重到要开全连批判大会。实际情况是排里借用礼堂增加开会的庄重气势，刘玉芳哪里有权力召集全连开会，只能在排里兴风兴雨。可是小米粒不懂这层理，认准了今晚自己将成为几百人的批判对象，将被口诛笔伐痛批得体无完肤，像历次批判会那些男生一样站在台上示众，她以为从此自己将被归进歪歪一族，这是噩梦。她成了作风不正的女知青，今后一生要背着臭名，还有完没完了？小米粒不寒而栗。

郗海静和于玲玲从食堂打回午饭，招呼大家来她们屋吃，分完菜，小米粒一声不语，端起自己碗走出去。郗海静为了表示对她的支持，分菜时特意给她盛满满一大勺炖土豆片，此时不敢多问，瞧瞧老猫。班长老猫早拿起自己的四个馒头，也端着碗尾随出去，平安无事，她们是回自己宿舍吃饭。

匆匆吃完饭，抓紧时间午睡，姑娘们都脱掉沾满土的衣服，简单掸扫一下身上，躺进蚊帐里，很快静悄悄了。

郗海静蒙眬入睡，猛听到隔壁透过墙壁传来一声压制住的惊悸惨叫，声音随即消失，接着又响起杂乱的小声惊叫和咕咚咕咚撞墙声。她猛地坐起，心狂跳不止，出事了，要闹出人命了！见于玲玲已经闪电般地窜下炕，穿着小背心小裤衩冲出光天化日外，她不管不顾也学着一个箭步跟出去，赤脚半裸着闯进隔壁老猫屋。

只见地上三人扭打成一团，老猫和刘媛竟阻止不住拼了命的小米粒。小米粒已经视死如归，下死劲用刀片胡乱地割自己的手腕，一下一下躲闪别人的手，见缝插针顽强地割着。老猫她们手忙脚乱，捉不住小米粒的手，二个新增援兵进来就闷声扑上去，缠成了团，无声地搏斗。只见满地翻滚着白白的大腿和不太白的胳臂，地上乱糟糟揉着蚊帐，上面染着血滴。

唯一穿的齐全一点儿的王玉茹最蠢，她一声不吭掉头跑向后排房子，把排长当救兵。

刘玉芳奔进来见到的景象是，小米粒满身血迹躺倒炕上，屋里每一个人都被刺伤。分布在脸上、大腿上、臂肘上、白皮肤上的鲜血红得触目惊心。连墙上贴的报纸都有一道血痕，地上脸盆里有半盆血，其余几个盆都七翻八倒，现场狼藉充斥着血腥味。刘玉芳头一晕，全身发软几乎说不出话，强迫着自己问：

"都伤在哪儿了？"她听见发出的声音气息微弱，仿佛不是自己而是别人在说话，她绝没料到会出这等事故。

"手、手腕。"房间里的女孩们扭过头来异口同声回答她。

听见回答，刘玉芳圆瞪着双眼看她们，愣愣的，仍旧没明白，大家都伤在这部位？

她们在炕前围着小米粒，而此时的小米粒像瘪了气的皮球，不闹了，正在炕上受到无微不至的照顾。

实际上，只有小米粒受伤。她铁心要割的手腕，伤得并不重，出血不算多，最严重的是她的手掌和几个手指，遍布血淋淋伤口，割得很深。因为那是攥刀片的手，用力越大，那只行凶的手掌心就被割得越深。幸亏刮胡子刀片在争夺中碎了，否则后果难料。也许正因为它碎了，才使得小米粒伤更重，谁说得清。其余人血迹斑斑，是混战时蹭上小米粒的血。她们正在给小米粒用纱布裹伤，盆里是洗下的血水。

小米粒擅自决定给这事划上休止符，可惜蚊帐透明，老猫又警觉假装睡着。当划下第一刀招来班长老猫惊叫时，小米粒就对安静地告别人世不抱希望，跳下炕，坚决躲闪老猫。结果冲上来那么多人，泰山压顶似的，现在她浑身骨头没有一处不痛的。

惊人的是，事件过程中，声响极小，并没有吵醒更多人。

老猫把排长拉到屋角两人嘀咕。刘玉芳同意老猫的提议，这事不光彩，第一、保密，不能给领导添麻烦；第二、取消晚上的批判会。

排长刘玉芳下午没出工，坐在炕头抚慰小米粒，跟她促膝谈心二个小时，晓之以理动之以情。还告诉她可以因伤休息二天，小米粒只躺了半天第二天就照常上工，哪怕用肩挑两桶绿豆汤，给大伙送到地里，也不肯歇，才不接受排长的恩惠！

2

刘玉芳并没有被鲜血吓倒，因为她的目标可不只是扼杀恋爱，作为学习毛著的先进分子，她参加过各种级别的演讲见过大世面，她明白，这是无产阶级与资产阶级两种思想的搏斗，来不得半点退让。策略可以改变，不依靠群众开大会了，但彻底刹住资产阶级歪风邪气的决心不能变。

她决意独自顺藤摸瓜，查找出传播数理化课本的发源地，直捣老巢，她蔑视那些只为自己打算，做着个人美梦的懦夫，不能任由他们败坏连队的风气。

小米粒过分脆弱，已经濒于崩溃，不能再指望从她嘴里逼问出什么来。课本呢？过去她落难时，人们眼里没她时，在她面前曾公开学习。现在，似乎一夜之间课本消失得无影无踪，再没有出现过。前些日子刘玉芳还撞见过两次这种情形：一见她进屋，有的人急忙藏藏掖掖手上看的书。现在碰不到了，每一个宿舍，人们都是清白的样子，她进进出出几个屋子，姑娘们都是坦然自若的表情，一齐望着她，眼神好像在告诉她，没有，我们什么都没看。

人人如此。

没有"藤"，就摸不到瓜，她决心动手翻找。

小米粒早有预见，在多少天前，就已经把珍视的陈旧课本转移给郗海静，两人一起把它藏在炕脚的席子下，继承《苔丝》位置，盖好后还在上面压着叠整齐的被子，居然以为万无一失。

这天，下工回来刚走进宿舍，郗海静就有股子不对劲的感觉，细观察，炕上自己的被褥全都歪了，急忙爬上去翻开炕席，下面的书不见了。怒气在心中升腾，不假思索，她反头冲出屋直奔后面那栋房，搜吧！我也敢搜！

在排长的宿舍门前她被于玲玲追上拦住，

"你别这样，别惹她！再说，我看见她已经去连部了。"于玲玲压低声音说，使劲往回拉她。

郗海静也回想起来，那会儿看见排长拐进了连部，是正在去汇报？书肯定在她手中，来不及了，抢不回来了。失望笼罩全身，她没力气了，预感不妙，即将一败涂地牵连出小米粒。

吃完晚饭，她更加心情沉重，课本是王霖借给小米粒的，她沾小米粒的光，两人下工后顾不得劳累，兴趣盎然地学习、做题，直到夜深。现在，汲取知识的渴望被遏制，心里空荡荡的，已经非常难受，居然还见到血光。弄不好，真要全连批判了。她在屋里待不下去，出房门后不知不觉走向连部。

高原的夏天，9点天才黑下来。此时，越过连部的房顶望向天空，漫天铺着火烧云，地面被映照成橘红色，洒一墙红光，给迟暮染上悲壮。连部空无一人，都去遛弯儿散步了？郗海静在连部办公室里面转了一圈，不得要领，昏头昏脑出来，经过副指导员的屋子，窗户敞开着，往里面瞅了瞅，无意识的动作往往能带来意想不到的收获。就是这一眼，她清醒了，惊喜了，窗户内桌子上放着她的几本书！端端正正放在桌面正中。屋里没人，她毫不犹豫，推门进去拿起书就走。

竟然易如反掌。

夕阳的最后一道光斜洒在她鞋上，光影晃动追随她轻快的脚步。经过食堂，两个炊事员在门口涮笼屉，她低头走过，书藏在衣襟里手护着，没有人注意她。

郗海静气冲斗牛，偷到了连部，偷到了郑绩东的屋子里。

她觉得正义在她这边，毫不自责，她深深地感觉受到侵犯，甚至对此前一系列的批评也产生怀疑反思，有必要吗？排长真的正确？连里真的正确？粗暴的干涉反而催生了她的自我意识。

刘玉芳素来办事一往无前不顾忌手段，在炕席下搜到书后，她立即交连部。但是连里领导全体去团部听传达文件，没回来，她就把书放在郑绩东房间。万万没料到，有人敢盗窃，证据丢了。刘玉芳吃了哑巴亏，她不是轻言放弃的人。

井台上，郗海静一个人两手摇辘轳打水，刘玉芳挑着一副空桶走过来，站住，等待。

天阴沉沉，云很低，没有一丝风，空气里含雨腥味，井台下一簇簇的野花往常摇曳不歇，此时却静立不动，预示着大雨将临。

郗海静一手摇辘轳，另一只手抽离出来，去拽升上井口的满满的水桶，有点吃力，通常这种时刻，大家是互相帮助的。但是，刘玉芳纹丝不动，站着、看着、毫无帮一下的意思。郗海静耷拉着眼皮，好像跟前没站着人，她专注地把水倒进自己的桶里，一滴都没有外洒。

"你拿走书了？"刘玉芳在旁边冷冷地问，两个人都心知肚明。

郗海静不慌不忙摇辘轳打第二桶水，爱搭不理地回答：

"没有。"看也不看她的排长，对着潮湿的空气说。

"真的？"排长的声调像锋利的刀子，闪着寒光，含着威胁。

水摇上来，郗海静提着又往另一个桶里倒，还是一滴不外洒。倒完水直起腰，挑起眉毛，明净的眼睛看着刘玉芳，直视她的眼珠，平静地问：

"拿走什么书？"

然后把系着井绳的空桶放在石井沿上，没有帮助摇水的意思。她扁担上肩，挑起满满的水桶，平稳地迈着碎步走了。

杨树林的树梢开始晃动，叶子哗啦啦响，起风了，风是雨头，豆大的雨点稀稀疏疏，砸在土路上，弹起尘土。

她决不能害得小米粒再挨整，这念头让她勇敢。刘玉芳的咄咄逼人激怒了她，反而让她决心跟排长作对。

3

神秘的传播者始终没有揪出来，刘玉芳对自己不满，未能获得完胜。而获得的那部分胜利，也比较凄清。她被战士们疏远，大家对自己的排长以及科学知识一概敬鬼神而远之，从此关了山门，再不敢胡思乱想。那时，兵团战士实际上处于人身依附状态，离家千里，没有后方，只能与同伴依偎在一起互相取暖，一旦失群被孤立，脆弱得很。尤其被当众侮辱批斗，非常容易走极端轻生。刘玉芳这样对个人无情打压，把人逼到绝境，周围人并不服气，敢怒不敢言而已。从此她的排，死气沉沉，压抑的气氛浓重，连队里其他旁观者们非常同情，也非常不满。

胆怯的反抗偶尔出现。一天下工回宿舍时，刘玉芳当头看见门上4个玻璃格里写着4个粉笔字：石皮化贝，她立即明白。第二天是少有的休息日，人们利用难得而珍贵的一天洗衣、晒被、访友、补觉，轻松一下，她却集合全排站队训话，足足训了两个小时，追查谁写的粉笔字，威胁有人搞小集团，吓阻大家不许串门子。

四个字组合起来是"破货"，更像人身攻击，而双方也都在泄私愤。她颐指气使地对待战士，连里领导知道吗？当然知道。其他女排，包括男排，都能经常听见，她下工回来作队列前总结时的凶巴巴声音，内容都是指责批评，对排里战士们说话一副没好气的蛮横语调，其霸道人尽皆知。至少，她是得到默许的。

总的来讲，刘玉芳靠自己挣开了个人的生存空间，非常人所及。令人难于理解的是，当她地位稳固后，对同命运女孩们仍旧相煎至急，在女干部中少见，猜测一下，恐怕症结还是跟绝食时的怨恨难消有关，迁怒于无辜者。

为什么骂她破货？肯定是她身边的人，能洞悉她内心的人。厉害，眼睛太尖锐，因为刘玉芳从不跟任何人交心。

根据细枝末节观察出来的？刘玉芳也百思不得其解。她的确暗暗爱慕一位男知青，喜欢他挺拔的身姿和棱角分明的脸部轮廓，谈吐更让她着迷。在连部办公室开干部会议时，他的发言透着革命激情，却又沉稳中见深刻。她不敢打破男女界限坐到他近旁，只能选择在后面坐，能远远看着他，内心也得到从未有过的满足，这样的机会太少了。然而，即使仅仅限于隐秘的暗恋，居然也差一点被揭穿，她总算尝到了一点点挨整的滋味。

　　刘排长不可能看见的是，不久，排里暗地又流传开手抄本小说，《少女的心》之类，真正非法读物，她反而无能为力，那些读者防备她极严密。其实，几年后，连里读书终于还是蔚然成风，可惜，仅仅局限于小说文艺类，大多是欣赏娱乐性质，对知识的渴求淡薄了。

　　更让人哭笑不得的是，再后几年，为了鼓励战士们真正在边疆扎根一辈子，竟然号召大家谈恋爱，沧海变桑田啊！

第十三章　"把外衣还给列宁同志！"

1

古岗南去后山给放马的弟兄们送给养，毛驴车上装着几袋子白面，一堆土豆西葫芦和两舀子珍贵的食油，炊事班长把它细细地沥进一个小坛子里，搬上驴车左安顿右安顿，生怕路上颠翻了。

清早出发，一路急行，途经几个连队后，便进入大片盐碱地，之后地面逐渐沙化，穿越一片荒无人烟的半沙丘、然后上到一望无际的平梁，展现在眼前的就是大草原，第二天斜阳映坡才到达他熟悉的地方。

这里没有人烟，草甸起伏，一道梁子接着一道梁子，绿草茵茵，到处盛开着黄色、紫色的小花，跳鼠不停地窜来窜去。这个夏季牧场景色虽美，但牧人只能住简陋的窝棚烧干牛粪做饭，生活艰苦。草原的尽头是大山，穿过山口就是国境线了。

几个月分离，在这儿战友相聚，自然亲热，晚上哥儿几个盘腿围坐在土炕上喝烧刀子，古岗南提着马灯出去，到旁边做饭的烂窝棚里取一些下酒菜。摸索到角落的破缸，从里面捞出几块酸咸菜，块块蠕动着白蛆，甩甩，用刀切成片。马灯下，还能看见钻到咸菜心的蛆被切成两段，直往里缩。古岗南见怪不怪，拿着切好的咸菜，走出去到不远的一条浅溪边，蹲着，放在水里洗它们，干净爽利了，拿回去佐酒。这晚酒酣耳热，人人尽兴。

2

第二天返回，半路上听见嘹亮的长调歌声回响在绿野上空，他眯眼远望,一个放羊老汉在坡上即兴亮嗓子,羊群远远地在他身后专心吃草。古岗南停车歇歇给驴喂料,然后走过去跟他搭话,两人坐在草坡上聊开了。那老汉干瘦干瘦的,递过烟袋锅请他抽,问他是北京知青吗,听说果真是北京来的,高兴了,

"我猜上一准是嘛。"咧嘴笑了,露出熏黑的牙。

当地乡亲们总是对北京城搞不大机密,城市对于他们既遥远又神秘。老汉态度亲密,好奇地问:"娃,你在北京常见上咱毛主席?"

"浑说,我咋能见上毛主席?"

"毛主席在北京,娃也在北京,咋就见不上?毛主席就不上大街头取个火?不上大街头买上匣匣纸烟?"老汉挺诧异地瞅着古岗南,他无法想象没有走在大街,借个火抽烟等等磕头碰脸的机会?老汉到底没闹清爽,换了思路,"娃,你说那金銮殿谁住着呢?保准是咱毛主席。"

"金銮殿?金銮殿现在是博物院。没人住。"

"没人住!你说甚,没人住?那金銮殿咋就能空着?"老汉显出惶恐之色,古岗南依旧没本事解释清楚。转会儿,老汉又神秘地问:

"娃,莫非林秃子真的想霸占那金銮殿?毛主席咋地啦,瞅不见?"这话问得古岗南震惊不小,老汉似乎不太相信这件轰动世界的大事。

老汉住在东边叫王霸疙旦的村里,古岗南随他一起去买蜡烛。老汉认真地向他申明屯子里有供销社,他两只眼见得真真儿的,有白蜡烛卖。如果说老汉是淳朴原生态的话,在村子里见到的,就让古岗南更丰富了见识。

3

正赶上村子里开批判大会。老少爷们齐集在大队部房前的空场,有蹲有坐,外圈站着不少娘们看热闹,孩子们钻来钻去兴奋得像过年,树上的大喇叭刺耳地叫,很有架势。大会发言过半,批判正酣。

原来是在批判林彪反革命集团，从时间上看，已经慢了不少拍，就像离得远的地方听到雷声总要晚些，也算正常，春风最终还是要吹到沉睡的内蒙古大草原。

一位乡亲上前发言，态度激愤，"林彪！你个灰格袍，你咋就把列宁同志的外衣披走了？列宁冷了咋办？林彪，你把外衣还给列宁同志。咋？不还？不还，厄们贫下中农坚决不答应。"说着，台下叫起口号："把外衣还给列宁同志！"

古岗南站在外围观看，头脑里迅速作了一番解读，这是谴责林彪"披着马克思列宁主义的外衣欺骗革命群众"，中共中央红头文件里的话。层层向下传达到链条终端时，乡亲们有自己的特殊理解和应对方式，他们有艰难的生活经历打造出来的古怪眼光。

再后来，古岗南揣着一包蜡烛找到驴车，顺利回到连里。一路上，脑子里不断冒出一幅图景，几十年后，自己留着山羊胡须，穿件肮脏油腻的光板老羊皮袄，也像那个老汉一样，坐在绿草坡，向北京新来的娃打听中南海的消息。

他不知道，如果百万知青能给当地带来巨大进步，他将会怎么办。但如今，很明显，知青是来"接受贫下中农再教育"被改造的，被村里那些人改造成什么样？"广阔天地大有作为"，谁能有作为？愚昧淹没了我们？不，不，跟王霸疙旦的老乡比起来，我们处在同一个愚昧水平，区别只在于时髦的词说得准确罢了。林彪事件的发生，让他对毛主席亲手发动的文化革命产生巨大怀疑，《五七一工程纪要》是林彪反革命集团的重要罪证，但是听了传达之后，古岗南反而从内心认同《纪要》中的观点，从此，知青运动在他看来也不值得参与了。

我们自己在扼杀自己，他看清了，这是在耗费生命，是退步。正是在毛驴车上，他萌生了或者是坚定了离开的念头。

第十四章　暗　恋

1

收麦子，只是收获季节的序幕，接着还有糜子、黄豆、甜菜、胡萝卜……但是无须抢时间，所以劳动强度降低。伴随着进入有雨季节，经常不能出工只能开会，人们的体力得到恢复。唯一令人遗憾的是伙食标准大幅下降，勾得人们日益胃口大开，觉得吃不饱，眼前一天到晚晃动着各种美食，全是幻觉。

近几天的劳动是挖胡萝卜，姑娘们上工前都偷偷带个小刀。刚挖出来的胡萝卜削掉外皮，露出鲜红的内芯，表面立即汪着小水珠，鲜、脆，吃起来像水果一样甘甜爽口。

有人将这一不正的风气向领导反映。休息时间，集合哨把几个女排的全体战士叫到田头路边，郑绩东在队列前准备讲话。他把铁叉插进土里，手扶铁叉的木柄，站在队前耐心等待稀松拖沓的女孩们安静下来。他穿着黄色军上衣，领口大敞，露出白背心紧裹的宽阔胸膛，身材挺拔站在队前，表情有点儿严肃，姑娘们预感势头不妙，赶紧站得笔直不敢造次。不出所料，副指导开口第一句就是：

"听说，有人干活时偷吃胡萝卜。"

果真要挨训，大家屏息静立，一副等待受罚的样儿，弄不好回去还要开会作检查。

"这样吧，你们吃一个、二个……三个，嗯，"副指导话音顿住，稍想一下，紧接着说，"四个、五个，就别再吃了！"说到最后一句，脸上露出笑意。

哇，女战士们高兴得像炸开了窝，叽叽喳喳叫成一片，随着"解散"的命令，像鸟一般飞散。

大事，原则性问题，不能姑息应该严肃对待，而生活小事搞得过于紧张，他认为没必要。刚挖的鲜胡萝卜，又在地里，吃就吃吧。

郗海静混在队伍里也跟着起哄高兴，郑绩东肯于这样做，其实很不容易，要顶住一定的压力，郗海静比别人清楚这点，因此更生出深深爱意。刘玉芳心头涌过一股暖流，本来以为要挨批评的她，甚至比别人多出几分感动——副指导员在保护自己，因为是她的女排战士在吃胡萝卜。

2

活跃一下连队生活，是连里领导的一致意见，也是师、团上级领导的指示，毛主席团结紧张严肃活泼的八字方针里有"活泼"一项嘛！严格管束开始不起眼地稍微让步。

国庆节放一天假，自农忙以来，极少有休息日，令人惊喜的还有，每人发一块月饼和几块水果糖，节日气氛很浓，甚至团部宣传队也下连队慰问演出，明天轮到来这里。马号派车先去友邻连队接来一车行李，明天再去一趟马车接人。可喜的是宣传干事梅小延是这次送戏到基层的带队领导，她急于看望老连队的战友们，也跟随着行李车先到了。

白天的假日，马号歇不成，因为他们还在忙着干活，全连的收获要靠他们赶马车从田地里运回来。近些天太忙，圈里的日常杂活顾不上干，马司令请求派13班回来帮助，熟门熟路嘛。所以13班姑娘们也歇不成，马号的人们过意不去，邀请姑娘们晚上来联欢小聚，补上这个节日！为谨慎，马司令邀请了连里领导和团里的梅小延领导一起来参加，而老猫邀请了排长刘玉芳。

对刘玉芳来说，老猫的邀请是意外之喜，她珍惜每一次与副指导接近的机会，那意味着她的暗恋又有可能获得进展。她明白，等待远不如进攻，而进攻的前提是有机会接触。

晚上，马号宿舍里热闹欢快，聚会成功，马司令高低不饶，定逼着赵指导唱了一曲"阳澄湖上"，副连长赶紧主动讲了个笑话，趁大家笑得前仰后合，赵指导和副连长才得脱身出屋，留郑绩东在那里独当一面。马司令盛情招待，擅自扣压全班国庆节发的月饼、水果糖，此时倾囊端出，外加自己的一纸包糖果。他的这包可比连里发的高档，是兽医去呼市出差捎来的。

"嗨，你给拉手风琴吧。"梅小延很兴奋，她推推身旁的郑副指导员提议，她没想到连里领导会来这里参加普通班里的联欢。

"开什么玩笑，哪儿找手风琴去？"郑绩东根本没在意，随意笑着应了一句。在这儿，土旮旯里找个秃铁锹头、烂土筐什么的，有可能抄到，手风琴！想也别想它，估计亘古以来这片土地只听过驴马的叫声。

梅小延与刘玉芳并排坐在炕沿，她笑着俯在刘玉芳耳边说了几句，刘玉芳带着兴奋的笑容迅速站起来。

"大家听着，喂，安静。"她朝满屋的人们嚷，"副指导在北京参加过校乐队，咱们让他蝎里虎子扒窗台……"

她故意停住不说了，大家都等着听这个歇后语的精华，甚至郑绩东都望着她等待，"……露一小手吧。"她高兴地喊。

郑绩东一听，急忙往后缩身躲闪，刘玉芳伸出胳膊极力想把他拉起来，终究经受不住大伙起哄，他只好笑着站起来，"打住，打住，我这哑嗓子。"举手做暂停手势，容不得他开口，梅小延也站起来为刘玉芳助阵，

"副指导可是吹拉弹唱样样精……"笑着揭起老底了，这姐俩一唱一和毫不松劲。

"没那么厉害，没有，没有。"郑绩东被这个没边儿的吹嘘弄得红了脸，将暂停的手势改成连连摇手。梅小延带着胜利的笑容叫道：

"马司令！"同时递过去一个眼色，司令早已走到门口，连声答应："是啦，是啦，这就拿来喽！"说着出门隐没进黑暗。

小米粒看不惯这两位女领导，带着情绪扭转脑袋不看她们，她从刘玉芳的审问中明白了，老排长跟刘玉芳没少说过她的坏话。对老排

长，既不打算原谅她，又没啥招数报复她，只能白眼相向。她剥开一块糖含口里，果然比连里发的好。糖纸就不同，精致，印花清晰，的确是城市货；哪儿像这里当地产的，粗糙的糖纸带着油墨味，糖块进嘴就松散成渣，红糖一样。

只一会儿，马司令提回两个黑匣子，一瘦一胖，两腿边左右各一个。当地一放，喜气洋洋地问："哪个是手风琴？"

"喔！"震惊四座，众人叹声一片。原来，梅小延把宣传队的乐器家伙什都拜托马司令锁在他们的仓库里。马司令的英明又一次得到证明，他邀请的梅小延就是不一般，她有本事把气氛搅和得融洽之极。

"好吧，"郑绩东也觉得意外，笑着认输，一边打开匣子取手风琴，一边声明，"好早以前练过，忘得差不多了。"

"放心吧，我们不挑三不拣四，"于玲玲抢着安慰，"谁懂哇！"
又引出一片高兴笑声。

喂牛的老梁让出唯一的破木凳，爬到炕上挤在古岗南身边，打扰了古岗南。本来他安安稳稳坐在郗海静后边，时不时跟她聊几句。

灯光洒在屋子正当中郑绩东身上，恰似舞台。郑绩东坐在那儿肩背坚硬挺直，舒展臂膀时却动作柔和，稍低头看一下琴键，乐声响起。

第一曲拉的《大海航行靠舵手》。人人熟悉的旋律，马号的人们啧啧赞叹，姑娘们不满足，还在等待。郑绩东调整一下，手指在琴键上快速跳动，急骤欢跃的曲调响起，这次听着陌生，无人喝彩。郗海静坐在屋子角落，隐在别人身后，面含微笑，一直盯着郑绩东。她都陶醉了，他多潇洒！姿势多么英俊挺拔！他额角线条清晰，神情专注，目光似乎在倾听内心，引导他奏响激切有力的乐声。当他低下头眼皮抖动一下时，她明白是他感受到了她的目光。他一向谦和而不张扬，难得显露自己的才能，真应该好好感谢老排长，让她看到他的这一面。这外国曲子她似曾听过，好像是哥萨克什么的还是骑兵什么的？

一曲终了，老猫纳闷，问："什么歌呀？"

"练习曲"郑绩东回答，紧接着又拉响另一曲，这次有人听懂了，轻叫一声：

"新疆之春"，马上曲调转换，又是听不懂的曲子。

王玉茹故意模仿老猫的语调问：

"什么歌呀？"

"练习曲"，马号的一个复员兵替副指导回答。

大家善意地笑了，现时不允许有靡靡之音、不允许有封资修、不允许有反动权威的作品……总之有诸多禁忌。人们理解，身为副指导员更不能犯天条。曲调变成了《草原女民兵》，大家倍觉熟悉亲切，跟着哼起来，郑绩东跟随节拍稍稍晃动身体，微笑着抬头看他们。

郑绩东沉浸在过去的时光。从小学起，他就出类拔萃，被挑选去青少年宫朗诵诗歌，后来学手风琴，每周去一次。为了节省钱，他不坐公交车而是步行去，学得非常认真，直到中学住校才不得已停止。文化大革命后期，在学校逍遥时，乱糟糟不知谁带来的手风琴，他也短时间玩过，回想起来，似乎已经相当遥远。

"唱歌吧，我伴奏。"他收拢琴，朝大家高声提议。他没有看郁海静，但知道她在炕上角落里，抑止自己目光不滑向那边。他转头面向刘玉芳。

"刘玉芳，唱一个！"

刘玉芳不推辞，大方地站起来，"唱什么呢？"她一时没了决断。

"《抬头望见北斗星》"马号有人出主意，刘玉芳有点为难，长征组歌是肖华作词，

"肖华被打倒了吧？"她迟疑地问，郑绩东迅速将这个难题化解，那就是唱样板戏，文艺界到处是禁区，很难准确把握，只有一条阳光大道最安全——样板戏。

唱"智斗"，点出马号唱得最阴险的瘦三儿，加上梅小延反串胡传魁，烘托得刘玉芳的阿庆嫂霞光满面。

3

古岗南坐在炕里不引人注意，惟有他看得清楚，如同他很早以前就敏感觉察出来那样，郗海静的表情泄露出她内心对郑绩东的无比倾慕。她一直目不转睛望着演奏者，眉梢嘴角含着隐隐笑容，全然没听见古岗南跟她说什么。他同样敏锐地感觉出，尽管郑绩东没有对郗海静看一眼，但跟她关系最不一般。刘玉芳对待郑绩东亲密无间，明显热情过份，郗海静却平静自然，只能说明她绝对自信。郑绩东对她的这种自信，显然也是心中有数，看来俩人感情非常深了。

他也不得不承认，郑绩东的确是正直的人，他很优秀。想来也对，郗海静不会对一心钻营的虚伪之流那么执著有好感的。他有点难过，也只能坦然接受现实了。

表演告一段落，郗海静想起什么，突然探过身来问古岗南："你会拉小提琴？我见过你在手背上练指法！"她露出两只手，左手反叠上右手背，用五指在手背上面飞快地弹跳，模仿他当时姿势。

此刻，她心情愉快，满脸洋溢着笑意，大眼睛直视他，一片真诚地邀请。古岗南正沉在心事里，猝不及防，唔唔唧唧的反应迟缓。老猫耳朵尖，跑过去打开另一个匣子取出小提琴，马号的人们成了主力，一致向古岗南开火，将他轰下炕。

下炕摸到琴，古岗南也起了兴致，调调弓，试试弦，问大伙：

"来个什么？"人人愣住，急忙开动脑子帮他想，这当儿，琴声响了，是《新疆之春》。琴声清脆婉丽，如歌如诉，听众静静的，目光集中在他一人身上，他低垂眼皮，偏着头，全神贯注在灵动的指上，珠玉般的乐声迸跳出来，似蹄儿轻踏、似泉儿滴石、似一泓清溪从弦中流淌而下。

倏地，电灯灭了，屋里突然陷入黑暗，停电。

谁都没有动，琴声稍顿，又响起来，仿佛只有它从黑暗中钻出，琴声更悠扬，忽而缠绵，忽而轻快，它似乎穿透黑暗，推开门窗，飘飞出去，与月光同舞。

音乐的力量！众人心弦被慑住，久久无声。

郗海静全身心沉浸曲中，但是，渐渐地，她听出琴声似乎在诉说，在宣泄什么，她捉摸不定，但感觉这首欢乐的曲子里被揉进了几多伤感。

郑绩东倾听，也注意到里面有伤感，更多的是倔强，展示他比别人勇敢。郑绩东不由自主，目光在黑暗中寻找郗海静，为什么这样做，他也难对自己说清，就是好奇她会是怎样的表情。他直觉，这曲是为她而奏。他猜测古岗南对郗海静有好感，也闹不明白为什么有这种猜测，大约因为马厩事件吧。或许不少人对她有爱慕之心，这很正常，毕竟她美丽大方，此时想到郗海静爱的是自己，郑绩东心里暗暗自豪，感觉满足。

最后一个音符在黑暗中消失，静了片刻，叹声才起。

马司令发出感慨："屈才了，在这儿你们都屈才了！"由衷地，他想采取措施，"跟团里、师里反映反映，去宣传队"。

这么一搅和，气氛重又活跃，黑暗中有人张罗着点灯。

"放下，放下那个，"牛倌老梁阻止不让点煤油灯，他从墙上摘下鼓囊的军挎包，掏出一包蜡烛，是古岗南的挎包，"点这个！多干净，不冒黑烟。"无私地散发，慷别人之概。

"哟，你们马号，不简单啦！"于玲玲抢过一多半蜡烛，"走，去外面点它"。

有人陆续跟出去，大院子里，银光泻地，清凉的月光照亮每一个角落。

"磨盘！"于玲玲奇想最多，土坯围墙边有一个青石旧磨盘，粗糙的台面是平坦的，像石桌。她过去，点亮一支蜡烛，滴几珠熔油，将蜡烛直立在磨盘的石台面上，又接连直立几支，然后点燃，一队蜡烛娉娉婷婷，排列成一条直线，烛光荧荧，翕乎闪烁。

"吹吧，谁能一口气吹灭它们？"她满意地欣赏自己的作品，同时邀请别人破坏它。刘媛上前，"呼"一口气吹出，亮焰瞬息灭掉几个，队尾仍在摇曳闪动，重新点亮之后换人又吹，依然无法一口气彻底熄灭它们。

"女的不行，气不足。"司令摇头，自己上来吹，大意失荆州，这口气出去很猛，杀伤力大增，但还是留下漏网之烛。

嗯？不服气了，再吹，更丢人，还不及上次，这可勾起众人好胜心，围上来欲试身手。瘦三儿轰走他的司令取而代之，也未获完胜，招来晒笑，他撸拳揎袖打算再试，郗海静嘴里含着脆糖块，脸颊鼓起一个包，大喝一声：

"我来！"

声音含混坚决，她很威风地拨开众人钻进来，用胳膊肘拱走瘦三儿。弯下腰认真瞄准对直，庄重地运气丹田，大家静下来目光集中在她身上，她做足了铺垫，鼓圆腮帮撮小口唇，猛用劲吹出一口气。

"呋"，气声与众不同，跑气啦，竟然一支也没吹灭！

郑绩东首先"噗嗤"一声笑出来，他站在大家后面观看，见她猛张飞一样闯进去，就预感她高估自己能力，紧盯住她一举一动，见烛光只不过晃动了一下，忍不住喷笑出声打破了安静，人们也随即"哄"的爆发出笑声把她赶出去。

当一个人有心时，很普通的事往往就有了特殊含意。刘玉芳就是这样，她关心郑绩东，所以听到他忍俊不禁最先笑出声，顿生警惕。

他的笑声接得太快，不小心透露出他对郗海静的高度关注，仿佛与她心灵有默契。刘玉芳突然清醒了，意识到男人也许会犯糊涂匆匆靠岸。剩下自己成为迟到的一艘船，只能听凭它无所依泊？

第十五章　逃兵入伍

1

半个月以后，地里的收成往回运得差不多时，古岗南请半天假，说是有事去团部，早晨这一去，从此就没再见人影，他不辞而别。

正副指导员向老猫了解情况，谈到半截儿指导员接到一个电话就出门骑马离开了，老猫提供的情报不多，她提议再问问郗海静。

郗海静被通讯员召唤到连部，办公室里，郑绩东忙着写情况汇报，他低着头在办公桌上写。听开门声音知道郗海静进来了，故意没有抬头，耳朵里听到关门的声音，听到脚步声近了然后在屋当中轻轻停下，他仍旧不抬头，伏在桌上继续低头写。可是能够猜想到郗海静忐忑不安的神情，因为屋里极安静，安静得只听见钢笔在纸上的摩擦声。还是没有声响，她在干什么呢？害怕了？他猜不出，终于，他装不下去了，低着头先张嘴笑，打破了庄重气氛，然后直起身抬头望过去。果然，郗海静向前微倾身，正在胆怯地窥伺他。

郗海静看见他低着头坐在桌前忙碌，严肃冷淡，心里打鼓更没底了，站在屋当中正在不知该怎么办，突然，看见他低头自己笑开了。

"这是怎么啦？吓死我了。"见他笑，郗海静松下一口气，悄声悄气地责备，郑绩东抬头朝着她笑得更开朗了，嘴咧开露出整齐的牙齿，眼睛里充满明快阳光，说：

"有什么可怕的？不能找你吗，你别一惊一乍。"

他常从远处见到她，真正俩人面对面的机会并不常有，现在他不由得流露出内心的高兴。确切地说，从上级防范的角度看，他们这种交往程度算不上搞对象，仅仅精神上恋爱没什么可羞愧，他猜测郗海静对男女之事根本不懂，所以才会这样大惊小怪见不得人似的。

他比她大几岁，最初认为她是"小孩"，后来，从感到她可爱的瞬间，他就以男人的眼光疼爱她，克制自己。另一方面，看到郗海静用主动疏远的方式保护他，郑绩东心里感激，尽管他性格沉毅恒定，但青春的热血涌动时，真不敢说绝对能够把持。

听到郑绩东的话，郗海静轻松了，的确，自己怎么总是做贼心虚呢，真是一惊一乍！

"是呀，"她不好意思地笑了，开始强词夺理，"是没什么可怕，可是让你那么郑重其事一通知，官大压死人呐，大事不好。有何贵干？"

这次，敢于明公正道地叫她来，的确是因为公事。郑绩东在办公室里做出公事公办的样子，"好吧，谈正事。"

他收起笑容请她坐，问她，了解古岗南的动向吗？

她这才知道古岗南从昨天开始就一直失踪。她不惊讶，心中第一个念头就是他肯定逃回北京了。惊讶的是，为什么问我？心里起了戒备。

郑绩东一心要了解情况，此时没有掺杂私人感情，连队出了逃兵，是要对上级有个交待的。已经问遍马号的人，不得要领。13班跟这个逃跑的家伙有些接触，也许能有点线索，找郗海静是刚才老猫的建议，提醒了郑绩东，或许古岗南会将行踪透露给他抱有好感的人。

"他没说什么吗？"所以郑绩东直捷提出最迫切需要答案的问题。

"你想让他跟我说什么？"郗海静半开玩笑地反问，"这不是闹着玩的时候，看到房后北边的山了吗？"郑绩东脸上严肃起来，收敛了温和气，目光犀利，手上钢笔的笔杆朝墙壁歪一歪指向后山方向。

他觉察出郗海静想跟他周旋，此时此刻，她脸上一副不配合的表情，内心活动一目了然：山？当然看见，它每天待在那儿，遥远的地平线上起伏的曲线。跟我有什么关系！

"穿过都狼山口就快到边境了！你动动脑子吧。"他语重心长，掏心掏肺地启发她，但却远未达到预期效果，甚至起到相反作用。

老天爷，她豁然明白了，竟然把古岗南往逃跑越境叛国上扯！她竭力隐藏全身的战斗细胞，决定理智地对待郑绩东的狼子之心。怎么做到理智？那当然是阳奉阴违喽，她有义务保护朋友。

"越境不可能，他好像可以去当兵。"为增加说服力，又添上三字："有后门"，她万万想不到歪打正着，信口胡编的正是事实。她尽力让对面的这个人相信她的胡诌，却忽视了自己将处于尴尬境地。这下，郑绩东大出意外，没想到郗海静与古岗南关系真的不一般。

郑绩东和指导员同样不认为古岗南会逃往境外，他们也判断是回北京了。先徒步60里到乌里县城，再搭几个小时长途汽车到火车站，坐昨天半夜的那趟快车，但是猜归猜，有必要排除其它可能性。

"他告诉你的，他要去当兵？"他问话含有明显的惊讶，掺杂感情了。

"没，那没有，平时话里话外感觉到的。"她不能走得太远，适可而止，并且，话问到这个份上，有必要作些解释和澄清吧？于是，她改为推心置腹，"他这个人挺好的，看问题深刻，不过这次真够傻的，快要有探亲假了，到时候不回来就行了呗！"

澄清的效果更差，听见这话郑绩东猛抬头看着她，慢慢直起了身靠在椅背，从齿缝里吸进一口凉气，表示不可思议，低声诘责：

"你怎么，没有大是大非观呢？"这是让他最头痛的，"你可以，政治上不必过于激进，行。但总应该清醒吧？你。"他失去了流畅的思路，调整一下语气，用领导谆谆分析的口吻告诉她：

"你在说，这个小偷不聪明，应该变换个方法去偷，才不会被抓，是吗？你呀，你呀。"他无可奈何地微皱眉头，面容尚余几分年轻人特有的俊朗，动作却持重稳当，说到最后时举手敲一敲，遥指她脑袋上方，似乎要敲醒她。

郗海静语塞。

郑绩东长时间盯着她，他不知该怎么看待这次正式的谈话。

郗海静被盯得心虚。

直到晚上已经睡下，她才突然感觉出，郑绩东还是有一些误会，由不得在炕上左翻一个身，右翻一个身，气得不行。

白天谈完话走出连部时，她还没想到这么多，只顾得回去后，急急翻出古岗南给她的军挎包，前天清早他特意送来的，说：

"稀奇，还你书"，当时她没在意。

现在，她看见，挎包里有几本书，都是她借给他的，原本不成形的《苔丝》，不再是散乱的活页纸，而是用粗线装订好，包上牛皮纸封皮，变成一本结实的书。她取出它，心里有些凄凉，不由得翻翻，看到扉页内夹着一张纸条，写着一行字：

"那个社会不珍惜这个女子，我们起码应珍惜这本书。"

除此没有别的话，下面还有一串数字，她心中一动，像是电话号码，他预先防备了，怕连累她，连地址都不留。

郗海静有失落感，少了一个朋友，好像生活中抽走了一部分内容，本来就单调的日子更缺少亮色。她有时躲避他，从麦场夜谈后，她就明白应该与他保持距离不给他希望，但是做起来有点难，不经意间就忘到脑后跟他开起了玩笑，简直疑心自己是不是有点轻浮。现在他离开，反倒心里难过以前对他常有不周之处，甚至没给他留下个北京的通信地址。恐怕就此将断了联系，她赶快把写有电话号码的纸条藏在她的日记本里。

正是这个电话号码，几年后将他们又联在一起。

2

从火车车厢进入北京站的那一刻起，古岗南就感到一种强烈的北京气氛，下火车，出北京站，深深吸一口北京的空气，呵，曾经熟悉的城市气味，醇厚浓重。打量车站广场，熙熙攘攘，但又从容整洁。他仔细寻找，连个卖烟的都没有，走到站前街才有商店，色彩鲜亮的苹果和鸭梨整齐摆在货架上，葡萄则瘪小暗淡缩在角落。

此时，最强烈的欲望是饱餐一顿美食。整条街仅有二个饭馆，饭馆门敞开，传出嘈杂声音，可以看见里面站满了人，还是老毛病，国营饭馆拥挤不堪供不应求。有人在方饭桌之间挤来挤去，大部分人站在椅子后等待，而坐在椅子上吃饭的幸运儿不敢耽搁，前后左右射过来的逼视，迫使他们狼吞虎咽，假若有小口喝汤稍显从容的，站在他身后手扶椅背等待的人必焦躁不宁，不知何时才能轮到自己坐在这椅上吃饭。只有坐在椅子上才卖给饭菜，是国营饭馆的规矩。

北京没有什么变化，沉稳安详，因为是火车站，人显得熙熙攘攘比别的地方多，但公共汽车仍是疲疲沓沓，很长时间才"哐啷哐啷"开过来一辆。只有在这时，气氛才骤然紧张，等车的人已经积了一大群，见车来到便哗啦啦同时拥向车门，挤成一团，闷不吭声奋力争抢，为了先上车两个胖子卡了车门口动弹不得，闹得谁都上不去。古岗南仍穿着赶大车时的黄绿色军衣，顺利挤了上去，他发觉自己马上适应城市的拥挤，尽管风尘仆仆与众不同。一位膀大腰圆的中年汉子看着车窗外掠过的街景，大发感慨：

"北京就是好，连出气儿都顺！"一口地地道道的京片子，有谁小声问了句什么，他又高声答：

"对，刚下火车，这两年，唉！"

看来也是一个漂泊在外返回故乡的。五七干校？三线工厂？

一路行来，下去的人少上来的人多，每当有人吊在车门实在挤不进来时，售票员就会在下面倾全力推他后背往车里塞，仍然关不严车门，总会有热心肠的喊一声："咣荡咣荡。"

于是司机松开车，滑几寸再踩刹车，大家前仰后合立脚不稳的当儿，暂时闪出缝隙，多余的人趁势填进，车门"当"的关上，可以继续前行了。车里塞得越来越紧，胳膊和腿被挤得早都无法控制任其扭曲，站姿奇形异状难受万分，胸口被挤压得呼吸受限制，出气儿已经非常不顺。终于，一个中学生模样的细瘦男孩费力挣扎出一句：

"我都成相片了。"

古岗南心里计算了一下财政状况，买了火车票之后，兜里剩二元五角钱，坐了十七个小时的火车，水米没打牙，所以现在仍然拥有二元五角。好，他心里有数了，在动物园站挤下车，往回走一截，奔熟悉的莫斯科餐厅而去。

3

这里仍旧金碧辉煌，仍旧是雕花圆柱雪花状的风扇，高大的玻璃窗干净的桌布高背椅。二元钱可以买三个便宜的炒菜，感谢莫斯科餐厅实行工农兵大众化中餐，反修防修不卖西餐了。至于如何回到远在颐和园后边的家，现在不予考虑。

过去，他和一伙住宿在学校的同学常来"老莫"赶时髦外加解馋。除对这里餐厅熟悉之外，他还对北京展览馆剧场有特殊的记忆，他清晰地记得，那一次在北展剧场召开的有名的 12 • 26 联动反动大会。剧场在"老莫"北面，它们是一体的建筑。

他不是在家庭长大的，在军队办的寄宿制幼儿园时，一个星期只能回家一天，在军队办的寄宿制小学也是如此，在军队办的寄宿制中学仍是如此。真真的根红苗正，彻头彻尾浸泡得里外红彤彤。

文化大革命初起，他政治上不敏感，风潮激荡时才遽然明白他属于最可靠的革命接班人之列。兴奋之余，也想揭竿而起，但错过了风头的人不会被重视，他们这些初中生转而将兴趣放在全国大串联。和同学们挤火车睡过道，蓬首垢面惹一身虱子回到家，发现北京政治形势发展神速，他们的父亲，成了矛头所向备受批判，黑帮、走资派、叛徒、军阀、罪名不一而足。登时惹起他们不满，这导致他参加 1966 年底那场北展馆召开的大会。

12 月 26 日是伟大领袖毛主席生日，选这天晚上开会，为了宣示对他老人家忠心耿耿。北展剧场不算很大，古岗南他们一伙早早来到，占了靠前的座位，开什么会，不知道，只听说已经邀请了中央文革到来，憋着劲想跟他们提意见。他们的同学靳东征被释放出来直奔会场，当即被请上主席台，大受拥戴，手腕上好像还有铐子痕迹，英雄般的礼遇，台上台下热闹了一阵才又回到正题。至于他为什么被捕，当然是因为冲公安部解救红卫兵弟兄。

人们一直在等待，却久候无音，中央文革根本没有到来的消息。大家的情绪，由倾心相诉的期许，逐渐转变成气恼，既而愤怒，会场开始乱哄哄，喊口号发传单、挥舞红旗、上台演讲。古岗南也非常激动，热血沸腾，他坐在前几排，偶然回头望望，啊，更加振奋。满场都是穿旧军装的中学生，估计干部子弟占压倒数量。上千人，不在座位上坐都站起来，甚至许多人站在挑台上，全都认为中央文革拒绝到会是蔑视红卫兵，心潮澎湃气愤难抑。尤其恨江青不给面子，因为她最支持红卫兵造反，本以为她是亲人，结果反目成仇，会场充满浓浓的反叛气氛。

后来不知是哪个附中的一个人跳上台发言，首先充满挑战味地说，我跟你们不一样，我是工人家庭出身！台下马上喊叫起来反驳他：我们的父母就是穿上军装的工人农民，不许挑拨工农兵的关系！真够热闹的。发言人说，他认为中央文革最近犯了左倾错误，论据没有听懂多少，只这结论就足够了，原来是一家人。事后古岗南听哥哥说，当晚回到学校，这发言的人就被公安局抓走。总之，群情激愤，大家都成了死心塌地的"联动"。

厄运开始。回校后，他接到家里打来的电话，父亲出事了。他从天上跌入地底。

很快，"联动"被宣布是反动组织，他们由红变黑。更加不服气，更加反叛。

他却立刻不狂妄了，只有一次晚上，随同学们挤上大卡车去冲公安部，到达天安门广场东侧以后，他却犹豫不敢走上前，留在长安街便道旁松树下观望。公安部大门口严严实实挡着几层解放军战士，手臂挽着手臂，军大衣外紧束着武装带，高大威猛，帽子上的红五角星射出熠熠之光，个个正义凛然，目光如炬。寒风掠过，古岗南第一次感到自己成了无产阶级专政的对立面，那滋味冷飕飕。他悄然离去，坐公共汽车回了家，从此与同学们疏离。

这段危险的经历，在内蒙兵团那个地方，谁能容纳得下？他高度自卫，闭口不谈，即使郗海静也从未获得他彻底信任。政局的变化竟能改变他的命运，现在，军队重新洗牌，他预感到一线机会。

从老莫走出来，饱餐后身上温暖，心里轻松，乍一跨出玻璃门到室外，微风吹拂，他感觉一丝甜蜜的凉意。北京城已笼罩在苍茫的暮色中，摸摸兜里最后的几毛钱，他乘上了公共汽车。来到西郊山下时，已是一片浓重夜幕，家就在眼前，甚至能看见那座楼房的点点灯光，他孑然一身两袖清风，衣袋里还剩三分硬币。

事情很快明朗，古岗南的伯父给连里打来一个长途电话，点名找赵德民指导员接，申明古岗南安全到家，请连里放心。一句歉意也没有，而且电话是从军区系统的军线转过来的，作为非正规军的基层连队，赵指导除了鄙夷这种特权还能说什么。伯父没有透露的实情是，此时，古岗南已经穿上正式军装当兵了。

林彪倒台之后，古岗南的家族景况逐渐好转。他父亲三兄弟都是红军年代打仗一路打出来的，伯父又被起用，父亲的问题也有了重新结论恢复了名誉，重又成为红色后代的古岗南顺利当兵，穿上真正的国防绿成为正规的解放军叔叔。闯荡了几年，到头来还是依托父辈的力量，他很惭愧。家族的荫庇带给他的不是优越感，而是自我缺失感，这也成为强烈动力，促使他在部队表现出色，力图证明自己。

第十六章　半边天与小老鼠

1

连里风平浪静，召开过一次运动会，选拔出有运动细胞的战士参加团里的比赛。期间，郗海静崭露头角，篮球、排球、羽毛球样样有她的身影，很是忙碌，玩得开心大出风头，引起团长的注意，他凑在场边观看比赛，粗声夸奖：

"这个小丫头蛮厉害啰！几连的？"

刘玉芳在旁边呐喊助威，恰巧听见这话，灵机一动，从围观的人群里探出头有些腼腆地主动报告：

"她是我们五连的，团长，她游泳差一点就达到健将级呢！"

是郗海静嘻嘻哈哈瞎吹牛时的话，管它真假呢，予人玫瑰手有余香。刘玉芳听说师部准备组建篮球队，此时来了教练正在满操场搜寻人才呢。也许潜意识里，她愿意打发走她。

2

连里又有一场战役要打，那就是给麦子脱粒。麦捆早已运回场院垛成几座高大的麦垛，几个月来等待脱粒。入冬，各连队轮流使用的脱粒机终于开进了连队，"脱粒会战"开始。波澜壮阔的规模不可能再有了，所谓"会战"早已经退化，成为动员大会上的名词，既不具有实际意义也不具有曾经的魅力。为了充分利用机器抢时间，全体人员上阵，分黑班和白班，白天晚上两班倒，歇人不歇机器。

场院里架上电线，电灯照得彻夜通明，收获粮食是大事，电，居然可以尽情使用，果然是此一时彼一时。

"战场"上尘土很大，人人装备成防化兵一般，包着头、裹着脸、戴上帽子、脖子上箍一道白毛巾、腰上再扎一根皮带。总之，只苦了眼睛露在外面，骨碌碌不停地转，分辨不出是谁。

从机修连调来的暗红色康拜因衰老半残，徒有魁梧身材，早已不能作为联合收割机开进麦田里收割，只能固定在地面当作脱粒机使用，工作起来剧烈振动，发出震耳欲聋的噪声。

刘玉芳施用了小小伎俩再加上运气，与她暗暗爱慕的副指导员一同在夜间上班。她不赞成相隔甚远各干各的，跟王六合连长争辩："男同志能干的事我们半边天也能干，大寨有铁姑娘队我们为什么不能有铁女排？"请战成功，她们从外围进入核心场地干活。

与现场指挥员商量分工协作变成常态，刘玉芳与郑绩东进一步熟悉。她不全是私心，也是真心挑重担当铁姑娘，王连长拗不过她，她的女排终于上了脱粒机。深夜，巨大陈旧的机器轰鸣，它高大笨重，女战士跟男战士一同站在输送带两边，挥动大木叉挑起麦子送上去，实践了"时代不同了，男女都一样"的领袖指示。场院里常能听到刘玉芳大呼小叫，催促女排"快点，快点，别零零散散的，挑大堆！"生怕有一分一秒不得利用。逼得老猫带着班里的人，"一、二、三"喊着号子，同心协力举起小山一样高的麦团扔上传送带，一次接一次不敢有丝毫间断，累得连抹汗都没功夫，麦芒不时地钻进扎得严紧的衣服里，全身奇痒但是根本顾不上去抓痒痒。

偏偏康拜因老迈不争气，关键时刻掉链子，这不，扔上去的麦杆太厚太重，机器挣扎嘶叫几声，不响了，场院顿时安静下来。灯光下，飞舞着麦秸的细屑，大家都摘掉口罩，挂着丫叉站立趁机喘口气。机修工不知溜到哪儿去了，刘玉芳过去查看，是传送轮上的皮带掉了，这毛病常犯，机修工能够几秒钟熟练地把皮带上好，大家见过多次，问题是，他啥时回来？他不属本连，谁能管束他！

刘玉芳心急如焚，这么多人闲着等待，窝工啦！她踮起脚，大胆振动机器上的电开关，主轴立刻飞速地空转。她独自一人把宽宽的传送带套在巨大的铁轮子上，再托起这传送带往不停转动的主轴上套，刚沾上小部分，吃上劲的传送带就像条飞舞的蛇甩出去，失败。

刘玉芳退到众人视线之外，远离康拜因，急匆匆在麦垛附近找到郑绩东。他正在指挥高空作业的人，让他们按顺序拆麦垛，以防男排的这些愣头青们站在楼房一般高的麦垛上各行其是，拆时自挖墙脚坍塌摔下人。刘玉芳叫一声："副指导！"就背过身忍住泪，她的右胳膊火烧火燎疼痛难忍，此时她渴望关怀。郑绩东听到刘玉芳叫他，觉察出声音颤抖，赶紧走过来，见刘玉芳左手牢牢扶着右胳膊，泪眼汪汪，急忙问：

"怎么啦？"

"我受伤了，被传送带抽到了。"

郑绩东吃一惊，工伤！幸亏没抽到脸上。

"严重吗？我看看。"他瞪大眼伸手扶她。刘玉芳吃力而痛苦地松开左手，右胳膊上血肉模糊，衣袖已经破烂，被鲜血殷红，伤得很重。郑绩东托着她的伤胳膊，急得额头两侧青筋暴露地大声问：

"这是怎么搞的？伤这么重，快，快。"刘玉芳咬牙忍住满眶的眼泪不让它流下来。他一手扶刘玉芳一手回头招人，高声喊：

"二排长，人呢。"

二排长跑过来。

"你送……"又改了主意，"你在这儿盯着，我送她去医务室"。

郑绩东和刘玉芳一同走出麦场土垛子门口的时候，女战士们都知道她们的排长受伤了，呆呆地站在场上，目送他俩一高一低的背影渐渐从灯光下淡入黑暗。半晌，小米粒用胳膊拱了一下站在身旁的郗海静，使了一个眼色，含意深长。

那眼色是提醒，是嘲讽，还是恶意的快乐？郗海静被惊醒，继而，她患上多疑症。

相当一段时间了，小米粒自打挨整以后，就对排长刘玉芳怀恨在心。所以说，人是压不服压不垮的，越压越坚强，越压越出仇恨。

小米粒不再幼稚，她开始以挑剔找茬的目光审视她的排长，这一下不得了，很快看出大家忽略的地方。她估摸，不，断定，刘排长对郑绩东副指导员有特殊好感！而且有意接近他！她气愤，难道你谈恋爱就不是犯错误？难道以为我不敢揭发？几次想旁敲则击请教排长，什么叫"只许州官放火，不许百姓点灯"？毕竟怕排长恼羞成怒再整她一顿，没敢真的去问。但话闷在心里难受，需要吐出来才能稍许痛快，选中郗海静作为吐露对象，除了她可信任外，还因为小米粒认为她与男女两方毫无瓜葛。

接下来的后半夜劳动时间里，郗海静被小米粒的火眼金睛系列篇章，搅得心慌意乱，从而对"做贼心虚"这句成语有了深层体会。

一边干活一边不由自主伸着耳朵听小米粒大声地耳语，脱粒机的声音太吵了。她始终不敢抬起头与小米粒目光相碰，她想不通，小米粒为什么单单跟她说！是在暗示？她都不敢想，小米粒能够一切了然于胸，甚至英明到图谋挑起她的嫉妒心？

另外，郑绩东是不是也风闻流言，为混淆视线转移人们注意力，才有意在众目睽睽之下与刘玉芳双双离场？不会，郗海静坚信郑绩东不是如此诡计多端的人。可是，如果那不是阴险之举，岂不更糟糕？那么，他真的因为古岗南对她有误会不高兴了，而运动会上他在场边热心给自己出谋划策，就是纯粹出于为连里争荣誉？从小米粒的分析看，那些表面上的事情全都是刘玉芳单方面主动，不过，小米粒才能够知道多少？百转千回，她为自己的小人之心深觉羞惭。

随着一天天白日黑夜连轴转地干，深褐色威武高大的麦垛越来越小，一座一座消失。夜里干活已经感觉寒冷彻骨，需要穿棉衣。刘玉芳伤痊愈，拆掉了绷带。

她拒绝休病假，曾经吊着胳膊干轻活，只能左手拿镰刀砍麦捆，指挥效果几乎为零，如今，又上火线，她干得更猛，重拾威信。

连里领导松心了，在期限内脱完粒不成问题，工作重心逐渐转移到麦粒晾晒以及入库。还有，堆运山一样高的麦秸杆也是费劳力的一项活，要把它们垛成另外的高楼，闹地震时能够露宿的那种。因而脱粒这块儿，男劳力被分出去许多，人工一下子显得捉襟见肘，郑绩东急坏了，想方设法也难以调配好劳力。

"男同志能办到的事，女同志也能办到"是领袖的教导，刘玉芳手握真理义不容辞，迎难而上。在她的极力坚持下，站上去了女战士杨丽替代男劳力来"喂机子"。巨大的康拜因顶层，有一个铁栏杆围住的小平台，只容一人站在上面干活，俗称喂机子。就是把扔上来的一堆堆麦子理均匀送进入口。这活最紧张，弯着腰埋在麦堆里不停地往料口里面送，尘土飞扬呛人，噪声震耳全身跟着机器颤动，干一会儿就头昏脑涨不知东西南北了。

郑绩东担心上面的杨丽干不了这个活儿，站在康拜因下面问刘玉芳：

"行不行？能坚持吗？"

"没问题!"刘玉芳回答得斩钉截铁，能替郑绩东分忧，她心里有一种难得的满足和暖流，在坚定的回答里，没有人能听出内里蕴含的情感。

刘玉芳这点让人钦佩，独当一面，吃苦在前，是一员干将，想到她伤好不久就担重任，郑绩东心里既感动又感谢。

他得到确凿回答后，放心了，转身欲走，鬼使神差似的侧头看一眼，恰好遇到郜海静的目光，她站在麦垛下，眼神专注，像是密切盯着他的举动。同时，更虎视眈眈盯着他的还有与她并排的小米粒，不知为什么，她俩都慌乱地躲开他的目光。

嘴上说没问题，其实，机器上的杨丽刚开始非常不适应，全身随着机器震动，耳朵里轰鸣，眼中一切都在翻动，尘屑在灯光下也疯狂飞舞，使人产生强烈晕眩。干了几天，才得心应手，这时杨丽才发现，麦子喂进机子里掉下去被翻卷搅拌时，经常向上蹦跳的小灰球竟然不是麦根，而是老鼠——绝望、逃生无路的老鼠。

终于，脱粒即将结束。

3

看起来今晚可以提前收工，六座麦垛已经被消灭，现在，只剩废墟似的一个大堆，是最后一个垛底。姑娘们盼着早下工，睡个晚上觉，所以干劲特别高，多少把叉子上下翻飞，举起大团大团的麦子扔上传送带，半夜时分，废墟缩小变薄，胜利在望。

现场开始热闹，有一种蹊跷的兴奋。

男排的人们放下手里的活，纷纷从场上的各个地点凑了过来，他们上前推开女生，自告奋勇干完收尾的活。马司令兴致勃勃地抄着一把大丫杈，经过王玉茹和郗海静面前时吓唬她俩：

"注意裤腿，别让老鼠钻进去。"

然后浑身是劲儿地冲进劳动中心区，他是垛麦子的老手，本来在场院另一边干活。

原本往场外运送麦粒的几辆拖拉机，突突突地开过来，停在外围，排列开来，全都打开前灯。一条一条白色的光柱刺破黑暗射出，光柱里腾飞着灵动的尘屑，数条光柱齐心合力聚焦地面，形成圆圆的中心，光亮耀眼，将那里只剩一层的麦堆照得纤毫毕现。很快，康拜因上的大灯也挪过来照向这片垛底，更加通明如白昼。

女孩儿们退出圈外，在黑影里观看。

机器依然轰鸣，不一会儿，最后几团金黄色的麦子也挑上去了。地面剩下黑压压一片，是蠕动的老鼠，有几百只。雪亮的灯光照在它们身上，甚至能看清它们黑亮的小眼睛，这些灰褐色老鼠大大小小蜷缩在一起，弓着脊背，有的个头很小似麻雀，有的肥胖硕大，一尺来长，猫都怕它。此时，强光下，它们惊慌失措，只会在原地打转，细长的尾巴纠缠在一起，密密麻麻互相乱钻，挤成一摊。

康拜因关机停息了，场上顿时安静。

人类恨这些偷粮的老鼠。男人们围成大圈，开始进攻，举起木锨、木叉、铁锹向下拍。无情地、用力地拍，边拍边收缩包围圈。只见上上下下疯狂舞动的农具，还有乒乒乓乓沉闷的击打声，老鼠退无可退开始向外奔逃。立刻，人们阵容乱了，有掉头追击，有继续进攻，老鼠不顾一切从缺口处突围。霎时，四面八方窜出老鼠冲向黑暗，像倾泻而出的水一样迅速扩散。姑娘们本来置身度外，忽见老鼠涌来，忙举叉拍打，根本敌不过亡命之徒。郗海静手忙脚乱一通拍打，几只老鼠不仅不躲退，反而直冲她裤腿奔来，郗海静立时崩溃，尖叫一声，扔掉武器就逃命，她明白了，老鼠真的会把她的裤腿口当成洞钻进来躲藏。幸好，她比老鼠跑得快及时跳上石碾，瞬间，脑海闪出《苔丝》那本小说里面类似的描述，哪及这里的百分之一！

缩在石碾上，她看见，场上乱了套，女的都在奔逃尖叫，男的都在闷头杀伐，各忙各的。

战斗很快结束，分不出胜负。老鼠的群蜂战术绝对明智，厮杀下来，中心战场的尸体密度并不大，外围就更别提。反倒是力量占绝对优势的人类，有二分之一面无人色，惊吓得够呛。大家喘息，议论，说笑，慢慢地好像感觉有异样，安静了细听，居然有人正在哭。

哭声凄厉，若断若续，声音发自康拜因上面。

众人举头望过去，喂机子的女孩儿还悬在机器平台上。灯光在她脚下照向地面，所以她隐在黑暗里，只有模糊剪影，蹲着，在哭。她似乎想走下梯子，但稍一起身，触电似的发出尖锐的惨叫，声音划破夜幕，冲击每个人的心脏。随后，哭声戛然止住，转成若断若续的低泣，人仍蹲在那里。突然，她又迸出一声撕裂般的哭叫，震荡在夜空。

所有的大灯都关闭了，刚才还喧闹热腾的场面顿时消失，一片黑暗。所有人都静立，场上一片沉寂，唯有极力压抑的丝丝缕缕啜泣，在黑暗中清晰传下来，听得那么清楚。

女排有人回想起，休息时间，遇见"喂机子"的杨丽在茅房里哭。因为解手时，突然从她棉裤裆里跳出一只老鼠掉地上逃了，吓得她大叫一声当时就哭开了。茅房里的人都安慰她，又帮助她反复扎紧袖口和裤脚，腰带勒了又勒。现在可能悲剧重演？

这个猜测迅速在场院悄悄传开，大家同情地抬头遥望，一筹莫展。男战士们只能僵立在原地屏气息声，姑娘们也觉难堪，只能焦急地呆呆站着，不敢出一点声音。

一时，现场极其安静，到处是站立的人影。

所有人都错了，此时最应该的是喧闹，这样才能掩盖住哭声，才能配合上面那个痛苦的女孩。她强忍哭声极力想保住尊严，然而却又控制不住生理上的恐惧，导致不能自主地大叫大哭。偏偏大家发自真心地同情她，于是现场静得掉根针都能听见。

突然，上面又一声惊恐的惨叫，声音尖利撕裂，然后变成不管不顾的放声痛哭，每一个人，几乎都能感受到老鼠在她裤裆里又跳了一下。

郑绩东铁青着脸，朝男排的排长做一个手势，排长立刻明白，急速集合他的手下男兵们，排队跑步离开。郑绩东自己犹豫片刻，也随在队尾离开，走之前朝刘玉芳示意。男排每一个人都脸色阴沉沉，跑出很远一段路，身后仍有一阵尖叫声和紧接着的哭声，刺穿黑暗传过来，队伍沉默，只有奔跑的脚步声，人人心情压抑。

第十七章　分离与偷信

1

接到团部转来的调令后，郑绩东心情不好，直至午后。他站在窗前，透过窗子看到上工的这一队踏起路上的浮土，那一队拐入绿荫丛下，各排战士们陆续离开营区。他无心去劳动，心里烦闷，他知道，按常理应该高兴，沉在基层的人接到调令必然是好事，所以最初他的反应也是心中一喜，然而，同时伴有一丝忧郁，这忧郁渐渐扩大，越来越沉重。

赵指导站在门外，他打算处理完这件小事再追随队伍去上工。几个女排先后经过门口，刘玉芳带领她的娘子军，排成两队也从老沙枣树下走过，指导员喊她上前来交待了几句，不一会儿，郗海静就离开队伍肩扛工具匆忙走了过来。

她一副劳动装束，辫子盘在军帽里，肩扛长铁叉，身腰纤细，步履灵快，跟随指导员走进办公室。跨进门槛后从肩上放下工具，迷惑地扫了一眼屋内的郑绩东。

郑绩东手撑在窗台上凝望外面，背朝刚进屋的两个人，看都不看她。他内心始终在交锋，如果严厉审视的话，他这样难过无疑含有自私成分，因而越发心情沉重。赵指导对郗海静开口讲话时，郑绩东转回身离开窗户绕过他两人，走出了办公室。

指导员的话很简单：上午接到调令，把你调到师部篮球队，下午别上工了，回去准备准备，明天就去报到吧，正好连里派马车去副业连面粉厂拉白面，顺便可以送你到团部再去搭车。他站在屋当中说，郗海静站在他对面听，呆呆地。没说完，他就开始戴军帽扎绑腿，到门后面拿工具，话结束时，正好准备妥当。出门前，和气地对她重复一句："回去做做准备。"

指导员走了，剩郗海静一个人站在屋当地正中央，右手扶着立在砖地上的铁叉。她自始至终没来得及说一句话，只有瞪着两眼点头答应的份儿。

她茫然呆立，反应不过来，调走？

慢慢走到郑绩东的空椅子边，把四齿铁叉靠在桌边，小心地靠稳，摘下帽子，坐下。乌黑油亮的两条辫子滑了下来，垂在胸前。桌子上竖着郑绩东自制的纸质笔筒，里面散放着几支铅笔，她视线移动，注意力不集中。调走？篮球队？

脸上发烫，心如乱麻，出了连部办公室，阳光明亮，房檐的阴影在地上只剩了窄窄一条，连医务室的门也上了锁，人们都上工走了，四下静悄悄。经过郑绩东的房间时，她看到房门敞着一条细缝，伸手试着轻轻推开。

郑绩东在屋里，他听到门微响，眼瞅着门被推开，进来的是郗海静。她缓缓进屋，反手把门关紧，就这样背靠在门上，脸颊绯红，乌黑的眼睛瞧着呆坐在窗下桌前的郑绩东，他没动姿势，只转过头望着她，两人目光相遇，他看见郗海静的眼睛闪动出来的全是难过。

"明天就走？"他问，嗓音稍哑，郗海静走过来一只手轻雾一样放在他肩上，令他微微一震，她小声说："我不想去。"双眸水汪汪看着他，像受了委屈。

这半天来，胸中郁积的愁闷霎时按捺不住，郑绩东不由得握住她冰凉的手，她的手指细长，他抚摸着它，温暖着它。他高大强健，眼前的这个美丽富有活力的女孩儿是他最渴望保护的，他爱她，今天他刚刚领会到，深爱她！猛然，他举起她的手送到自己唇边吻它。

时间仿佛停滞了。"我不去，我不去。"郗海静喃喃地说，骤然离别让她不能接受，看到郑绩东这样动感情她更百感交集，向下望，只能看见他头顶上浓黑短直的头发和低垂的脖颈，她脑子一片空白。

从进屋见到他的那一刻，她就作决定了，她不愿远离他。只有这个想法，来不及考虑别的，甚至郑绩东会怎么想，她也并没有顾及。

第十七章　　141

郑绩东明白，她不是来安慰他，也不是在作出牺牲，目前，她脑子里根本没有那些意识，就是简单的舍不得。这就够了，恰恰这样，极大地安慰了他，她像透明的水滴，她的爱清澈自然，洗褪他的烦忧。她丝毫没有考虑自己，那么，谁应当替她作打算呢？

　　他清醒了，从唇边放下她的手，但不愿马上松开，而是拉她坐在自己刚站起的椅子上，他换坐对面的凳子，抬起头望着她，眼神里有无奈，也有决断。他想清楚了，尽量使声音不露出激动，低沉地说：

　　"去吧，还是去吧。"

　　郗海静一言不发，她仍在回味，被他深爱的感觉很好。片刻无声，他又用稍哑的嗓音接着劝，"你去吧，调师部是好事，我常去开会的，也就是一百多里。"

　　"好事？"从眼神中可以看出，迷蒙的幸福逐渐变成清冷的警觉，她开始回到现实。是的，大部分人都会认为是好事，从基层调到机关，她也曾经非常羡慕那些调走的人，可现在才知道，并不是那么幸福。

　　"你觉得是好事？真是好事？"带有质问的味道。

　　"你看你，讲点道理。"郑绩东不解释，只是又举起她的手吻一下，她的双手纤巧，恢复了温润，手心并不柔软而且有几个硬茧子，是劳动留下的痕迹，他长久地抚摸它们。沉静了半晌，情绪渐渐平息，放开她的手坚决地站起来，走过去把关得紧紧的门又重新拉开一条窄缝。

　　"我……"他端坐回桌旁，胳膊肘倚桌，支起几个手指放在唇上，脸部轮廓的线条清晰而严肃，沉思着，斟酌词句。

　　"我……"几次开口，都不知怎样说下去，他内心当然非常矛盾，郗海静理解。

　　"咱们都理性一点，好不好？"他抬眼看她，眼睛变得明亮有神了，用商量的口气，更像在理清思路说服自己，"你说过，鄙视庸庸碌碌，对不对，大丈夫志在四方，长相厮守最庸俗了吧？"

　　他冷静了，他必须冷静。郗海静张了张嘴想反驳。

"先别急，我指的是年纪轻轻就只贪图眼前，你别想歪曲我的意思。"他把五个手指向外张开，拦住不容她发话。

"不庸俗！"她执拗地抢着插进一句，"再说，"他沉吟，低声柔和地问，"不去，你用什么理由呢？大家都会奇怪的，你留恋这里的什么？没个合情合理的解释，人们都会猜测你，那滋味你愿意忍受吗？就算你能忍受，猜测还是会存在呵，你能解释清吗？"他探询，眼光澄澈诚恳，牢牢看着她，仿佛这是天大的难题。

就这样，从崇高的理想，到琐细的俗务，一一成为难题横亘在郗海静面前。她发觉，与年龄比你大几岁的人相爱，而这个男青年又比你冷静几倍，你必将处于劣势。

郑绩东的几番分析并不能说服她，是他的一片苦心战胜了她的固执。

"到师部去发展的机会多。"

"你那么喜欢篮球，干自己喜欢的工作，机遇难得。"

"可以写信嘛，又不是烽火连天。"

"而且，没有理由不去呀，你怎么跟连里说？"

如果他完全为你打算，你还能拒绝吗？你能浑不讲理仍旧拒绝，拒绝这颗为你着想的心吗？

"好吧。"她只说了两个字。

最终，郗海静被说服。答应之后，她心中不舒畅，烦躁不安地半站半坐在桌沿，靠在郑绩东身边，伸手轻轻摩挲他略显粗糙的额头，他年轻的额上有一道浅纹，她用两个指尖来来回回捋平它，她第一次这样亲密地触摸男人。郑绩东没有站起来，他内心很感动，脸上热燥燥的非常想吻她，但极力克制。今天已经过分了，这样发展下去十分危险，对两人的政治前途都不利。

2

磨蹭两天，郗海静还是去到师部篮球队报到了。

从此，连队里失去郗海静的身影，而郑绩东失去了踏实感，很长一段时间，心里空落落，沉甸甸的。

他并不刻意追求爱情，它就那么来了，自然而然的，抵抗不住。他没有费心去苦苦抵抗，反而任凭它自然发展，虽然顾忌兵团的纪律，但他更多的是泰然对待感情问题，既不躲避也不沉溺。对郗海静，他从心底里喜欢，她活泼开朗，惹的小麻烦往往给人愉快，而她的善解人意，也给他带来心灵相通后的欣悦，以及庆幸此生能相知相遇的满足。尽管如此，但他还没有太多的长远的愿想，这些并不是人生最重要的，不能放在第一位。

不料，仅仅相隔了一百多里，就让他悟到，人生第一位的东西尚未被他确定，他失去的那些小小喜悦其实挺重要。他陷入苦闷，而且不能像以前那样得到纾解，因为常常把他的苦闷搅和得烟消云散的郗海静不再推门闯进来。郑绩东这才发现，潜移默化地，他竟然对她产生依赖。

实际上近来，他非常苦闷，困惑缠绕着他。随着几年的历练，"不虚度年华"这类高远缥缈的志向迅速同脚踏实地相结合，他的眼睛变得锐利，看问题的角度高了，沉着老练了。

自从林彪事件之后，他猛然陷入茫然中，晴天霹雳一样，毛主席的亲密战友变成了想谋害他的大阴谋家，乍一听接受不了。后来传达了那么多文件，整个传达的会场鸦雀无声，这个弯子转得实在太大了。他无限崇拜无限相信毛主席英明，将林彪立为接班人并写进党章里，他全盘接受，但是，在会场上听到那些林彪叛变投敌的证据，他不能不对自己以前的判断力产生怀疑。

从那以后，他开始用自己的眼睛看现实，结果，更加迷茫。他看到，最迫切的问题是贫穷，经过几年奋斗，这里仍然贫穷或者更甚，兵团以外的附近农村，贫穷更是无处不在。然而，整个社会氛围注重的是国家变不变色党变不变修的问题，他不知道到底是谁偏离了现实。为了躲避思考，他热衷于实实在在劳动，以求累得躺下就一觉睡到天亮。

3

在师部篮球队，郗海静安下心了，郑绩东从她的信里可以看出，她喜欢那里的生活，心情的转变表露得一览无遗。

最初的信只是说：睡大通铺，十几个人住一屋！

逐渐内容变成：伙食还行，比连里强多了，一星期有一次肉，却是牛羊肉。

早晨长跑，累但挺痛快。可是每天沿着篮球场的几圈蛙跳太恐怖了，腿疼得上不了床铺。

天天练球，感觉好极了。我的脚崴了，轻伤不许下火线，痛苦得只好捧着松节油不停地擦脚腕，教练还吼我：你把它喝了也不管用！

最近的内容已经变得细腻之极：同室的一位女伴打中锋，上海人，少见吧，上海还有长得这么猛的女生。中锋送给我一本美丽的信笺，就是你现在手中的这张，通体淡绿色，多么独特，以后只用来给"某人"写信。

每封信里没有思念的话，但字里行间透出的意味，唯有郑绩东懂，总能让他微微笑着折起信收好。

他看得很清楚，郗海静豁达爽快的性格不是天生的，是这些年艰难的边疆生活和严酷的团队约束，反作用力雕蚀出来的。但她很痛苦，因为她出于本能似地渴望学习，她需要有空闲，需要机会去学习任何知识。这点，他看得很清楚，甚至有同感，所以他极力劝她离开连队。

果然，离开是对的，她的信充满乐观，她过得高兴，他就感觉轻松，连续几天心情愉快。

信，在他精神生活中占有极重要地位，他盼望信。

4

信，是每个人在枯燥的兵团生活中的重要内容，往往一封遥远的来信就能让一个战士产生巨大的情绪起伏。刘玉芳从指导员那里得到真传，非常关注排里每个姑娘的来信，她养成第一个去连部取信的习惯。

连部办公室空无一人，进门靠墙摆一张带抽屉的黑色破旧条桌，通讯员去团部取来信件，把它们全部放进条桌的破抽屉。现在，里面放着厚厚几叠寄来的信，很整齐没有被翻乱，看来其他排长没来过。她把抽屉里的信快速翻一遍，没有寄给她的，只有几封是排里战士的，需要捎回去，她把它们揣进衣裳口袋里。她还敏锐地看到一封给郑绩东的信。

她知道，郑绩东与外界联系很多，有插队和当兵的同学，有去三线军工厂的弟弟等等，这都是她零零碎碎听说的。她拿着这白色信封走到郑绩东的桌前把它摆在显眼处，然后坐在对面副连长的椅子上专心看人民日报。

近来刘玉芳工作顺利，劳动上王连长对她的女排很满意，政治思想工作上赵指导员对她更是表扬连连。与郑绩东也聊得顺畅，当然有时也受挫，当她有意把话题引向私事时，他明显兴致不再，话变得简短。她感觉离"亲密无间"还差得远。

每逢这样，她总会想起吹蜡烛那一幕，郗海静鼓着嘴刚吹出气郑绩东就喷笑出声，那种默契她可没有遇到过。一会儿，她的视线从报纸移向对面桌上那封信，在上面停留片刻，收回目光又看报。

她对郗海静有偏见，就像对过去同班里的每个人一样没有好感，调去师部后她就很少想起她，可是此时在这间屋里，为什么她总感觉到郗海静的存在？

小眼睛的文书经过这里，咕唧一声推开门朝里探探头，大声问："指导员呢？"不等回答，走了，听脚步声又在隔壁探头呢。

刘玉芳崇尚行动，她不想忍受目前的这种不确定性，郑绩东到底心中有没有别的女孩？她不清楚。就像她曾经为达目的采取行动绝食一样，她不愿等待。

刘玉芳"刷"地放下报纸，狠下决心，站起来，绕到郑绩东桌子旁，把平躺着的那封信拿起快速地装进衣袋转身走出连部。

引起她注意的这封信是从师部寄来，封皮字迹陌生，不知为什么她就是不可遏制地想一探究竟，是谁来的信？它不是棕色牛皮纸信封，由此基本能断定不是公函，与工作无关。那么，谁？直觉告诉她这是郗海静的来信，怪极了，为什么有这直觉她也说不清，也许因为信封上贼头贼脑陌生的字迹惹着了她。回到宿舍，她掂量这封信，半晌，鼓不起勇气拆开它。

郗海静粗中有细，她担心频繁给郑绩东寄信必然引起旁人注意，信封上的字迹也会暴露出真相。所以她拉长寄信间隔，写信封时有意变换笔体，郑绩东倒不以为然，通信有什么过错？

刘玉芳又回到连部门口，等了一些时候，跟先后经过门口的副连长和通讯员打招呼说笑。信，她偷看了，果然是郗海静的，内容虽然无大碍，但偷偷摸摸的信皮就几乎证实了她的猜想。她突然发现自己眼下遇到重大难题，这封鬼鬼祟祟的信怎么处理？扔掉最利索，但是肯定会警醒他俩，不露痕迹地送还？

她很有心计，拿回信之后，她试着把暖壶塞子打开将信封举到冒出的热气上面熏，听说可以熏开封口。然而，她太心急了，熏了一会儿，信封仍然粘得很严实，于是，她索性直接拆开信封，当然啦，很小心地剪开边缘。

终于，看见郑绩东走过来，她站在门框外，笑着朝他挥挥手里的信封，远远地喊："信，我拆了啊？"显示出是黑桌子上新到的信。

说完双手举起信，做出将要撕开的姿势，郑绩东笑一笑，不发一言，继续走过来。刘玉芳看他不相信自己会撕开，便开玩笑似的把信封高举在头，侧着身子，像西班牙女郎的舞姿，双手一点一点把封口撕下来，清清楚楚。郑绩东停住脚步，笑容变为苦笑，很为难地阻止，"哦！别……你。"他有点儿语无伦次。刘玉芳轻轻一笑，声音短暂很快收拢笑声，跟他开句玩笑："瞧你怕的，有啥亏心事？给。"上前几步把刚撕掉封口的信塞给他，转身爽快地走了。

走出很远，她的心仍旧突突跳个不停，手心里紧握着一小条撕下的纸边。

第十八章　热恋中的畅想

1

师部在尔拉山脚下，背靠小山，面朝大平原上无垠的草原和农田，交通比连队里方便多了，最得天独厚的是临近火车站。那是一个很小的几乎没有月台的站，火车靠站时，就像停在荒野上。即便这样，火车站本身也养热闹了一条街，有引人注目的两个商店。

师部的房子也都是砖土平房，它的气势在于规模和整齐划一，大漠边陲的村庄无颜与它相比。

可想而知，郗海静住的集体宿舍也比连里大得多，挤住的人也多，搭着大通铺，更缺少个人空间。食堂比较远，要左拐右拐地绕过栋栋房屋。

中午，从食堂吃完饭回来，刚从房后转过弯，她就看见于玲玲站在篮球队宿舍门前等候，意外惊喜。

"于玲玲！"郗海静高兴地大叫，跑上前，两人抱在一起转着圈笑，于玲玲也高兴，几个月不见，能在这儿相聚也算难得。

于玲玲来看病，胃疼折磨她不少日子了。现在，病已经看完，没啥大毛病，她也就有闲心访朋探友。

"昨天来的，对，师部医院，嗯，看完了。"于玲玲回答郗海静的一连串问话，"说是胃动力不足，没有溃疡。"转述医生的话时她语调轻松愉快，只要不动手术心就踏实了。连里军医小白猪怀疑她胃溃疡，让她来师部医院做钡餐造影，真吓着她了。

郗海静把长长的辫子剪掉了，留着齐耳短发，显得朝气蓬勃，话说得像连珠炮，一串串，问完这个又打听那个，人人都关心到了。于玲玲被她的热情搅得晕乎乎，好一阵，问话才稀疏下来。坐在郗海静的铺上，轮到于玲玲上下打量她的居住环境，宿舍里的每个球员都有"桌子"，靠墙一溜排着。所谓桌子，是把自己的帆布箱或者木箱用砖垫起来的。郗海静还给帆布箱子铺上一条白底红花的桌布，再摆上笔、本、镜子各式小东西，别有一种意趣，令人产生在城市生活的错觉。于玲玲一眼认出这条漂亮的桌布，在连里她们同住一个宿舍时，郗海静用它遮在被子上挡土。

"箱子放在屋里啦？"发问，

"只能放这儿，没有库房，显得挤吗？"郗海静正在用一把折迭小铅笔刀对付一个圆滚滚大西瓜，专注而努力，她要款待战友。

于玲玲担心地望着郗海静跟西瓜作斗争，一边伸出手帮她稳住遍体刀痕的西瓜，一边评价，

"这屋大，倒不挤，这样可以当桌子用。"她说得对，"哦，你也有这绿纸？真漂亮，我也喜欢。"她看到摆在桌布上的一本绿色信笺，拿起来翻看，这是浅绿色的空白信纸，细细横格线，下角印着一束淡雅的兰草，纸质光滑莹亮，女孩儿们见了都喜欢。她觉得眼熟，歪头费劲地回想在哪儿也见过这样的信纸。郗海静递给她一块西瓜，她望着瓜愣住了迟疑地伸手接过来，说：

"这怎么吃？歪七扭八的。"

"用勺子挖着吃，"郗海静习以为常，拿过一只勺子往那鲜红的瓜瓤上一插，嘻嘻笑了，"快吃，一会儿她们都回来，你就抢不到啦。"

球队的姑娘们吃完午饭直接去七子河滩苇子丛摸水鸟蛋，不然宿舍哪能这么清静。

"噢，我想起来了，"于玲玲口含多汁的瓜瓤，手指桌上的信笺，"就是这绿纸，我见过，你给排长写的那封信。"一副恍然大悟的样子，这种绿信纸很特殊，独此一家。那天，她忙乱中还是留有印象，推门进去拿水桶时，打断了排长看这封绿色的信，排长马上收起信放衣兜里出门了。

"哪封？我干嘛给她写信？"郗海静根本没听懂。

"你哪儿找那么多话跟她说？写三张纸！"于玲玲只管顺着自己的思路，她痛快地大口吞咽，心满意足，"还是你的日子甜蜜如瓜呀"。

她运气好得不可思议，午饭赶上在招待所食堂吃胡萝卜牛肉馅大包子，招待所几个月才能碰上这么一次改善生活，她却吃得还嫌不尽兴，执意要上街去买锅盔，郗海静告诉她那锅盔就是烧饼，没啥稀罕的，多坐会儿说说话吧。于玲玲说，要的就是烧饼，走！郗海静只好带她上街买锅盔。

她胃动力不足？

第二天清晨，在大堤上一千米跑步完毕，郗海静又一口气跑到师招待所送于玲玲上长途汽车，等车时，她漫不经心地问一声："你见到排长看的是我的绿信？"她强调"绿"字。这件小事一夜如鲠在喉，扰得她不快。

"就见了一眼，绿信，跟你的那沓信纸一个颜色，也可能是别人写的？对啦，我也去买一本绿信笺。"

此番问答提醒了于玲玲，她望一望大路，远方没有扬起尘土，连个车影也不见，路上只有赶驴骑马的，土公路对面，有萧条冷落的饭馆和一个马车店，破马车停在那里，几匹马卸了鞍在马槽边吃草，再远一点是供销社的店面，不时出出进进一些穿着黄军服的兵团战士。

"这里有卖的吗？还来得及去买吧。"她扭身就想穿过公路跑过去进供销社里，抓空儿也买一本这样漂亮的信笺。郗海静拽住她，

"哪儿去？人家从上海捎来的。"

"上海？"于玲玲大失所望，只能作罢。

最后，她扛着一大袋锅盔，是她和郗海静合伙凑的粮票给大家买的，费劲地上了车，她们在连里又处于半饥饿状态。

自此，接连多少天，郗海静心里一直别扭，别扭到极点。这种绿色信纸她只舍得用来给郑绩东写信，也清楚记得上次给郑绩东写信时一口气写三张绿色的纸，"我的信怎么能给刘玉芳看？"搞不懂郑绩东是在干嘛。

2

她有了许多新朋友,最幸运的是结下一位忘年之交。他 50 岁出头,略微秃顶,是老资格,现役军人,不知为什么从北京贬调到这里当师副政委。纪副政委的办公室书架上清一色摆满厚厚的《干部必读》,上下四层整齐排列,精装但陈旧发黄,显出年代久远。郗海静好奇翻看,才知道它们都是马克思、列宁主义的理论著作,她变成这些书的热心读者。她第一次进副政委办公室是刚来到篮球队不久,那时她晨昏苦练,返身投篮,钩手投篮,定点远投,越投越准,干劲十足。中午,她觉得午睡是浪费时间,休息?跟下地干活比起来,打篮球就是天天在休息,不睡!又在一个简易篮板下"乒当乒当"起劲地投球,不远处树荫下一栋房子的后窗户推开了,站在窗里的一位中等身材的军人向她招手,开口喊一声:

"小河儿,过来,"起初她没在意,但前后张望,除她之外没有人影了,就胳膊夹着篮球走过去,由此认识了副政委。

纪副政委已经向宣传股负责篮球队的薛干事小薛作过调查,知道这个扰得他不得安宁的女球员姓郗,那就是小溪,好记,不料一张口稍有偏差。

"小河儿,交给你个任务。"他和蔼可亲,把她安排在前排房办公室里抄材料,自己才又回来睡了安稳觉。相安无事了一段时间,直至郗海静对他的书感兴趣,抄材料的急迫性才突然消失。

"行,借给你看!"副政委痛快答应,不过有条件,中午就回去看这书吧,别在他窗户下玩了。

她很用心读,当然疑窦丛生,还书时真心地请教副政委,并且敢辩论。计划经济有优越性,那么,我们连队盖房在市场上买不到玻璃,等了一年还没影儿,怎么做的计划?指导员早就张罗买自行车,更别指望,根本就没货,那些做计划人的总这样出差错可怎么办?虽然不受剥削了,可是,实际效果有啥不一样?问得纪副政委连连摇手指,很小声地忠告:

"这可不得了,小河儿,学习马列主义可不能对照现实。"他表情严肃,想一想,话说得不严谨,改正一句:

"可不能这样对照现实,听懂了吧?"

郗海静执迷不悟,不知轻重,不对照现实却又来谈剩余价值。举《哥达纲领批判》来证明马克思也并不认为剩余价值就是无一例外的剥削,还特意带着喝水缸子来到办公室,准备辩至口干舌燥。副政委不等她话说完,就忍不住笑了,夸奖:

"嗬,还知道《哥达纲领批判》?再多看看书,跟我吵架没有用。"等于挂了免战牌,心里打算有机会培养这个用功好学的小姑娘。

郗海静是真挚的但并不天真,她出于本能在营造尽可能有利的生存环境,同时又不必丧失尊严,她很庆幸跟副政委有纯粹的友谊,即使是在给他解闷又何妨。

实际上,她的启蒙老师是郑绩东,在连队劳动实在太累,她一直没能看完他借给的那本艾思奇写的枯燥的《政治经济学》,因此有时他聊起严肃话题,她常常跟不上思路。一遇上这种情况,她就又着急又钦佩,几番下狠心要把那书啃下来。如今副政委的这本,是早期翻译过来的苏联教科书,通俗易懂,活泼不僵化,她理论水平急速提升,恨不得当即与郑绩东比试几招,让他从此不敢再露出那种宽容的笑意。

3

近来,为了参加军区运动会,她们四处出去打比赛练兵,跟地方盟里和紧邻的兄弟师赛了几个来回,战绩并不辉煌。所以薛干事和宫教练招集男女球员在会议室开会研究对策,起先还郑重其事,长处短处的归纳,后来轮到队员发言,就乱糟糟了。讨论的结果竟然跑题拐到买新运动衣,美其名曰:展现革命青年的精神风貌,薛干事也不反感,反倒细心征询大家意见,买什么颜色?魁梧的男队员们立即大咧着嘴齐声喊:

"玫一瑰一红"

女队员们被肉麻得够呛，互相交换着眼光，小声嘀咕，"怎么像白痴幼儿园呀，"接着就激烈反对，"坚决要求蓝色，我们不喜欢穿红的，不爱红妆爱武装！"

看到会开不下去乱成了一锅粥，郗海静心花怒放，正起哄大笑时，见会议室门被推开一条缝，带笑定睛看，是郑绩东在门外望着她，郗海静喜出望外，立刻从凳子上跳起扔下会议跑了过去，全然忘了掩饰。师部的环境比连队宽松许多，而球队的人们就更没有小家子气，只有一部分人好奇地转过头望一望他俩，那审视的目光分明在评判是否般配，毫无大惊小怪之态。

"什么时候来的？"郗海静一团高兴，跳出门外后又蹦了一下，几乎要抱住他的胳膊，笑得脸上像开了花，不等答话又接着问，"你怎么找到这儿的？我们很少在会议室开会。"是呀，怎么偏能找到会议室。

郑绩东看她脸上泛起一片红晕，明亮的黑眼睛溢着喜悦，忍不住跟着她笑了，探身把大咧咧敞着的门关上，用同样的语调侃她：

"用耳朵找的，数你像女高音。"

刚才，他的确循着她的笑声从一排办公室寻过来。她外表变了，微黑健美，显得成熟一些，性格依旧，甚至更轻松快乐，他觉得自己这段时期可老多了。郗海静感觉郑绩东似乎心事重重，原本有神的眼睛活力减退，灰淡淡含着疲乏似的，笑容也缺少明亮的光彩，他受挫折了？

"走，我带你去个好地方，这儿人来人往的！"她要让他看看最美丽景色，那是她喜欢的地方，一直盼望能跟他共同欣赏。郑绩东担心地问：

"不开会了？行吗，不请假？"

"走吧，这儿没那么多穷事。"郗海静满不在乎拽着他的袖子向走廊外拖。

大学又要招工农兵学员，今年上大学方法还是个人报名、群众评选、连队推荐，郑绩东把连里推荐的四个人名，二个正式、二个候选及他们的材料报送到团部。正遇到团部政治处郝主任在为这事犯难，各连的推荐材料已经集中交齐，可是派谁送到师部？去年刘干事送去后就回不来，被留下给他们上级机关临时帮忙，一留就是半个月，这边的一摊事全被耽误，今年没人敢再去送了。

见此机会郑绩东心中一动，去师部待一阵吧？他试着表了一个态，郝主任立刻眉开眼笑。

"那么你能待半个月？"郗海静瞪着惊喜的眼睛望着他，高兴得把手里刚刚采摘下来的一把白色黄色野花撒向空中，喊一声，"万岁！"

仰起头让它们纷纷落在脸上，结果撒得不准，大部分落在郑绩东的军帽上，肩上。郑绩东躲闪不及，像轰苍蝇一样挥手驱赶，口中念念有词：

"嘿，嘿，你瞧你，嘿。"老气横秋。

逗得郗海静咯咯笑个没完。

出师部大院，郑绩东跟着郗海静走在一条小路上，拐入田野，穿过沙地里的大片红柳林，小路通向大堤。路两边是长势旺盛的苜蓿地，这种高质牧草顶着满头紫色小花，一串串铃铛样的小花朴素平凡并不起眼，聚合在一起时，景象就不同一般了。望不到尽头的紫色伸展向远方，汪洋大海一样的紫花浮在上面怒放，蔚为大观。

"果然漂亮！"郑绩东眯眼远望，双手插在腰上，挺着胸膛深深呼吸，淡淡的、牧草特有的清香沁人心脾。"这么有气魄，上千亩吧，谁种的？"他微微笑着问郗海静，眼神闪亮，表情轻松了许多。

"后勤处畜牧排，我们球队帮助收割。"

看他不再满脸疲惫，郗海静心中才安定，他恢复了她熟悉的样子，明朗沉稳，让人信任。

"这就是你最喜欢的地方？"从这口气可听出身处美景意犹未尽，对她的夸张不太认可不太满足。他觉得，美则美矣，但充满女性气息，比起这类"杨柳岸晓风残月"，他更喜欢质朴，大漠孤烟直，长河落日圆，描摹的正是这一带，遒劲苍凉才产生伟大力量。

"还有那里。"郗海静手指给他看，不远处高高的大堤。

"走，去看看！"他来了兴致，拉起她的手在苜蓿深处费劲趟行。

堤下有大片河滩地，摇曳着浓密翠绿的旱地芦苇。从芦苇丛中钻出，他们来到大堤前，黄土筑的大堤八米高，坡面坚硬而陡峭，别说牲口，连人都很难爬上去。郗海静挥臂向前，高声叫"同志们！前面就是目的的"，甩开郑绩东的手就奋力向上冲，滑下来，又冲，还是没上去，郑绩东纵身一冲，上到半坡，回头拉住她的手，笑说：

"上来吧！"

郗海静尖叫着飞起似的被他提了上去。

他们在大堤顶坐下，居高临下，四周景色一无遮蔽。师部的栋栋房屋远远地卧在山根像积木一样小，来时的小路弯弯曲曲，常常被路边的灌木树丛掩住。红柳、沙枣、芨芨草，甚至有许多通红通红的枸杞闪现在杂树丛里。羊群在沙地上踩踏出来的蜿蜒小径穿插其间，堤下芦苇时而起伏晃悠，绿波下偶尔隐现牛背。

堤内坡上长着一丛丛茅草穗子，郑绩东伸手摘下几根，抽出它的毛芽递给郗海静，鲜嫩的茅草芽，吃起来滋味微甜，郗海静口中嚼着，又对他手里另几根茅草感兴趣，它有细小的白羽，她伸手触它，白羽立刻絮碎屑飞，了无形状。

"唔。"她大觉意外，轻喊一声，没想到消失竟然也能如此美丽。

"你不愿意搬？不是说招生办公室有床吗。"她接着刚才在苜蓿地里的话茬，想劝他从招待所搬出，郑绩东不听她那套，"办公室里有那么多招生材料，平时你能进去么？还不如招待所自由。"他解释，语气轻快，口含一根茅芽。

"倒也是。"她不如他想得周到，"唉，招待所那屋还有三人，大眼瞪小眼的，自由在哪？"

郑绩东看她泄了气的样子，忙把话题转向令人高兴的方向，"快有探亲假了，你几月能走？"

果然，郗海静顿时来了精神，"1月！你呢？我等你一起走。"

她神采飞扬，双眼放光，喜悦地盯着他问。想起阔别的北京，郑绩东心里也涌起一股热流，能跟她一同游景山逛前门看电影，是他很久前就有的愿望，颐和园泛舟当然必不可少，仅这么想一想都让人高兴。他眼神柔和满满带着向往，粗糙的脸上显露出未被风霜蚀磨掉的几丝清俊。

　　那年脱坯他干得过于玩命，弄得脸上变得粗硬积着厚厚黑垢，嘴唇干裂满是血口，自从那以后，面容就没有完全恢复过，皮肤细致的城市痕迹残留不多。那时，他下工后吞几个馒头就直奔坯场去脱坯，光脚踩在刺骨寒的稀泥里一气干到夜深。清晨又提前起床去备料，人累得走了形，硬脱了一万多块坯，带动男排战士用业余时间完成二十万坯。即不耽误农活，又赶在上冻前扩建好了猪号羊圈。后来他被评为兵团先进分子，参加了许多讲演大会，荣誉来了，逢阴天关节必疼痛的毛病也跟随至今。他不会逃避艰苦，但是能同心爱的女孩重返城市，尽管短暂也是久已向往的事。

　　"你最想去哪儿？"他兴致也很高，充满憧憬地问郗海静。

　　"去东安市场吃奶油炸糕。"她利索回答，不假思索。他目瞪口呆，太实际了！怎么会是这个愿望，她一向浪漫呀。

　　"怎么，不对吗，"眼前这个浪漫女孩看他表情有异，急忙询问，"那你最想去哪儿？"

　　"去颐和园游泳横渡昆明湖。"他也不假思索，紧接着她的话音回答，连一秒钟的间隔都没有。郗海静愣住，噎得直眨眼，然后两人同时放声大笑。一雅一俗差别巨大。

　　实际他知道，今年他回不去，要先让战士们走，整整三年才盼到探亲假，都想家呀。他后悔提起这个话题，两人肩并肩坐在堤坝上，想到会让她失望，郑绩东有点坐不踏实，内心轻轻叹息，不由伸出一条胳膊，搂住郗海静的肩头，郗海静轻轻地把头靠在他的肩上。长空碧蓝如洗，偶尔遥遥飘几缕轻纱似的云丝。

第十九章　大学梦碎

1

自从大学招收工农兵学员以来，招生方法基本上以推荐为主，再加上政治审查删选。兵团是知识青年大量聚集之地，分配来的上大学名额逐年增加，名额平均到各师，再由师部下分到团，基本每个连队都能分到几个，报上来的人员材料，在师部最后审核，所以，诸高校招生老师年年来此坐镇，师招生办公室主任是光杆司令，此时便招架不过来，焦头烂额。

郑绩东的工作就是整日跟材料打交道，核对、分类、列表，郗海静想让他搬过来住的那张床，此时权当工作台用，摆满一摞摞纸。

他们经常见面，别的不说，一日三餐在机关食堂吃饭就次次碰面。但他俩不腻在一起，郗海静倒喜欢有时跟副政委坐在一个桌，边吃边聊聊。也介绍过郑绩东，只简单说：我们连副指导员，明显敷衍了事。纪副政委停下筷子，打量端着饭在餐桌对面坐下的郑绩东，锐利的目光上下扫视，问他：

"男朋友？"

郑绩东微赧，点点头，"是。"

抱愧地笑笑，低下头，但他没有把自己缩小，仍肩膀端正平直。留给副政委的印象很好，他觉得小伙子不错，挺精干诚实。

这天，郗海静跟女队伙伴们在篮球场上训练跑动传球，她们两人一组、两人一组，在场上来来回回跑动，互相传球，只见满场篮球飞舞，练得汗流浃背，宫教练仍不满意吼着挑刺。薛干事匆匆走来，斜穿过篮球架下拦住郗海静，叫她跟着去政治部一趟。

政治部齐主任戴副秀郎架眼镜，坐在办公桌前文质彬彬地不太像军人，说话也慢条斯理。他递给郗海静一份推荐上大学的表格，让她认真填写，郗海静伸手接过来，心咚咚跳得厉害，正在这时，纪副政委粗声大气地进门就喊齐主任的名字：

"长太，长太，"他把一摞文件扔在桌上，乐呵呵地瞅着郗海静对齐主任说，"小河嫌你太长，你看！"说着高兴地将最上面一张单子一推，推到主任面前，"嫌你太长，你还让她上学哇？"

那是一张记录备份，手抄在方格稿纸上，写的是：

《关于全国甜菜会议在我师召开现场会的发言纪要》
发言人齐太长　　记录人刘玉林

是郗海静很早以前帮助副政委抄的。她慌着站到齐主任身后弯身跟着细看，齐长太主任稳坐椅上，胳膊伸展在桌子上垂眼看这张纸，然后用手指甲在自己姓名上一划，向后仰身哈哈大笑，"还没人给我提过这意见呢！"

郗海静脸色飞红，红到耳根，她把"长太"写成太长，她抓过这张纸跑到副政委办公室，用橡皮擦了又擦。

刚才，副政委看到小河的身影从门外一闪而过进了隔壁，知道是他托付的上学之事有了眉目，这个小姑娘爱动脑子，是块学习的材料。他正在整理那些没有用处准备扔掉的旧东西，恰好翻到这张记录，看着觉得有趣，跑到那边去开心一场。

郗海静跟大家一样，也渴望上大学并且报了名，却并不敢存太大希望，感觉狼多肉少，轮不上。讲良心话，她当然想走后门，但自知法力不够，脸皮尚薄，所以只在纪副政委无意间询问一句时，热情过火地回答"报名了"，一副上赶着的丑态，其他话却说不出口。如今，表格在手，希望大增，真是飞来的喜事。

顺利得不可思议。接着几天走正规程序，群众评议顺利通过了，从球队正式推荐上去，政治部也把材料送到了招生办公室。师部跟连队就是不同，竞争少。甚至面见了北航的招生老师，谈了几句。郑绩东告诉她，那二位老师对她评价挺不错的，已经接下她的材料，政审的外调电报也发出了，只等回函。

郗海静过得腾云驾雾一般不甚清醒，尽管她一再告诫自己别太乐观，但眼看大学离自己越来越近，兴奋充满胸间，醉了一样，勉强维持表面的沉静。能上大学，此生足矣！有幸能够接受高等教育，懂得一门专业，真的不是梦吗？连稳重的郑绩东都认为已经是板上钉钉的事，如果他不被提拔成干部多么好，也报名上大学，她不由产生这种奢望，犯了贪心不足的毛病。俩人甚至约定，郑绩东推迟到明年夏天再回去探亲，找她去颐和园共渡昆明湖。

"为什么你念念不忘横渡那儿呀？"郗海静奇怪地问，原来，这是一段憾事。

那些年，为庆祝毛主席畅游长江几周年，北京每年组织一次横渡昆明湖，郑绩东想方设法争取到参加资格，而且是推着漂浮的大标语牌在队伍最前面游，

"我可是认了真，天天在学校游泳池的绿水里练，你知道那水有多脏！多少趟地来回游，晒得像黑泥鳅。哪想到在排云殿码头刚走下水，高兴劲还没伸开呢，一脚没踩对，猛地觉得脚底下剧痛，那个疼，钻心！马上就没法动弹了。"

当时，伙伴们把他扶出水上岸检查，右脚脚心鲜血涌流，被水底破碎的玻璃汽水瓶子残片划一大口子，肉都翻起，随行医生给缝了十一针外加破伤风针。郁闷地当了观众，至今没有横渡过。

"我不想上来，气得在水里摸，一股劲要找到那个暗器！结果不行，挪不动步，最后还是别人捞出了那个破瓶子，淤了挺厚的稀泥，不知是谁扔的，害人不浅。"

郗海静听得入神，她追问：

"落下残了吗？伤得那么重。"

"哦，当然残疾了。"郑绩东一个劲点头，"医生说三十岁以后发作，瘸子。"表情认真，十分严肃。

郗海静这才从迷蒙立时变得眼神清亮，她笑了。

"好哇，拿我当傻子。"弯起胳膊用尖尖的臂肘去扎他，坐在她身旁的郑绩东退缩用一只手阻挡，笑着提醒，

"外面看见了，这么亮的灯！"

俩人在办公室里，今晚招生办的人们没有加班，只剩郑绩东。

招生工作即将结束，办公室里凌乱的景象也改善不少，材料都归入原先各自档案袋里。被录取的档案袋曾经堂而皇之地摆在桌子正中，现在桌上已经空空如也全都被学校取光了。而落选的档案袋则灰头土脸地缩在矮矮的床板上，可怜地堆在那里，不久也将归还连队。招生的老师已经有返回的。

钢牙一溜小跑冲进宿舍，直奔郗海静扯住她袖子问：

"北航在咱师部招几个名额？"

郗海静正在忙碌，捆扎箱子打行李，东西不多不太费事。昨晚睡觉前，她和泉姐在门外刷牙，告诉泉姐雨靴就留给她了，下雨泥泞，高筒雨鞋比球鞋方便些。羽毛球拍送给了钢牙，还有半盒羽毛球，是她在团里运动会得的奖品一打12个，已经用掉一半。她把小小一纸箱珍爱的书送给男队的孟庆和，他酷爱学习。还有其它一些东西都遣散给了伙伴们，只剩下衣服和被褥打成行李包随身带着，明天就要走了。

此时，看钢牙神情紧张的样子问北航招几个，她不解地回答：

"一个，怎么了你这是？"

钢牙思忖着说："就是呀，不对劲，不对劲。"

钢牙这绰号是前几天才得的。她是篮球队中锋，个子高高，白皮肤，只有脸晒得黝黑，南方姑娘，心思比较细密，仅一次莽撞就得了外号。

那天大家给郗海静开欢送宴，跑很远的路凑钱买回些猪肉和韭菜，在宿舍里把箱子搬聚在一起，合成大桌子，拿空酒瓶当擀面杖包饺子，搞得很热闹，有人特意包进饺子里一个硬币，看谁有运气吃到它。

她吃着喝着忽然想起这事，抬脸问球队的男女众人："咦，那个饺子呢？"

说完牙就被硌了一下，"呃"一声，取出看，正是那一分钱，好大牙劲，硬币生生被咬弯，折成九十度角，大伙哄笑，传看了一圈她的杰作，灌了她两杯酒还赐了一个绰号：钢牙。

钢牙告诉郗海静，刚才去打水在锅炉房听到，她没进去站在门外听，话务班那几个女兵在祝贺刘小文呢，说她上北航，听话音似乎明后天就走。你快去闹清楚吧，她催郗海静，实际她还听到别的一些内容，不忍心说出来。

"刘小文？她是候补名额。"

郗海静知道这个人，她想起昨天郑绩东轻描淡写地问她爸爸的情况，现在想来，他好像有所担心。郗海静的心提了起来，钢牙听到的消息也许并非空穴来风，她慌忙扔下收拾半截的行李，跑出去找郑绩东。路上两人碰面，他匆匆来找她，脸上挂着焦虑，情况的确非常不乐观。

"我问了丁副主任，他说还没有最后定下来。"他安慰，抱着一线希望。是因为给她爸爸工作单位发出的调查函电有了回信，她的家庭出身挡住了她，政治审查不合格。

"这是哪儿的话，造反派的乱揪乱斗也算数？"她觉得头懵了，天昏地暗一般。

如果起初是一路顺风，现在则是中途生变瞬间倾覆。很快，郑绩东弄清楚了，刘小文的档案材料被招生学校接受；钢牙她们几个特意跑去问后勤部的崔干事，证实刘小文已经被北航快速补录，郗海静被淘汰出局。

2

郗海静清醒了，冷静了，冷得如同落入冰窖，绝望得一丝力气也没有，只会躺在大通铺上，不愿见人，不想说话，甚至不哭，一动不动蒙头躺着。她们队长泉姐给她打来的晚饭静静搁在桌上早没了热气，平时这会儿宿舍里正热闹，说笑、打闹、听半导体收音机。现在静悄悄，队友悄声悄气。

"小郗，小郗。"泉姐在她耳边轻唤，是北航的二位老师来了，明天是他们工作的最后一天。就是那二位对她印象很好，时常跟她说说话的老师，现在进来看望她。

站在大通铺前，丁副主任薛干事宫教练和郑绩东也随着站他们身后。郗海静撑起身半坐着，头晕目眩，什么也听不下去，只想再躺下。他们安慰解释，学院政审规定很严格，比一般院校还要严格，他们没有权力破格录取，也感到非常不忍心，"别泄气，你还年轻……"，看到她蓬头肿目，实在支持不住的样子，二人又劝几句就退出去了。

郑绩东走在最后面，出门前泉姐暗暗拉住他的衣襟，给他使眼色示意他留下，泉姐闪身出去轻掩上门之后，屋里只剩他俩。

最让郑绩东担心的是她的精神状态，垮了一样，不吵不闹，不掉泪，一声不吭，几个小时这样躺着。他知道她多么渴望能读书，此时受的打击太重。他在大通铺的边沿坐下，心情沉重，递给她湿毛巾，

"擦擦脸吧，还是应该吃一口饭。"

郗海静起来擦脸但不吃饭，郑绩东逼着她喝了几口水，劝她出外面透透气走两步，她摇头，呆望着攥在手里的毛巾，眼里蓄满哀怨，屈腿盘缩在铺上，一副楚楚可怜模样。

人猝不及防受伤时，最初是疼痛，顾不上其它，但很快他就要寻找伤害来自何方，刺伤自己的刀子是怎么回事。郗海静已经躺了几个小时，大脑渐渐开始工作，恢复几分清醒，当然不可能放眼长远，但她毕竟在琢磨了。外调函说了些什么？爸爸不会有问题的，为什么一封信函就能够毁掉她的前途！她有疑问，需要答案。

突然她开口说话。郑绩东看见她湿漉漉的大眼睛里像含着水，颤巍巍闪动，她轻声问：

"说我爸爸什么？"声音不高，却字字清晰。

郑绩东看着她，但不回答。郗海静收回目光扭转头，她知道得不到答案，他有自己的原则，公私分明。她曾因这点而对他敬重钦佩，现在却显得那么不近人情。她感到孤立无援，真的无可挽回了？她的心一点一点变硬。

郑绩东料到她会问，如果他满足她的要求，利用工作上的便利向本人透露档案内容，那就不仅违反组织纪律，辜负领导信任，还会让他觉得自己龌龊，也许更因良心不安而对郗海静有怨。他绝不会那样做的。

郗海静虽然对他不可能体谅这么深，但本就不抱多大指望。

3

奇怪的是，当天夜里她睡得很沉，第二天很早就醒了。天刚蒙蒙亮，她躺着望着屋顶，感觉自己力气恢复，思维敏捷。估摸时辰差不多，她轻悄悄起床简单整理后就出门了。

清早的空气透明而新鲜，地面润润的，路边草尖上还凝着露珠，按照她暗暗预定的计划，郗海静在篮球架下的石板上坐着等待。她来得太早，人们还没有起床。

大学是进不去了，这扇大门在她脸前"呼"地已经关上，那也要找一个窗子钻进去问问：为什么？

其实知道详情又能怎样！她一时钻进牛角尖转不过这个弯儿，执拗地坐在石板上等。

过很长时间，隔着篮球场那边的几栋房子才陆续有人活动，大声咳嗽洗漱，出来进去的。又等一会儿，果然远远看见郑绩东，他白色衬衫束在腰里，袖子稍微挽起，显得身材颀长，步履矫健地提着两个暖壶朝锅炉房走去。郗海静知道他每天早晨第一个到办公室，清扫完，去打开水，然后再锁门去吃早饭。唯有此时能够门开着却屋里没人，她迅速行动，绕过球场，借几棵大树的遮挡，直奔招生办公室推门进去。

屋里空无一人，她一眼看见床铺上很整齐摆放几摞落选的档案袋，急忙过去翻找，哪袋是她的？档案袋上有姓名，她急速搜寻，内心焦急，"两暖壶水灌满需要多少时间？"翻到第二摞，找到了，写有郗海静三字！她拿着这本档案，心"突突"跳得很快，首先发现它厚，比其他人的袋子要厚多了，她手指灵巧地解开封口的细绳，迅速伸手进去抽出里面最上面的一张纸。视线立即被一行手写的粗大字吸引：

"我单位工作人员都正清有严重历史问题，选送其子女上大学望慎重。特此证明。"

内容简单，更觉触目惊心，落款"中国科学院地球物理所革命委员会专案组"，还盖有圆圆的大红印章，赫然在目。历史问题，还严重，难怪这么厚的材料，都是什么？一定要弄明白。

她把这张放回，又抽，里面竟连缀成一大本抽不出来，时间不多了，急忙放弃，继续向底层摸，又抽出一张。定睛看，是有关她的鉴定，写在"北京军区内蒙古生产建设兵团×师×团×连"的公笺上，正文是秀丽带着刚气的钢笔字：

"郗海静同志对待工作比较认真，能完成任务，遵守纪律团结同志。但是，在劳动中有怕苦怕累思想，由于受资产阶级娇骄二气影响，思想改造还不够积极主动。希望今后在大是大非面前能站稳无产阶级立场，不断对头脑中的小资产阶级错误认识进行批判斗争，把自己磨炼成毛泽东思想指导下的先进战士。"

落款是指导员龙飞凤舞的签名，也盖有连队的红印章和日期。

这份评价不怎么样的鉴定就是她几年来苦干的结果！

看日期，正是去年冬天挖渠刚回来时。那是住荆笆棚打地铺抬冻土的一个月，她们抢着十八磅大锤用钢钎砸开一米厚的冻土层，两个人一组用扁担抬着巨大的冻土块挣扎上渠背，每天干 10 个小时，粗糙的手背上皲裂的血口就没愈合过。一个月来没洗过脸，因为水都结冰了！没脱过衣服睡觉，因为草棚子里四面透着刺骨冷风根本没有生炉子！回来之后竟然马上就瞒着她写出这样一份鉴定。郗海静脑中迅速掠过这些想法，气愤却清醒，她看出鉴定纸上的字迹与指导员的签名截然不同，肯定不是同一个人写的，她认出来，是刘玉芳的字！

是刘玉芳！她有什么权利在别人的档案里说三道四，影响人的一生？她有什么权利……

"你在这儿干嘛！"

耳后响起郑绩东的声音，可以听出惊讶里含着委婉的责怪。她倏地把手中纸藏到背后，转过身面向他。他走近，看见床上敞开的档案袋，神情立时变得冷峻，目光如剑逼视着她，

"你拿什么了？"话音带着几丝恼怒，郗海静躲开他往门外退过去，手仍旧愚蠢地藏在背后。

"你拿什么了？"郑绩东低声怒喝，急步横过身挡住她的去路，她想硬闯出去，知道他不敢随便碰她，但是他更有急智，伸臂把身后的门"呼"的关紧，手按在门上，脸色极难看。

郗海静明白她休想把这张该死的鉴定拿出房间，心一横，举手就撕。郑绩东一把抓住她的手腕，她根本撕不成，举着那张纸的手在他的大手里动弹不得，她挣了一下，挣不动，另一只手推他，推不动。她气红了脸，怒目而视，郑绩东迎着她的目光，与她对视，眼里有她从没见过的怒火，虽然他没攥疼她，但那只大手像铁箍一样不肯放松，两人都梗着脖子，像斗鸡。郗海静先松开了手，纸片滑下去，飘落地上。郑绩东弯腰捡起，她夺门而出。

4

郑绩东气冲冲捡起纸片，急忙查看，是刘玉芳写的那份鉴定，果然是档案里的东西，他快速把它装进袋里并系紧袋口，

"你真是胆大包天竟敢盗毁档案，幸亏我回来得及时。"

这样说着心里火气又起，抬头才发现郗海静无影无踪了，他茫然眺着空荡荡的屋子，回想刚才，她何时出去的，竟然毫无觉察？他的心又吊起来，不会出事吧，她太情绪化。

他抓起搭在椅子背的军上衣冲出屋外，她就像突然消失，不见踪影。营房四处跑遍寻找之后，他火气越来越小，担心越来越大，几乎要声张出来，发动球队姑娘们一同寻找。可是那样的话，她的糟糕表

现就会传开，属于态度恶劣，今后不能抬头做人了。

他必须谨慎从事。她会有什么过激举动呢？他脑子翻腾着，紧张猜想，自杀绝不可能，她心胸开阔不屑干这种事，顶多逃跑。越是自我安慰抗拒这猜测，越就清晰回想起刚才那幕，自己冷酷无情毫不手软，刺伤她了。想到此，他心惊肉跳，额头上冒出许多汗珠，不由自主朝七子河赶过去，那儿河水现在还深吗？半路蓦的停住，想起来她从小就会游泳，水性极好，不对，铁路！安娜·卡列尼娜？他急急穿过红柳树林，折向去车站的大路，心中知道自己有点不正常。

车站寂寥空寞，很远的地方有一块油漆斑驳的牌子孤独地戳在那里，上面写着车站的名字，汉字下面标着蒙文。

狭窄简陋的候车室里摆着两排长椅子，不见一个人影，售票窗口紧闭。他寻到远处的行李房，有一个穿铁路工作服的瘦子坐行李包上端着饭盒吃早饭，大声地喝热糜子粥，对他的问话一概爱搭不理，看起来铁轨上没有发生事故。

返回时，在空旷的路上，他脚步沉重一筹莫展，衬衫已经湿透贴在后背传递过来凉意。他有点绝望地仰望天际，天空汪蓝汪蓝，纯净得让人心中空落落的，边缘几团白云飘浮着慢慢没入北侧小山后，他的视线随着白云落到平缓低矮的山上，那是师部后面蜿蜒不断的秃石山，只长矮草不长高树。映入眼帘的是一块块裸露的奇形怪状的石头，半山腰石头断壁下面，隐隐约约似乎有人坐在那里。是她？

他立刻精神振奋，撩开大步奔过去。距离很远时，郑绩东就放下了心，确定无疑，是她。此时，他心中充满了庆幸和感激，她多么理智并且有大家风度。郗海静坐在一块大青石上，手托腮凝神远望。她应该早已经看见他，从他来到山脚下，沿羊肠小道向上爬时，她就能够认出是他，郑绩东慢慢走近站她面前，瞧着她。她坐着不动样子很平静，柔软的鬓发轻拂面颊，只是微微蹙起眉头看了他一眼，眼神又恢复滞重，茫然地望着远方，对站在面前的他视若无睹。然后他也坐在这块石头上，离她稍微有一点距离，两人并排静静坐着，很长时间。

郗海静周身散发出的冰冷让他感觉陌生。

"解放前……，到底是什么样？"她先开口，"你爸爸解放前就已经是铁路工人？开火车吗？"她轻声问，像是冷静了，想通了。

郑绩东出身好，是让人羡慕的工人阶级后代。他的确比自己革命性强，难道果真是因为家庭的烙印，所以她和他的反应完全不同？他和她真的不是一个阶级的人难有共同感受？她以前对上一辈人的生活从不感兴趣。

郑绩东简单讲了父亲的事，他爷爷很穷勉强供他爸爸上了两年小学，所以他爸爸识字，能考上铁路的学徒工，后来因战乱而失业以至极贫困。解放后才真正学到技术，在机务段火车机车维修，并不是开火车。

"我爸爸家里好像也并不富有，败落了吧。"郗海静若有所思地说，也讲起自己的家庭，她爸爸在美国拿到博士学位不久就回国，那时新中国刚建立，能有历史问题？她讲了爸爸文革时关进牛棚被怀疑特务的事，但是，科学院里所有的老革命老干部都是走资派，所有回国的知识分子学术权威都是特务，他们都被关进牛棚，能较真吗？

莫非不只这些？她探询地对着郑绩东问，郑绩东迟疑半晌，才吞吞吐吐露一句，"好像不只。"

郗海静脸色变了，苍白，她侧身盯着他等待，但他不往下说，看她紧张注意的神态，劝慰她，

"父母是父母，咱们是咱们，"

听到这话，郗海静面容更加凝重无血色，她细细思忖话中意味，心又硬了一点，冷冷地说：

"我不会划清界限的，他永远是我的父亲。"站起来要走，

"你又不讲理，我是那意思吗。"郑绩东提高嗓音，"道路是自己走出来的，重在表现！"他正在失去耐心。

郗海静停下脚步回身看他，情绪微微激动，"对，'重在表现'是政策，那么我的表现不好？告诉你吧，不比任何人差！凭什么说我是

资产阶级小姐。"父亲的事让她伤心，而鉴定的事则让她恼火，让她失去冷静。

提到鉴定里的话，郑绩东的语气缓和下来，"那份鉴定对你没有影响，挺明白的人怎么认死理。"他苦口婆心开导她。

已经认准了死理的郗海静盯着他，半晌，吐出两字："虚伪！"

这两字明显有敌意，让郑绩东浑身发凉，他的脸也白了，神情同早晨在办公室抓住她的手时一样。他认为错在她，一味让步劝慰反而助长了她抵触情绪。

"不能上学又怎样？天塌下来了？那么多战士还在这里劳动呢，想想大家吧！"他终于把憋在心里的话喊出来，郗海静扭脸看山下，躲开他激愤的目光。她也有憋在心里的话，今天都说出来，

"是，鉴定没影响我，是出身妨碍了我毁掉我一生，那么重在表现就是空话，虚伪！"她语调铿锵，这是昨天躺在铺上时想明白的，

"刘玉芳为什么这样说我，是出于公心吗？虚伪！"这是她坐在眼前这块石头上的时候想明白的，她更气了，声音尖利情绪激动地直朝着他说，

"你其实心里最明白，所以最虚伪！"这是她几秒钟前想到的，她压抑的怨愤爆发。

连发三炮，最后一颗杀伤力最大，击懵了郑绩东，火力怎么转向了他？他明白什么？

鉴定是年终总结时各排长给排里每个战士写的，刘玉芳并不知道将会放进档案。她的确有失公允，然而指控她出于私心可就话里有话，她俩之间竟然还有玄机？他自认为行事光明磊落，此时才觉察被蒙在鼓里，还落得个"虚伪"，简直忍无可忍。

"你到底要干嘛？直说吧！"郑绩东说着也从石上站起，语气生硬，"我没错，档案你就是没有权力动！不能胡闹"。

他理解不到此刻郗海静脑子里的混乱程度，她早已失了头绪，说出来的话却惊人地有条理，

"别人有权力任意否定我，有权力下作地看我的信，有权力做我

没权力做的事，居然是我胡闹！你该问问，她到底要干嘛！"

这场争吵已经跟上大学完全没有关系，郗海静突然自相残杀，是因为她不再站在以前的立场上，她反叛了。

"你在说谁？刘玉芳？扯上她干嘛！我来告诉你我的看法吧，正确的态度是接受现实，退一步海阔天空，我们又不是为个人活着，如果国家不选拔你了，不准备培养你了，你就满腔怨恨，大小姐脾气随便乱发，那就证明你没有经受住考验，的确还应该改造！"说到这里，他略停顿，稍有迟疑，紧接着下决心把话说透，

"毁掉一生？你不知道吗，这样为个人利益患得患失，我，我都替你羞愧。"

他没有提高嗓音，并且尽力控制住语速防止情绪失控，但句句掷地有声，反而更显批评严厉，他一向感觉和郗海静在思想上有不合拍的地方，既希望她转变又不愿正面交锋，现在她过于任性，惹火了他，索性挑明。

很难说这番话所起的作用。郗海静的愤怒突然被压制似的不再喷发，只是面颊通红，笔直站在他跟前，身穿合体的绿军装，像一棵翠嫩的白杨，临风玉立，眼神倔强瞪着他。郑绩东避开她的视线，但肩、颈、头都绷得挺直，毫不松劲。他穿的是一身褪色发黄的军衣，头上端正地戴着军帽，年轻强壮，一腔正气。

羞愧？他为我羞愧？她感觉自己变成贱民，连知情权都没有，而一直以来，她都天真地以天下为己任，咬牙奋斗不止，改造自己。突然之间，她看清楚了，这个聚集着理想主义者的高尚队伍里，根本就没有接纳她，根本就没有她的位置。她还意气昂扬呢，几天前还暗下决心要心无旁骛拼命学习，用最优秀的成绩表达感激之情，如今看，是可笑的不自量力。她脑子里充塞着乱七八糟想法，不停地自我折磨，唯独不觉得应该羞愧。

半晌，她才发话，声音低沉充满不屈的挑衅，

"你的意思是我无理取闹，因为我根本就没有资格上大学，很公平，对吗？不敢劳你羞愧，我哪有资格！"

第十九章　　169

郑绩东气得脸色发青，转身就向山下走，她需要冷静！

郗海静的爸爸年轻时，正赶上国家战乱，民生凋敝，他大学毕业就面临失业，为了求职四处托人，曾给一位远房亲戚写过信，求他给找个差使。只知道这个人在北平专署当官，权力很大，却不知那只是职业掩护，实际他是军统北平工作站的大特务，深得戴笠信任。这位亲戚接到了信，并未理睬这个年轻人，却把信按军统的规矩，归档留存。而她爸爸后来得到其他方面的资助去美国继续深造，事情早被淡忘。

解放后，这个军统特务逃得不知所踪，留下的敌特档案一一受到追查，那封求职信成为祸根。

她爸爸热爱共产党和新中国，在美国学成以后听从召唤奔赴祖国，爱国知识分子很受科学院领导器重，这件事也被询问过，但解释清楚就算了，没有任何影响。问题是，现在清理阶级队伍，情势比造反派的草创期严肃正规得多，可以调档案，结果重提旧事。新一茬当权者大惊小怪左查右问，越来越不通情理，甚至成立专案组调查，却查不出他们想象中的结果，竟成悬案，索性含糊其辞给她爸爸一个"有严重历史问题"的结论，这是致命的结论。

5

招生工作结束，郑绩东应该返回连队了，团部转运站正好有几匹马来师部畜牧连配种，今天准备返回，他决定一同走，骑马一路上散散闷在心里的窝囊气。中午临出发，他还是心有不甘，想见见郗海静。

他很痛心，一夜之间她变得斤斤计较而且偏狭好斗，使人几乎认不出她。突然的挫折能让人脾气变歪了？原先过于顺利反而害了她，带来这样严重的后果。如果她应对失措肯定影响今后的发展，当务之急要帮助她走出来。他总算懂了，不能跟她同一个水平大喊大叫，只能哄她。她需要宽慰却不可理喻地迁怒于他，把他逼到墙角才说了那番话，目前他似乎已经失去了哄她的资格，可是，她的状况实在让人放心不下。

他忽略了，这场变故把她的心压得很硬，对她的影响可能是颠覆性的，更可能是终生的。

他告诉同行的几个人先走一步，他过一会儿就追上来。这两天她躲他，不在宿舍，他骑马朝大堤奔过去，不出所料，她在他们共同欣赏过美景的地方，闷闷不乐呆坐。他英姿挺拔骑在马上，望着堤坝顶上的她，拿不准临别说什么，他无法认错，因为没有错。仅仅后悔自己太急躁，应该暂缓批评首先安慰她，现在问题是，安慰，她还接受吗？

她手捏一束茅草，高高坐在堤上，面无表情向下回望他，眼神空洞丝毫不含想要交流的迹象。两人都不吭声，相距十几米，只有他的枣红马连连打着响鼻。终于，他翻身下马在没过肩的芦苇丛里蹲下给枣红马系上绊子，让它吃草吧，不急着回去。但是，郗海静从地上站起，走了，顺着坝顶的土路走远了。郑绩东手扶马背上的缰绳，呆呆望着她的背影，她越走越远连头都不回！他拿着缰绳的手握成了拳头，越拳越紧，腕上青筋突起，似乎心中的闷气全汇集在拳头里。他控制着自己，解开马绊纵身上马，拉转马头调转方向慢慢离去，肩膀随着马的步子微微晃荡。绿草丛中，枣红马尾巴来回甩动，悠哉游哉。

跟郗海静不同，郑绩东不是性情中人，他平和沉稳但更加坚韧。一旦脾气上来，必然是积累的结果，年轻的血液燃烧，火气逐渐填胸，比一般人更难平息下去。上了大路，他越来越生气，索性放马飞奔。风在耳边呼呼响，脚下滚尘追随，一崩子出去了一里地，心里的憋气才渐渐舒展，骑马能让人释放出烦恼。他追上同伴，打个招呼便一路默默不言地同行。路上同伴们去一个朋友的蒙古包里买羔皮，热情的主人执意留他们喝酒吃完煮羊肉再走。到了乌里县城，天已黑透，正赶上今晚县城停电。他们几个骑着马在漆黑的土街上响着沉闷杂沓的蹄声，向团部设在县城里的转运站走。路过火车站时，遇到巡逻的工人民兵，喝问：

"干甚的？"

几人懒得搭理，马蹄嗒嗒继续走，"你们来车站做甚啦？"又一声，严厉了许多，能看出这两个黑影肩上扛着步枪等待他们回答。

终于，有一人回答："甚也不做，咋及啦？"

立时招来手电筒的明亮光柱直扫到脸上，郑绩东被照得眼花，无名火升腾，少见地粗鲁回一句：

"你管我干甚的！"

其他几个同伴也骂开了，到底是喝了些酒，"你照爷做甚！""透你爹！"

险些起了冲突。

即使这样，郑绩东对郁海静的气恼也仍未平息，回到连里，他甚至不愿再回想这个自私女孩。

第二十章　逃回北京

1

郗海静接到了家信，是爸爸写的：

"看到你的信，知道是我的问题连累你不能上大学，极其难过。爸爸对不起你，想到因为我而妨害了女儿，妨害了你的一生，爸爸心里悲伤……"

信的内容不多，没有条理，显露出沉重的心情，以劝慰为主却遮掩不住无奈和伤感，结尾时再一次道歉，

"对不起，静静，你好好保重，别放弃进步，会有前途的，我相信党不会……"

没等看完，手上展开的信纸就开始抖动，郗海静忍不住掉泪，成串的泪珠滴湿了信纸，她不愿意让爸爸道歉，她就是不愿意让日渐苍老的爸爸道歉。

她掩饰泪水低着头冲出屋，绕过房后一路躲着人直奔田野钻进红柳林，她跑得太快趟起了脚下的沙子，茂密低矮的枝条抽痛她的脸，好，好，痛吧！在树丛中的空地上站定才放声大哭。自从受打击以来，她第一次哭出声。

最初是抑制不住冲出口的呜咽，很快变成恸哭，她卸下防护，尽情大哭。泪水涌流像咸涩的苦井水浸痛了脸颊，从衣襟滚落到脚下的沙里，她哭得翻江倒海涕泪滂沱，直至嗓子喑哑心里酸痛再也哭不出声，远远超出失学失恋应有的程度。红柳林里，风悄悄、树静静，只有一位身段苗条的女孩垂头哭弯了腰，哭声在树丛里回荡，惊跑了沙地的野兔。

面对着别人的时候，郗海静将自己包裹得很严，绝不泄露出一丝真实想法，只是显得有些沮丧，寡言少语了一阵，很快又开始正常练球跑步打比赛。送出的东西伙伴们又都默默还回来，她无言地接受。她甚至向副政委汇报了一下所知道的父亲的问题，所以当她流露出想提早一点回家探亲，理由是她的妈妈也将从江西干校回京时，副政委一口答应帮助解决，"小姑娘多懂事，态度端正不哭不闹的，一辈子不可能去上学校受教育了，真可惜。"

她开始做准备，像别人一样，她也到当地老乡那里买了整整一提包北京稀缺的葵花子，同别人不一样的是，她还把日记、旧书信也塞进提包。大部分是家人和同学朋友们的来信，也有他的，摸着郑绩东的信，她动作慢下来，看着信封熟悉的刚劲笔迹，她心有所动。他再也没有来信，是不是应该把这些信寄还给他？原本她的雄心壮志就在一点点消磨掉，她愿意忍受艰苦的生活，但对贫乏的精神生活苦闷。

内心深处她觉得自己虚伪，周围人虚伪，谁都是这样，常常做自己并不喜欢的事，还要装出喜欢的样子，如果你干得不错，一定要再说得漂亮才成。说成是为崇高伟大的理念而干，说一些冠冕堂皇的套话，还要表现得是发自真心，这已经让她感觉疲倦。现在，晴空霹雳，震昏了她，或许是震醒了她，谁知道呢，反正她从疲倦变成了厌恶。放弃以前一心追求的积极进步，也不想再"狠斗私心"地劳心费神，就这么个人主义吧。

两星期后，她获批准探亲。她还有一点郑绩东的东西，几本马列理论书，一个饭盒和喝水缸子。她把这几样东西塞进帆布挎包，又简单写了一张便条夹在书里，挎包过于鼓胀用绳子捆了捆。临走之前交给泉姐，请她方便时托人带给郑绩东。

2

北京的中关村名不符实，这一带没有村子，只有大片的菜田和零散的菜农家小院，还有很多树林。后来由于中国科学院选址在这里，菜地消失，建起一座座研究所办公楼，树林被宿舍楼区侵占，切割得只剩东一片西一片的。被称为小树林，仅指面积小，实际树很高大，绿荫森森。

郗海静提着沉重的黑旅行包穿过其中的一片小树林，离家很近了，心情越来越急切。坐了一天一夜的火车，脚肿得发痛，却阻止不住她加快脚步。满眼熟悉的景物，楼前红砖铺就的甬道，本不该凋零的花坛花池，楼洞的回字格木门，格子上镶的细长条玻璃破碎了几块竟仍旧没有更换，家，熟悉的家，终于回来了。

她骤然停步站住，是爸爸妈妈，他们刚走出楼门，妈妈搀扶着爸爸的胳膊小步慢行，根本没抬眼，哪里能想到女儿就在几米之外呆望着他们。

"爸！"她轻叫。

"呵，静静回来了。"妈妈惊喜地喊一声，爸爸却还在皱着眉愣着，紧瞅着郗海静，确定无疑，是女儿，他脸舒展了，露出极轻的微笑，眼睛不离开女儿，对妻子说：

"回家，不去了。"抽出被她扶着的胳膊。

海静抢上前用一只手抱住爸爸的这支胳膊随着他往楼里走，她立即恢复了女儿的身份，自然而然，似乎不曾离开过家。

"你们要去哪儿？"郗海静好奇地问，差一点错开了，多巧，在门口碰上。

"你爸爸病了，正要去医院看看。回家吧。"妈妈高兴地说，看来病不重，远不若女儿回家重要。海静却收敛笑容迟疑地说：

"还是去医院吧，给我家门钥匙我先上去，爸爸你哪儿不舒服，怎么病啦？"

"不，不用，回家！没有病，都是你妈妈硬闹着去。"爸爸根本不听，用胳膊挟着她的手就朝楼上带。

妈妈忙开了，围着女儿转，张罗着找出衣服毛巾地让海静洗澡，女儿满脸尘垢头发肮脏。海静却踱进厨房探寻，盘子里有剩饺子，她抓起两个塞进嘴里，又抓两个塞嘴里，妈妈慌忙说：

"凉的，别吃了，马上给你包新的。"

"不，吃米饭！"海静尖细地挤出声音，嘴里被凉饺子堵满，她太想米饭了，三年来只在梦中见过白白的大米饭。这一句，就把妈妈钉在了厨房焖饭炒菜。

她始终不急着洗澡，这让爸爸奇怪，连洗澡的习惯都丢了，可想而知内蒙的艰苦。而她一路劳顿昼夜不眠毫无倦色，精神抖擞等待米饭，只管同爸爸大聊特谈。爸爸话不多，主要是听，海静则大说大笑，显而易见地兴奋，还不时耸耸鼻子突然走题，插进一句半句"糖醋肉？""炸鱼呢！"直至妹妹放学回来。

海音进门，羞涩叫一声：

"姐姐。"

回身关好门，站在门口，腼腆地朝她笑，郗海静瞠目结舌望着妹妹，接着扭头看爸爸，疑惑地问：

"是音音吧？"

爸爸高声大笑，没回答，大约觉得不言而喻的事，根本无需回答。郗海静却眼睛噙着泪花，她的确认不出这是她的小妹妹。眼前的这个单薄女孩身材高挑，长胳膊长腿的像童话里的大螳螂，戴一副怪怪的眼镜，只有白净俏丽的脸蛋有当年她娇娇乖乖小妹妹的痕迹，记忆中的妹妹，个子只跟家里的五斗柜一样高。

洗完澡换上干净的衣服躺在脆爽的床单上，枕头都有微微清香，柔和的台灯光洒在对面妹妹的床上，郗海静恍如梦中，她感觉舒适，胃也很受用，这让她相信真回家了。

海静过了几天才接受了妹妹的高个子，但仍长时间看着妹妹一举一动觉得新鲜。妹妹发育太快，近一年更突飞猛进长个子，连本人也一时不适应胳膊变得那么长，取东西经常目测不准，手伸得过了火，打翻撞坏是寻常事，妈妈把"粗毛野兽"的称号转给了她。坐在藤椅上，两条长腿不好安排，她就把它们迭起往藤椅扶手上一挂，荡呀荡的，惹得姐姐发笑。

她闻着姐姐穿回的兵团衣服，它们已经洗净晾干，妈妈让她叠好，她鼻子伸进衣服堆稍加检测，直起头肯定地说：

"内蒙味！"

"是吗？"海静根本不信，妈妈笑着说刚从干校回来时，音音也声言她是江西味。妹妹没出过北京城，只能靠嗅觉周游全国。

郗正清十分欣慰，家现在恢复了浓郁的家庭气息，完整而热闹，尽管是短暂的，也应该尽情享受，不去想很快到来的别离。然而女儿并不充分利用十二天假期逛街游玩，每天躺在床上平静地看书，更能证明她心中有伤痛，她闭口不谈在兵团的遭遇，家里人也不提起。郗正清一直不愿为历史问题屈辱地去找各方申诉，他的肝不好最近心脏又出了点问题，见到那些人真正伤身体。但是，现在为了孩子的前途，他放下顾忌开始尝试主动澄清时，发现果然是路漫漫兮。

郗海静没打算回内蒙，决心逾假不归，她只想看书。爸爸妈妈对她的决定不置可否，默默无言。实际上，他们的意见已经左右不了她，这孩子断然告别理想主义，今后的路全凭她自己走了。

3

离群索居一段时间后，她开始怀念蓝天白云，就独自骑自行车去颐和园、香山、卧佛寺玩。夏天，在谐趣园水榭边坐到天暗，出神地看池里的荷叶被骤雨敲打，水珠在摇曳的叶边飞溅，滚进叶子中央的水滴抖呀蹦呀，忽聚忽散，恰似大珠小珠落玉盘。

枫叶红时，香山渐有稀疏游人，郗海静避开大道小路，专门攀爬岩石陡坡，钻进罕有人去的树林，赫然见一地红叶铺满树下，是昨天大风的结果，红透的叶子轻脆弯翘，与枝上火似的鲜叶相衬，映红了棵棵树干，一直漫延到山崖下。这里没有被搅扰过的痕迹，她不忍踏上去，小心绕行。到崖壁，见壁上青石高高刻着"明耻"二大字，落款却看不见，也许被密枝茂叶遮蔽，也许只能埋名不留落款，想来是明朝灭亡后有骨气的隐士。郗海静肃然起敬，良久仰望。

万木萧疏，山寒水瘦的冬天，樱桃沟外卧佛寺空无一人，真正佛门净地。她徜徉其间，对着乾隆的龙碑御字费劲思量，结结巴巴断不成句。返回时骑上自行车，莽撞地滑溜进寺门外的陡坡道，不必蹬，直冲山下，似离弦之箭，心惊胆战听风声在耳边呼啸，深深感受到"离弦"这神妙动词里包含着身不由己的无奈。

　　她心绪渐渐平静，开始越来越想念郑绩东，有些后悔当时的过激。他的身影常常在眼前晃动，拉手风琴微笑面对大家，偶尔视线越过满屋人向她脸上一滑，电光似的瞬间闪过，暖流涌上她心头。想起当时感受，她的唇不由微微启出笑容，但霎时又出现他气愤的面容，紧钳她的手，她心又阴暗下来。

　　刚回来时也曾几次想给他写信，却发现没有倾诉的欲望，因而作罢。而现在，当她能够回过头去正视往昔的伤口，检审自己的所作所为时，时间已经筑起了屏障，陌生感让她惊讶泄气，只好放下笔。

　　什么叫年轻？年轻就是满不在乎，不知珍惜，更意识不到：恋人间的冷战是铁血杀手，它一声不响地毁掉你并不真正想失去的东西。

　　他始终寂然无声。

　　自从妈妈返回江西干校以后，她担起了家务。一日三餐主要由她做，提着菜篮子出去采购也是她的事，买什么东西都需要排队，而且人们的火气很大，动不动就吵架，极小的事就能擦出火星，燃起怒气。

　　春节前供应丰富多了，菜市场里人山人海。郗海静进去以后就犯糊涂了，一圈一圈排队的长龙交叉错综，挤成一锅粥，只能不管三七二十一见到队伍尾巴就排过去，然后再向周围人打听这队是买什么的。近一个小时后，终于挤了出来，手里攥着拳头大的两个小纸包，她买到了木耳和黄花，凭副食证供应，每家卖给各一包，她心中高兴，这都是年货，平时买不到的。又去奋勇排队买猪板油，这次不顺利，前边突然吵架：

　　"你瞎挤什么！"

　　"谁瞎挤了？瞎挤，什么叫瞎挤，你骂人？"

"谁骂人了,瞎挤是骂人?"

"就是骂人!"

"不是!"

"你就是骂人啦,"

"我没骂,"

"骂了!"

"有拾金子拾银子的,没见过还有拾骂的,好吧,我骂你了,怎么样,满意啦?"

这一带有北京大学,人民大学,中科院几个大单位,知识分子云集,连吵架都带有浓烈的知识分子无用的影子,软弱缺乏杀伤力,吵架都不会。

郗海静趁乱越过吵架及看热闹的人,挤到柜台前,才发觉板油卖没了,难怪人们不专心排队在那里吵架。退而求其次,肥肉也受欢迎,她提着菜篮子满载而归,副食证上供给的各式年货粉丝花生豆腐什么的,她都排回来了。

连队里从内蒙回北京来探亲过年的人越来越多,已经年年都有探亲假,她见到不少,有约好相聚,有偶然路遇。畅谈时,也零星听到郑绩东的消息,他仕途顺利,又得到提拔,去团部当干部。

郗海静眼看两人朝不同的方向渐行渐远,越发提不起笔给他写信。

她成了善于持家的主妇,把肥肉煎成一罐猪油日常炒菜用,每月定量供应的那点油根本不够。煎过油后剩下的粒粒油渣她不扔掉,剁进白菜里包成大馅包子,吃得音音脑门发红鼻尖出汗,满意极了,一个劲夸内蒙好。

春节期间,有人敢来做客了,来客是爸爸过去的学生,来诉苦发牢骚。对无休无止的政治运动厌烦,对不能搞研究工作有气,他胆大包天仍执弟子礼称"先生",爸爸却不敢以导师自居,为表示平等相处,竟然让海静叫客人叔叔。海静正忙着端瓜子倒茶水,顺从地叫道:

"叔叔。"

客人慌得口中一连串："不敢当，不敢当。"

海静这才抬眼细看，竟是一位细皮白肉三十多岁的青年。他正羞红了脸，向前伸直双臂张开双手连连摇动，朝着她推让不止。海静心里一个劲地埋怨糊涂的老爹，暗想：

"让音音叫叔叔还差不多，我都这么大了。"

她比爸爸强不了多少，辈分观念也不行。

插进家里来住的邻居是一对青年夫妇，丈夫名叫孙成伟，是清华大学的教师，妻子董颖是这位来访客人的大学同学，也是现在同一个研究所的同事。他一来，引得夫妇也进来发牢骚，这夫妇俩平常很少跨过一步进来串门，虽然挤进别人家来住并不情愿，但能分配到一间房子已经幸运，只能硬着头皮住进来，本指望是临时措施，不料一住几年仍然搬不出去。

牢骚很多，私事公事家事国事，小声议论，唉声叹气。眼见年华逝去虚度光阴，他们越来越心急，学术上毫无长进。想搞研究难于上青天，那叫重回修正主义老路，会被批判得体无完肤形同反革命，什么时候是个头？

郗海静的处境根本不能跟他们比，更加前途茫茫，她是没有身份的黑人，户口工资粮票俱无，只能寄生在父母家。

4

自回来这一年，她如饥似渴看书，可惜喜欢看的书太少。她开始翻找，满手灰尘，终于在凉台上翻到一纸箱有用的书，打开看不是技术书籍，心中大喜。果然功夫不负有心人，有《浮士德》《约翰·克利斯朵夫》《普希金文集》，甚至还有一本赫尔岑的《家庭的戏剧》，这些书世上早已绝迹了吧？整个找到一宝库啊！它们是如何躲过急风暴雨的破四旧，真不可思议。还有一个大收获，无意间竟翻出一台老式英文打字机，兴趣盎然用它学习单词，慢吞吞用力敲击圆键，弹出铅字"啪""啪"响地才能在打字带上砸出淡淡的蓝色字母。

她喜欢学习英语，中学时她是英语科代表，现在那一点点英语知识储备全都从记忆中复活，但是实在太少，妈妈大学时的旧书旧笔记帮了大忙。从简单的英语语法开始学起，旧书页上注满了妈妈的心得体会小窍门，替海静扫清不少障碍，勤奋的妈妈当年积攒了一大盒自制的单词纸条，都成为她的最好"老师"。

她执著地学习，不相信这个社会不需要知识，但有时惆怅仍然袭来，接连几天闷闷不乐学不下去，只能写写日记，用笔倾诉。日记本里保存着一张旧字条，是那年古岗南夹在《苔丝》里的。她几次拿起这张纸质粗糙的字条，凝视上面的一行字：

"那个社会不珍惜这个女子，我们起码应珍惜这本书。"

珍惜书？谁珍惜我呀！

她苦笑，这时才品味出古岗南有一股书呆子气，他在哪儿？过得不错吧？字条上的电话号码她打过一次，是他伯父家，说：他不在，能不能留下联系地址？她给了附近的公用传呼电话号码和家里楼号。

除了日记，她最大的安慰就是颐和园。冬天，这个庞大的皇家园林更显苍凉，人们没心思来游玩，只有最乐观最有活力的一些年轻人把这里昆明湖的冰面当作乐园。

他们在滑野冰。人不多，分别聚集成几个小堆，在宽阔的湖面上，显得渺小、零散、稀疏、几小圈活动穿梭的人形而已。

从知春亭台阶边下去，踏上嶙峋石岸，坐在石上换好冰鞋，就可以上冰驰骋了，这就叫滑野冰。沿岸冰面很糟糕，凹凸不平布满水纹，似乎在一秒钟之内湖水突然冻结，凝固了水波原状，在上面滑行十分不痛快。郗海静去滑过几次以后，脚腕才练出力量不再乱晃，能够随意畅行在冰面，恢复了中学时的水平。

她有经验了，知道哪里的冰面平坦，孤独一人也不在乎，掺和进人多的圆圈后，感觉出他们占据的大片冰面平坦光滑，在自发形成的跑道上随着众人转大圈，果然滑得舒服。然而滑不多时，她就离开了，宁愿颠簸着冲向更广阔的空间，寻找湖中心更好的冰面。

滑行让她陶醉，尽管穿着花样冰刀而不是跑刀，也照样拥有了本不具备的速度和力量。脚下冰刀引着她快速前行，掠过眼前的冰面，披在肩头的柔软毛围巾向后拂动，轻松穿行昆明湖，像飞翔的鸟儿。一时忘掉沉重的往事，这样滑行多么畅快。

比她更自由自在，更任意驰骋的，还有一群滑冰车的小男孩。可能是附近人家的孩子，他们穿着厚厚的小棉袄，缩成小团跪在小冰车上，贴着冰面双手紧握铁戳子用力划冰，小身体一起一伏的用劲儿，冰车溜得像飞一样。成群结队的在郗海静前后，呼啦啦东，呼啦啦西，像一群欢乐的小麻雀。惹得戴着滑雪帽、细腿伶仃的欧洲人举着照相机凑过去给他们照相，小家伙们慌了，加劲逃向远方。外国人紧追不舍，滑得不比他们慢，闯进冰车群里盯住其中一个，边滑边弯腰给他照相，冲散了这帮小精灵。

郗海静听见，孩子们脱险后，提着轻巧的自制冰车聚在一起，激动地议论："那老外想追我，杨东没我划得快，追上他了！"

那不幸的杨东在遥远的地方变成了一个黑点，他摆脱追敌后，正在奋力往这边儿划。连孩子都惧怕与外国人接触。

星期日，颐和园门口铜狮子下，常停着些使馆黑牌照的轿车，那么，冰面上必然多了许多外国人，也滑野冰，穿得五颜六彩花花绿绿的，顿时点染出轻快气氛。岸上则默默站着许多看热闹的游人，一个外国小孩滑得磕磕绊绊，弯腰用手扶住冰面，手腕上露出戴的一块大大的黑色手表，岸上顿时起了啧啧叹声，有见多识广的，小声说："电子表！"

郗海静正巧滑到外国小孩身旁，听这话也伸头张望，不顾体面，她从来没有见过电子表。

有时音音也同她一起来滑，那就热闹多了，她俩嘻嘻哈哈寻找平坦的冰面，哪怕只遇到很小的一片，即刻停下独霸那里。心满意足地滑8字，练上一个小时，厌倦了才拔寨而去。一次，下午四点以后，她俩累了也饿了就早早收兵，从排云殿码头上岸下决心到听鹂馆饭庄打打牙祭。

买了一盘红烧狮子头，还需要买两碗米饭，却出了问题，忘记带粮票，翻遍口袋也没有找到一两粮票！

四方桌上放着热腾腾的红烧狮子头，香气飘逸惹人馋涎，姐妹俩无计可施，好话哀求，无奈服务员一两米饭也不卖。只好干吃这盘丸子，咸，且不解饿。音音就此刻骨铭心，对滑冰失了好感，再加上珍视她的寒假，玩兴广泛，不肯常陪姐姐了。

表面看起来，郁海静过得愉快，摆脱了内蒙兵团留给她的阴霾。实际上，在纵情游玩时，她心里最深的角落，也是沉甸甸的。

第二十一章　溃堤

1

金色的秋天意味着收获，辛苦一年粮食归仓，在这个忙碌的季节，战士们的肚子吃得饱，干活比较卖力，地里的活一年比一年干得顺遂，饥饿已经不太严重。随着天气渐冷，只剩了在上冻前把地浇一遍水。

郑绩东近来很忙。

吃得饱就精力过剩，于是浇地的战士跟放马的老乡起冲突，抢着马镫打破了人家脑袋；土豆窖塌了一角幸好没压着人，但必须及时修好；从地方干部中提拔的副连长，他的家属要生小孩，朱医生却不敢接生；诸如此类杂事都需要有人解决。王连长一门心思在秋浇上，今年调来的水多，他日夜在大小灌溉渠和田边督促，哪里顾得上管别的。指导员白天必须去地里各处坐镇或者转转露个面，干活儿的战士们才不会调皮惹事，回来还要关心六神不安的副连长，也顾不过来其它事，一下子事情都堆在郑绩东身上。

他愿意东奔西走处理这些琐事，忙碌能麻痹自己，忘掉烦心的私事。很快他听说郗海静提前探亲走了，心中就一沉，预感她会有不理智行动。果然，一个多月后，篮球队的泉姐托人转告他，郗海静超假没返队，又一个月后，仍没有回来的消息，他不再打听了，隐约感觉已经难以挽回。

她决心当逃兵，等于自戕，为什么要这样做！决裂？还是逃避？无论如何，她很难再找到立足之处，甘愿成为社会弃儿？他难过，一度情绪低沉甚至无法入睡。事情怎么会闹成这种地步，最让他痛苦不安的是自责。她分明在猜疑他，曾闪闪烁烁想探问什么，那天在山上，如果换一种方式，俩人会心平气和地探究刘玉芳的问题，那样就能接近真相平息误会。但在吵架状态下，无端遭受指摘，过分了，他不能接受。他本就精神上很疲惫更懒于为自己辩解，竟然任其自然了。也许他不这样做她就不至于那么极端？

他后悔，暗自气闷，想不出办法。

收到泉姐捎来的挎包，他一眼认出是郗海静的挎包，急忙揪断捆在外面的绳子取出书，他猜测一定会有信。然而，书里只夹着一张字条。仅仅一张字条，寥寥数语，没有抬头和落款，只是冷冰冰的一张便条：

书，还你。饭盒也还你，用不着了。

谢谢。世上的路很多，在各人脚下。

祝你好自为之，不断进步。

致单命的敬礼！

用红笔写的。绝交信？

她竟然不肯写一封正式的信。即便绝交也是寥寥几句，连个"我"也没有，好自为之。"好自为之"？什么意思？

郑绩东简直不能相信，更无法理解，他绝望了。

2

天越来越冷，清早，能看见浇过水的田里结出薄冰，太阳升起后，冰就融化了，残余的冰碴晶莹透亮，土地还在吸收着水分，不遗余力。

在沟坝村他们很幸运，终于找到一只奶羊，担心路上走累了将来不下奶，没敢催赶它快走，半路天就黑了，郑绩东和通讯员两人拉着马牵着奶羊去路边的大车店凑合了一夜。

第二天红日西沉，才抄近路走回连里，副连长非常感激，急忙撩起门帘往屋里让，执意让他们进屋。推辞不过，郑绩东只好低头闪过门帘进到副连长家里，通讯员留在外面帮着竖起围栏给奶羊搭个临时住处。副连长拿出特意买的烟递给郑绩东一支，从师部回来之后，郑绩东就开始抽烟，而且抽得越来越凶。两人坐在炕沿互相点上火狠抽两口，副连长才感慨地发话：

"哎呀，帮上了大忙呀。"

郑绩东口衔着烟卷，被烟头袅袅上升的细烟柱熏得眯着眼，额头刻出了皱纹，双手小心地从挎包掏出鸡蛋，十几个，稳稳地摆在炕桌上，说：

"村里革委会李主任给找来的，多亏了他，羊也是他借给咱的，他的娃子从春天一直吃着这奶，以后再谢他吧。嫂子好点呗？"

"睡呢，刚哭完。早给她说过，别舍不得吃，不听！现在大人孩子都不沾光，唉。"副连长朝里间屋挥了挥烟卷，满脸无奈和疲惫，情绪低沉。

他的家属在家里生小孩还算顺利，闹了几个小时就生下一个五斤多的女孩，母女平安。谁想母亲却下不来奶水，更准确说没奶，从乳头冒出的是半透明的水。孩子本来就瘦小，哭声并不响亮，吃不到奶，副连长家属心疼得眼泪汪汪。她攒了鸡蛋，从老家捎来二十斤小米和几把挂面，这些月子里的补品早都准备好，唯独没想到孩子会没的吃，会挨饿。

指导员着急，他立即找到几个女排排长，发动她们找找奶粉，女生经常接到家里寄的邮包，净是稀罕少见的吃食，也许在女排里能寻摸些啥。

希望落空，没有奶粉。即使在大城市也很难买到奶粉。

郑绩东和通讯员刚从沟坝村处理打人事件回来，见这情景，翻头又骑马回去。幸亏跟村革委会联络好了感情，那瓶烧酒也送的是时候，打伤人家村的人，几句慰问道歉，就化敌为友成了好兄弟，还是民风淳朴豪放呀，他在路上寻思。

"村子里娘们多，看有那奶孩子的娃妈，给帮着奶几天行不？"这是赵指导员想出的主意，他正在后悔大会小会批评得太猛，女排战士们不敢让家里寄零嘴了，找不出吃食！

让郑绩东更佩服的是，村里的李主任比指导员更有高招，牵来一头奶羊。

"我叫来了老梁头，他会挤奶。"郑绩东对副连长说，抽完这支烟他要出去帮着搭好羊圈，天黑透了就不好干活了。

这时，撩帘子进来一人，是刘玉芳，胳膊肘里捧着几个有大有小的纸包，对副连长说：

"这是红糖，大伙凑的，明天我再问问谁还有。"说着话就把纸包放在炕桌上鸡蛋旁边，看了一眼郑绩东，屋里光线已经暗下来，她看不清郑绩东的表情，感觉他笑了笑跟她打招呼，她朝门外指一下，主动问他："那挤下来的羊奶煮开才能喂吧？"又转向副连长，"有小锅吗？"

"怎么把你们也……唉！有小盆，凑合当锅吧。"副连长看着红糖包，为难地叹气，他和郑绩东一起出去挤羊奶。刘玉芳推开里间屋的门，进去看望产妇和孩子。

产妇已经披衣坐起身，在炕上围着被子包着头巾，见她进来，低声说：

"有红糖，有，你们留着自己吃吧。"

刘玉芳笑一下，打量屋里，炕下有个很小的缸，里面有小米，小米里埋着鸡蛋。她对副连长家属说：

"大伙都想来看你，我拦住了，过了满月吧，是不是有这个规矩？"

说着探头看她怀里抱的婴孩，孩子哭累了很安静，小手微微动弹。刘玉芳十分震惊，她看见那小手的手指细得像一根根火柴，瘦得让人担心。

奶煮好，所有人才发觉，没有奶瓶，上哪儿买去？

产妇用手指沾一点奶，贴在婴儿的嘴上，这个小不点抿抿嘴居然吮了起来，这时，母亲的脸上才露出少许笑意。刘玉芳跟在副连长后面退出屋。

夜幕已经降临，几个人站在院子里看羊吃草，马灯的光亮照在羊身上，它也饿了，嚼草的声音咯吱咯吱响。大家放了心，正要散去，隐约听到锣声，"什么响声？"

驻足侧耳静听，远处飘来若断若续的锣声，声音来自北边，是主干渠，跑水？决口？锣声是呼叫救援。顿时，大家反应过来，全都往北边跑去。郑绩东追上副连长，急促地说：

"不用你去！"副连长不吭声，照旧奔跑，郑绩东急了，"回吧！"往后推他，副连长不跟他争了，犹豫不决，问：

"说我自私咋办？影响不好。"

郑绩东有七条以上的理由驳他说服他，但条条都好像是教唆自私，所以郑绩东不多说话，坚决地朝他一甩手，追上众人跑进黑地里。借着微弱月光，能看到影影绰绰人们从各处出来都朝北边跑，锣声仍在响，听得清了，好像还有喊声。

3

黄河水在河套地区可以灌溉农田，它是悬河高高在上，水向下能够自动流进田地，得天独厚。

这一地区有无数人工渠，密密麻麻像毛细血管一样，通过这些人工渠麦子地才得到反复的灌溉。秋浇，是一年中最后一次灌溉，田里已经收获干净，上冻之前再浇一遍水保证来年春种的墒情。

内蒙的10月中旬就已经寒冷，尤其夜里浇地，棉衣棉裤加上棉大衣皮帽子，一样不能少，仍旧寒彻入骨。

浇地，连长最怕跑水，珍贵的水流到荒地里白浪费，那是败家子。他监督得很紧，不允许浇地的战士有一丁点图省事的作法，然而百密一疏，万没想到坚固的主干渠也能跑水。

天擦黑，他刚离开不多一会，两个巡渠战士发现主干渠外侧有大片洇湿，感觉苗头不好，一人留守，一人跑回去报信。指导员遇到报信的战士，考虑着不算危急，没有惊动其他人，以为自己赶过去处理处理就行。不料，大堤漏水极难堵上，更何况他是外行完全不懂，几番折腾，反而有细细的水流渗出了，指导员见状急忙派一人再回去搬救兵。又过一会儿，流水已发出了淅沥沥声音，不得已，敲锣报警。

从营区跑到那北边的主灌溉渠，隔着大片旷野，地势很低，盐碱泛出，幸好是荒地，干燥坚硬，不然哪里跑得动。

真是怕什么来什么，连长夹在人群里跑，心急如焚却跑得跟不上劲。南边的地浇完了，这北边的水闸才打开，出啥问题了？刚回家扒了口粥就出事！猛然他想到，立时停了步，抓住从后面超过他的一个大个子的肩膀，拦停他。

"你，朝那面跑，去西瓜地上面，闸那里，关上水闸。"连长用手指示出一道斜线，直插水闸的最近路线，

"你是谁呀？张宝兴吧。"他看清了，"快去，越快越好"。

听话的歪歪立即转换方向，箭一般冲向斜刺里。

郑绩东算是比较早赶到现场的，几盏马灯光亮下，能看见汩汩小水流从大堤腰部涌出，带工具跑来的人立刻在渠下取土，更多的人赤手空拳只能向上传土筐，填进堤内。渠背上站满男女战士观看，刘玉芳也站在渠上，焦急地张望，后悔没有带来土筐和扁担，现在赤手空拳干着急。

水流更大了，漏水处逐渐变为宽缝隙，堵了几次，已经发展成垮塌。高高的干渠出现豁口，渠水急速流出带走已经浸泡松软的泥土，使得豁口切深扩大，填土扔下去不见效果，转瞬被水冲走。

赵指导急了眼，决口的后果像梦魇，大水将要冲向营房和粮库……他声嘶力竭喊叫：

"共产党员共青团员，堵住！堵住！"

郑绩东第一个跳下去，腿深陷在泥里，冰冷的水流扑面冲得他站立不稳，他背过身拼命坚持堵在豁口，外泄的水流小了，缓了。但水面渐渐没过他的肩头，激涌水波呛住他的口鼻，"哗啦"，土堤又塌了一块，水流绕过他更加强劲地冲出去。

"跳啊，同志们！"刘玉芳万分激动，她喊着，跳进水中，"扑通、扑通"又跳下去几个战士，他们互相扶持组成人墙像勇士一样阻挡住

水流，水冲向豁口的边缘，反而坍塌得更快。

"同志们，保卫大堤！"

"考验我们的时刻来了！"

赵指导的火线动员使人热血沸腾，正在运土的战士们都扔下扁担挑筐，奋不顾身纷纷往水里跳，革命英雄主义气势悲壮感人。

王连长终于按捺不住骂开了，"站住！谁敢再跳！妈个B的越搅越大，都滚上来，操蛋……"水里的人挤成粥，果然把口子搅和得更大。刘玉芳个子不够高，尽管后背朝着水，仍然视线模糊几乎不能呼吸，她猛烈呛咳，郑绩东急忙将她拥在怀里挡住水流。渠水哗哗的从人缝泄出，情况危急。

终于，随着巨大的声响，大水像疯狂吼叫的野兽冲关而出，席卷而下，淹没胆敢阻挡它的人们，霎时，跳进水里的人被冲得无影无踪，站在堤上的人脚下塌了也掉进水里冲走，包括骂大街的王六合连长也猝不及防被水卷走。

溃堤了……

副连长在家里坐立不定，他安慰妻子劝她睡下，自己却跑到门外往北边张望。那个方向点点马灯光闪动跳跃，他在原地转来转去，祈盼一切顺利。突然，活跃的小光点全灭了，黑沉沉的，没了动静。

4

离群行动的歪歪，差一点累死，黑暗中他走偏了方向，闯进浇过水的地里，陷在泥里费大劲才挣脱出来。爬上干渠后，他瘫软在渠背的土坡上喘了一会儿，睁大眼辨别闸门在哪儿。总算不辱使命，他爬上高大的二支渠闸门，手脚并用地把转盘拧到底，闸死了水门，釜底抽薪，断绝了从乌加河分流过来的黄河水。这一番操作又把他累得喘不上气，躺在地上歇了歇彻底放心了，才开始在渠背上顺着走。转到北边，越走越奇怪，怎么无声无息？执拗地朝前走，继续走，及至见到巨大的断口，他才感到毛骨悚然，那种寂静，死一样的寂静。

断口下广阔的低洼地湿淋淋闪着星星点点水光，他感觉到了、辨识出了、看见了！尸横遍野。

一颗遥远的星平静地镶嵌在天幕的边缘，冷冷观看。

他感到头皮发紧，全无意识地抬手摸摸头发，竟然根根竖立。他懵了，傻了，想哭，想大声嚎哭。他抽气、抽气、然后张开嘴巴，发出的竟然是尖脆的女人哭声。吓坏他了，急忙闭嘴，哭声却照响不误，原来并不是他的声音。

声音出自下面旷野，有人活着！歪歪纵身冲向洼地，"噼啪噼啪"溅起泥水大步奔跑，跨过两具满身泥泞的尸体，跪在活着的女孩跟前，抱起她的头。女孩浑身稀泥，头发粘稠滴着泥水，大半个脸糊满泥，只剩眼睛和牙齿闪着白光，她仍旧哭，对着天空喊：

"妈妈——"尖锐的哭声穿破黑暗，直刺天穹。

歪歪手足无措，不知如何救护她。周围的尸体开始呻吟、手脚开始活动、她们、他们都活了。是几十米之外低洼干涸的大片荒地救了所有人。一泻而出的凶猛水流顺地势四散流淌，大部分冲向远处的低地，余下的流向盐碱滩，很快失去力量变成星罗棋布的小水沟小水坑甚至被盐碱地吸干，只留下滚满地的泥人，像一条条搁浅的大鱼。

渐渐，营区方向灯火闪动，喧闹的声响由远渐近，救援的战友们来了，张宝兴热泪双流。

……溃堤时，指导员呆住了，望着脚下奔泻的水流卷走一切冲进黑暗，他同剩下的寥寥数人的反应相同，拔腿就逃，在渠背上跑了一阵，开始想到营区里大多数人还不知道灾难迫近，他清醒了。选择地势高的线路一气赶到马号，召集那些信息不灵的后勤人员套上马车回来防洪，马号顿时人喊马嘶，暴土飞扬。

另一条路上，赶往北堤的副连长撞上了侥幸逃回的几个战士，他们惊恐万状。不等听完他们泣不成声的诉说，副连长就带着他们返回连里严阵以待。吹响尖锐的集合哨声，带领全体人员转移到地势最高的场院。水并没有淹来，大队人马开始出发救援。

今夜无人入眠。

被解救回来的五十多人个个冻得脸色发青,上下牙打架,哆嗦不止,棉衣全都湿透了,穿在身上沉得像铁皮。

食堂和猪号,都忙碌开了,在大锅里烧开水,人们把一担担冒着热气的水桶挑到各班,帮助落难者洗去头上和身上的泥浆。副连长把女排给他家凑来的红糖和食堂存留的,全部倒进食堂做病号饭的小灶锅里,熬了两桶浓浓的姜糖水,挑到各间房门口,每个被淹的人舀给一杯,当着他的面喝下去,他才放心离开。

只有郑绩东不喝,尽管仍旧打寒战也无论如何不肯喝。他被淹得比较重,喝了不少泥水,眼前见到水就一阵阵犯恶心,哪里能再喝。朱大夫有点担心他,将他安排在卫生室的小里间炕上休息观察,于是这间小屋挤满了男排的人,他们没有听见报警的锣声只赶上了当救援人员,现在尽心照顾这些被阎王爷退回来的人。

郑绩东觉得头沉甸甸的,换上干燥的棉衣后仍旧感觉冷,他裹紧棉大衣偎在炕上,跟挤在旁边的这些人一同听歪歪回顾他的历险,

"我摸摸头发,C,知道吗,跟铁刷子似的一根一根立着!按都按不倒,真 TM 够呛!"他眼睛瞪得老大老大的,这经历终生不可能忘了。

老猫敲一下门探进脑袋,问:"朱大夫在吗?"

炕上的人都急忙调整端正了姿势,她根本不抬眼,往屋地上打量一圈,没有看到小桶,失望地嘟囔:"姜糖水呢?"缩回脑袋要关上门离开。郑绩东想起什么似的瓮声瓮气地问她:"你们排长怎么样?"

老猫在门外答一声:"觉得冷,没喝上姜汤!"说着关上门。

听到她的话郑绩东立即用尽力气哑着嗓子喊:"把这杯拿去,别走。"

老猫返进来,看看桌上的白色缸子,里面盛满酱红色的汁液,犹豫了。据她观察,副指导员脸色那么差说话声音明显底气不足,眼瞅着是在硬支撑,她故意轻松地告诉他,"不用,她说她还来这个呢,"老猫做了一个双臂划水的游泳姿势,"结果发现趴在地上了,是我想让她喝几口,防个万一。"说着笑笑,匆匆退出去。

郑绩东指着桌上缸子，示意炕下边的歪歪送出去，歪歪迟迟疑疑不愿听从，"你还没喝呀，你更……"

"拿走，拿走！"郑绩东急切甚至激动地催，声音几乎撕裂，额头急得起筋。

全屋的人都静下来，面面相觑。郑绩东丝毫没看出人们的诧异，他觉得理所当然，刘玉芳跳下水时他就极力护着她，现在关心她也应该，此时他脑子极其迟钝。

大家个个心领神会似的，鸦雀无声。歪歪立即端起缸子毫不耽搁出门追老猫，老猫几次推让不肯伸手接，她不想抢副指导员的姜糖水，歪歪恼了，

"嘿，你，你真不懂啊？"语气那叫意味深长呀，老猫顿时被点醒。闪电一样，点点滴滴被忽略的往事全都跑出来为歪歪佐证，她接过这杯蕴含不凡意义的微温甜水，深感责任在身。

屋里一切又恢复正常，大家又横七竖八躺下，任由歪歪接着胡侃。郑绩东精神委顿，昏沉沉越来越听不清他们说的话，只记得自己对刚进门的朱大夫说，有土霉素吗？多来几片。他知道要生病了。至于后来发高烧，朱大夫后半夜盯着及时打青霉素针，在他额头上敷凉毛巾，一会儿一换，还紧着劝他：不能再吃药了，吃了不少啦！这些情景，他全不太记得，一个星期后他才彻底痊愈。

落水的战士们都有感冒头痛等不适，但这么发高烧的真没有第二人，奇妙的姜糖水！

5

赵指导富有政治经验，他连夜骑马去团部汇报事故，不夸大不缩小，除了火线动员这个细节以外，自己的责任也并没有隐瞒。

第二天一早，连里就来了大群现役军人慰问大家，团长政委主任的，绿莹莹的一片，战士们也认不清，反正知道不用上工，吃了一顿肉。

领导们在连部开会，听正式的事故汇报和现场分析，王连长休息一晚，身、心都恢复许多。只是嗓音嘶哑，开会时只管介绍当时情况别的不多说，当然不提骂街这类杂乱的事，他是危难之时方显英雄本色，其它时候十分正常，不仅不露真面目而且绝对维护领导班子的团结。

经过慎重斟酌、正反权衡，团党委决定把这次事件当作正面事迹对待。接下来是及时向上级汇报，师党委很重视，正需要英雄先进事迹，于是展开抗洪英雄集体的宣传。兵团总部的《兵团战友报》为这次事件特意发了一篇新闻报道，题目是《愿洒满腔青春血，染得边疆战旗红》，赞扬抗洪官兵们。并报道了授奖情况，冲上前线的都是英雄，记功的受奖的晋升的，甚至曾经挨过批斗的歪歪也得到五好战士奖状。

郑绩东在生死考验的关头表现最出色最突出，被破格提拔，升任团政治处干事，连队终于争得了"四好连队"的荣誉。

暗地里还是有不和谐之音，战士们眼睛相当歹毒，对指导员瞎鼓动却不身先士卒跳进水里，大家自有看法。虽不明说，却从此不大尊重他了，他们最感激歪歪和骂了他们一顿的连长。

郑绩东无功受禄，心里有些不坦然，内心极深的地方，他对自己有了质疑：到底为了什么而牺牲生命？做到死得其所了吗？

营房和粮库地势那么高，又是在常年干旱地区，自己没长脑子吗？他记得十分清楚，当时脑子里只顾想着决不能比别人落后。现在，他对此很不舒服。

他有点轻微消沉，却被众人误认为是病重体弱，更添一层光彩；他还有点不明显的推托和躲闪，却被师团领导看作是谦虚踏实不抢功，倍增好感，这样的青年不提拔还提拔谁。

郑绩东这种不说大话假话、不具备钻营奉承能力、纯苦干的人在兵团早期涌现许多，后来都被大浪淘沙沉底了。郑绩东本来也很难再得到晋升，机缘巧合，幸运还是不幸？

他庆幸，升职不在本团而是调任邻团，不然，整天讪讪地对着熟人，太难堪。

刘玉芳火线入党并且记三等功嘉奖，履历上又添浓墨重彩。然而欢乐的同时也伴随烦恼，她感受到郑绩东对她有好感并且在危难时刻保护她，但拿不准这种好感和保护是不是带有特殊性。也就是说，在爱情上，她是否有收获？伪造郗海静的绝交信，出于迫不得已，为了爱情，为了自己最宝贵的东西，为了唯一的感情寄托，她要捍卫。

关于郑绩东与郗海静的恋情，她全都打听清楚了。这不难，师部篮球队打比赛路过团部，正巧她在团部开交流汇报会，碰见了女篮的泉姐。在学校时，高年级的泉姐是她们班的辅导员，见面很亲近的。泉姐交给她一个捆得结实的军挎包，叮嘱她，这是你们连郗海静给他男朋友的，千万不要丢了。泉姐为郗海静叹息了很久，详细讲了她受到的不公正遭遇。

刘玉芳不动声色听着，接下了挎包。如果没有缘分挎包为什么到了我手上？如果有缘分他们自己的东西怎么能到外人手里？她说服着自己。挎包打开了，她看懂了白色纸条上面冷冽的拒绝，短短的字条她反复看了十几遍，分析了许久，甚至晚上睡不好觉，最后她主意打定。第二天一早，取来跟便条相似的普通信纸，用红笔照着原文誊下一份。贴在窗户玻璃上誊写的，笔迹丝毫不走样。誊好后将红色字迹的便条夹进书里，重新捆好挎包，中午回到连里就交给取信的通讯员，不容自己有犹豫的时间。她跟通讯员强调了是女篮泉姐捎来的，相信给通讯员留下了深深印象，不会啰嗦说出她在中间转交。

刘玉芳烧掉原信，剩下的，听天由命了。

第二十二章　冰上相遇

1

西北风呜呜叫了一夜，严冬施展着威力，第二天风停了天空晴朗澄透。到了中午，阳光也显得格外明亮，郗海静最欢迎这样的天气，因为风后天气异常寒冷，滑冰的人会很稀少。她已经不畏惧寒冷，从内蒙回来的人还有谁会怕北京的这点儿冷！妹妹高低不肯走出温暖的家，无奈，郗海静只好单枪匹马去颐和园。

让人惊奇的是，昆明湖上生气勃勃，也许因为是星期日，人并不少，滑冰的人照样穿梭飞驰，尽情享受新鲜的冰冷空气。一夜大风刮得冰上很脏，沾着一层灰土，但尘下的冰面冻得更加结实，泛白含绿，翡翠一般，不时在深深的冰底发出沉闷而巨大的开裂声，恶作剧一样地裂出蜿蜒的冰缝。唬得几个横穿昆明湖的游客惶恐失态，腾挪躲闪，不知往哪个地方落脚才安全，乐趣全被惊飞了。

郗海静一股劲滑到了湖中心龙王庙，又绕到十七孔桥附近，看几个穿着防水靴及防水胶衣裤的工人切冰。他们用冰凿切出一方方一米厚的大冰块，从水中把这些冰块勾上来拖上岸运走，准备贮存到冰窖里。她明白了，炎热夏天买的一瓶瓶冰镇汽水就是放在这种冰上面镇凉的，说不定百年前这里的主人慈禧太后也是用这方法解暑呢。切完冰的地方，则剩下大片水面，波光粼粼。

她从十七孔桥最大的孔里穿过，滑到龙王庙南边的湖面，这里自成小天地，虽然远不若昆明湖广阔，却杳无人影全归她一人。最奇的是冰面平滑干净，没有水纹和裂缝，似乎风吹不到这里。她痛痛快快倒退着滑大圈，不必担心身后碰撞到别人；小心翼翼生涩地练燕式，摔了也不在乎。俯身展翅时，脸离冰面很近，能看到自己的身影，仿佛在镜子上滑行，她感觉身轻似燕，无拘无束，心都舒展开了。忽然，她看见冰下有一本书，立即停下细看，是打开反扣的书，漂浮在冰下的水上，透过冰面能看到书皮上的字，她好奇地跪下，脸贴在冰上看，想弄明白是本什么书。字被冰层扭曲放大，费力辨认，似乎有"焦裕禄"三字，她的心倏地被电了一下似的有种怪异感觉，愣了半晌才站起滑离。

记得郑绩东有一本《人民的好书记焦裕禄》，薄薄的，挺旧，他一个人在屋时，经常看，很入神。曾经有一次她闯进门，打断了他，只见他抬起头眼神有点恍惚，没能马上返回现实的样子，眼里闪着泪光。那次，他俩都有点尴尬。她猜，他真心想做那样无私的干部。

远处有人滑过来了，速度很快，直奔这里。离近时，减速直起身望向这边，似乎在打量她，郗海静扭身滑走，没正眼看来人，尽管离得远看不清楚但猜测肯定是小伙子。多少次了被陌生的爱慕者追逐，她不愿遇到这类浪漫事，尤其在此时，她想起郑绩东时，更不愿受打扰，她加快滑远。

果真是小伙子，而且锲而不舍跟随着追了过来，他穿的冰鞋是球刀滑得快，轻松超过郗海静，然后猛地刹车，"嚓"一声，脚下双刃横着逆向一压，削起雪似的冰屑，漂亮的急停，挡在她前面。

她先吃一惊，转而又感觉这场景似曾相识，想起来了，骑在马上的古岗南！她急旋身，鞋跟划出个圆形停住，定睛看，的确是他。古岗南帅气地穿着绿军装，红领章，是明眸剑眉的青年军人，郗海静愣愣看着他，怎么在这儿碰上了？心里只想到一句话：无巧不成书。

"你逃什么？我找你一个小时了。"古岗南笑着问她。

经常滑野冰的主要有几堆人，其中一堆年轻人最显眼，他们服装颜色虽然也像大多数人那样暗淡，但是同龄人都能一眼区别出他们绝对时尚。国防绿的军装、精细的棕色羊剪绒皮帽，女孩则是军装或深蓝的学生装，配天蓝色毛围巾，也有的围巾鲜红鲜红，大胆突破社会单调色彩。滑得也很棒，动作纯熟刚劲。尤其两个男青年并排滑，一举一动整齐谐调，像双人舞似的，一圈一圈始终配合默契动作划一，赢得人们在外围驻足观看，人气很旺。

却原来，古岗南就是这群人的朋友。所以，郗海静与他聊着滑着接近这里时，不由得咕哝：

"你在这儿滑呀，我以为他们是小流氓呢。"

古岗南哈哈笑了，说：

"你太对了，他们就是小流氓，"

他朝其中一个小流氓挥挥手，那人轻捷地滑过来，双手横拿冰球棍，倜傥洒脱，穿一双簇新艳蓝的冰球鞋，肯定昂贵。古岗南朝他说明，"我内蒙的同学，以后也在咱们这儿滑。"又对郗海静介绍说，"他，是我妹妹心中最红最红的红太阳！"

郗海静被逗乐了，向面前的英俊青年点一点头打招呼，古岗南妹妹的白马王子对自己的头衔无奈地笑笑，友善而礼貌地对她说："来吧，里面有板凳，以后来这儿歇吧。"他指一指圈里。

这就是玩家，滑冰最累了，尤其滑野冰，没处歇没处坐的。郗海静是流寇式，背着书包，里面放棉鞋，累了把书包往冰上一扔坐在上面，滑到哪儿歇到哪儿，纯业余。瞧他们，带着辎重。

她跟着古岗南滑进圈内来到正中央。冰上铺几张报纸上面乱糟糟堆着书包、冰球棍、鞋、棉大衣、板凳。古岗南从堆里抽出一个马扎，打开放在地上让郗海静坐，自己转到衣堆另一侧找小凳。

这时，一位年轻的女军人跌跌撞撞滑过来，口中急不择言地大声呼救："岗南——，我他妈的……我他妈的……"话音未落就直溜进衣堆里一头摔下去，古岗南急忙伸援手捞，她歪里歪斜借助着他才就势坐在衣服堆上。与郗海静目光相遇，就很狼狈地朝她笑着解嘲，"好嘛，一路跟头摔过来"。

她精神抖擞神采飞扬，眼睛闪着快活的光，嘴唇小巧，笑起来带着酒窝，她酷爱说粗话，所以一阵一阵谈吐粗鲁，

"在人前滑我就紧张，不该摔也摔。"她对郗海静解释说，在陌生人面前她露出的是本相，语言文雅正常。

郗海静本以为她是古岗南的妹妹，谁知她问：

"你就是他的同学？我叫黄平平，309 医院的，岗南的冤家对头。"声音清脆愉快，说完征询似的对古岗南扬扬眉，郗海静急忙抢在古岗南前头自我介绍，

"对，我是他内蒙同学。"这是沿用古岗南的说法，真不知他五湖四海的有多少同学，"刚巧在这儿遇到"。

"哦，不是专门来找你吗？不然这家伙哪儿肯答应来。"她胳膊抱在胸前，模仿他的神态口吻，压粗嗓子，"都胡子一大把了，滑什么冰！"

听她这样说，郗海静也想起他那句"找了你一个小时"，刚才只顾兴奋了，几年不通消息有多少话要问呀！现在才奇怪，向古岗南追问：

"你早知道我在这儿？神了！"

实际很简单，海静走后，怕冷的海音还是被迫离开温暖的家，楼下有人喊："X 楼 X 号，电话！"

在喊她家。音音只好跑到楼后家属委员会的小平房里接传呼电话，劈头就朝话筒说：我不是郗海静，她是我姐姐，她不在，去颐和园滑冰了，四点以后，饿了才回来。

古岗南除了开初一句："是郗海静吗，……"什么都没有来得及问，情报就全都送上门，准确清晰。放下电话他就离开伯父家直奔颐和园北宫门。

在古岗南眼里，现在的郗海静，娴雅里含着缕缕忧愁，即使在喜悦时，也失去了从前那种无忧无虑能感染人的一团高兴。刚才，她孤独地在薄薄的冰面上缓缓滑行，心不在焉，全然不知道有多么危险，那片冰很薄，估计也就是几天前刚刚割取完冰块以后新冻上的。在她身上发生了什么？他没有得到多少回答。

当两人高兴地询问对方情况时，古岗南一直有意识地一边滑行一边问答，不让她在原地停留。郗海静满脸焕发出欣喜，只顾一个接着一个地提问题，古岗南把历年来的行踪状况一一交待，满足她的好奇心。同时，在她面前倒滑着，几次不动声色地挡住她的去路，引她

滑向正确的方向。直至将她领出这片镜面般的薄冰，才称赞她将生死置之度外，引得她大惊小怪地检查脚下的冰面，咯咯笑着随他快速滑行离开这里。

在南方当兵这几年，为了防备兵团追查，他没有跟内蒙任何人联系过。可是一直忘不了郗海静，回到北京，他感觉会有机会见面，她应当有探亲假。他现在是北京大学的工农兵新学员，学俄语，平时住校，偶尔星期日去伯父家。在伯父家看到郗海静留的电话号码，他大喜过望。

滑双人舞的，其中一人是古岗南的弟弟。据古岗南说，打架、偷汽车、进班房、他叛逆的弟弟在中学都干过，分配到工厂后才从良。最近又不安分，上班溜出来滑冰。而准妹夫那位最红最红的红太阳是北大荒黑龙江兵团的知青，不回去了，正在办病退呢，快办成了，你信吗？肺病！他鬼点子多啦，哪天咱们跟他取取经把你也办回来。

一直到五点天色发暗，大家都饿了，才收拾东西散摊子，黄平平喊："岗南，你走哪儿？"

古岗南指指颐和园正门方向，他要送郗海静，黄平平就向郗海静挥挥手，招呼一声："改天再来滑呵。"

然后随着他们一伙人往北走，看来都是军队的子弟，出北宫门过青龙桥到红山口一带。古岗南忽然想起什么，追过去叫，"黄平平，黄平平。"

到她跟前商讨几句，才拿着一本书返回来，春风满面。真猜不出古岗南和她是什么关系，又亲密又不过密。

"借给你一本书，你肯定喜欢看。"古岗南把手里的书递给郗海静，是《比一千个太阳还亮》。

"哇，好厉害的名字！"她看着书皮惊奇地评论。

这是讲美国"曼哈顿工程"最早研制原子弹的一段史实，她会爱看的。

他真心想让她高兴起来。

2

爸爸的问题有了转机。

尼克松访华后,美籍华人科学家渐渐能回国看看了,这就出现了一个问题,音讯全无这么多年,他们想见见昔日同事同学朋友。当然不可能自由见到了,他们就利用接见时直接向周总理提出这个愿望,因而从国务院到外交部再到科学院一路安排下来。

让人感慨的是居然由此沾了他们的光,郗正清又得到重视,政治障碍迅速扫清。所谓重大历史问题纯属子虚乌有,他可靠值得信任,可以进行学术交流,让大洋彼岸看看我们这些年也有骄人的研究成果。

可是爸爸拿不出成果,除了数学所有人能够靠顽强意志和一支笔"单打独斗"出成麻袋的稿纸,谁又能离得开实验室、课题组呢?本来已经追赶上的一些科研成果,这十年又开始拉大了差距。郗正清吩咐女儿,给他准备一副工厂劳动常用的套袖和饭盒,有可能科技人员组成服务队去上街服务,而工人农民要进研究所和实验室"掺沙子",这叫开门办所,好象即将实施。华罗庚不是在工厂里搞科学普及工作吗,这也是一件好事,总比闲着强。

家里常来客人了。不起眼地、轻轻敲门,都是愁眉苦脸的所里的助研、实习员一类的研究人员,他们的日子也不好过,上班时闲得难受却又精神上遭压抑。进来坐下后,经常是低声抱怨,连连叹气,互相传播一些更让他们泄气的消息,然后带着新增的悲观离开。

也有海静和海音姐妹俩以前常见、相熟的,就不必拘礼节,有时踱进她们的房间随意聊几句。一次,那位名叫曹光钊的四十岁出头的客人,偶然看到海静放在床上的《比一千个太阳还亮》,随手翻翻,顿时眼睛发亮,小声惊叹:"奥本海默!大科学家呀!"

不由分说借走了,第二天一早还回,他是连夜看完。从此找到窍门,常来跟两姐妹寻内部小说。爸爸说,他极聪明业务出色,很可惜只能这样浪费时光。

3

除了常来的这些人，还有一个客人就是古岗南，他居然有本领找上门来做客。看见郗海静开门时惊讶的表情，他用胳膊肘把半张开的门挤开，擦着她的额发跨进去，捏着嗓子学她的声调说：

"哟，你这家伙怎么知道我家在这儿？"

然后变回自己的声音，回过头来瞪着她，半真半假粗声告诫她，"我当过侦察兵，现在可是搞情报的。"

由于郗海静家的客厅被打了一道木墙隔出去了，所以进门就是一条细长的走廊，两边有各房间的门，这才难住他，停下问：

"进哪屋？稀奇。"

"随便，看着哪儿有情报就进哪屋呗。"郗海静站在原地仍手扶着大门不引路，笑着看热闹，他伸出手指在空中把每一个门点点，似乎在掐算，

"你家人呢？"

"上班，上学，只有我。"

他听后立时有了底气，毫不犹豫进了距离他最近的一个门，餐厅兼客厅。

"怎么样？再次判断正确！"他选了一个最舒服的扶手软椅，得意洋洋，不请自坐。他一身端正的国防绿冬军装，帽徽领章红艳艳的，大刺刺坐在那里，屋子顿时显得仄窄了许多，郗海静忍住笑，告诉他：

"你这副样子，我爸爸回来看到会吓一跳，以为所里的军代表来兴师问罪了。怎么招待你？茶水就不必了吧，糖？"

她用两个手指尖把茶几上的大白兔方筒盒勾倒，里面的糖块涌出来，是音音的吃糖方式。

对甜的东西古岗南都不屑一看，屋里很温暖，他摘下帽子把它放在茶几的一叠报纸上，又松开领口的风纪扣，

"我有二个小时的时间，煮熟白薯来得及吧？"他见郗海静不明

白，进一步解释，"我们现在正捡破烂呢。那帮女同学想吃白薯，不知从啥地方弄的，全是生白薯，她们都是外地的家，许给我一大堆好处我才答应给找地方煮。可以替我捡破烂、替我在生活会上请假、……"他掰着手指在计算着好处，郗海静更不明白了，

"干嘛捡破烂，不是正在上大学吗？"

"说得是啊！"古岗南夸张地用力点一下头，痛心疾首，

"你哪儿知道啊，我提着个破麻袋把北大都转遍了，这叫艰苦朴素不忘本，我们党小组的任务。不过这一阵儿确实没什么人写大字报，废纸不多，捡不满一麻袋，发愁哇！快，白薯在门外，你会煮吗？"

郗海静发现他比在连队时显得英武，更有男人气，肩膀宽阔腰板挺直，眼睛明亮有神，下巴轮廓棱角分明，显出这几年磨练出的坚硬性格。想到他提着破麻袋眼睛紧盯着地面寻找垃圾时的形象，郗海静觉得好笑。

他站在厨房看郗海静忙碌，好话说了一大堆就是不懂搭把手帮忙。郗海静洗净白薯，弄好高压锅，嫌他碍手碍脚，故意把他逐渐挤到晾台上，冻着去吧。他却对楼外的景色看出神，冬天树枝干枯稀疏，从她家厨房晾台上往北大方向望去，可以隐约看见未名湖边的塔尖。

"那是北大的水塔？"

郗海静走到他身边也随着望过去，回答："对，看着挺远，其实骑车五分钟就到，极其不幸啊！"

"太近了，没想到，你居然在这么近的地方都不跟我联系。"古岗南说到这儿才听见她最后那句，马上转而质问，"哦？什么意思！"

郗海静轻轻笑了，他哪里知道，1967 年文化大革命最红火时，北大两个对立派别的高音喇叭着实厉害，喧嚣不停，你来我往相互辱骂。在厨房炒菜，就可以缈缈传来他们的声音，到底是人才荟萃之地，播出的声音是标准正宗的职业播音员水平，同中央广播电台极其相似，很容易让人误会。但细听内容，则是典型的打派仗。常常这样：

"井冈山的混蛋王八蛋们听着，你们……"

语调、语速安详平缓，像是中央台在广播社论，听起来绝对比骂街有水平。

开批判斗争大会则不然，慷慨激昂杀气腾腾，那就分辨不出内容了，一味地尖声喊口号，扰得人脑仁疼。最难受的是江青发言，她很独特所以人所共知，那声调拉得长长的，尾音颤抖，像绵羊咩咩叫，郗海静给古岗南模仿那声音："同志们～～～，红卫兵小将们～～～"

她停下，扭过脸来，扬起弯弯眉毛，大眼睛里含有隐隐笑意问古岗南："猜猜，是谁讲话呢？"说完微张着嘴唇等待回答，满脸是估摸着他一准猜不对的神情，古岗南咧嘴笑了。

"江青呗，这谁还……"

"是聂元梓！"她洋洋得意地打断头脑一根弦的古岗南，"恶心吧，巴结到这个地步。"

说完张了张嘴做了一个想吐的姿势，闹不清她到底是蔑视那两个女人中的谁。

这是她首次不小心露出政治见解，敢于不满她们，也需要胆量的，古岗南觉得两人离得更近了。他注意听她讲，看她一只手迅速按在喉咙上装一下恶心，发觉她这样做时能很奇妙地不丧失端庄，却不小心泄露内心深藏的好恶，真让他叹服女子的精细与简单。

"我一开始也纳闷，江青这么喜欢北大，三番五次光临批判会？后来才知道是聂元……。啊，冒气了！"她注意力转向高压锅，香甜的气味随着蒸气冲了出来。

古岗南的真实意图是想了解她在连里出了什么事，为什么长期不返回连队，但她三言两语带过，只说在师部篮球队被推荐上大学，没上成让别人给顶了，所以革命意志大衰退，向你学习啦！

"以后准备怎么办？"他马上问出第二个问题，也是此来目的之一，她需要行动起来，这样拖着不是个事，更见不到前途，他也许能帮上一点忙，让她离开那个地方。谁知她情绪立即变坏，连三言两语都没了，专心调理火力，侍候高压锅，接着又拽过他的手看看他戴的表，"四分钟后关火，去坐一会儿？"

不等他同意，就走出厨房。

"你问以后怎么办？我不知道，发愁也没用还是不知道，想起来心就凉透了，凉彻肺腑呵。你没这种体会，所以别问了，我宁愿去农村插队挣工分，但兵团不允许转走户口档案关系，我又能怎么办？"

"去农村当农民？必定要消失的阶级，就别去当了。回北京吧，想办法病退回来，试试嘛，又不会有损失。"古岗南意志坚强，继续向预定目标前进，他坐回扶手椅，望着郗海静提议。

"我没有病，又是逃兵，怎么能病退回来？唉，说起这些就烦！"

"事在人为，找黄平平，没病也能给你折腾出病，办不成最糟也就是去插队。"

"能插队我都满意极了，起码可以自由回家，自由看书。你想帮我？你能帮我？"郗海静无精打采地问，根本不抱希望。

"想办法！人定胜天！"古岗南也半开玩笑地不敢给予太大希望。郗海静"嗤"地用鼻子一笑，她不相信人定胜天，她尚且掌握不了自己的命运，何谈跟天争胜！

4

爸爸给她一张电影票，什么电影？

"驯虎呀还是驯什么，记不清了，是内部电影，出去玩玩不要总憋在家里。"

爸爸担心她的精神状态，劝她去，其实他不了解，只要是内部电影必定是好看的。他的女儿已经急不可待了，这10年只能一味地看几个样板戏，精神生活极度贫乏。

电影在动物所的小礼堂放映，人头攒动，连通道上都塞着椅子，坐得满满当当。正片放映之前先加一段纪录片，国外科技方面的，英文解说郗海静只能听懂只言半语，只知道是在做生物实验。演到一个做实验的画面时，一位金发蓄须的科研人员手拿一个小小的材料，镜头聚焦在材料上，给了它一个局部特写之后镜头扩展，直至拿着材料的手也全部显现，衬托出拈在指尖上的材料微小。这时全场观众出现一阵波动，男同志的叹息声骤起，不是叹那材料，而是叹男人的手，它修长细腻，还，鲜嫩！

荧幕画面上那双手显然从来没有用搓板洗过全家大小的衣服。

在场的观众恐怕个个下班回家都需浆洗烹煮搬煤生炉子，里里外外一把糙手，"战斗的星期日，精疲力竭的星期一"。所以见到成年人还能保养出这样的手，少见多怪了。

接下来演的正片是《驯火记》，苏联故事片，非常感人，讲他们的著名火箭专家一生奋斗，创出伟业震惊世界为国立大功的事。散场了，人们板着脸无言地走出礼堂，严肃得像刚参加完葬礼。给科技人员放映这题材不是哪壶不开提哪壶嘛！郗海静心中暗想。

忽然，她听到有人轻声喊她的名字，回头寻找，是她小学同学罗珊，正混在人丛中向她招手。

人流渐渐散开，动物所大院子里春花繁盛，她两人坐在水磨石花池沿上聊得很开心。可能是刚看完外部世界的缘故，受电影昂扬斗志的激励，两人都心情开朗谈兴很浓，各自谈些独特经历，回忆儿时的傻事，和煦阳光照在脸上，忧愁似乎也算不得什么。郗海静轻松地东张西望，看着动物所庄重巨大的办公楼，忽然想起曾经进楼里面参观过一个"反革命修正主义黑线展览"。有一个实验室满满地全都是蝴蝶标本，当时她非常艳羡那种玻璃标本盒子，很想拥有一个。这么多年过去了，不知那些盒子命运如何？

她兴致颇浓地问罗珊："你记得吗，动物所有个科学家，一辈子没干别的，就是逮蝴蝶，逮了一屋子……"那时革命群众造反派批斗这个蝴蝶专家斗得很凶，她想想也觉得可笑，他的确脱离劳动大众。谁知罗珊却变得脸色难看，打断她的话，说："那是我爸爸！"

郗海静呆住了，当头挨了闷棍似的只能小声说："是吗？"狼狈不堪，冷场了。

小学时的一个班就像小科学院，家长分布在各研究所，门类齐全，她怎么忘了呢。她后悔自己莽撞地一头碰碎了脆弱的欢乐气氛，更不敢问"你爸没事吧"这类话。张嘴想转换话题，罗珊却先开口问她："你听说纪凯蒂回美国了吗？"

"啊，没听说。"她不敢多嘴了。

不过也没什么可奇怪的，纪凯蒂是混血儿，高个子，皮肤特别白，妈妈是美国白种人。小学时郗海静跟她在同一个学习小组，轮到去她家做作业时，比较痛苦。因为她爸爸每每进房间来，一旦检查出来做错的算术题，必热心讲解，跟老师讲的完全不同，复杂之极，听得她们人人眉头结成小疙瘩。临了，还要点着她们的脑门说，好好动动脑瓜子！一口南方话，眼镜的镜片厚厚的，是数学所副所长。郗海静不太迷信权威，就是由那时起。

"她爸爸死了。"

"哟！"郗海静不由惊叫，不会是自杀吧，她怎么没有听说过？

"是癌症。她妈把她爸写的论文全都带走，到美国发表了，好像非常有水平。他们所还想追查呢，说为什么不在国内发表。国内上哪儿发表？期刊停了好几年！"

唔，这话题太沉重，两人再一次无语冷场。低下头，踢着花坛下边的嫩草尖，不约而同都想到自己家的处境，又从纪凯蒂想到自身的将来。罗珊在中学时曾经狂热革命，把毛主席语录编成忠字舞在街头跳，后来到山西插队，这个季节应该回去了，生产队早已忙开了，挑肥耙地的。娇黄的迎春花在她们身旁盛开，树枝变得润泽显露出些些绿意，罗珊的思绪显然在跳动，忽然又说起她的姐姐，

"我姐姐调回北京了。"郗海静的兴趣立刻被激起，她为什么这么好命？"她是大学毕业分配走的，现在整个单位都调进京，她事先没告诉我们，突然就回家了，我爸高兴得心脏病差点犯了。"她微微笑着叙说，眼神柔和，大约想起当时情景。

"你妈哭了吗？"郗海静心想如果自己能调回来，妈妈肯定会高兴得哭。

"当然，我妈抱着我姐姐又哭又笑。"罗珊说到这儿，笑容变得有点惨然。

郗海静的心总算放松一些，看来她爸爸平安无恙。分手时，她心有不甘所以小心地问："你爸爸的那些标本后来怎么样了？"

罗珊淡然地说："不知道，早就没了吧。"

5

日子好像只能一直这样过下去了。

时光的长河缓缓流淌，亘古不变，似乎孔子"逝者如斯夫"的叹声仍随着无情的长河在绵延回响。

"一万年太久，只争朝夕"，我们的伟人决心加快历史脚步，用战鼓的鼓点取代哲者的无为，于是激荡出无数旋涡急流，巨大的航船似乎在劈波斩浪逆流而行，胜利表象下隐藏的实情却是减速即将停驶。它力不从心了，时至今日国民经济已不堪重负。

焦急地关注经济的周总理审时度势，他的适时提议被顺利采纳，邓小平复出主持国务院工作。力量分布出现变化，顽固的老干部们暂时占了上风，复出、上任、整顿、一时，排斥阶级斗争主张经济建设的一股清风吹起。

没有科技，何来经济高速发展？科学院被寄予高度期望，干将胡耀邦来上任、来整顿了。

千疮百孔的科学院里，芸芸众生激动万分，他们可以直起脊梁搞科学研究了，可以从事专长业务为国效力了，可以放开胆子查阅外国文献、跟踪国外科技动态了，虽然这只是允诺，已经足以令人惊喜欢欣。

在家里，每天郗海丽都能听到科学院的最新消息：

胡耀邦说了这个，说了那个。

李昌到了这个所调研，找了那个所的老书记。

造反派头头能够列席院核心小组会议，这个做法要废除啦。

真是大快人心，人们感到有了依靠，心与"老革命"紧密相连，密切关注他们的整顿。

面对喜形于色的客人，海静有些不解，这么多人胸中都郁积闷气？被批斗的只是少数呀。小黄阿姨向她解释：

"鞭子抽到自己身上了！"神情激愤，她弯弯腰缩起肩膀，手臂抽打自己后背，示范给海静看，然后直起腰，望向茶几后沙发上坐着不语的郗正清，"喏，你爸爸，资产阶级反动权威。"她说完这话之后，接着转而指着旁边的曾经留学苏联的人，"他，是修正主义黑苗子。另外，曹光钊，你是党员，比他更严重吧？"

曹光钊坐在藤椅里，不急不忙地一笑，说："我是假红旗，戴红帽子的最危险，糖衣毒弹。"是，海静记得他是牛棚里最年轻的。

"我们"小黄阿姨向屋里其他二人划一下，"都是臭老九，比他们高级一点"。

大家都笑了。

变化很快显现，包括郗正清在内的一批老科学家们受到关心，倾听他们的意见，准备配备助手开放实验室。生活上也得到照顾，海静的妈妈从干校回来了，家里撤走的电话又给安上。

听说，各研究所年轻人两地分居的问题将要设法解决，而眼前最实惠的是，每家发了煤气罐。

知识分子给点阳光就感激不尽，郗正清有了办公室，并在有幸参加领导会议时郑重发言：衷心支持现在的院领导，定会全心全意上班，行动就是我的表态，"小车不倒只管推"。为了不落伍，他笨拙地引用时髦的豪言壮语。这次诚心诚意的发言，为日后又埋下祸根。

如果以为从此一切顺遂，那就大错特错，实际工作时哪有那么顺利，照样不能搞研究，靠造反起家的头头处处掣肘，对臭老九防范甚多，担心修正主义卷土重来改变中国的颜色。与美籍华人科学家作学术交流时，即使去图书馆借一本青藏高原的气象资料，也遭严厉拒绝，说是怕泄密。

造反派头头的斗争气焰虽然不得不有所收敛，但他们并未闲着，与老干部顽强对抗，不断制造事端，莫须有的罪名时时飞来，令大家心里松一阵紧一阵，胜败难测。

自妈妈回来后，郗海静在家里待得就不坦然了，她受不了妈妈的忧虑。妈妈不仅担心她的前途，甚至隐隐透出更深远的愁虑，女儿越来越漂亮，做母亲的当然知道这如花的年龄转瞬即过，但现在根本不可能考虑婚姻。她本主张她的孩子三十岁之前做学问，不许早早成家，结果世事弄人，做学问竟成天方夜谭，以女儿的条件，遇到美满婚姻的概率也很小，这孩子将度过什么样的人生？

尽管从不明言，可是忧心忡忡的目光瞒不过敏感的海静，逼得她从自欺的麻醉状态中挣出，主动整理一下感情问题。正视内心之后，她看清自己仍然在爱郑绩东。

她知道郑绩东家的地址，但是猜不出他是否回来探亲，怎么好贸然找上门呢？她有时暗暗恨他，连个信也不来，即便是绝情信也应该有一封呀！于玲玲她们还来过两次信呢。几次否决后她还是说服自己，去他家一趟碰碰。

坐在公共汽车上，她再次拟定好行动计划，先去老猫家，看望刚回来探亲的她。探探消息，最好能哄骗得老猫一同去郑绩东家，即使他不在家也会传到内蒙他耳朵里的，他当然能懂得她是在认错。实在去不成他家，就向老猫问清他的通信地址，怎么样才能不惹人猜测地问呢？直接问，有什么了不起的！她现在并不怕清规戒律，而是有点难为情。

老猫家在东城，离郑绩东家不远，很清静的一个小院，住着三四户人家。一棵粗大的槐树遮蔽住夏日骄阳，满地洒着树影，老猫文才英正在院里水龙头旁洗菜，匀称的身材，两条乌黑的辫子随着她洗菜的动作辫梢甩过来甩过去，极有女性韵味。郗海静跨进院门槛，轻声轻气望着她出神，多么安逸的家居图。可惜只能有短暂的十几天，心中暗叹：何时，何处，有我们的归宿？看到老猫抬头，郗海静迎上去笑着喊一声："班长！"

她们一起上街逛商店，郗海静执意要去东安市场，请老猫吃奶油炸糕红豆粥。自回京后，郗海静一直未来这里。老猫笑话她："你无业游民就别请客了，我来吧，好歹挣了一年工资。"

"农工的工资？我吃得下去吗，那一月三十块都是从汗水里捞出来的。我这是贪污家里的钱，没事。"她嘻嘻哈哈，成功地掩饰住心中的难过，直至从东安市场出来与老猫分手后，她才缓步在马路上沉思如何面对现实。夕阳的几缕金光从沿街商店的屋顶洒过，闪动在地砖上，她的裤脚无声地搅动着它们。

刚才在老猫家，聊了许多连里的事，今非昔比，兵团已经从供给制津贴费改为工资制，而且连队里，战士们不再分男排和女排，改为混合编排，"男女搭配干活不累"了。

"唉，有点儿乱，都可以谈恋爱了。"老猫絮絮叨叨，她被提拔为排长，因为刘玉芳早已升任副指导员。

"那，郑副指导员调到 51 团的哪单位了？"郗海静坐在老猫家的太师椅上磕着内蒙大瓜子，不失时机地插上一句。老猫站在她对面八仙桌前切菜，刚洗净的菜水灵灵，听到她问，停刀想想，拿不准，

"好像政治部？问刘玉芳，她知道得最清楚。"说到这儿，老猫感慨起来，"刘玉芳呀！查管这人批判那人的，实际她最先谈恋爱最先搞上对象，真是没看出来。不过，她跟郑绩东确实般配，你说，除了郑副指导员，谁还配得上她？"

竹门帘挡不住院外聒噪的蝉鸣，搅乱了屋里的清幽。

虽说早有思想准备，但是，一旦证实了一切已经结束，还是有极大冲击。郗海静怅然若失，潜意识里，她一直等待他首先来信。仔细回顾一路走来的痕迹，有九成是她的错儿，她清醒地看出，他也有错。

即便她所知道的这些都是传闻，并未证实，但他一直保持沉默，也是一种明确的态度，她明白。

下班的人骑着车子从她身边匆匆掠过，街道两旁的商店里亮灯了，她已经在街上步行了很久，该回家了，于是加快脚步朝公共汽车站走过去。

不知道到底是谁毫不珍惜？算了，放弃吧！

第二十三章　广场上的民心

1

1976 年，是突破万马齐喑的一年，是热血沸腾的一年，是天下兴亡匹夫有责的一年。

这段历史影响了十几亿人的命运，影响了国家的发展方向，影响了整个民族的盛衰。这是一段熟悉而又陌生的历史，因为几乎人人都在各个层面经历了它，所以熟悉得已经没人再谈及它，致使多年来它被湮没尘封。然而，更多的人并没有体味到它的激荡人心、它的壮烈悲慨、它的感天动地。而新生代几乎没有注意它的存在。

一天晚上，家中有几个客人，邻居孙成伟心情沉重地参加进来，他带来坏消息：清华大学的老领导出事了，他写给中央的信被认为是别有用心。

过去，孙成伟偶尔来发牢骚，他在清华教课，压力更大，工农兵学员政治上毫无瑕疵，知识水平可就参差不齐了，讲专业课十分费力。材料力学需要计算，可是连基本的数学知识都一窍不通的，大有人在。无奈，他教课时只能捎带着从分数讲起，末了有的学生还给他提意见，说：老师讲得太快，在黑板上边写边讲边擦，根本没听懂，只好打瞌睡！ 而基础知识扎实的学生也有意见，嫌讲课进度太慢没意思，也昏昏欲睡。郗海静暗想，如果当初能够顺利上学，恐怕也听不懂，她初中都不曾读完，文化大革命就排山倒海到来。

"连倒数都不懂！"孙成伟老师无可奈何地摇头，觉得不可思议，顺口问上高中的音音："你知道倒数吗？"

"不知道。"音音老老实实的回答让他意外，圆睁着镜片后面的眼睛瞪着音音，妈妈向他解释：

"老师不敢多讲，中学生们除了学工就是学农，哪儿干过别的！"

音音可不同意了，反驳，"我们还扛着背包去过山区拉练呢。没觉得老师不敢讲，他们就是不太想得罪人，上课有人聊天看小说老师不管，态度可好了。黄帅在我们学校。"

"啊……"孙成伟恍然大悟，半张着嘴点点头，他对教育水平不抱怨了，一切都不言自明，大学办成中学有其必然，学生有什么错？

然而，清华大学的老书记忍不住了，写了一封告状信，信的内容是对清华的现状不满。北京大学和清华大学是文革派的老巢，其荒谬混乱比科学院有过之而无不及。

现在，告状失败，被定性是别有用心，孙成伟这次来发牢骚，已经根本顾不上教学质量问题，而是更加忧心忡忡，因为那倒霉的告状信是通过胡耀邦、邓小平送交上去的，"别有用心"恐怕是指这几位吧？

党中央政治局内的斗争异常激烈，周总理病重已经退出权力中枢，毛主席这次支持了敲战鼓激风浪的文革派们，他坚信航向正确。

于是，清华大学军宣队的那帮文革派气焰嚣张，大肆反攻。

大家听完孙成伟的描述也都觉得兆头不好，山雨欲来。难道还要折腾吗？

一个星期天的下午，天高云淡，秋阳羸弱，北京最清爽的日子即将过去，冬天快要来临。曹光钊气急败坏地，连门都没敲就拧开门进来了，一路朝屋里走一路嚷嚷，声音响彻门内外，"倒阁了！倒阁了！"

猛地坐下，旧沙发呻吟一声，他很激动，脸色发白，急促地把刚听到的消息告诉郗正清：几位只顾搞经济轻视抓革命的副总理作检讨，邓小平被解除大部分工作，而二位派到科学院的老革命停职反省。

科学院的整顿工作戛然而止，或者说是溃不成军，造反派重新掌握了核心权力。文革派们立即展开清算，报纸上铺天盖地的批判"右倾回潮还乡团"，凶猛的反击右倾翻案风开始了，刚刚露出蓝天的天空，霎时阴云密布。

当初为整顿而写的《汇报提纲》成了罪证，印发下来让科学院群众批判。晚上，妈妈睡前在床上看这本"毒草"，床头柜上，台灯洒下的黄光照亮手上捧的册子，她越看越难过，含泪悄悄对丈夫说："没有一个地方是错的，句句说到心里去了，批得倒吗！想要颠倒黑白！"

郜正清坐在书桌前圈椅上看书，听到这话，放下书，双手端放在椅子扶手上仰头长叹，声音绝望，"对老革命都这样不讲道理，知识分子更算不得什么了。"他有一点儿后悔……

随着寒潮来袭，进入严冬，在黯淡氛围里历史跨进了 1976 年。

2

清晨，天空灰蒙蒙，似将降雪。海静被惊醒，她躺在床上倾听，窗外传来阵阵乐声，从未听过这种悲缓的音乐，慢慢地她听懂了旋律，是在播放哀乐。

周恩来总理去世了。

解放以来，老百姓习惯了周总理一直主持国事，不久前，他曾在大会上公布了振奋人心的国策，要让国家强盛起来，要实现四个现代化，人民的心随着这宏图激动。如今，他们甚至还不知道他患病就突然听到哀乐，人们被震动。周恩来总理辞世留下巨大政治真空，很多人都茫然不知所措，感觉大厦要塌了，我们下面的人将来怎么办？心情极其沉重，悲伤不可遏止。

人已逝去，唯有悼念一番寄托哀思，这是人民最朴素的感情，是对热爱人民的周总理的回报。

可是，听到的偏偏是不准设灵堂，不准戴黑纱，不准送花圈的禁令。明显有人在竭力缩小悼念周总理的规模，异乎寻常啊！这里面暗流涌动，两股力量在斗争，并不是涉及周总理一人。普通百姓已经看得一清二楚。

大家明白，周总理是带着遗憾走的，令人心碎的是，他留下话，连骨灰都不留，对中国人来说，对中华传统来说，这太不正常了。

连续几天悲痛弥漫在中华大地。

傍晚，海静听见敲门声，过去打开门让进小黄阿姨，她带来满身寒气，穿着棉衣戴着厚围巾，胸前别着白花，眼圈红肿。她站在房间中，从提的包里拿出一个纸盒放在餐桌上，对凑过来的海静爸妈说：

"我进城了，黑布和白皱纹纸已经都卖光脱销了，这是我在王府井工艺美术商店排队买的绢花，北京绢花厂的工人加夜班做出来的，给你们一盒。"她哑着嗓子说。

透明玻璃纸封面的盒子里整齐摆放六朵美丽素雅的白绢花，它精致高贵，莹洁的花瓣闪着丝绸特有的柔和光泽。小黄阿姨胸前戴的就是这种花。她眼圈又红了，说："天安门广场上有人往纪念碑送花圈，长安街上站满人，里三层外三层，等待送总理的灵车，咱们在城外都不知道消息，我等了两个小时，终于看到了……"她喉咙哽咽，说不下去。

宽阔的长安街两边，百万人在严冬中肃立街头，寒风里队伍静静守候，绵延不见尽头。灵车缓缓驶过，肃穆庄严，人们含着悲愤泪如雨下，更多的人无声地啜泣，生怕惊扰了总理，他们任凭满脸泪水模糊了视线，定定地目送远去的灵车。没有拥挤，没有喧声，上百万人静立默哀，"十里长街泪纷飞，戚然为国伤"。

没有人组织，全部都是自发！人们的心是相通的，都在为失去了周总理的国家而担心。

小黄阿姨走后，屋里久久无声，全家静静坐着，无心吃晚饭。房间光线昏暗，没有人去开灯。妈妈慢慢打开绢花盒子，一支一支取出花分给每人，"戴上吧。"

盒子里剩两朵，爸爸低低地说："静静，去楼下，送给吴阿姨家，廖伯伯很难过……"

楼下吴阿姨家也是静悄悄的，但开着灯，廖伯伯瘦得骨节突出，身体很糟离不开拐杖，他正在布置墙上挂的周总理画像。颤巍巍理顺画框上的黑纱，把几朵自制白花堆在画像下面，然后对着周总理画像默默落泪。吴阿姨回头看看跟在她身后进来的海静，不安地匆匆上前阻止她的丈夫，"你这是挂在哪儿呀，不想活了！"她很害怕地低声喊，警告得也有道理，新设的这个简单灵位上方，还挂着一张原有的毛主席庄严画像。

廖伯伯却自顾自地望着垂黑纱的画像悲声说："只有周总理对知识分子好啊。"

海静赶紧拿出绢花冲淡紧张气氛，表明并没有看出不妥之处。她说明了花的来历，多出的这两朵我爸爸惦记着你们两位。吴阿姨双眼立即泛起泪花，接过绢花仔细观看，又递给廖伯伯，廖伯伯拄着拐杖挪过来接过花又交到海静手里，拿花的手抖动着，叮嘱她：

"你帮伯伯送到天安门去，静静，我们也送花，放在纪念碑前，送一份心意吧。"一番话说得他喘气不匀，很费力。

廖伯伯是北大地球物理系教授，不比吴阿姨受的罪少，有一个时期，两人分别都被关进牛棚，幸而廖伯伯不久释放出来，他已经七十多岁，做过胃癌切除手术。

中央即将召开追悼会，规模很小，百姓不可能参加，只知道邓小平致悼词，很可能是他最后一次露面了。这些天，天气都是阴沉沉的，与人们的心情相似，感觉压抑无心上班。正是在这样的状态下，一天，人民日报头版头条醒目位置，竟然发表一篇文章《大辩论带来大变化》。

曹光钊拿着这张报纸，猛然推开办公室的门进去，"啪"地拍在桌子上，气愤地小声说："看看！他们在说什么！"

几个人围过来看，文章劈头就说"近来，全国人民都在关心着清华大学关于教育革命的大辩论"，事实上，明天就是周总理的追悼会，全国人民倍感悲愤的是受到限制无法表达哀思，而这些别有用心的人胆敢冒天下之大不韪，胡言乱语。几个人气得看了几眼便将报纸撕得粉碎，涨红了脸恨声低骂："无耻！""倒行逆施！"

天安门广场，人民英雄纪念碑，成为人们宣泄内心意愿的去处。

海静和妹妹中午前到达，天安门广场上有不少人，她们直奔纪念碑下。

纪念碑的基座上已经摆满花圈，都是市民自发献来。每一个花圈都是自制的，手工折叠的白色纸花密密匝匝结成心形，或者圆形，正中用花组出鲜红的"奠"字，触目触泪。小学生在老师的领诵下，举拳高声齐读自拟的誓词，"化悲痛为力量……继承遗志"声音响彻各个方向。

音音手拿一支白绢花打量着花圈，她犹豫不决，悄悄问姐姐，"系在别人的花圈上不太好？"

海静也觉得这样花儿被淹没，看不到独立性，她考虑一下，跟妹妹商量，"系在铁链上？"

纪念碑的浮雕四周用一道铁链护卫，此时已变成一道白色花链，姐妹俩走过去。但发现链上竟密密麻麻系得厚鼓鼓，呵，想想，也不舍得将廖伯伯的心意淹没在这里。于是，她们转向纪念碑的背面。

纪念碑宽大的三层碑座上，人们安静地熙来攘往，只有碑下汉白玉栏杆外，中小学生稚嫩的宣誓声此起彼落。与郗海静擦肩而过的一个高个子军人背影引起她注意，是古岗南。他手拿一架 135 相机，脸木呆呆的，从后面超过她，却丝毫没认出她，很快混没在人群里，郗海静也没心情召唤他。

纪念碑的背面果然人稀疏许多，铁链上也零散地有些白色纸花，俩人并排弯下腰在正中系上绢花。海静系好后，妹妹轻叫一声"姐姐"向她求援，妹妹俯身扶着花，系得松松软软，海静伸手帮她把细铁丝系紧，与自己的这朵靠拢在一起，让花儿昂首挺立，鲜明耀眼。

系好后郗海静直起腰仰头看碑身上的金色碑文，正是周总理的题字，暗暗想道：真是再合适不过的地方。

第二天晚上，郗海静同古岗南一起再次去广场，广场上灯光昏黄，与白天不同，满眼所见全都是成年人。臂箍黑纱或胸戴着白花，青年人久久徘徊，中老年人在低声哭泣，哀戚怅惘的气氛浓厚。古岗南想尽力把夜晚的景象拍照下来，留住完整的历史见证。

悲伤在延续，同时伴随着疑虑。

民意不可侮，他们为什么爱周总理？不是因为个人崇拜，而是大家看得很清楚，殚精竭虑处理国政的是周总理，力不从心地维护经济运转的是周总理，而我们的国家越来越耗不起，国力虚了，生活差了，大家感同身受，还要斗争吗？还要跟谁斗争！

悼念既是表达敬意，更多的是表达政治愿望，人心思定。历经十年，群众从狂热中收获的是动乱，是贫穷，他们清醒了，不愿意再闹。照此下去，四个现代化恐怕将遥遥无期，有生之年见不到它了。

近一段时间邓小平的整顿卓有成效，人民有目共睹从心底赞成，为什么他反而被批判？这不正常！人们将怀疑的目光集中投向了盘踞在党内高层的几个人，眼前所见所历正在擦亮人们的眼睛，他们不会再受宣传工具的愚弄。

然而，那几个政治野心家欲壑难填，他们继续兴风作浪制造政治风暴，想乘乱抢权，他们不容得搞好经济，不需要安定。所以，无视人民意志，玩忽人民感情的事还在继续发生。

3

随后几个月，全国各地出现上下对峙，针锋相对的情形。

《文汇报》首先挑衅，又在一篇文章里提出"党内那个走资派要把被打倒的至今不肯改悔的走资派扶上台"，明显指的是周总理和邓小平。

老百姓再一次被激怒，全国各地开始反抗，大字报不断出现。

小黄阿姨从南京出差回来，在办公室激动地告诉大家，一路上能看见南来北往的火车车厢外，刷着"揪出文汇报的黑后台""打倒大野心家、大阴谋家张春桥"的大标语，白色大字鲜明显眼广为传播。她离开南京前，目睹了那里的群众抬着白玉兰花制成的花圈走向雨花台纪念周总理。

而在首都北京，天安门广场又成为人民表达意志的圣地，清明节近了，三月中旬，天安门广场第二次悼念活动开始了，这一次波澜壮阔。

冬寒倘存，春光未开，就开始有人抬着花圈送来花篮，连日不断，纪念碑下再次摆满了层层叠叠的花圈。

践踏民意的事在继续发生。妈妈下班回来，告诉爸爸，近几天不要随着人们去天安门，咱们是资产阶级，小心吧，会惹出事的。海静对妈妈的消极自卑不赞成，马上不以为然地问："为什么？怎么啦？"

"怎么啦！凡事要量力而行，你们也不许给家里招事。"妈妈不满地看了一眼女儿，"今天传达了中央的电话通知，警告，不许去天安门，'送花圈是四旧！清明节是鬼节！'"

妈妈的话音透着强烈反感，又怕引起女儿更强烈的反抗，无可奈何地吞回了牢骚，她只能老实地遵守禁令。

人们愤怒得忍无可忍，用行动表达出对这道禁令的蔑视，无数支送花圈的人流从四面八方涌进天安门广场。甚至卡车开路，载着钢铁焊接的花圈、标语牌及大量人员，从北京城外经长安街奔赴天安门广场，队伍浩荡，中途不断有人加入，大胆的警察也一路给开绿灯还庄严举手致敬礼。最多时广场聚集了几十万人。

这次，相隔短短两个月，心中燃烧的怒火已经替代原先的悲伤，人们到处张贴悬挂表达胸臆的纸条，诗词、挽联、悼文及传单遍布广场。揭露、嘲笑、咒骂的诗词语言犀利，"妖魔、鬼蜮"和"野心家、阴谋家"等往常绝不敢骂的话都出来了，甚至有"怀念杨开慧"，矛头鲜明地指向江青。还有人发出"反周民必反，批邓民不依"的呐喊，充满火药味。

古岗南站在天安门城楼下的金水桥上望过去，所见情景让他深受震撼，天安门广场花如海人如潮，淹没了纪念碑、淹没了广场。纪念碑的基座已经被层叠的花圈覆盖，高耸的碑身如同在白色花海上浮起，规模宏大的花圈阵容向纪念碑周围的广场扩展，各式各样精致的花圈从他眼前一直排到人民英雄纪念碑的南端。纪念碑四周的青松树林、翠柏篱墙，系满了朵朵小白花，宛如覆盖着一层白雪，一派银色世界。

他感动得眼角湿润，想起十年前，他们那些中学生在北展馆里高唱"我失娇杨君失柳"与江青负气时，怎能与此情此景相比。

纪念碑上，总理的巨幅画像，安放在"人民英雄永垂不朽"这一行耀眼的大字之下。画像下面，用大朵白花镶边的黑布上，横排四个大字："民族英魂"。空中，两串黄色气球悬带两根白色飘带，一边写着"怀念总理"，一边写着"革命到底"。在阴沉的天色下，天安门广场显得格外肃穆，格外悲壮。

要知道，这一切都是顶着巨大的政治压力，冲破阻力自发组织的。是哪些人有这么大本事能将画像、标语牌挂得如此之高，他们回去之后会不会受到迫害？古岗南得不到答案，但他明白这就是人民的力量，正义的力量，这是名副其实的伟大。

古岗南抓到机会就换上便衣溜出学校，去广场拿着相机拍照，他把郗海静当成副手，不客气地使唤她。他想拍下花圈淹没了浮雕的景象和科学院 109 厂放在纪念碑碑座最高处的诗牌，那上面写着：

"红心已结胜利果，碧血再开革命花。倘若魔怪喷毒火，自有擒妖打鬼人。"

为了找个尽量高的角度照出全景，几番寻觅，只能晃悠悠站在自行车后架上，郗海静喋喋不休，劝说他下来，别把照相机摔坏了，古岗南终于不胜其烦，命她："扶稳，别晃！"

倒春寒袭来，郗海静穿着古岗南的军大衣，冰凉的手才暖了过来。她的注意力被吸引到远处一位青年朗诵者身上，他站得高出人群一大截，穿着中式棉衣，手拿稿纸大声演讲，周围密麻麻的人全都仰头看他听他。

"别下来，拍照那儿，多么像五四运动！"她一手扶着车座抬脸对古岗南嚷，手指那个方向，此刻她已忘记照相机的安危。

夜幕降临的时候，他俩仍不愿离去，尽管照明灯光被有意关闭，黑暗笼罩着天安门广场，可是黑压压的人群，却用火柴、用手电燃着了点点光芒，屏声静气听一个女青年朗读诗文《献上一朵素洁的白花》，那声音悲愤而又刚强。

古岗南在人群外围，挺直站立一动不动地静静倾听，他沉浸在这神圣的氛围里。国家兴亡匹夫有责，大家都是普通百姓，明知人微言轻，仍不懈不舍地担忧国家前途，难道这民心民意果真不被重视吗？中国究竟要向何处去？一股忧愤之情在胸中升腾。

"太可惜了，真的照不下来吗？"郗海静显然也很感动，她悄悄问，"真的，上次照的夜景都不成功。"他轻声回答，不能让这时刻留驻，他深感无能。当兵时，有机会接触摄影，但没有可能向专业水平发展，由不得他自己啊。

北大校园里显得荒芜冷清，近些天，同学老师都心神散乱，行动受限制难以离开学校，大家相互提防争取单独行动，大约全想往天安门广场跑，但谁都口风很紧闭口不谈。下课才一会儿工夫，宿舍里空无一人都被叫走政治学习。古岗南溜回来从自己各个衣服兜里掏出钱汇聚成薄薄一沓，嗯，他满意最近三个月没情绪花钱，现在有点儿财力。于是，从小南门出去穿过海淀街在照相馆买了一盒公元牌放大相纸。又骑车一气儿赶到总后勤部的铁哥们那里借来放大机，把它绑在自行车后座上。与黄平平一同骑车往回返，路上他心中盘算，拿不定主意，跟黄平平商量："搁你家吧，我妈事儿事儿的，懒得跟她较劲。"他说的是放大机。

今年春天来得晚，到这时路两旁的树枝仍旧枯干，黄平平双颊冻得发红，费劲蹬着车子，不假思索地回答："行。你可够笨蛋的，我妈妈早就被我赤化，往天安门跑两趟了，我老爹准会欢迎你。"她爸是古岗南父亲的老战友，很喜欢古岗南兄妹几个，唯独不搭理他们的妈妈。

"不行。"古岗南又迟疑了，放慢蹬车的速度，打量着路口。

"有什么不行的，别婆婆妈妈，我爸这次不会逼你喝了，他这时候哪有心情喝酒啊！放在我家吧。"

"不是，放你家，平常你们都上班走了剩我一人，谁帮我洗相片？这么多胶卷。"他在琢磨，不知放在郗海静家行不行，那样离他学校也很近，随时溜出来挺方便，他准备拐进中关村的林荫大道。

"帮你洗相片？不成，我可不能再请假，没见我这几天只能下班去天安门瞄瞄？科主任都怒了，那天我们三个化验员，全他娘的不在！"

黄平平狂热地跑天安门广场，抄回诗来偷偷传播，还自己写了一首合辙押韵的"诗"送去贴在汉白玉栏杆上。今天进城送份重要的血样报告，本想顺便拐到广场再去看看，结果被古岗南抓了公差一同去借放大机。

进科学院宿舍区，在一栋楼前下自行车，他上去敲门。

郗海静在家，而且跟黄平平的爸爸一样热情欢迎古岗南，

"搬上来，搬上来。"她一迭连声地同意，马上随着下楼到门洞前，动手帮着黄平平解绳子。

她把放大机安排进奶奶原先住过的房间，黄平平帮她挪桌子腾地方。这是一间虽然不大但阳光充沛的房间，奶奶去世后姐妹俩谁也不忍心搬过来住，一直空着权当爸爸的书房，实际他少有心思进来。古岗南对房间考察一番，阳光却成了极大缺点，只能晚上来洗相片？郗海静一句话解决了难题，

"好办，我做一条黑窗帘。"用缝纫机轧几条直线，这点本事她还是有的，"我在篮球队时没少去师部被服厂劳动"。

"要双层，一层红一层黑。"古岗南一本正经地得陇望蜀，抬着头皱眉审视着窗户。

"没问题，你少操点心吧。"

郗海静微微笑着大包大揽，黄平平坐在挪到角落里的桌子上，荡悠着腿，满脸佩服地望着她，她自己可不行，只会缝扣子。听到郗海静夸她往天安门广场贴诗值得学习，黄平平急迫地从桌上跳下来介绍宝贵经验，"写在烟盒纸上，"她伸手探进古岗南的衣兜，掏出他的一盒香烟，撕开示范，"把它拆开，用里头白色的这面写，就是这面。千万不能从你的本子里撕下纸写，容易被查出来。"她不是开玩笑，十分认真地说。见古岗南半信不信地盯着她，赶快解释：

"真的，我妈妈的老战友教给我的，解放前她做过地下工作，嘱咐我除了烟盒纸不能用任何其它纸，你记着，郗海静。那小子就算

啦，爱听不听！"她朝古岗南扬扬脸。郗海静一个劲点头，地下工作者的经验！环境真能如此严酷？

看她心甘情愿，古岗南索性真把郗海静当成小做活儿的使唤，买药、配液、洗相片，还交给她一个艰难的任务：买一块上光板。为了给相片表面增加光洁度，必须使用上光机，但这东西绝迹，只听说有卖上光板的，居然真被她姐妹俩买回来了，音音发动她的同学们四处搜索，很快就准确定位轻而易举。这上光板价钱不便宜，几乎用掉古岗南一个月的伙食费，害得他这个月饭票奇缺，经常在郗海静家蹭顿饭什么的。

除了增加音音成为热心小伙计之外，古岗南的弟弟古胜利也掺和进来，他看见简单地用一块上光板自然风干太慢，回工厂去跟师傅商量，师傅听说是天安门广场的照片，二话不说，悄悄找厂里几位钣金工，比照着上光板的尺寸，画图下料的，很快做出一台小巧方正的电热上光机。送来的那天，古胜利受到音音的欢呼爱戴，被她誉之为"及时雨宋公明哥哥"，因为她总是早早放学回来，主动负责上光，为了加快进度，她往玻璃板上贴满湿相片，连家里的窗玻璃上也横七竖八地贴着，已经招来妈妈的反对：这太惹眼啦！

海静的爸爸和妈妈默许孩子们闹腾，下班回家，对洗出来的照片先睹为快。上级禁止去天安门广场，他们不敢违反，只找借口从那儿经过了一次，所以在家能细细观看照片感受气氛，已经十分欣慰。

古岗南的技术很好，相片图像清晰，黑白色泽柔和，由于都放大成三寸至六寸，因而能将天安门广场的气势真实表现出来。

"这是在干什么？"爸爸端详着一张，问海静，照片里密密聚集的人延伸出画面，每一个人都目光专注，眼看着上方，全部都是嘴张得又大又圆，表情激昂。海静坐在对面小凳子上给一堆相片裁边，探过头来看一看爸爸手上的这张，

"呵，是在唱歌，那个人把诗词谱成歌，在这儿教唱呢。"她指着相片外稍上方，"别看这么多人，这只不过是局部，实际上人多得很，万人大合唱！那场面特别震人心"。

另一张，画面里仍旧拥满人，高高低低站立着埋头拿笔抄写花圈或栏杆上粘贴的诗词，都把手上的纸或者本子铺在前一个人的后背上抄，自己的后背也铺着别人的纸。有梳长辫的女孩，有穿棉大衣的男人，有戴口罩的中年女子，一个挨着一个紧密排成许多长队这样在别人的背上抄，远处有一人站得稍高盯着花圈上的纸条在给他们朗读。

孙成伟也从隔壁他家过来进小屋里看，他举起一张相片凝视着它，那是给一幅高悬在诗词丛中的墨字特写，"欲悲闻鬼叫，我哭豺狼笑，洒泪祭雄杰，扬眉剑出鞘"行草写得醒目，酣畅飞扬，豪气冲天，他连连夸赞，试探着问："送给我两张吧？拿去给我们季先生看看，他去不了广场。"孙成伟几天前还气愤万分，学校系里派他"跟着"一个不服从命令的活跃学生，他觉得深受侮辱又敢怒不敢言。无可奈何跟踪了一整天后，回来高兴了，庆幸说："还好，还好，我也可以去天安门广场看看！"

自那以后，在广场上，郗海静总不免斜着眼用余光不动声色地左右张望，想一眼看透哪个人是"盯梢"的。古岗南终于受不了啦，跟她商量："咱能不能别这样？你看看这些前后左右的人，还有谁比你鬼鬼祟祟的更像特务。就算真有人跟踪，我都看不出来轮得着你看出来吗？镜头盖在你兜里吧？给我。"

"你行行好，再活跃些，让你们老师也能来这儿看看。"郗海静不理睬他那抗议，照样抽冷子四面八方地扫视。

相片洗出来的越来越多，古胜利拿走不少送给他的师傅，音音的同学也有份，家里常来的客人都开口要几张，黄平平更不客气，拿走一摞。古岗南要的最多，他有方方面面数不清的朋友，郗海静都担心他太招摇。

这场轰轰烈烈的运动以失败告终，被定性为"天安门反革命事件"。4月5日清晨，清明节，天安门广场呈现一片凄惨景象。花圈收走了，诗词撕掉了，挽联、标语、条幅都不见了。只剩地上一滩一滩冲刷过的水迹，人们听说，昨夜，这里出现了暴力镇压，很多人遭到毒打和逮捕。

尽管内心疑惑不解，人们还是屈服了，被迫低下头沉默无声。因为他们相信这是伟大领袖毛主席的决定，他的威望不容置疑，大多数人还是顾忌他的。

作为绝密情报的是，实际上此时他已经重病缠身不能行动，躺在病榻上喃喃自语："那么多人跑到那里去干什么？"他不喜欢人群聚集。病弱的老人只能靠听汇报，通过别人的眼睛来判断是非，他已经不能容忍任何置疑，于是同意对广场采取镇压行动。他一世英雄，晚年身上的光环受到轻微非议便难于忍受，宁肯拂逆民意。

一时间，黑云压城城欲摧，各单位、各学校展开揭发、检举、严查、逐人过关。

科学院自动化所一个青年那晚在广场因写诗被逮捕，几天后释放回来，周围人问他受到啥折磨，听说不给饭吃？他闭口不敢言，好奇催问的人太多他才不得已吐露一句：每人一个烧饼一根香肠。

待遇不错嘛，大家惊奇，比一般家庭吃得还要好。这个小故事在各研究所传开后，有一位心计深沉的人怀疑地分析，是不是每人挨一嘴巴加一警棍？哦，这才合情合理，人人点头。

古岗南在学校熬住了同学们的互相折磨，回到家，却发现他埋藏在花盆里的胶卷全都不见踪影，面对他的逼问，妈妈声调果决，坚定地回答：

"对，是我烧掉的，那都是反革命铁证，如果搜出来，不是你一个人坐牢的问题，你还有兄弟姐妹，你不能连累他们！不能害了家人！"

他对着妈妈暴跳如雷，难听话全蹦出口，差一点提到父亲的死，是妈妈突然变得哀伤的眼神让他及时闭嘴。尽管他们兄妹都认为父亲的自杀母亲负有责任，但从来没开口说出，互相之间也少有交流，只是哥哥和姐姐早早成家搬出去，极少回来。现在，一气之下他住到伯父家，也长时期不肯回家。

4

春暖将近时,住在郁海静家楼下的廖伯伯去世了,油尽灯干撒手这个世界。他是带着满腹无奈和悲愤走的。按照惯例,北大在系里开了一个小型追悼会,不显眼的会议厅里,竟然来了全校二百多位鬓发苍白的老教授。全场哭声阵阵,悲恸的苍老哭声低沉地滚过灵堂的屋顶。

惊愕的吴阿姨深受震动,告诉海静妈妈,这里许多人她并不认识。他们就是想来哭一场,哭都没地方哭呀。

人们的心情像铁一样沉重,不仅因心目中的圣坛被击碎,还有巨大的恐惧。今后将面对什么?一片茫然,我们今后怎么办?

报纸、广播开始指名点姓批判不肯改悔的走资派邓小平,这是预料之内,人们从心底支持"走资派"前段时间大刀阔斧的整顿,现在的批判无情地打击了民心。所以大家不惊不怪无精打采,似乎再也不会有什么能让他们激愤,他们选择闭上嘴。然而有些人却经受着千钧压力,只好言不由衷。几位德高望重的学者在人民日报上依次发表署名文章痛斥走资派,北大老教授也被迫出面控诉走资派妄图利用自己。

一天晚上,家里安装不久的电话突然铃声响起,是所里通知爸爸,明天去科学院院部开会,不能迟到,这是不祥的电话。第二天,清早出门不到中午爸爸就从院部回来了,而且是小汽车送他到楼门前,礼遇颇高。妈妈有点不安,紧盯着刚进家门的爸爸,用眼睛无声地询问,爸爸很疲惫,很沮丧地直接走进卧室。

原来,科学院也要有知识分子出头参与批判,于是,点中了他,下周一去中央广播电台公开发言批判。

"推掉呀,这几天时间太紧,讲话稿写不出来。"妈妈焦急地说,

"哪可能让你写,他们早就给写好了,只送你过去念一念。"爸爸声音无奈,万分不情愿。

就是说,无权沉默,要讲违心话。

半夜，他们卧室门缝下仍透出灯光，海静躺在床上听到他们在低声争执，爸爸决定硬抗不去，妈妈强烈反对："我们惹不起，也躲不起。"她压着嗓音劝，听不清又说了些什么，爸爸突然怒喝一声：

"我还有尊严呢！"声音提高。

床上的音音也在黑暗中抬头朝他们的卧室看看，姐妹俩在房间里屏息静听，这事关系重大，她们的心揪得紧紧。

传来妈妈轻微哭泣的责备："你受罪还没有受够吗？"

海静披衣下床赤脚走过去在他们门外小声叫"妈，"接着慢慢推开门进去，妈妈坐在床上急忙拭净脸上的泪。海静坐进圈椅盘起腿，裹紧衣服，对躺在床上，头枕胳膊紧皱眉头的爸爸说：

"要不，你就说病了，郭老不就是住院了嘛。"是郭沫若，科学院的院长，他一直住在医院不被利用。

"说病就有人相信吗？你跟你爸爸怎么一样！"妈妈很不满意，海静迟疑，她不知道出的这一招是凶是吉。古岗南教给她的方法，准确说是他家那位白马王子的发明，他曾经在黑龙江兵团用过这招数，成功病退回北京。

"抽支烟吧，在烟上滴紫药水，抽进去肺里就会在 X 光片上有阴影，肯定会收你住院。都住进医院了他们还能找什么茬？同学教我的，有人试过很灵的。"

爸爸妈妈都沉思不说话，这些年轻人把聪明才智用在了什么地方！

海静记得洗相片时古岗南哥俩留下过瘪烟盒，说不定里面剩有几根香烟。她起身去到小屋寻找，那里恢复往日面貌，看不出曾经布置成暗室流传出许多历史见证。幸而清理得并不彻底，无关紧要的东西尚留存着，她拿回半盒香烟还有火柴。音音也进来，她听得清清楚楚，默默从柜子里找出紫药水瓶递给姐姐。海静用棉签往一支竖起的白色烟卷里滴紫色液滴时，手指微抖不够利落，她拿不准爸爸受得了这个折腾吗？他身体并不强壮。音音盯着药滴，脸严峻得不像她这个年龄的孩子。

爸爸根本不接妈妈犹豫递来的这支香烟，他不以为然地推开，说："你糊涂，这不行，给我一支烟，我想抽。"

他从床上起来，自己去盒里取出一支干燥的烟，擦火柴点燃，刚吸了两口就咳个不停。妈妈想取下他手上的烟，他咳着闪手避过，好一会儿气喘平静了，就这样坐在圈椅上一口一口抽着。他已经多年不抽烟，此刻心里烦躁得慌，房间里的三个女性觉得烟味呛人，默不作声看着他，果真任由他去直言拒绝？鸡蛋碰石头会有什么后果呢，很难预料。

郗正清向前探身去拿书桌上一个垫茶杯的小碟子，他要将烟灰抖在里面，不料一阵晕眩眼前发黑，失了平衡，急伸手扶桌边却扑了空，身体倾斜倒在妻子背上。

"啊！"他的两个女儿惊叫，扑上来护他，坐在床上的妻子及时地反回一只胳膊抱住他顺势一同倒在床上，"爸爸，爸爸"女儿不停地尖声喊他。

"正清，这是怎么了，正清，正清。"妻子异常惊悸，连声呼唤并扶他在床上躺平。他心里清醒但眩晕恶心，稍稍挥一下手表示没关系。夜里的静寂被她们串串惊叫打破，很快响起敲门声，是同住一套房的孙成伟、董颖夫妇，他们被惊起，在门外一边敲一边急促地问：

"要帮忙吗？要帮忙吗？"

音音跑出去开门，带他们来到卧室，郗正清脸色蜡黄，听到董颖匆匆进来的声音，微微睁开眼对她说："给老严，打电话……"说完又觉晕眩难受，闭上眼。海静含泪飞快地领着董颖来到餐厅电话机前，董颖熟练地拨通电话，把话筒伸给海静，惊慌失措的海静以为对方是所里的司机班，只会对着话筒大声喊：

"我爸爸病了！我爸爸病了！要送医院，快来车吧，快点呀！"带着哭腔哀求，她根本听不见电话那头在说些什么，只顾自己尖声大喊，生怕时间拖延爸爸被耽误出个三长两短。

董颖拿回话筒说了几句，挂电话后告诉海静，汽车一会儿就到。她们又急急回到卧室，见孙成伟正在用力给郗正清按摩腿部，在这紧张昏乱的时刻，不知为什么他会想到这样治疗。妈妈慌慌忙忙地往一个小包里装些需用的东西，准备送丈夫住医院，音音趴在床上握着爸爸的一只手盯着他的脸。

所里小汽车的大灯光终于在楼下闪亮，孙成伟避回自己家，董颖下楼去接车。郗正清已经感觉好了许多，抓这个空隙轻声对妻子说："是晕烟……"说半截又闭上眼住了口，还是不太好。

海静立时泪花收干，机警地迅速把桌上凌乱的烟、紫药水之类的杂物，用胳膊横着一扫，全收进怀里，抱着送回自己房间。

跟在董颖后面上来一男一女，直奔灯光大开的卧室，男的指示女的："你先给看看吧。"

女的立即打开随身带来的诊疗箱，听诊器血压计的都拿了出来，原来她是所里医务室的医生。而男的是所里的领导老严，正是刚才接电话的人。他很傲慢，肩上披一件双层夹衣，根本不止眼看郗正清的家人，只是站在床边俯下身问："怎么样，老郗？"

郗正清紧闭着眼，医生触动他的头部时，他忍不住呻吟一声，又一阵天旋地转。领导询问地望着医生，她拿下戴在耳上的听诊器，松开血压计的气囊，抬眼告诉他："血压太高，先不要动，观察观察，我带来药了，再听听心脏，他心脏一直不好。"

领导脸上肌肉绷得僵硬，脸色阴鸷地说："你留在这儿照顾吧，明天给我个电话。"说完一阵风似地出门坐车走了。

他走后，屋里空气才温暖了一点，医生和气地安慰海静一家，又劝董颖回去休息，这里交给她吧。等到房间里外人退出去后，她轻声对郗正清耳旁说："您别担心，没大问题，可能跟疲劳或者受刺激有关。给您开个假条，我只能开半个月，以后接着再续。"

从这以后，郗正清就不去上班了。

第二十四章　莫莫莫

1

生活重归安静，郗海静暗暗庆幸家里能安然渡过这一关，紧提着的心放了下来。白天，爸爸大多待在书房，她在自己房间，各自看书。有时，父女俩坐在一起练习英语口语。父亲对女儿的发音颇不习惯，他不喜欢她在广播电台上学的牛津口音，两人的英语对话经常别别扭扭。晚上全家相聚在餐桌，气氛也有几分冷落，情绪都很低落。

郗海静内心沮丧，前一阵天安门广场曾经激起的昂扬信心，已经受到致命挫伤，家里的事又遭重重一击，除了英语，她对什么都失去兴致。

不知不觉地，她起了变化，在桌前立了一面精致的镜子，时不时从书上抬起头欣赏自己的相貌。牙还不错，眉毛挺好，弯弯的像修过一样，暗自遗憾嘴唇线条不够细致，如果敢涂口红就好了，妈妈抽屉角落里残存着几管。她当然不敢涂，而且还有点自责，有点鄙视这种举止，怎么变得像欧根·奥涅金了，整天离不开镜子？

可是她并不打算改掉这毛病，不仅不改，还干脆利落地扯下了软椅上米黄色的椅套，闪亮的翠绿色软缎椅面终于见了天日，给房间增添了强烈的奢华气。

原先，她是家里最激进的革命者，十年前破四旧时，楼下院子里烧起了一个大火堆，烧书、烧画、烧封、资、修的各种代表物。郗海静兴奋地从家里抱出东西投入火中，火光冲天，刺激出她万丈革命豪情，居然一把从妹妹怀中夺过金发洋娃娃扔进火堆。本意想来看热闹的小妹妹只好哭着奔回家里，扑在奶奶怀里。奶奶能做的就是赶紧翻找出许多米黄色卡其布，缝制成各种布套遮住一切美丽的东西。

她现在十分懊悔。看完《约翰·克利斯朵夫》之后，对贝多芬产生兴趣，开始在家里寻找，翻出一堆唱片，陈旧的纸套袋边缘泛出黄色，大部分是西方古典名曲，但偏偏没有贝多芬的交响乐，反而有不少张俄国唱片。问过古岗南，他辨认了一番唱片上的俄文，说是柴可夫斯基的交响乐。

　　一天，妹妹放学回来，惊奇地发现她们的书桌上突兀地摆了一个相框，是古岗南的大相片！他在低头拉小提琴，相片上小提琴和他执弓的手霸道地斜线贯穿，充塞了绝大部分画面，只剩一角有他半张脸，目光向下紧皱眉头。

　　面对妹妹狐疑的目光，郗海静满不在乎地解释：这是"愤怒的贝多芬。"

　　总而言之，她打算先享受生活，不盼望杳无踪影的四个现代化了。

　　而此时那位愤怒的贝多芬，处境艰难。学校一位女同学悄悄告诉古岗南"要小心"，系里正在调查写诗歌散布反动言论的天安门广场活跃分子，校革委会保卫部暗地拿走了他的一份无关紧要的学期总结报告，说是"随便有一份就可以"。有可能醉翁之意不在酒，目的是索要他的笔迹。

　　这位女同学是班长，平时耿耿忠心的刺耳先进言论很多，但周总理逝世后，她虽不敢戴黑纱，却默默地在辫梢系上白绳，谨慎而不起眼地表达出真实的内心。

　　古岗南相信她的话，对她的提醒充满感激，捺下性子参加系里各式各样的学生会议，把走资派批判得万劫不复，还有意识地跟同学们一起出去往墙上贴大标语。经常挨骂，骑车下班的工人往往停住车，一脚支在马路牙子上，回身斜睨着他们，开口质问：

　　"邓小平有什么不好？对你们有什么不好了？吃饱了撑的你们！"

　　在这种情形下，即使灰心丧气不想再参与政治，也容不得你沉下心钻进学习里，老师没心思讲课，同学互相揭发，彼此戒备。

实在难以忍受，他就来找郗海静出去散步。

"你老爹好点了吗？"他关心地问，郗海静告诉他那天家里发生的事后，他就很关心。她爸爸身体挺好，在家主要待在书房，并不妨碍女儿，但古岗南也不再常去她家里。

他们在昏黄的街灯下散步，清冷的马路上少有行人，很久才驶过一二辆灯光大闪的汽车，两人在路边树下并排慢走，聊着闲话。

2

这些日子，给郗海静办病退回京的事有了一点眉目，已经去过街道知青办主任家里拜访。第二次去时，古岗南带上了郗海静，俨然是女朋友，不过知青办主任并没有因为这点而更热情，有求于他来家做客的人太多了。他们去时小矮桌上摆着一盘正下了一半的象棋，主任跟他们略打招呼便又低头盯着棋盘绞尽脑汁，棋盘另一方的中年男子见到来了客人，从小凳上做出抬身欲起的样子，古岗南疾速上前拦住，笑容满面口中连呼："你们接着下，接着下！"

他和郗海静坐在一旁床上等待。他看出，郗海静满身知识分子气，脸色微红局促不安，她应付不下这种局面，没有他，她是办不回来的。郗海静的确晕头晕脑，她只看出这家虽然住房拥挤家具简陋，但家境富裕，角角落落露出许多点心盒子肉罐头，茶叶筒，烟酒什么的。

棋友告辞后，主任才沏茶招待他们，亲切地告诉古岗南："我见过你爸爸，当兵时听过他大会讲话，真威风，现在还那么大脾气？"

古岗南一愣，他是辗转了几个哥们儿才认识上主任的，却不想这里还有父亲的面子，心中大受感动，为难地不知怎样回答他，含糊其词地说：

"脾气……他那时爱喝酒，来，也给您带一瓶。"回避了父亲已经去世多年的话题，他把一瓶茅台酒恭敬地放上小桌。

这瓶茅台费大劲才弄到。茅台酒属于特殊供应品，普通百姓买不到，所以他买不到。但他决心弄到一瓶，物以稀为贵，如果送礼能送上茅台酒，份量就不一般了，解决问题的可能性大增。

可是他在伯父家只找到一个空瓶子，空的茅台酒瓶打开盖后仍然酒香四溢。他沉吟许久，动手往空瓶里灌满散装白酒，再闻一闻，酒味差远了。没办法只能这样，硬着头皮去了黄平平家，偷梁换柱，换来一瓶真茅台。那是黄平平老爹珍留着预备与打孟良崮的老战友会面时再喝的。

"管他呢，他老战友猴年马月才能来一趟，到时候再说吧，摆在柜子里他看不出来就行。"黄平平一向顾前不顾后，她不耐烦地挥手催古岗南赶快离开作案现场。

这瓶并不昂贵但象征着身份地位的酒打开了一条不太确定的路，知青办主任给他们出主意怎样从医院搞到有慢性病的证明，有那些证明，主任就可以心照不宣地开闸收人进京。

兵团那边也是一扇难敲开的门，需要它睁一只眼闭一只眼，看出破绽也别较真，同意放出档案和户口关系。所以古岗南必须哄得伯母高兴，让她给老战友打个电话，鼓捣出一封病退函。

但是却遇到意想不到的烦心事。

伯母已经促成了儿女的美满婚事，现在又将目光落在了古岗南身上。虽然有点不够门当户对，稍有高攀，但这个侄子血气方刚风华正茂，配他家女儿可不窝屈她。大军区司令又怎么了？我家老头级别也不低。古岗南当然不能发脾气拒绝伯母，只一味含笑不表态，等待伯父出击。果然，伯父坐在沙发上看报纸，耳朵听得明白，此时"唰"地一抖报纸，不以为然地哼了一声："那妮子娇气，好在哪儿了？"

"谁让人家女孩长得太好呢！漂亮姑娘都显娇气。三毛呀，你一见面就准会满意，漂亮得很！"伯母目标明确，只针对侄子做工作，淡化老头子的影响力。

"哼，漂亮有逑用，弄盆鲜花来供着，累死你。"伯父继续跟老伴抬杠，警告地瞪着侄子，又加了一句糟糕的提醒，"漂亮就那么几年，没用"。

伯母的脸搭拉下来，她曾经漂亮，想当年，身材可一点儿都不臃肿。

3

这与古岗南的计划相抵触，一时竟无法按原定设想开口，同时也不敢一口拒绝相亲。他不能得罪伯母，此时正需要她出面跟老战友发个话，这件事只能找伯母，伯父肯定不允许他走这个后门。

所以他近来一无进展尤其烦，今天晚上开完无聊的班会，总算得到空闲出来。他们散步的路上偶尔才有行人的影子，电线杆上的路灯洒下一圈黄光，映亮一小片地面，一圈儿一圈儿的光亮跟随着电线杆排列向远方。笔直宽阔的马路分隔开中关村和海淀街，这条路上夜晚尤其空寂。路东，中关村这一侧，透过重重树丛闪出万家灯火；路西一侧，却距离古旧的海淀街一带民房还很远，隔着极宽的坑洼不平杂草丛生的低地，黑漆漆的，假如没有古岗南陪伴，郗海静绝不敢在天黑后找这地方漫步。

路灯光微弱，到处是黑影。古岗南心情不佳，话很少，他不打算告诉她什么，他看出郗海静在找话帮他散心。

"这一片很早以前可能是坟地，经常挖出棺材。"她指着路下边一片模糊的低洼地，"我上小学时，跟几个同学从这路上走回家，看见那边挖开一个大坑，坑里是腐朽的棺材，我们好奇，站在路上朝下看。棺材没有盖儿里面进了土，从土里露出衣服啊布啊什么的，我记得最清楚的是露出一根长辫子，粗黑，编得特别匀整，在棺材中间半埋着，沾满土脏乎乎的。"她走在古岗南身边，伸手比划辫子的长和粗，青年女子才能有那么好的头发。

"当时我心里可难过了，猜想这位留着两条长辫子的大姐姐一定很漂亮，肯定是生病死的，如今她消失了，只留下辫子，还被贪心的人偷走一条，眼瞅着只剩了一条，真凄惨。"第二天放学，我还惦记这个不幸的大姐姐，又去探望她，一群男同学也听说了，高兴地在前面疯跑。到那儿一看，棺材里破布烂絮的都没有了，连那一条辫子也没了踪影。人啊！那时是三年困难时期。"

郗海静叹息，古岗南仍然不发一言，只是一步一步走，时而随着她的手势朝黑地里看看，"谁要说童心善良，我可不信，残忍极了！棺材里仍旧有土，这次是一颗头骨露出来，那几个男同学开始用长树枝挑头骨，我们女同学吓得喊叫着跑开，男孩们更上劲了，挑出来朝我们甩过来，头骨从我们脚边'咕碌碌'滚呀翻呀，在路当中停住，就在那儿，恰好正面朝上。"

她指一指马路正中，古岗南望望空旷的路面，又转过头看看郗海静，她不理睬他的目光，继续说下去，"发白的头骨，呲着整齐的大牙，眼睛是漆黑的两个大洞，望着我。当时我就呕吐了，嘴里含着一块糖喷出老远。"

"你的意思是我小时候准保也是这么残忍？"

郗海静抿嘴笑了，她正是这样联想的。

"依我看，那是清朝时的棺材，埋的是梳一根辫子的男人，忘了你的大姐姐吧。"古岗南脸上浮出笑意，开始揶揄她，他心情正在一点点变好。

啊！对呀，郗海静惊得停住步子，顿开茅塞，"你，你。"她觉得自己这十几年真蠢，"我，我怎么啦？我从小时候起就既残忍又聪明！"古岗南不待她说出口就顶了一句。

"那是那是，"她跟上他的步子，附和着，夸赞他："何止聪明，还勇敢。"

"勇敢？你从哪儿知道的？"古岗南警惕了，猜测她葫芦里卖的什么药。

"敢吹牛嘛！"郗海静开心地笑着说，根本没打算再兜圈子。

"行，刺儿我，不让你见识见识勇敢，你就不知道马王爷有三只眼。走，稀奇，也去挖个坟。"说着，他跳下路基返身拉她下来，她边笑边抗拒，打开他的手，"啊，不去，那儿有鬼火。"她小声尖叫，指着黑地喊，挣扎着想拔出被他抓住的手腕，笑得喘不上气。

古岗南不信什么鬼火，笑着不肯罢手，顺势看了一眼她指的方向，怪事，远处真有朦胧亮光。不是在眼前这片黑沉沉的低地，而是越过它在更远的地方，在海淀街一带。亮光掺杂在微弱闪烁的民居灯光里，不起眼。但仔细看，这亮光在黑暗中带着晕圈，高高低低的黑色民房已经被映出屋顶的模糊凹凸边缘。他挺直身体注视那方向，郗海静也止住笑，跟随着他扭头望向那边，片刻，郗海静悄声问：

"着火了？"不待古岗南回答，夜空中隐隐传出救火车的鸣叫，声音细小遥远。

"走，回去。"古岗南从路基下面跳上来，拉起她的胳膊往相反方向走。

"不去看看？"

"先送你回家！"

"我也想去看看。"郗海静抗议，她从未见过火灾，充满强烈的好奇心。

"好吧，那就一块儿去。"古岗南略微考虑，便同意了，两人抄近路朝亮光的方向赶过去。

急步走了一阵已经气喘吁吁，亮光愈加强烈，越过树梢映照天空，一辆救火车从身旁飞驰而过，嗷嗷笛声叫得人心慌。古岗南步子越迈越大，此时已经跑了起来，他拉着郗海静的手怕她跑散，路上出现不少人都在往同方向赶，烟火的气息已经弥漫空间，气氛开始紧张。

古岗南心急似火，小步跑着望向前方，这一带全是民房，看样子火势不小，救火车过去了不只一辆！突然，他感觉郗海静跑得慢下来，并且使劲拉他停下，忙回头看。郗海静抽回她的手，停步紧盯着他，脸上带着明显的恐惧，他只好也停下来，不明白她这是怎么啦？

"你想干嘛？要去救火吗？去救火？我不许你去救。"她一迭连声追问，声音颤抖，站在原地一步不肯再向前，刚才，她从他急切的步子明白了他不是去看热闹，难道他要冲进火海？

她突然预感，如果任凭他上前，他就再不会生龙活虎地回来，脑中立刻想像出他遍体鳞伤躺在断壁残柱旁，英勇牺牲。如果是在几年前，她满怀英雄情结时，一定会奋不顾身跟着古岗南冲上去，然而现在，想到这些她浑身发冷，怎肯容许让他的生命逝去。

"我不让你去！"她把手背到身后躲避，不让他抓住，几乎要哭的模样，"不许去，我也不去了。"又重复说，她向后退着，大大的黑眼睛害怕地望着他。

古岗南看她委屈的样子，只好几步跨回去拉起她的手，顺从她的自私，安慰道：

"不会的，我不救，快走吧。"又拉着她急忙朝火光处跑去。

已经看到火光了，是一家木材露天仓库着火，幸好它四边有砖围墙，火势并没有到处蔓延。只有一垛木板，它高过屋顶，正在燃烧出明火，火舌在木板垛的底座舞动，凶恶地在一端扑出向上扬起，火星洒向木垛顶层。

两人跑进巨大的院子里，四周聚集着许多人，几辆救火车横着竖着挤在院门内外，穿着笨重防护服的消防员拖着瘪瘪的水龙带，还在不紧不慢地寻找消防水栓，郗海静放心了。

古岗南观察四面地势，将郗海静带到一个安全角落，交待说：

"你在这儿，我上去看看。"他指指制高点——近旁高耸的圆木垛，郗海静一把抓住他的衣袖，急促地说：

"我也去！"

看到她眼里闪着焦虑和忧惧，古岗南只好答应，两人攀上木垛，居高临下，看清全局。仍旧只有一垛木材燃烧，表现出的情形却显得可怕，火光已经照亮天空。

"坐下看吧。"古岗南对郗海静做手势，她看起来非常疲惫，刚才向上攀时，她几次伸手需要他协助。郗海静听话地坐下。

"火烧不到这儿，要是能烧到这里，救火车也先烧着了。"他开玩笑，光影在他脸庞上晃动，"你坐在这里，我过去看看。"他指指远处，火焰燃烧处，说罢想跃上另一垛木堆，郗海静慌得起身喊：

"我也去！"

古岗南终于火了，回过头来喝一声："你！"

他横眉立目，瞪得她又乖乖坐下。郗海静坐在木头上，远远盯着古岗南的一举一动。

他敏捷地从两座木垛顶部的空隙中跃过，站在更高处观察，又换个方向跃过另一垛，从各角度上下察看打量火焰，似乎是统筹全局的大将。

火焰逐渐肆虐，不时"噼啪"爆响，喷出高高的火头。

古岗南看到救火水枪喷出的水不够有力，压不住火势，只是稳当当地喷湿火焰外围的木头，这策略当然正确，但松松垮垮，损害了救火场面紧张英勇的气氛。

非但没有英雄气概，他看出，众多围观者表现出的是冷漠，没有人冲上前，哪怕填一锹土，泼一盆水，没有，没人去做。大家全都默默观看，包括他本人。

呵，植根于这代人血躯中的宝贵的热情已经被无情地扑灭了。

唯有下面一个穿黑衣的人着急地围着火堆转，时不时掩面挡住热浪，冲上去抽出一根未全烧毁的半黑木料，试图抢救国家财产，他像是这个仓库的工作人员。

终于，几辆救火车的水龙都开动起来，水柱从几个方向喷洒。

他回到郗海静身边，轻松地说："走吧，这火烧不大。"

虽然不够刺激，与想象的火灾场面不一样，但他还是激动，路上说个不停，批评的火力很猛，"消防员一问，是木头着了，根本不紧张。居民区竟然有木材仓库，荒谬！现在太混乱，各行其是谁也不听别人的，早晚出大事，遭殃的还是老百姓，应该……"

离火场越来越远，身后的光亮也暗淡下去。这时他才注意到郗海静一直不搭话，也就随着安静下来。

返回的路途很远，一路两人沉默，气氛变得越来越别扭。他正在一点一点醒悟，先是内心涌起水波，然后心潮逐浪高，最后澎湃激荡。

他如梦方醒，郗海静在爱他！

他回想起她说话时眼神慌乱满含惧怕，她在为他担心！

他并非英雄，但的确没有考虑自身安危。可是这个常害得他心头茫然的女孩却考虑了，那双黑黑的深不见底的眸子里掩藏着泪，抖动着，闪着光亮，他当时以为是火光映照。他明白了，她寸步不离是为了能随时阻止他，怕他"壮士一去兮不复还"。想起刚才情景，他的心产生古怪的颤动，热流涌上心尖儿。

他一直在等待，尽管知道她另有所爱，也仍耐心等待并不气馁，只是小心地保持平和心态，生怕吓跑她。

而现在她这一路沉默最能说明问题，最意味深长，她心乱？想掩饰？想自欺下去？这样恰恰清楚地证明，天平开始倾斜向他这一方了。

然而变化从什么时候开始的？他竟然没有觉察。

她那刻骨的关心，我多么粗笨。

郗海静觉得今天失态很怪异，她也在分析自己的内心，正视它。日久生情吗？她对任何熟悉的人都会这样阻止还是对他特殊关心？她的心乱了，一路不知说什么话才好，幸而古岗南大咧咧没觉察出来。但是他突然停止说话，仿佛陷进沉思，在回味吗？他不再吭声，这情形让她不安，她还没有想清楚，没有做好准备。

就这样沉默着，谁都没再说话，郗海静始终不敢打破静默。一直到郗海静家楼下，她才放松下来，一只手推开楼门，不急着进去，轻声对古岗南说：

"到了，你回……"

古岗南也上前扶住楼门，离她很近，能看清她的面容。他目光火热，极力盯住她的眼睛想找到明确答案。但她明显在躲闪，睫毛忽闪，不肯正视他，难道她想平静下来，继续优柔寡断吗？

热血在奔突，他的心开始翻江倒海。

他快速闪进黑暗的楼道，伸出手臂抱住她，郗海静站立不稳后退着，被撞得背靠在楼梯角的墙壁上，他紧紧搂住她的双肩，勾下头，怕她逃脱似的急速地吻她的面颊，然后将滚烫的双唇压在她的唇上。

他感觉最初遇到抵抗，她在推他的胸膛，他不愿退缩，浑身像烧着了一样，只想抱紧她。她不推了，轻微喘息，脖颈明显不再绷得紧紧的，甚至顺着他的力量微仰起脸听凭他亲吻。她的嘴唇饱满，带着甜味和清香，是他常常闻到的那种清香。他用唇探索，一次次，渐渐带有粗鲁的侵略性。郗海静浑身发软，她紧张地觉得要发生什么了，头脑晕乎乎，想象不出还会发生什么，非常担心谁这时打开家门出来撞见。楼道里漆黑而安静，只有喘息声和他的亲吻声。突然，他动作放慢了，停止了，似乎不知道自己到底应该怎么办。趁他松开一点，她滑脱出来。他低着头，耳语般地命令她："回去，快。"

最后一个字说得很急躁，郗海静急忙三步二步跳上楼梯，打开家门，灯光泄了出来，她向下望一望，他仍站在原地，低着头。

与中关村相连接的是中关园，他独自走上小桥，从中关园穿过。他尽力压制住疾速的脚步，小路两旁齐整的竹篱笆上弥漫出花香，竹篱内是北大各位教授家的庭院，他舒展全身，昂头深呼吸，让夜晚清凉的气息充塞胸廓，让激情平息。路两边棵棵垂柳，树身粗大，两人合抱不过来，枝条披拂，影影绰绰。他步子逐渐慢下来，对周围景色恢复了感受，清醒了，记忆起刚才情形，急忙甩甩头，赶走这记忆。然而，头脑又浮现出那水汪汪的眼睛含着惶恐在说"我不让你去"……他站立，久久望着篱笆上的蔷薇花。

经旁门进北大校园，已是半夜，仍不想回宿舍，拐向北面，在未名湖边找了一块岸边石默默坐着，听湖水里鱼激出的水花声。

他虽然停止了，但并不为冲动自责，反而释然愉快，因为已经表态，事情明朗了。

郗海静心惊之外，更加让自己意外的却是，感觉甜蜜，看起来一切线条都那么刚性的男人，嘴唇竟是柔软的，她才刚刚懂得。他双臂那么有力，这次突然的举动，击溃了她设的防线，逼她承认一个事实：她喜欢接受他炽热的爱。

她盼望他，又觉几丝羞赧不想面对他，所以第二天他毫无消息，她倒也感觉轻松，感谢他体贴入微。

4

几天后，家里电话铃声响起，她的心"咚咚"跳起来，赶快抢着去接，话筒里没有声音，出于直觉，她知道是他。她默默举着话筒贴在耳边，能听出他低低的呼吸声，半晌，电话里传来：

"出来吗？"声音浑厚低沉。

"好。"她稍想一下，简单回答。

放下电话，她特意去瞄一眼镜子，掠掠柔顺的鬓发，满意自己清清爽爽。

原来，他骑来一辆军用挎斗摩托，整装待发，在楼下花池旁边枝繁叶密不起眼的地方等待。他朝她笑笑，向她示意，指着身旁的挎斗让她坐进去。

摩托轰鸣，树向后倒退，风吹乱了她清爽的额发，细碎的鬓丝舞动着，时时贴在嘴角，想起出门前的镜子，她在心里笑话自己。古岗南在疾驰时抢空子扭脸向下看她一眼，两人还没说过话。古岗南略弓腰双手扶把，目视前方，先开口，

"你知道我在楼后打的公用电话？"他顶着风大声问，

"猜的，旁边有闲人？"她也几乎在喊，

"没有。"

两人又不说话了，都想起刚才电话里的默契。

她的辫子被吹散，长发飞扬翻卷，她抬手束住它们，再次想起镜子，忍不住"咯咯"乐起来，古岗南笑着更加大了油门。

香山脚下简陋的停车场上几乎没有车，一队盲人相助着慢慢走过，附近似乎有盲人工厂。

他们是从平缓小道上山，依山势曲折而行，道路两旁有树木遮掩，密不见天，游人罕见，他俩一边上山，一边聊，轻松愉快。

聊的话题与救火那天的事毫不沾边。郗海静滔滔不绝讲科学院的批判大会，两人在这方面共同语言太多了，这话题也最容易消除微妙的尴尬。

第二十四章　241

那是几天前的事，中科院在首都体育馆召开万人大会，批判《汇报提纲》，批判胡耀邦、李昌。会上有人开玩笑故意递个条子，说：批判胡耀邦李昌，我们没有见过，都不认识这两人是谁。会议主持人刚愎自用，心想这种借口，好办，堵住你们的嘴！他让李昌站起来，绕场一周示众，没想到，李昌一站起来，全场经久不息的掌声。走到哪儿，哪里的掌声热烈，本来是批判对象示众的，结果大家热烈鼓掌，弄得主持人下不了台。很明显，在中科院批邓批不起来。

　　"胡耀邦呢，没站起来？"古岗南饶有兴味地问，

　　"他病了，医生让住院。说不定跟我爸一样。"说到这儿，郗海静觉得有趣，笑了。细小的汗珠沁在鼻尖，清香又散发开。这条山路接近山顶，开始变得有些陡峭，郗海静说话太多，咻咻吐气，他想扶她一把，她却不需要。

　　"还叫什么'鬼见愁'，太夸张了，我才不愁……"郗海静三攀两爬的，奋力冲顶，将古岗南抛在后面。

　　他们找了一块巨大岩石坐下，越过古松连绵的茂密翠绿树冠，远眺山脚下延伸出去的平原。能看到机场，阳光照射，飞机闪亮的小小机身在反光。更远的地方，房屋细密，楼宇渐高，是北京城。

　　"飞机，"郗海静遥指远方，"每次见到我就奇怪，首都机场不应该这么近吧？"

　　"是西郊军用机场。"古岗南对她的孤陋寡闻微微一笑，郗海静坐在一块突起的石上，比他稍高些，向后倾斜着身子，一只手支撑石上，高挽着衣袖，露出娇嫩的肘腕，能嗅到她身上淡淡的香味。

　　清风徐来，她仍用手给自己扇凉，运动使她全身发热，面色红润神采焕发，西郊机场暂时吸引她的注意力，听了古岗南的回答，她惊奇叹一声，

　　"噢，原来如**北**，军用机场。"这帮她解决了心存多年的谜团，话题又回到批判会，接着滔滔不绝，

　　"我妈去了，批判会。全所人都必须去。李昌示众完毕，大会开始，没想到，台上刚发言，人们就先先后后地离开会场，不约而同，

肯定不是商量好的。当时造反派们就着急了，下命令把首都体育馆所有的大门都锁了。锁大门没用，人们拥到休息厅里面聊天，反正没人去开会，会场里面稀稀拉拉。"

她耍了一个小心眼省掉没说的是，在休息厅时，妈妈和熟人们欢聚一堂，站着聊家长里短，热心同事给她大女儿介绍对象，当场，妈妈接受了大小两张适龄青年的照片。

"听她回来跟我爸说，看见许多记者也到会场，可是摄影记者拍不成，哪里都稀稀拉拉，即使有人的地方，人们也举起双手摇晃遮住脸不让照相。听说姚文元气得不行，打电话给科学院造反派头头，说：你们简直无能，一个大会都组织不好。结果，《人民日报》本来准备头版头条报道，也完戏了！真想不到，这些知识分子急了也能狗胆包天对着干。清明节不让去天安门广场，我爸所里的人们整晚在办公楼地下室里做花圈，抬着偷偷溜出去，进城以后再集合组成队伍到天安门去，那时候哪里用得着动员！"

郗海静说得开心，但有点不必要的急促，似乎想回避、似乎想证明：那天救火什么也不曾发生，他们还像原先一样，是有相同政治见解的好朋友。

古岗南若有所思，他想到，知识分子扎堆的国防科委也是这样，批不起来，真是秀才造反了。他微笑着告诉她，张爱平整顿七机部时更横，举起拐杖就把军工厂造反派挂的大标语捣了个稀巴烂。最近也批他，群众大会上，他拿出那么一个小纸条念，根本不是做检查，大家全都笑开了，批判会也同样没有火药味。

"这些老干部是豁出去了，我听说，胡耀邦刚到科学院来整顿时，向他的秘书说，这些造反派，我要把他们一个个都整下去！恶狠狠说的。"郗海静补充。

"结果，造反派把他整下去了。"古岗南插进一句。

两人一齐笑了，笑归笑，心中都觉得苦涩，住了口。

为什么就不允许他们干点实事？整天这样挖空心思找敌人，掀风潮，对国家有好处吗，要耗费多大的社会成本呵，十年了！

"这些造反派，挺会兴风作浪，都是些什么人呀？"古岗南奇怪，自言自语。

郗海静想一想，"好像有两类，有刚毕业没几年的大学生，这是单纯幼稚、狂热革命的；还有投机的，从前业务能力差不受重视，这种人没真本事，只会整人，现在可遇到机会了。跟学校里你上台、我下台闹腾的红卫兵不一样，他们是职业造反派，始终掌权有既得利益。"她想起一直没机会问的话，

"哎，你红五类，没造反吗，破四旧抄过家吧？"

"没有，赶不上时髦，红卫兵威风的时候我是保皇派，快失宠的时候我替红卫兵抱不平才参加进去，刚参加就轮到保皇派造反，红卫兵吃不开了，想投机都没那眼力。"他开玩笑自嘲。

"两边都没赶上？"郗海静高兴了，幸灾乐祸，侧过头向着他乐，

"是，那时候狂妄傲气，干部子弟的缺点我都有，政治上敏感的长处却没有，结果，只能老赶！"古岗南一双眼睛虎虎有神，咧开嘴笑，乐得畅快，他打心底里甘拜下风，自己不是时代弄潮儿。

他没有注意到郗海静在打量他。他的坐姿像武将坐帐，跨马蹲裆式，手威武地放在双膝上，两臂随意地张着，全身伸展得很开，胸有成竹极有主见的样子，无意中显露了军人特有的自信。

是的，他不善出风头，郗海静喜欢他外向性格中深藏的这种内敛。他敢作敢为，宁折不弯，但"振臂一呼，应者云集"，他一定不是那个振臂的人，而是第一个冲上来的响应者。

她浅浅含着笑，内心分析他的个性，走神了。古岗南看到她眼神游移，一根手指弯呀弯的轻挠着嘴唇，有好一会儿了，不由得厉声叫醒她：

"稀奇！又打什么坏主意呢！"

他看出，到此时，她才恢复正常，不再慌张不安，他总算不必内疚了。

"啊？"她浑身颤一下，眼光一闪听明白了他的话，随即笑起来，声调温柔地说：

"吓我一跳，正想事呢。"

古岗南反倒窘了，她向来跟他逆着，说东偏向西，从不听他的话，现在突然温柔，又惹得他一阵心跳，那双含意复杂的水汪汪大眼睛又在脑海浮现。这个性情无常的丫头，本来他都有点怀疑自己那晚解读错了，心里已经越来越忐忑。

"你身上有花香，好闻，像浅蓝色，"古岗南脱口而出，这是刚冒进脑子里的一句话，不知怎的溜出口来，索性再借势说一句，"来，坐近一点。"

郗海静的脸飞起红霞，她的确在腕上轻轻点了一滴香水，现在还香？她曾经反感资产阶级的香风邪气，如今却追求这些，为了谁？她羞愧自己脸这么发热，成小姑娘了！

看见她粉面含羞，失了锐气，他禁不住胸腔荡满爱，

"来，坐过来，"他柔声催促，伸出手抓住她的胳臂，想拉她靠紧他。

她坐着不动，扭过脸来，狐疑地看看他的手，又眼睛向下移，看看两人的距离，

"怎么啦，不会侵犯你的，我是那样的人吗？"他喃喃低声展开思想工作，手稍用力。

她索性扭过腰身来上下打量古岗南，眼睛里透出嘲讽的笑意。

她坐着，修长的腿一条别住另一条，上身微向前倾，手腕美妙地弯成直角托着下巴，这样的姿势保持平衡很重要，她却偏喜欢将支撑手腕力量的肘尖立在另一条胳膊上，而这条胳膊只有小小的一个点支撑在她不稳定的膝头上，这种看起来颤巍巍的姿势，并不让她担心，当她扭身望着古岗南时，更加显得弯弯曲曲。

古岗南被她打量得有点窘，明白她眼里的意思，只好停下手分辨：

"亲吻能算侵犯？"

"嘻"，她忍不住笑出声，仍旧手托腮，轻声抢白，"那，什么算？"

话刚出口便觉出不妥，想吞回已经晚了，她的本意是"如果这都不算，那么还有什么算，"为了避免像绕口令，简化了一下，结果成了暧昧。该死的简洁习惯，刚褪下的腮红又涨上，索性一扬头，岔开话，

"谁怕谁呀，坐就坐！"

眨眼间复杂盘缠的姿势就松开了，起身轻巧一挪，紧靠在他身边。

"就是嘛。"古岗南大为赞成，心满意足，没留意"侵犯"的定义。

这次香山出游的最后结果是一团糟。

在回返的路上，古岗南一直琢磨情势是从什么时候开始转坏的，从那几个游人爬上山顶，在附近大声说话开始？好像时间更靠前，从他俩远眺时他用一只胳膊搂住她肩头开始？总之，她明显心猿意马，越来越不爱说话，表情颓丧，最后，几乎眼里闪动悲哀。

他能压制摩托的速度，却压不住心里的不快，半路，他将车停在树荫下，郗海静仍坐在车斗里，默不作声，没有下车的意思。他绕过车头，随随便便斜靠在挎斗前罩的铁壳上，点燃一根烟卷，抽几口，吐出烟雾，把手里的烟盒递给郗海静，说：

"抽一支，心情能好一点。"他面无表情，越显清俊刚毅。

郗海静一直眼睛看着车斗盖上的扶手，从打看出他已经猜透了她，她就一路忍住泪。此时，突然被他的话伤到一样，倏地用一只手支在额上遮住脸，低头掩饰。古岗南冷酷无情地侧身看着，她无声地啜泣，只能看到泪水落在她深蓝色的裤子上。他也有过初恋，也曾滴着血、脱层皮从失恋里走出来，确实不容易，十分痛苦。但是他早就明白了，初恋可爱，却不是最美的。

她怎么还没有醒悟呢！

她和郑绩东是谁抛弃了谁？他不知道，也不想问，他在意的是她为什么不能全身心地爱他，爱眼前的他。她的那种眼神如果不能看作是拒绝，起码也是害怕激情，想退缩躲避又不忍伤着他，左右为难。

而这样子，恰恰最伤他，她在把他与郑绩东相比较。

从她在山上沉默时起，他就觉察到她内心的矛盾，那时，心就开始难过，他需要的是她无保留的爱。

看起来她已经控制住情绪，仍然深埋着头，正在用一方手绢拭净脸上泪，透过松软的额发缝隙能够隐约看见她哭红的面颊。

"我不能再见你，我谁也不想见了，你……"她吞咽地说，吐字很慢，强忍住哭腔。

"好，可以，半年？还是一年？我能等，你需要多长时间？"他狠狠地打断她的话，带着气硬着心问。

她又哭了起来，脸埋在手绢里，这次哭得更厉害，肩膀抖动，掩不住的抽泣声轻轻进出。

"你不用伤心，我不委屈自己，我也是自由的不受束缚，可以吧？不需要为我哭！半年还是一年？"他逼问，心里泛起伤害她之后的快意，他知道得不到回答，也并不想让她回答。

最后，这不幸的一天是这样结束的：

他和郗海静一同去寻找水，她的脸已经哭得一塌糊涂，必须洗洗。雨打梨花呀！看清她的第一眼他这样想，心陡然变软，女孩的哭相都这么美吗？

她蹲在草丛中捞起水沟里的凉水镇眼睛，他高高站在小路上等待，心里懊丧后悔。

在她家楼边下车，郗海静不敢抬头，她眼睛仍旧红肿，一个邻居在楼前扫地，幸好没注意她。

两人一言不发，他开车离开时，想起早上出发那会儿的兴致勃勃，心里灰暗到极点。

她很受打击，因为今天她突然弄清，她还没有彻底告别过去。每当她想放开内心的羁绊尽情去爱古岗南时，这个未轻装的内心深处就冒出郑绩东的影子，折磨得她非常痛苦，古岗南任何一个轻微的亲昵动作，都令她蓦然震动回想起郑绩东也曾这样亲昵。当古岗南用手臂搂住她的肩头眺望远景时，她猛地想起了郑绩东也曾同样这样搂着她。她知道，自己绝不会与古岗南去共渡昆明湖，也绝不会一同去东安市场吃奶油炸糕，那是不容他踏入的禁地，这像话吗？

郗海静躺在床上裹着被子，蒙上脑袋，整整两个小时不动弹。妈妈下班回来，进她房间问：

"吃饭去吧？"

海静不睬，再问，她在被子里一扭，委屈地喊："我困！"

妈妈作罢，回到餐厅，音音奇怪地问："姐姐怎么啦？"

"你别吵她，让姐姐安静休息。"妈妈告诫小女儿，看见音音捧起碗喝丝瓜汤，口里发出吸进汤的响声，妈妈不满地把手中的筷子放在桌上，责备地盯着小女儿，音音乖乖地放下手中的碗，嘟囔着：

"那样喝得痛快。"然后不情愿地拿起勺子一口口慢喝。

现在，小女儿还听话，而大女儿呢，她与丈夫互相看一眼。做父母的有什么看不明白的？古岗南是好男孩，但他条件太好，不适合海静，差距这么大，他们的女儿应当清醒一下。

气头上说的激愤言语当然不算数，但古岗南有点灰心，也许我逼得太紧？他不那样自信了。可惜，他像瞎子一样没看到，郗海静迟疑中，有道德自谴的成分，她拒绝的是脑中同时有两个人，而不是拒绝他。

5

两人很长一段日子没联系，后来他忍不住给她打了电话，她说想谈谈，他不假思索地说如果谈她的往事，就免了吧。又打一次电话是问她在兵团的户口关系的事，那次是她不愿多说，挂断电话，后来又认错似的主动打给他，回答了户口的问题。直到他决定不再像孩子般行事，考虑打破僵局时，他的伯父恰好介入了。

伯父要见他，见面地点定得很奇怪，在办公室。

电话里特意叮嘱他一句：穿上军装！

他穿戴整齐，踏上层层台阶，走进威严的办公大楼，有点激动。

这座门禁森严的建筑群，他从来没机会进去，莫说他这个基层军人，就是本单位庞大的机关队伍中，不参与核心工作的军人，也有终身未曾走进它的。

他的临时通行证只能允许他上到台阶顶端。见到楼里第一重岗哨，查证件、填写会客单、打电话证实后，他继续前行，很快又遇到第二重岗哨，所有程序重复一遍后，仍不能再前进，等待片刻，康参谋匆匆从楼梯下来接他，古岗南在伯父家见过他。给哨兵签过字后，康参谋才带着他推开一扇楼道门走进大楼深处，两人沿着长长走廊边走边说了几句，压低的话声很快被高大的房顶吸没。推开办公室沉重的隔音门，伯父在等他，看起来是一次郑重的单独谈话。

"知道为什么把你叫到这里吗？"伯父问他，声音洪亮，面容严肃地扫视他，古岗南不知如何回答，他觉得不安。

"这楼里还有三重四重岗哨，我没有权利让你再走进去了，你要靠自己争取资格。"

"想争取吗？"伯父厉声问，

"想。"古岗南迅速回答，他预感面临人生的巨大机遇，热血冲击着太阳穴。

"哼"，伯父轻蔑地扔出一摞纸，让它"啪"地落在大办公桌上，"你先看看这个！"

古岗南打开这摞折成几折的纸，到现在，伯父没让他坐，两人都站着。这是一封写给他的长信，没有信封，这是怎么回事？他不解地看看伯父，低下头读信。

渐渐面容凝重继而脸色发青。是他部队上级写的，这位副主任几个月前曾来北京出差，找到他，两人一同去过天安门广场看花圈和诗词。主任当时深受广场气氛感染非常激动，他热心陪同，以为在部队领导里面有了知音。现在形势突变，主任沉重承认自己立场错误，并且痛批带他去天安门广场的古岗南的言论，主任在这封亲笔信上深刻教育他……。

信为何寄到伯父手里？为了撇清自己，难道就直捣司令部断然举报，不给别人留余地？人心叵测，世态炎凉，古岗南咬紧牙，反复读信。他知道，在那个信息闭塞的偏远一隅，尤其在军队里，自己这种政治上的反叛是惊世骇俗不可容忍的。他意识到陷入危险境地，原部队是回不去了，会受严重处分？开除军籍不至于吧，但前途肯定报销了。

那又能怎样，天塌下来也得扛着，豁出去了！他镇定下来，下颚坚硬，抬头看伯父，正与伯父老谋深算的一道目光碰上。

这小子有股硬气，是块当兵的料，伯父心里暗想，就是必须调教。

"你幼稚！轻率！无组织无纪律，政治上……"老头子发自丹田的吼声并不高，但震慑力极强，一个波次接着一个波次地吼，古岗南第一次在伯父面前成了一个士兵，一个挨训的新兵蛋子，就缺打立正了。

"……别忘了，人要有志！你是军人，要忠诚！军人以服从命令为天职。"说到这会儿，老头子仍旧声调铿锵，但古岗南听出：已到尾声；也听出：他不会被军队逐出。

子承父志，伯父认为是天经地义的事，这几个孩子的父亲冤死之后，他就替兄弟承担起责任。

他相信自己的眼光，这个侄子是块钢。当兵是时髦，就都想方设法往部队里钻，现在能复员转业分到好工作，又都动心思回地方，好事都让他们占全了，他可看不上那些不争气的儿女们。这个三毛子就是缺捶打，不掐紧他不行。

"你个青毛头懂个屁政治，军人冲锋打仗是在战场上，要想还在军队干，平时要低调！"

"怎么低调？"古岗南阴沉着脸问，

伯父饶了他这次的顶嘴，接下来约法三章，不许乱撒照片；不许乱交朋友；不许放假期间乱跑，必须回家。

为了让已经不是小孩子的这个年轻人服气，他作了些解释，你看看大黑做什么工作呢？你要学学，他从小就不照相，谁能见到他的照片！多么低调。

大黑是伯父的长子，前妻所生，也是伯父看好的一块当兵的料，这个越来越神秘的堂哥到底在做什么工作，古岗南并不准确知道。他心想，跟主任照过几张合影，放大后给他寄去了，难道连照片也上交了？

不要再跟地方上的人混在一起，社会上人太复杂，你了解他们的历史背景吗？交友不慎必定会影响前途，在军内交朋友吧，便于保密。

这番话听得古岗南脊背发凉，朋友，听着像是专指女朋友，难道婚姻也不自由？他这才想起来，依着第三条，就连行动自由也没有了。

在这位老军人的眼里，只有军队子女才最适宜最可靠，最同气相求，比如黄平平，泼泼辣辣，很合适，这个混蛋三毛子有什么眼光！

在大学搞了些什么？学校对你反映也不好，星期日不许到处乱跑了，回家来，把心放在学习上，学到真本领，部队等着用呢。要紧的是，老老实实静观，看看事情会不会到此为止，不再恶性发展，看运气吧。你别再惹事！

伯父把他逼到死角，这是城下之盟，不愿听也得听。古岗南采取姑妄听之的策略，走一步是一步，指望过一阵子就会松了。伯父是何等人，怎会容他打如意算盘，紧接着出重拳，几乎击晕他。

伯父直截了当问："那个女孩儿叫什么名？你把她情况给我写这纸上，要从内蒙兵团办回来是吧，你不许管了，我管。"

说完看他不动手写，就把眼一瞪，不容置辩，"她不行！在军内找，男子汉要事业为重。你不许再找她。"

古岗南呆若木鸡，他，他，对我做了调查？

说到志向、事业、功名，的确掐到他的命门。同大多数男人一样，他也立志此生要有作为，对未来的筹划中，也有担当大任的野心。几年锤炼，他懂了，如果机会出现，应该毫不迟疑抓住。从走进大学的校门，他就踌躇满志，深知有了崭新起点，无论有多少分心的事，晚上回校，必一头扎进学习至深夜。

如今却面临岌岌可危境地，古岗南举手投降。

伯母雷厉风行，几天后，招他进房间拿照片给他看，在她卧室床上铺了一排，各种尺寸，微笑或严肃的女子照片，让他挑选跟哪一个见面。伯母拈出其中一张送到他眼前，口里热情地介绍她的情况，古岗南心里烦闷，懒得看，随口应付："行，就是她了！"

"混蛋，"伯母又气又笑，骂他。

显然，伯母是受到派遣，他彻底缴械，听凭伯父为他规划。

付出的最大代价，就是违心去相亲，连续见了几个，他根本分辨不清哪个是哪个。伯父态度 180 度大转变，古岗南只好认识了大军区司令家的那盆鲜花。他当然不甘心受摆布，拒不相信他的感情生活能被人操纵，之所以去相亲主要是敷衍伯母。不料，那位美丽的千金也历经几次相亲腻烦透了，对方往往表现得有点殷勤，惹她不悦。这次，古岗南冷淡无所求的一副神情，恰恰合了芳心，她愿意继续见面。

古岗南觉得意外，不免虚荣心得到满足，也没一口拒绝，就这样一步步作茧自缚。

两人有共同喜好，毕竟都是大院里长大，相同点多，有些事情稍一提起，两人都心领神会。甚至有共同利益，对古岗南来说，多了一个硬靠山，尽管有这等念头挺不光彩，但他懒得自责；对林琳来说，军队是男人的天下，她的资源只有共享才合理，所以选对夫婿至关重要。

总的来讲，古岗南存心不良，他抱定的策略是采取拖延战术，先渡过眼前难关再说。

有时，他也欣赏林琳，有时，又非常不满。他跟母亲和解了，跌了这么大的跟头，能否爬起来还在未定之数，除了被揭发，他没有任何有形罪证，他终于理解了母亲。母亲对他的事情了如指掌，他怀疑她和伯母共同谋划过。任她们忙活吧，他无所谓，于是遵从母亲意思，带林琳回家坐坐。林琳美，像百合花，冰清玉洁，但天性凉薄，母亲却热情过头，张罗着要给她包饺子，父亲死了这些年，母亲身分地位一落千丈无可仗恃，作派变得平易可亲。

林琳推辞，说不必了，母亲还坚持要让她尝尝自己的手艺，林琳情急之下，竟然说："不用了，我觉得宾馆的饭很好吃。"

她的司令员父亲此时来京，正住在京西宾馆，她沾光也住在那里享受首长待遇。

古岗南冷冷地旁观。他不太同情母亲，没有必要那么一团火。对林琳就更没办法评价了，冰雪公主一样。他不由得设想，假如今天带到家里来的，是羞涩单纯的郜海静，恐怕局面就相反了，遭受无礼对待的将会是郜海静吧，她文雅柔和，见过这种势利吗？能应付不露痕迹的欺负吗？或许真不该强拉她进入自己的生活圈子。

他对林琳的好感大打折扣以后，非常冷淡，林琳再自负再迟钝也感觉到了，大约悟出对他妈妈有失礼之处，错在自己，主动来赔小心，才缓和了他的态度。林琳脾气怪僻但不暴烈，自此，两人相处她注意约束高傲，常从自身找出错误，以至古岗南的朋友都笑夸他被林琳惯得实在不成样子。

祸兮福倚，郜海静办回北京的事情将要顺利解决，是意外收获，他相信伯父说到做到。他仍旧跟郜海静联系，谨慎得多，不在家里而是出去使用公用电话，他恼火的是能听出她流露出客气，真的准备拉远距离关闭心扉。如果他把面临的危险境地告诉她，相信她会马上改变态度，痛快地回到他身边，她外柔内刚，骨子里也有股不屈的劲头。可他绝不利用这点，此事涉及自尊，他明白，这个姑娘最爱的还是郑绩东，他深受挫伤。

郜海静无力跟过去彻底告别，根子在于她曾经太爱郑绩东，她以为结束了，以为自己拿得起来放得下去，挥挥手不再想起，其实感情上难做了断。并不是痴情心封闭了智慧眼，而是她越来越疑惑这里有什么不对头的地方，以郑绩东办事稳妥厚道的性格，始终这样沉默，不正常，有为难之处？不会是生大病了吧？

她差不多猜对了。

第二十五章　副指导员成了反革命

1

　　庞大的北京军区内蒙古生产建设兵团即将退出历史舞台，它只存在了 6 年，亏损数额巨大，农业团几乎没有不亏损的。当初，兵团组建时，司令员坐在小飞机上俯瞰空旷无人荒凉的边陲，向下指点，这儿建一个团，那儿建一个团，随行参谋手中的地图就划出了一个一个蓝色圆圈。于是，数不尽的知青、复员兵、军人开进沉寂千年的不毛之地，开荒治沙，脱坯盖房，大地出现了一片一片营房和望不到边的新垦农田。

　　此时，刘玉芳正在那张地图中的一个蓝圈上赶路，昨晚她住在团里的转运站，今天搭上一辆马车，虽然颠簸，但能在天黑前到达 7 连，只用了两天时间，她很知足。车把式不爱说话，她也就免却了拉近乎扯闲篇，正合她目前的心境。马车在大片沙堆之间穿行，这里连野生的沙棘草都少得可怜，周围大小沙丘此起彼伏连绵相接，已经进入沙路段的纵深。

　　穿过这段最荒凉地方，再行一段路后，偶尔裸露出土地，其间空地零星散布小树，地上有丛丛簇簇的大蓟花，这野性的花儿，给人烟稀少苍凉的荒野平添了几分温柔。继续往前走，进入七连的地盘，渐渐看见低矮的沙枣林，沙丘不见了，绿色增多。刘玉芳望着开始在路边出现的农田，心想，一旦军心动摇，还有几个人肯剩在这里？这土地将再度被沙粒侵掩吗？多少汗水浇出来的呀！油然产生青春已被葬送的沉重感。

　　回北京探亲时，她通过一些渠道，确知兵团将移交地方农场，中央已经批准。她要抢在消息传开之前，提前调离兵团。五个月来一切顺利，幸亏她动手早能够带职调动，几天以后，全连人将知道她脱离兵团的消息，会掀起轩然大波的，她曾是喊得最响的扎根派，这下，有关她的难听话少不了，想到这些，刘玉芳也只能苦笑。现在，她来看望郑绩东，了却留在这里的最后一件心事。

她来道歉。

自从伪造了郗海静写给郑绩东的那封绝交信，她失去了许多，失去了对自己的尊重，失去了内心平静。

她一定要去道歉。

她没有来过这个团，虽说是紧邻，那也是隔着广袤土地。要去的7连最偏远靠近沙漠，这是肯定的，她明白，以郑绩东的戴罪之身劳动改造，不会让他生活在富足的连队。

她到得早了，连队战士们还没有下工回来。她按照车把式的指点，朝最边缘的破房子找过去。那是孤零零的一栋废弃仓库，高大破旧，旁边果然挨着一间披屋。这间屋的门上挂着布帘，她唤一声，出来一位三十多岁的妇人，农村打扮，很热情，听说她是来找郑绩东，更加热情，简直又惊又喜，拉她进屋上炕坐，递湿毛巾让她擦脸，倒开水让她喝。

"小郑，人忒好，跟我们老刘住这小屋，这不，我来了，他硬搬出去腾地儿，我心里怪不落忍！"

她指着隔壁四面透风的破仓库，满面歉意，看来郑绩东目前栖身在那里。这位妇人是复员兵老刘的妻子，从河北来这儿探亲就没走，已经半年。她直言不讳，告诉刘玉芳，她丈夫也是坏分子，

"男女作风上的错误，所以我守着他。"她不太在乎丈夫不忠，反而心疼他受罪挨整，为防丈夫再"犯错误"，她留在比家乡贫瘠的这里。

"小郑苦哇，忒苦，啥累活都让他干，扛粮食入库，一麻包二百来斤，干到夜黑也不让他歇，那些人咋那么狠呢？上沙梁子挖药材，叫他一个人去！天天得挖回一口袋，不够份量不行。哪有那么些药材，越走越远，那次迷了路，差点渴死在沙梁子里。"

"成天挨饿,比谁都吃得孬,剩的、凉的才让他吃,干窝头硬的,哪里啃得动!"

这个淳朴的农村妇女对政治不感兴趣,她自己有评判人的尺度,从她口中,刘玉芳知道郑绩东过的是炼狱生活,她料到了,但仍感震动。

"小郑可有股子狠劲,咬着牙干,就是不说讨饶的软话。唉,人在屋檐下,该低头就低呗。瞧我家老刘,少吃多少亏。"刘嫂不懂,她丈夫与郑绩东是性质不同的坏分子,待遇自然有薄厚之分。

出工的人都回来了,能听见营区的热闹人声,刘玉芳走出屋在门口等待。

又过了很久,天色渐渐暗下来,天边有乌黑的云彩滚动,黑云像一匹匹奔马,变幻形态迅速移去。

已经过了吃晚饭时间,郑绩东和老刘两人肩扛着铁锹出现在远处。刘玉芳内心激动,紧盯着那个身形细高的人影,是他吗?走路的姿势没变。待到他走近,她大吃一惊,几乎认不出他模样,又黑又瘦,脸上骨骼棱突双颊下陷,头发过长,满面疲惫。见到她,他毫无思想准备,愣了一会,现出笑容,那一刻,瘦窄的脸上有了光彩。他同她用劲握手,笑容真挚,刘玉芳看出,他精神上没垮。

2

当年,郑绩东提拔到 51 团当宣传干事,很快进入工作角色,抓报道,组织演出,搞得有声有色。下连队挖掘典型事迹时,他常顺便看望几个关系亲密的同学,以前离得远,靠通信联系,现在见面方便,聊得非常尽情。这几个同学都很有头脑,喜欢思考,对国家命运非常关心。郑绩东当然无法预见危险就在眼前。

其中三个同学,用笔名给扬名全国的反潮流革命小闯将黄帅同学写了一封信,对她反对师道尊严表示一些不同意见。不料招来滔天大祸,此信竟然摆到了迟群案头,进而惊动了江青王洪文姚文元等人。很快，这封信被扣上"反革命复辟势力的宣言书"的大帽子，被怀疑有邓小平这类的老干部在背后怂恿年轻人向无产阶级司令部进攻。人民日报连续刊发批判文章，大有排山倒海之势。郑绩东的这几个同学误撞进了激烈的政治角力战场，瞬间被压成齑粉。他们被关押审问，追查后台，个人物品全被查抄，日记、信件、笔记、理论书籍都被审查，里面的内容涉及郑绩东，株连开始，朋友们都受到连累。

郑绩东整好行装踏上探亲旅程，回到北京的家，首先去澡堂洗了一个痛快澡，正待跟全家一起吃母亲做的一桌丰盛饭菜，收到加急电报，让他务必速速回团。他的唯一一次探亲假就匆匆结束。

锁在抽屉里的那些与朋友们交谈的信早被搜出，里面的探讨和质疑被视为大逆不道，成为反革命势力的罪证。等待他们几人的将是坐牢。

去年郗海静坐在老猫家，吃瓜子聊天图谋套出他的通信地址时，他正跌入深渊，在接受批判。

那是一次斗争大会，气势汹汹，团里专门从战备连调来持枪的知青，他们一身戎装腰扎武装带，子弹上膛，把守会场，有一种戒备森严的恐怖感。但是，斗争大会的口号声喊得无精打采，从各连赶来开会的战士们厌倦了互相残杀。主犯站在台前正中央低着头，面色平静。而郑绩东和另外几人是从犯，站在两翼，罪名是妄图庇护反革命分子，定性为坏分子，会后他被押送到最偏远的七连受革命官兵监督改造。

此时，郑绩东和刘玉芳坐在屋外的小凳上，面对面，她没有变化，只是脸上蒙着忧愁，

"你过来开会吗？"郑绩东问，难得见到老同事，他心情的确很好，黝黑的脸有了微笑，近来对他的监管松多了，顺路来看望他已经不至于罹受怀疑，但是没有人来。

刘玉芳为难，她是专程来告别，也许永远不能再见，怎么说出口？还是应该实话实说，他需要诚恳的友情。

"哦"，郑绩东很觉意外，连她都变成不坚定者，"调到哪儿去？"

"自治区水利局，将来到这儿开渠能见到你，"她用开玩笑拉近两人的距离，

郑绩东没笑，面容沉静，想一想，决定问一个闷在心里的疑问，他必须得到答案，

"你一定知道，王路扬的情况，他现在……判刑？"

不会留不住命吧，形势已经与前几年不同，自那次批判斗争大会后就再没见过他，连一点有关他的消息都听不到。

刘玉芳又一次不知该如何回答，

"听说还是关押，好像，上边有人发话，说留他何用……，不知道，不知道最后怎么处理。"

她急促结束，不愿再触碰这个话题。她痛心，不应该出这种野蛮事。都是热血青年，思想活跃，做法莽撞罢了，……她在呼市开会时碰到 51 团的一个副指导员，才听说这个案子冲击到了郑绩东，那时大惊失色，心思全乱了。

郑绩东低下头，深深低下头。

打破沉闷的是刘嫂，她从食堂买回一盆窝头，离多远就对他们嚷：

"今天这窝头蒸得好，黄生生的，没掺别的。"

她已经做出一锅热汤面，又在炕桌摆上一碗咸鸡蛋，满面喜滋滋催两人进屋，上炕来吃饭。又把她的老刘拉过来，老刘一直躲在屋角抽烟，几乎没有说过话。

郑绩东满怀歉意，面条！他知道这一点白面多么难得，这顿饭多么丰富，把她家的家底都端出来了。

刘玉芳成熟老练，大方接受刘嫂的款待，没有说客气话。坐到桌前，然后从挎包里掏出一瓶一瓶罐头，带着这些东西累坏她了，挎包带勒得肩膀疼，一路小心保护。桂味猪肚、虎皮鸡蛋、红烧牛肉，还有一瓶樱桃红酒，把它们全部摆在炕桌上，刘嫂慌了，这礼太重！涨红脸，打架一样伸双手阻拦，

"给小郑留着，他……"

敌不过刘玉芳，她不由分说，只管把罐头往小炕桌上摆，口里说：

"谢你们还谢不过来呢，今后天长日久的，全靠你们多照应小郑，这点东西算什么，比不上你们的情意啊。"

她是真心，这些食物准备了很长时间，只有酒是昨天路过 51 团的团部小卖部时看到，当即买下。

这顿饭差一点被毁掉。

门帘突然掀起，进来一个虎背熊腰，黑着脸的大汉，穿着军装，从刘嫂夫妻俩的惶恐样子判断，来者是连里领导。

果然，老刘胆怯地邀请：

"连长，你坐，一块儿吃。"

大汉绷着阶级斗争脸，扫视饭桌，刀子一样的目光，鼻子哼一声，仰脖问：

"她是谁，哪儿来的？"

态度蛮横，眼睛根本不朝着任何人看，仿佛每个人都理当回答。屋里沉默，没有人吱声，老刘夫妻站着，郑绩东却没站起来，脸色冷峻，不理睬他的问话。一时场面紧张，刘玉芳急忙张口，却被郑绩东不起眼的冷冷一瞥压住，话咽了回去。

"问你呢！跟你啥关系？"连长恼怒，视线离开桌上，朝郑绩东凶神恶煞地瞪眼。

郑绩东这才开口回答，刘玉芳注意到他只说了几团、几连，没有说她是副指导员，只称：我同学。他还是怕连累她。

"同学？"连长轻蔑地重复一遍，话音里满是怀疑，坏分子的话能信嘛。

"反革命分子王路扬也是你同学，什么好东西！"

郑绩东闭嘴不多说一句，始终目光暗淡低眉主动避开他的视线，这种令人不舒服的驯顺让连长正义的气焰既难升腾，又难平息，他疑心这小子还存有没打碎的骨头但又抓不到证据。不像老刘那样摇尾巴，意味着什么，他拿不准，反正让人感觉别扭，不投降就彻底消灭你！

连长的直觉准确，此刻，郑绩东心中另有一双冷静的眼睛在观察他，像旁观者在透彻地分析他。记得在团部当干事时，自己来过这个连几次，帮助搞宣传，那时这位连长亲热招待。现在，这样仇视，恐怕也不是有个人恩怨，而是出于无产阶级斗争的立场，这种斗争性的愚昧他从前可没有体味出来。

郑绩东无须掩饰脸色，他的面孔如同石像没有一丝表情，心冰冷溅不起火星。

刘玉芳及时递上介绍信，盖有连队红印章的介绍信是她亲手写的，同样模糊了身分，只写明是"我连刘玉芳同志"，凶巴巴的连长拿着介绍信研究了几遍，不满地叽咕，

"探望一天，有甚可探望的？你们连长叫个甚？"他的审查范围迅速扩大。

"连长叫王六合。"刘玉芳不生气，有耐性对付他，不能给郑绩东留下麻烦。

连长眼珠子翻翻，想起来了，有王六合这么个连长，在兵团简报上见过。他转身走出门，突然又返回身，厉声命令：

"她不许到女排去住这一宿，下到班里乱活动，不行！"

这明显是出难题，也很阴险。刘玉芳明白自己来这一趟，成了郑绩东的负担。老刘夫妻陪着笑脸送出连长，回屋来就劝慰郑绩东，刘嫂说：

"本来就想我们姐俩儿睡一起，老刘跟你挤一宿，好办。吃饭吃饭，咱们高兴着，都坐下，姑娘你坐吧。"

郑绩东微微笑一下，也拿出主人的口吻劝客人入席，声音慢悠悠诚恳地对刘玉芳说：

"刘嫂把过年的白面都拿出来了，你可要多吃。那时咱们以为种麦子是养活全师，来 51 团才知道，其实不是，50 团自种自吃勉强够，生产的白面没出过 50 团，其它兄弟团吃棒子面都没保障，经常吃调拨的陈化粮。托你的福，今天有肉，老刘，来。"

他能够很快把刚才的不愉快抛掉，已经练出来了。

刘玉芳痛惜他。敬酒时，她对老刘说：

"将来提拔了，当班长排长的，小郑就拜托给你了。"

吓得老刘更自卑了，"太抬举，我没那好命……"

听到她想得那么长远，郑绩东抬头看了她一眼。显然，她认定他一生无望，走不出这个紧靠着沙漠的连队了。她没有意识到，这样无意中流露的悲观，只能伤害郑绩东，她就像来到医院，探望没有治愈希望的病人。郑绩东感到心里有一股说不出的滋味。

晚上，他们两人在屋外坐小凳上说话，刘嫂抱着丈夫的铺盖早早去了破仓库，空出屋子给他们单独说一会儿话，但他们不想进去。

3

仓库前面的这片空地平坦一无遮拦，抬眼望，天显得那么深，冷漠得不可企及，小凳下踩的是土地，它是实在的触手可及，从脚下延伸向一望无际没有任何遮掩的田野，而目力所及的沙漠，远远的，在夜色下黑漫漫起伏高低显得那么神秘。

乌云早已散去，起风了，黑夜里风吹在脸上很凉也很硬，感觉空气十分脆爽，是一年中最好的季节。

刘玉芳内心在剧烈斗争，她这一趟来得好，做了应该做的。此来的目已显得不重要，还道歉吗？她固执地不承认实际是惦念放心不下他，道歉只是借口，她需要给自己一个来看望他的理由。实际她是来祭奠恋情，这恋情自始至终毫无希望，无论外部环境还是内部因素。这会儿，她正在紧张地考虑，有必要揭开一道旧疤，把疼痛传给他吗？可是，不道歉，得不到平静怎么办，她下决心了，张开口却说的是：

"你们连长神气不了多长时间，现役军人都得撤走，兵团早晚是要解散交给地方。"

郑绩东马上问："哦？怎么回事。"语气急切，是啊，这事太重要。

他们分析这一重大变革对他的影响，是利还是弊，刘玉芳担忧继任者可能更残酷，毕竟不是军人，可能更没政策水平，郑绩东沉吟不语。两人翻来覆去地掂量并预测未来，弄得心力俱疲，于是，刘玉芳干了蠢事，她开启新话题，问：

"我卑鄙吗？不，不，我下作吗？"

郑绩东惊愕，此话从何说起？酒力发作了？那只是果酒，他确实不知道她有多大酒量。但是她好像很清醒，继续说：

"我拆看过给你的信。"

他不说话了，长时间沉默。

刘玉芳感到这是巨大的压力，她不该提，在这情形下不宜提这种琐碎事，她没权利卸掉心灵重负，她无聊……胡思乱想时，听到郑绩东终于开口说话，

"我知道。"

声音不大，很平静，却震惊了她，她几乎不能相信自己耳朵，脑子"嗡"地一下，混乱无比，他知道？不可能，他没听明白我的话吧？就像听到了她的内心一样，对面那个模糊的黑影又说：

"我知道，那个信封你撕开过两次。"

天啊！她张口结舌，他竟然早已觉察，

"当时就识破了？"她急迫追问，

"不，不，"漆黑中听声音他是歉然一笑，停一停，语气清淡地补上一句"后来偶然看出的，剩下的信封太短了。"

那时，她在他面前一点一点撕下信封封口的纸边，把信扔给他，走了，带着撕下的小纸边走的，自以为天衣无缝。那信她已经拆开看过，无法交还，只能用这见不得人的手法。

"对不起，没脸见你。"她惭愧得无地自容，如果不是天黑，她真不敢坐在他面前。

"别这么说，没关系。"他依然平静，声调变得柔和，现在是他宽慰她。

两人都没话了，不知还能说些什么。

她拆开那信是要找到确切答案，但是信上看不出什么，如今这都

没意义了，但她还是想问，"你，喜欢郗海静？"

他不响，过一会儿，缓缓地说："都过去了。"

看不清他的表情，听声音，好似船过水无痕。

伪造绝交信的事不能坦白，刘玉芳懂了，如果她卸掉自己的负罪感，会伤了别人命的。

他怎能看不出，刘玉芳在掩饰沉重心情，为他痛惜。他不动声色，因为他必须麻木，难道还需要别人提醒他当下处境吗？他只能咬牙忍受，始终不露出一丝痛楚表情，然而，他并未修炼得刀枪不入，她不该提到郗海静，他差一点承受不住。

夜里，他回到破仓库，过来叫醒在地铺上睡着的刘嫂，让她回到小屋陪伴刘玉芳睡觉。刘嫂和衣而卧睡得不沉，听见他轻唤，急忙起身抱着自己的枕头出去了。他坐在地铺的草垫上，不想躺下，毫无睡意，身后的老刘累了一天未被吵醒，鼾声阵阵，反而让他放松，可以独处。他坐着，手臂无力地搭在膝盖上，低着头，弯着腰，木雕似的，坐了很久。显得有几分苍老，一副遭受风霜雪雨的颓态。

他极度沮丧，胸中憋闷像压着石块。本来，他已经关闭了回忆，现在这道水闸被打开，难以抑制的思绪波涌出来，他放弃了本能地、小心翼翼地自我保护，开始放纵自己想念郗海静。

喜欢？刚才她用这个词问他，这个刘玉芳呀。他爱郗海静！爱到不敢再想起她。自从她决裂一去不回，他心上那道清晰伤口就不曾愈合。而出这事以后，心已经死去，怎么能受得了再想起她。他能阻止自己却阻挡不住别人提到她，唉。

他已经不后悔了。如果他不吵架，如果他好言劝她，如果他接二连三写信给她，她一定会回来的，他曾经这样责备自己。如今再看，他庆幸她不在兵团，没有看到这一切，不然，她哪里经受得起！

他猛然直起腰，回身在铺上抓起枕头，它只是一个小包袱，包着他所有的衣服，他急速地从枕头里抽出一件军上衣，站起来三脚两步走出仓库，朝营区外最荒凉的地方，遥远的沙丘方向走过去。

夜深沉，他攀上一座高高的沙包，颓然仰面躺在绵绵细沙上，任凭泪流，吻着破军衣上的蓝纽扣，那是在连里时她恶作剧缝上的。衣服横搭在他脸边，衣角渐渐被无声的泪水打湿。为了能放声痛哭，他来到这绝无人迹的地方，不，哭不出声，只有热泪不停地流出，无声的泪顺着眼角淌下，泅湿耳朵嘴角，流进脖颈下。

沙海漫漫无边无际，袒露无垠的沙丘一个连着一个，隐没进黑暗深处，寂静，寂静，死寂中几乎不能知觉到自己的存在，不能知觉到自己在哭泣。

他懂得了郗海静，懂得了无能为力带来的愤怒，任人摆布的屈辱吞噬着自尊，她用退出作为反抗，他当时哪能体会到。

他呢，连一丁点反抗也会招致灭顶之灾，不许退出，比她悲惨。他没有错，只不过勤于思索。对于靠普遍贫穷造成低水平的平等产生疑惑，难道靠这样来缩小三大差别吗？方向错了？因为有疑惑，就尝到专政的铁拳，普通的一个 51 团，就有执法权，荒谬啊！如果连思考都能获罪，这个肌体绝非健康。

他的那些朋友，如今身陷在什么地方？恐怕处境比他还要糟，王路扬啊，只求能留他一条命……

一只手轻轻抚摸他的额头，柔软的手指反复摩挲，耳边响起轻悄悄地呼唤：

"你这是怎么啦？吓死我了。"

声音熟悉悦耳让他全身一阵颤动，是郗海静，她来了？

郑绩东费力睁开眼，迷惘地打量四周，挪动脑袋望向夜空，北斗星在天上凄迷地俯视他，沙堆起伏，身下的沙子微温，空气很凉。是做梦？

他不知自己躺了多长时间，只感觉泪流痛快了，双眼清爽许多，爱情的伤可以擦洗，但胸膛仍然憋闷，那不是爱情问题。

他翻身站起，胸口像有火在燃烧，面对星光下起伏的沙漠，他用尽力气，吼叫一声，粗犷的声音回荡在波浪起伏的沙海上，感觉到自己野性的力量，他再吼，一再吼叫，喉咙撕痛，头腔震颤，全身的力量都调动出来，握紧拳头，喊声冲向黑色天空，臂与背上沾的沙粒被抖落，虽然肌肉不再健壮，但他还有力气，还有一身硬骨。

星光清冷地撒向地面，沙子映照成白色，近景白糊糊一片，远景则雾蒙蒙，迷惘而惆怅。他的喊声消逝在远方，好像传来隐隐回声，又似乎招来沙漠深处大自然如咽的箫声。

天亮前，他回到连里。

清晨，刘嫂叫醒刘玉芳，说：

"早点走，小郑可以送你一段路，回来他还要上工。"

清早的薄雾已经被几道金色的晨光刺破，在营区，渐渐有了人声，起得早的战士开始有挑水的，有系绳子准备晒被子的。他们在房前停住手里的活，好奇地看着他俩人走过。没人跟郑绩东打招呼，看来他非常孤独。刘玉芳想起自己当初，但是那时她有连队领导的关心，有上山下乡知识青年的政治身份，不像他毫无希望。

刘玉芳正这样想着，拐过弯儿走上土路，身后有人追上来，轻声呼唤郑绩东，是个瘦瘦的男青年，脸上由于跑步追赶过来而稍稍泛红。他告诉他，向阳路上，马车正在装货，一会儿就走，你们去那儿可以搭车。郑绩东朝他点头，小声说谢谢。

郑绩东站在大路上，望着渐渐远去的马车，感觉又一次告别过去。已经看不清刘玉芳的身影，马车变成路上的一个小点儿，就像他的过去，模糊遥远，与他没有任何关系。

他给郗海静写了一封信。粗糙僵硬的手指握着笔疾速地倾吐，潦草的字迹奔涌出来，一张接着一张，在油灯下连续写了几晚。写的时候他心想，恐怕只有这封信她能看得进去。这是一封没有责备和说教的信，全是泣血般的倾诉和心灵的呼叫。他不会寄出去的，信始终带在身上，因为没有地方藏它。

4

七个月之后，兵团解散掀起的动荡，对战士们来说，并不是翻天覆地，只不过称号由战士转变为职工，每天还干农活。对郑绩东可意义重大，如他所料，他的处境转好。

刘玉芳担忧的，没有发生，她忽略了，当一个农场不能再靠国家财政扶助，需要自力更生全凭劳动时，呼喊革命口号就不那么重要了。最自然的生存需要使人变得简单，回归天然，郑绩东还是地位最低但不再孤独，编入班排劳动。

1976年清明节天安门广场的动荡消息也传到这里，只是微澜，日常劳动和平淡生活不受影响，人们没有意识到国家的命运与自己的命运密切相关。

9月，农忙已经进入尾声，下午，大家正在地里割豆子，郑绩东刚干了一会儿，干枯的豆秧把他胳膊划出许多血道，他直起身，犹豫一下，不想把挽起的袖子放下来保护，衣服已经很破需要节省穿。就在这时，见老刘朝田里跑过来，显得慌张，像是有事来找他。老刘磕磕绊绊地奔跑，摔倒了又爬起来往这里跑，喊着什么，田里的人都看见了，直起腰望着，近了，才听清他喊的是："毛主席死了，毛主席死了。"

什么！

一个楞头楞脑的小伙子蹿上田埂，伸手就想揍他，愤怒地吼道："敢说谁死了，我打死你。"

"是死了，死了，你打死我他老人家也……"老刘扑在地上嚎啕大哭，"毛主席呀，呜呜……"泪水在脸上和成了泥，

又有几个上去，也想打，郑绩东急忙拦，这时，整个田野，远远近近目所能及的农田，只见人们纷纷走出地里，默默地往回返。这几个人呆呆看着，知道老刘说的是真事。

这是地震，是天崩地裂，冲击力之大，无论多么偏远的地方，老百姓都被震撼哀痛欲绝。整个9月，是国丧，是悲痛的一个月，慢慢清醒后，人人都面临，今后往哪儿走？

郑绩东百感交集，他想得很多很深，于是又给郗海静写信，他已经有寄信的权利，但仍旧不会寄出它，只是记录心声。

他的个人物品早已发还，他把最近写好的几张信纸整齐折叠，装

进信封，与其它几封合成一摞，重又用细绳捆扎好。他想，这封她也同样会看得进去。

而这几封信中，有一封是他当副指导员时写的，还有一封是提拔当干事后写的。那里面的内容，都是责怪她任性，苦口婆心晓以利害，用革命大义劝导，无论流露出多么深的爱意，也没能脱离高高在上的教导口吻。况且，他还有恨铁不成钢的气恼不敢在纸上显露，尽管相当克制，但当时他就预感她不会被说服，也许不等看完就会撕碎，所以迟迟没信心寄出。

那是他的历史、他的镜子，保留吧。

这叠信又放回纸箱，他把它压在一摞书下面。他的物品交还给他时，珍爱的理论书已经丢了不少，最让他心疼。而剩下的这些书，对他没用，放在最底部，保护这几封信。

如果他了解到，这些对他没用的书，有一段与郗海静密切相关的经历，他肯定要细细翻检，也许还会眼角湿润，另眼相看它们。

这是一套从初中到高中的课本。当时他还是意气风发稚嫩的学生，胸怀理想，盼望早日奔赴这里，整天缠着招兵的人，向他们了解神秘的边疆。听他们说，这里极其缺少中学教师，他就有庄严的使命感，虔诚地把整套旧课本装入行装，准备当一名革命教师培养红色的下一代。结果他不是教师而成副指导员，他的物品仍放在原来班里的库房，一次取东西时，王霖也在整理自己的箱子，向旁边伸头看见他的这些课本，挺喜欢，借走几本，并且保证守口如瓶，不给副指导添麻烦。

后来女排长把学习数理化当成歪风汇报给他，他虽不赞同她，也还是让王霖还回。

他根本不知道为这几本书还出现过保卫战。

更预见不到，这些课本将会成为珍稀物品受到青睐。

第二十六章　出大事了

1

郗海静的户口办回来了。

上完户口，从派出所出来，郗海静揣着那张户口小卡片骑自行车回到家，又成为北京人她并不狂喜，反而麻木。像许多人一样，她也体会到，当你还能有满腔热情去期盼时，那就预示着必将面临无穷的失望，成功不了，只有种种挫折熬得你麻木不仁时，最初热盼的结果才姗姗来迟。

她进家门，听到家里有客人说话声，从餐厅门口闪过，直接走进走廊尽头父母卧室，把那个珍贵的户口卡片放在写字台上，一下扑在他们的软床上，累，全都袭来。疲乏，她想睡一会儿，抱着蓝白贴绣大枕头一动不动。为办这事，历经春夏秋冬，奇怪的是，后半段过程比较顺利，不像起初那样困难重重，街道办事处、知青办提醒她的那点小波折，她设法克服了。她现在成为没有收入等待分配工作的北京闲人，似乎重回人生的起点。

爸爸在餐厅唤她，像是让她给客人倒水。她抿抿头发起身过去，餐厅烟雾缭绕，两个客人抽着香烟，爸爸正襟危坐十分客气，反显得气氛怪异而僵冷。她认出其中一人，是那晚爸爸闹病带医生来的领导。她不知道这个领导即将升任院党组成员，是科学院领导人之一了。

没有刚沸的开水，她也不愿在板着脸的客人面前弯腰沏茶倒水的，就在厨房从暖壶里简单倒了三杯热水，端了过去。将冒着袅袅热气晶莹透明的玻璃杯，放在爸爸和那两人面前就退了出来。不知是不是这杯不含热情和敬意的水，耗尽客人的教养，那提高的声音，不客气的语调，引得郗海静停步在走廊里倾听。

"这份检查通不过，实质性的东西不触及不行，你会上发言说过，上班就是一种表态，照你这个说法，现在不上班，是在表什么态？向谁表态？"

两个客人临走时说的，更是话中有话，类似威胁了。

"有些人的问题一定会严肃处理！不要跟着跑，站错队就不好了……"声调放得和缓，但更显得不祥。

海静再次进餐厅时，看到爸爸还坐在那里沉思，客人早走了。

"你怎么想起倒杯白水了？"爸爸问她，微微含笑，怠慢客人，爸爸不责怪，她倒意外。

"哦，你不喜欢他们？"她问，看出点儿门道。

"他们是有名的造反派。"爸爸一笑，没再说话。

接着几天，爸爸一直伏案写检查，胡耀邦来科学院搞整顿工作时，爸爸曾经兴奋地给他写过一份《开展科研工作的几点建议》，于是现在一大堆"复辟回潮"的罪名落在爸爸头上，不上班也看作是拒绝参加批邓，加上当初开会时一句表态种下的祸根，黑风翻卷在爸爸头上，大有被打成坏典型的架势。

妈妈又开始跟爸爸有了争执，他们关着的房门常传出轻声的拌嘴。爸爸实际上没心思写检查，而是不由自主地就推开检查，拽过那份《建议》修改起来，海静非常担心，问爸爸为什么不写检查，他淡淡地反问：

"有什么可检查的？"

"我明白，可是形势摆在这儿，泛泛地检查一下算了。"

"你什么都不明白，好好写了检查也通不过，他们就是想借口整人。"

爸爸这样固执，海静心中不安。

这种不安延续到下个月，出大事了。

2

毛主席去世。

这个9月，形势实在难料。一言九鼎的伟人离去，留下巨大真空由谁来填补？几乎没有人能觉察出来，中国政坛上的两大阵营正在暗暗调集力量，为争夺最高权力做殊死战。

历史很快就揭示了这两大阵营各自的小九九：手握军权的一方，从天安门广场的悼念活动中看到了民心向背。他们知道，有枪杆子在手，有民心撑腰，就可以扭转乾坤，恢复旧制，只须擒贼先擒王，拿下那几个搅屎棍。

掌控笔杆子的一方，则吸取了"四五"事件的教训。他们以为，借着先皇的余荫，依靠舆论工具，发动起造反头头的野心，四处伸手，八方抓权，张利爪、露尖牙，挥舞专政的狼牙棒，就足以威震海内，稳坐江山。

顺民心还是逆民意，双方尖锐斗争势不两立。

科学院掌权的造反派头头积极追随倒行逆施的一方，前段工作展不开令他们恼羞成怒，这次要加大打击力度，树立威望，吓唬住人心。9月国丧期刚过，国庆节后上班的第一天便召开院党组会，做出决议下发文件，惩戒"还在走的走资派"，另外，"紧跟着走的"也在惩戒之列。

来者不善，他们要杀一儆百。

这天下午，爸爸的学生，那位被海静称为叔叔的青年，慌张张来见他的导师，直拉着先生进最里面的卧室，掩上门谈了一会儿，便匆匆离去。

带来的是坏消息。他得知了院党组会议的内容，这次要狠狠地整两个人作为典型，其中有海静的爸爸。几天后将召开全院大会点名批判，并公布处理决定。怎么处理？开除公职，限期离京，放逐大西北。

他走后，家里寂静，爸爸只是坐在书桌前沉默不语，海静没发觉异常，她不知道来客谈话内容。

妈妈下班回来和爸爸在卧室里说了几句就又起埋怨声，才引起海静注意。进去看见妈妈外衣没脱，手包也还拎着，显然进门什么都没来得及做，只顾听爸爸叙述。现在她非常激动，头轻微抖动，口里不停地说：

　　"这些人坏透了，狠毒，他们是报复你不上班不去发言，枪打出头鸟。知识分子里就整你一个，让你别惹他们你不听我劝，这么大岁数去大西北，开除公职不让人活了？你怎么办？这些人太坏了，往死里整人，大西北，具体是哪儿？劝过你多少次，我们又不是党员。"

　　妈妈乱了方寸，脸色发红，说的话一针见血，却忘了安慰。她一直担惊受怕，现在超过了承受极限。

　　爸爸"嚯"地站起，走过去摘下衣架上的帽子，戴上走出房门，走出家门，大门响了一声，重归安静。

　　妈妈坐进书桌前的圈椅里，刚才她丈夫坐的位置，也沉默不语了。

　　海静此时既担心妈妈又担心爸爸，音音在哪儿？她脑子里只有这一个念头。她站在窗前焦急地向楼下张望，没看见爸爸的踪影。望了很长时间，终于见到妹妹轻松地骑着自行车出现在楼边，活泼地高抬腿下车时还跟同伴道声再见。

　　海静嘱咐了几句，让妹妹寸步不离陪伴妈妈，自己就急急下楼寻找爸爸。茫无头绪地转了一大圈，她才知道，偌大的世界到哪儿找哇！

　　她越来越明白事情的严重，这次具有极强的针对性，是要置之死地的。对当权的造反派来说只是拂去一个小麻烦，但对个人和家庭是滔天巨浪，躲无可躲。限期离京，就是说不许住在家里，没有公职没有工资靠家人庇护也不行，必须家破人散背井离乡，果然狠毒。

　　她突然想到，自己现在也是没有职业的人，这事也许会影响分配工作，那样，全家只剩妈妈有收入，生活都成问题。

　　爸爸一人流放出去，不行，她要跟去，照顾他的生活。她真恨自己离开了兵团，否则，把爸爸接去，靠自己劳动也有些收入，那里就是大西北吧？在那里她可以给爸爸一个安身之处，偏这么巧，刚刚办回来！

爸爸在哪儿呢？他也想到这些了吧，想得更多，他的重压不知有多大！他去哪儿了？为什么要出去？

她变得惊慌，忧心如焚，他能在哪儿呢？她骑着自行车把中关村绕了个遍，路上人影稀疏，下班的人已经走净，卖菜棚和小商店里还挤着顾客，他不会在那里的，但她还是下车进去仔细看一圈。

她又去一遍科研办公区，微生物所，计算所，力学所，在它们围栏外面穿行。图书馆一带寂无人声，空阔的马路上只有她这一辆自行车，望着各研究所沉默兀立的大楼，无数黑洞洞的窗户闪着阴冷的夜光，压迫感向她袭来。这些冷酷无情的钢筋混凝土，你们看到了什么？说啊！

记得小时候，这些大楼几乎彻夜灯火明亮，人们干劲十足做研究。现在，它们像黑沉沉的怪物，一语不发为虎作伥。

她心里冒起仇恨，如果我爸爸出事，如果你们把我爸爸逼死，我要报复！怎么报复，她不知道，但绝不善罢甘休，去跟踪那个秃鹫一样阴鸷的领导？还是报复这冷酷的社会？我年轻，也漂亮，可以不惜谄媚献色勾引有权势的人，或者趋炎附势自己爬上去，找机会报仇！她胡思乱想，眼睛被怒火烧得干干的，最后，想到也许爸爸回家了。

天已经黑下来，邻居家门紧闭静悄悄。家里只有两人，音音在厨房做饭，妈妈失神地站在旁边，什么忙也帮不上。海静的眼光和她们的眼光相碰，每个人眼里都是担心和绝望。海静心里凉到底，她不能在家里坐等，还要出去找，下楼时，她的腿发软，几次抓住扶梯稳定自己。

她听到响声，探头向楼梯下面看，楼道门被推开，啊！进来的是爸爸，他戴着帽子，拖着脚步走进来，低头蹭上楼梯。

海静急忙后退，她顿时恢复了敏捷，抢在爸爸看见她之前退回到楼上，再向上退，蹑手蹑脚到了更高一层，屏气等待。听见爸爸在下面一层进了家门，"咔嗒"一声关门。她才真正放松，浑身没有一丝力气，靠在墙壁上轻轻喘气。

她走下楼梯进了自己家，音音还在厨房，向姐姐打手势表示父母在卧室，她走过去，听到屋里传出爸爸镇静的声音："……不能埋怨，刚才我心里很乱……"

她急忙进自己屋，关上身后的门，不想听到他们的谈话。

她坐在黑暗的房间里，心里空洞洞。

郗海静受到极深刺激，家庭带给她的安全感荡然无存，什么豪情壮志全谈不上了，只认识到个人的渺小，如狂风中抖动的一片叶子随时可能被卷得踪迹无寻。

郗海静一家这几天如履薄冰似地惴惴不安，像待宰的羔羊，等待那柄即将斩下来的屠刀。

但是没有动静，没有通知没有谈话也没有全院的批判大会。

妈妈心里乱得根本无法去上班，每天在家坐等。接下来的几天，平平静静，这种情形反倒最让人恐惧，灾祸什么时候降临？时时处于猜测的折磨下，每个人都不愿说话，家里一派死气沉沉，人的神经分外脆弱。

因此，见到所里的曹光钊敲门进来，海静心惊肉跳，尤其见他拉着爸爸妈妈急急走进尽头的卧室，把房门紧闭在里面密谈，这一幕，简直是那天坏消息的重演。她站在餐厅门前，心中明白，该来的还是来了。

电话铃声突然尖锐响起，她神经一紧，不肯去接。电话张狂地响着，一声一声不停歇，逼迫她伸出手拿话筒，手在半路犹豫不定，她不敢接。难道最后的判决还用电话告知吗？你们上门来吧！她决心不理睬。电话吵闹不休，顽强地响了无数声，终于累得不响了。

仍如那天的一幕，五分钟后，曹光钊匆匆离去。

3

"这两天玉泉山那边，车来得多。"

昨天吃饭时，伯父似乎不在意地跟伯母说了这么一句，古岗南坐在餐桌前立即竖起耳朵注意听，并且装出完全没听见的样子，大口吃菜，忙着跟他旁边的堂哥聊最近的内部电影。可是直到吃完饭，伯父也没再说下去，他只是和老伴会意地对视了一眼，古岗南也捕捉到那一瞬。他知道，"玉泉山那边"住着"叶帅"叶剑英，距离这里很近。

他给铁哥们靳东征打电话，看他能采集些消息吗。在这非常时期，小道消息满天飞，人人都敏感，能嗅出风吹草动。

结果，是林琳提供给他准确情报，并且一反常态不姑息惯着他，表情严肃得近乎无情，告诫他保密，知道的人不多，你泄漏消息很快就会查到我老爹头上。古岗南心中狂喜，他压制自己静等了一天，转天，他几次走近电话，又强迫自己坐下来算计时间，没有不透风的墙，估计获知消息的人已经成几何倍数增加，再等一个小时又将有上万人知道。一小时前，他已经接到靳东征的电话得到再次印证。好，没问题了，他沉着地拿起电话拨打郗海静家的号码，竟然没人接，无奈稍等一会儿再打。

曹光钊告辞离去，爸妈甚至没有出来送客，这也表明情况异常，海静从餐厅出来送走他，迟疑不决坐在自己床上，许久许久，不敢进父母房间，没勇气面对他们的愁容。

妈妈神情诡秘地进来，容光焕发，眼睛里闪动着喜悦，压低声音说："我告诉你的事，千万不能向外传。"她回手关紧海静房间的门。

"江青他们被抓起来了，"她弯下腰贴近女儿，耳语般地说，声音里有压抑不住的兴奋，"天大的好消息！"

看到女儿瞪眼看她，妈妈扭身坐在床上，手扶着女儿的腿，继续耳语，

"还有张春桥、王洪文、姚文元、四个人全被逮住。刚才曹光钊来说的，他们研究室有老帅的孩子。"

哦，这不会是假的，谁能想出这种假话呢！海静立刻相信了，迫不及待冲口而出："谁抓的？太伟大了！"

"华国锋、叶剑英，前几天就抓了，现在保密，咱们高兴就行了，

别传出去，怪不得这些天不整你爸啦。"

"啊，多幸运呀，怎么会这么幸运啊！"海静登时被提醒，惊喜万分，本应高兴得蹦起来，但没有，她被震慑住，一动不动，深深品味这好消息的意义。

"你知道就可以了，我去看你爸爸，怕他高兴得心脏受不住，劝他躺床上呢。"妈妈笑着离开，年轻了许多似的，动作轻快。

郗海静恍如梦中，这意味着什么？意味着爸爸安全了，意味着家庭从绝望境地解脱出来了！奇迹发生？几分钟前还是黑云翻卷雷霆万钧，摧人的气势压在头顶，一霎时，劲风横扫乌云，将它们击得七零八落，蓝天露出，金色光缕照射大地，刚才还愁眉紧锁转眼就禁不住喜笑颜开，天下还真有这样的戏剧性！

那么……，随着思维重新活跃，她进一步意识到，整个国家安全了，也许能从内耗的泥淖中脱身！而与国家命运紧密相连的每一个人的命运也许将会改变。

她仍然坐在床上一动不动，头脑中却掀起阵阵巨澜，她逐渐看清形势，渐渐明白此事的重大意义，越来越激动，眼睛发亮，脸色却愈发凝肃。

蓦地，电话铃声又尖锐地响起，惊醒了她。海静跳起身疾步去餐厅接电话，她已无所畏惧。

"喂？"她对话筒响亮问一声，透着自信和挑战。

"啊，稀奇，你知道了吧？"是古岗南惊讶的声音传过来，

"我知道了，我知道了，我真高兴。"海静急促快乐地说，清脆的声音像阳光一样明快，像小溪的水花跳动着笑意。

4

买不到白酒，跑了几个商店都说卖完了，古岗南只好骑着自行车继续朝更偏僻的街道找过去。这是一个小副食店，售货员头发已显斑白，胡子巴碴的，服务态度虽好却仍让人失望，他站在柜台后，神态

自若地说："没啦，才卖完。"

古岗南扫视货架，果然稀稀疏疏，只有几瓶白兰地。他泄了气，手拿车钥匙在柜台上敲击，思忖着，今天家里难得的这顿聚餐没酒喝，就没意义，买白兰地？比白酒差远了，没气氛！见他迟迟不离开，那位售货员开始跟他搭讪，

"全家庆贺？"他露出神秘的笑容，双手撑在柜台上，向前倾身探询，

"对，想好好喝一顿！"古岗南咧嘴笑答，俩人都心领神会。

"从昨天起，来买酒的人可真多，今儿中午就卖完了，进不来货，全北京脱销。"售货员了解全面情况，他甚至看出古岗南一路风尘找到这里。他又试探着问：

"是哪天的事？大前天？"

看起来问得没头没脑，但古岗南明白，不假思索回答：

"还早，可能有五、六天了。"欢乐应该大家共享。

"哦，"售货员低头深深叹息，又抬眼问，兴致勃勃地，

"我刚听说，三公一母正开黑会呢，一锅端，那女的，满地撒泼打滚，喊。"

"喊什么？"古岗南没听说这些细节，感兴趣地问：

售货员细着嗓子学："……尸骨未寒，你们就……"

两人一同笑起来。

四人帮的下场大快人心，各种版本的演义随风传播。

"你别找了，白跑。"售货员聊得高兴了，慷慨大方，

"我一见不对劲，怎么都买酒？就赶紧给亲戚朋友留下几瓶，匀给你点儿。"他从柜台下掏出两瓶二锅头，提上来推到古岗南面前。

古岗南大喜，禁不住哈哈笑着，跟他握手。两人热情地聊够了，古岗南才走出门，将二锅头在自行车后座上夹紧，掏兜摸钥匙，弯下腰想开车锁，碰到兜里的钱，猛然想起没付钱呢，急忙跑回商店里。那位新朋友站在柜台后，正笑眯眯地等着他呢，

"瞧我这脑子，拿起就走！"他不好意思地笑着，交钱，两人又接着聊上了。

这趟出来的时候不短，家里快开饭了吧？古岗南想起哥姐妹弟们都等着酒呢，不敢多聊，告别好心的售货员，回到自行车前，发现手里拿着的不是车钥匙而是柜台上的一片铁秤砣，翻头又回去，

"我知道你还得回来，车钥匙丢在柜台这儿了。"售货员举着钥匙朝他笑，仍站在柜台后。

嗨！古岗南拍着脑门，他聊得上劲，随手耍弄的不是钥匙是秤砣，两人互相看着一齐笑。

5

郗家热闹了，来的客人不再小偷一样悄悄蹩进来，而是轻松来访，欢声笑语。

邻居也敢敞开门，放外语唱片听了，孙成伟一直在偷偷听教学唱片学德语。

连老书记也来登门，他是老干部，文革中关于他的大字报铺天盖地，为防连累别人，他从不做客。这次，专挑饭点来，一进门，就朗声道：

"知道你们知识分子不喝白酒，家里不备着，我特意带来！"

他把二锅头墩在餐桌上，对郗正清说：

"咱俩好好喝几盅，你有骨气！"然后扭头对着厨房喊，"炒几个鸡蛋。"

看见音音抿着嘴望着他笑，就命令她："小五，拿酒杯来。"

他只知道她是最小的一个孩子，按照去老战友家的经验，必是第五个孩子最小，所以他通称小五。音音不习惯这个称谓，但还是乐颠颠地拿来了酒杯。

热情一下爆发，家家都喝酒宴庆，激动人心的消息迅速传开，正式公布粉碎"四人帮"的喜讯后，老百姓们开始自发地把庆贺从家门

里扩展到街上。天安门广场自发欢庆胜利的人群如汹涌的潮水，自制的花束、花篮又一次覆盖广场，红旗如林，歌声震天，路边华灯根根灯柱上，高高地系着未开启的酒瓶和白花，那是在告慰周总理。

"王师北定中原日，家祭毋忘告乃翁。"

看得人热泪盈眶。

接着，连续三天，全国各地官方举行盛大的庆祝游行，声势浩大，场面动人。

长安街上几百万人情绪热烈，欢呼声、口号声、鞭炮声交织一片，从早到晚响彻北京。

人民尽情欢庆胜利，欢庆解放。

历史会记住这一切，新的一页即将开启。

第二十七章　莫斯科餐厅

1

北京展览馆前的广场上，飘垂着各色旗帜，微风时而拂过，阳光已经不再灼人，暑气稍退，人们便纷纷来到户外享受久违的松快。这里人头攒动，有的急匆匆穿过广场，有的悠闲东张西望寻觅，展览馆里面正在举办西德工业展览。

这两年经常举办外国工业展览，粉碎"四人帮"后，不再闭关锁国，多年的闭塞，使人们对外部世界的好奇心一时难以得到满足，这种纯机械工业的展览仍一票难求，所以门前挤满想进去观看却得不到票的人。

内心焦急的黄平平站在广场水池边，穿着裁剪合体的短衫长裙，依然额上泌着细汗。她发现约好在这里相聚，真是其蠢无比，淹没在人群里，互相能找得到吗？

事实证明她错了。很快，有人拍她的肩膀，定睛看，是郗海静，后面跟着海音。俩人从人群空隙中钻过来，齐声朝她抱怨：

"嘿，瞎子！"

海静也同黄平平一样，穿着大胆，着一身许多人仍不太敢穿的连衣裙，精致的高跟鞋，披肩发微微卷曲。海音朴素多了，学生打扮，束着高高的马尾辫，青春朝气。原来，她们姐妹已经在不远处向黄平平几次示意，用她们的话说，就是"挤眉弄眼"了好一会儿。

"我怎么没看见？不可能，我眼睛可好得没比！"

不是黄平平嘴上不服输，她眼睛的确尖利无比。此时，她嘴上说着，眼睛已经透过重重人缝，看见远远地在马路对面，古岗南从一辆军用吉普下来，还看见随在他身后下来的穿军装的林琳。

古岗南横穿过马路，朝广场巡视，一眼见到她们三人，高兴地向这边挥手。

"我可没迟到，古胜利还没来吧？"他离老远就喊，显然心虚迟到，看弟弟不在，大为舒心。

黄平平觉得奇怪，张望远处，口中叨叨，"哟，他女朋友没跟过来，明明下车了。"

郗海静也好奇地跟着她的视线寻找，她非常想看看传说中他美丽的女朋友是什么模样。

"音音，长高了！"古岗南高高兴兴走近，像长辈似的胡撸一下海音的头顶，惹得她抗议，喉咙里发出低沉的威胁声，活像她现在宠爱的那只坏脾气的猫。逗笑了古岗南，他穿便装，挺括的浅蓝色衬衫，很潇洒。他转头对旁边心不在焉一个劲张望的两个年轻姑娘发起攻击，

"怎么回事，目中无人的。"故意怪声怪调地说，并且满面笑容伸出手，做握手状，风度翩翩。黄平平不理睬他那一套，劈头就问：

"你媳妇儿呢？我瞅见她了。"

古岗南顿时收回手，笑容也减轻许多，他眼皮轻微抖一下，抑制着不看郗海静，皱着黑眉毛，扬起下巴轻轻地朝黄平平说：

"去去去。"

他的轻蔑态度激恼了黄平平，

"嘘猫呢，你小子！"抬脚就踢他，不料他镇定地闪开，并下意识地伸手捞那条攻击他的腿，本能地露出自卫姿势。提醒了黄平平，他当过侦察兵，别招惹他。

郗海静在一旁看他们两人剑拔弩张的，哈哈大笑，他俩一见面就打，真是冤家对头。她插进两人中间，说："见到你很高兴。"也故意装腔作势，声音松软悦耳，主动探身抓到古岗南的右手，一本正经地拿起来用双手握握，这番假客气让古岗南没了脾气，他无可奈何地笑笑。

黄平平乘机告诫他："学学，这叫礼貌。"

他不愿意提到林琳，尤其黄平平用"媳妇"来称呼林琳，使他疑心朋友们都在催促他结婚，这让他十分不快。林琳去看展览了，她从古岗南的话中听出，今天与他的朋友们聚会，她不必非去不可，连露一下面都可免掉，"别耽搁了看展览直接进去吧。"正符合她的心思。

　　"再次恭喜你。"他真诚地与郗海静握手，并且大声祝贺，她到底考上了大学，他甚至比她更加欣喜。一时性起，他张大双臂，夸张地做出欲拥抱姿势，郗海静一推他，笑着躲闪说：

　　"去你一边的！"

　　众人都笑了，大家往展览馆侧面的莫斯科餐厅走过去。今天是郗海静请客，她终于如愿以偿考上大学，请客是理所当然。

　　古胜利迟到，他骑着崭新的红色摩托胸有成竹地在餐厅的门前追上大家，帅气地刹住车。音音高兴地大叫着拉住他的漂亮摩托，羡慕不已。大家围着观看这辆难得见到的进口奢侈玩意，买得起的人不多啊。古岗南也觉奇怪，问弟弟：

　　"不娶亲了？家底都花净了吧？"

　　"对，改主意了，不骑老婆骑摩托！"古胜利跨在车座上高兴地回答，眼睛放光，心满意足地拍拍他的坐骑。

　　听到他说粗话，古岗南担心地看了一眼年少的音音，暗暗抬脚狠踹弟弟一下。音音却毫不介意，根本没听懂，反而跟着起哄，娇声大叫：

　　"我也骑摩托，我也骑。"缠着这个锃亮的摩托不离开，执意逼着古胜利下来教她骑。

　　人都到齐，众人进餐厅，听从服务员引导在一个长形餐桌边围坐下来。

　　郗海静考了两次大学，那是去年冬天，刚公布恢复全国高考，她就开始复习，但成绩不好，她发现这些年来虽然一直不间断地学习，但知识散乱粗放，考前只有两个月的复习时间，很难规范系统起来，结果失败了。

　　落榜狠狠打击了她，第一次失败了转年再考，她横下心了，不达目的不罢休。接下来这半年她把所有业余时间都投入复习，彻夜备考，减少睡眠，杜绝一切活动，全力鏖战。桌子上堆着各式糕点巧克力，那是妈妈心疼她吃饭太少，然而她根本没有食欲，却滋养了音音，妹妹的细胳膊明显圆润了，明年才轮到她考。

桌上的复习资料奇缺，旧课本是抢手货，难得搞到，使她格外怀念在内蒙兵团时男排王霖的课本，它们是奇货难寻啊。

她背诵着熟悉的政治名词的陌生定义，墙上挂满她自制的历史大系表，硬是能倒背如流。酷"爱"数学，将绝大部分精力填进去，却仍旧一窍不通，结果最下功夫的数学考得最差，严重影响她的成绩。多么提心吊胆地等待分数通知啊。

接到外语大学的录取通知书，她没有喜极而泣，只是有凤凰涅槃的感觉，重生了！

一段时间之后喜悦才逐渐胀大，感慨万分，朋友们与她分享快乐，有的让她请客，有的要请她。

2

今天是为了适应黄平平和古家兄弟，选了他们喜欢的"老莫"。

却原来，最终是古岗南付费，他坚持要请她，这个古怪。

古岗南跟她见面不多，粉碎"四人帮"后自发上街庆贺，俩人曾一同去了天安门广场。那天真激动，照相，笑啊，跟着喊口号，捡起地上别人丢的纸标语旗子，在长安街上兴高采烈挥舞了一路。临离开还把它向上递给了大轿车里伸出的小手，那辆大轿车被人群挡住，走走停停，车里是一伙好奇热闹的外国小孩，将小脑袋伸在车外。然后钻进小胡同里在一家有名面馆里吃炒疙瘩，结果两人都不爱吃，回到海静家饿得又折腾着做饭。

自那以后，每个人都忙自己的事，主要靠电话联系，关系仍是微妙，不远也不近，好朋友。实质上是疏远了，郗海静当然能清楚感受到，他还是关心她，然而火热的温度消退，她多少有点难过，但这是自己让他失望的，顺其自然吧。她觉得自己就是掀不起激情，没有那种心里颤抖的幸福感，因而面对古岗南的退却，既不由得有失落，又莫名其妙地松了一口气。

古岗南的工作安排一路畅通，他身不由己不能随意选择女朋友了，这是代价，他已经认命。林琳的事，古岗南没有主动告诉郗海静。

郗海静觉得既然黄平平对她说过古岗南女朋友的事，她就不想装不知道，有意在电话里提起，他也并不回避，简单介绍几句，总算一切都明明亮亮，没有做作和别扭的地方。郗海静精力转入高考的这近一年时间，几乎断了联系。

黄平平作为旁观者，看出古岗南不愉快，看出他对林琳态度勉强。那次朋友聚会时，古岗南进门，将一瓶汾酒放在桌上，然后不露声色地把挎包朝她怀里一塞，她知道包里剩的这一瓶是还给她的茅台酒，那时一切正常。可是后来，林琳敲门进来，靳东征也提着西凤酒如约来到，身后带着他娇小玲珑的女朋友。黄平平不给往桌上摆酒菜了，压着火，问她男朋友：

"还有谁要来？"男朋友刚从父母手里得到这套小房子，是朋友中最先有独立资格的。得意洋洋之时竟没听出女朋友口气中的冰冷，忙着给两位哥儿们扔烟扔打火机，顺口回答："熊雷和晓军。"

这两人都有女朋友，黄平平明白了，她立时翻脸，

"想赛婆子？我让你们赛个屁！"踢开凳子气呼呼往外走，大家都愣神，场面僵住。

古岗南坐在沙发上，冷静地俯身伸出长手臂，挡住她的去路，头都不抬，看着翻倒的凳子，说：

"你多心了，是我借建新这地方让你们认识林琳，不是你一直闹着要她亮相吗？"

既然这样说，他和林琳就是酒席的主角了，可是，仪态万方的林琳不懂给他争脸，酒过三巡，她面不改色心不跳，次次只抿抿酒杯沿口。无论祝酒的人多么热情劝、豪饮逼，她是"我自岿然不动"，照样文雅地抿一下。古岗南看不下去，只好出面替她一杯杯地喝，这也

正常。后来，他替女朋友喝酒时竟举着小酒杯向黄平平致意，喃喃含糊一句"谢谢（茅台），"心照不宣地一饮而尽，每次都这样，不管跟谁喝，都向黄平平致意。

这太反常，黄平平心里雪亮，她暗暗着急，在这场合，为了另一个女孩儿频频向她道谢，眼里还有林琳吗！趁没人注意，她伸腿踹了古岗南。他看似沉着刚毅却一触即溃，顿时玉树倾倒，稀里哗啦滑进桌子下，当场出丑。

莫斯科餐厅还是金碧辉煌，早已恢复了注重形式的西餐，餐桌已经坐满，各桌之间距离宽松，顾客安静文雅绝无喧闹。高大的房顶下，话声嘤嘤，在这种气氛笼罩之下，人人气度高贵彬彬有礼，教养都显示出来，无论原本有或无。

古岗南神采奕奕，头发浓黑，衣着整洁讲究，他已经北大毕业，在机关，是军官。"前途不可线儿量，海水不可勺儿崴啊，"郗海静在电话里跟他这样开玩笑。

他特意选择坐在郗海静旁边，海音喜欢独霸一方，坐主位，看看面前摆放齐整的刀叉，再四下打量，有点不满地问姐姐：

"怎么不给筷子？"

郗海静端坐着姿态优雅，保持与环境相符的风度，微微侧过身压低声音喊喳着教训妹妹："你这不是露怯吗！"

古岗南莞尔一笑，站起来走到远远的服务台，拉开那靠墙的柜子，从抽屉里取出两副筷子，回来在音音面前放一副给自己留一副，坐下时兴致勃勃地说："我是你的知音，中西合璧才痛快。"

汤上来了，音音又找事，她不喜欢姐姐给她点的红菜汤，满眼疑虑地盯着古胜利的汤盘，猜测蘑菇清汤可能更美味。古胜利故意大口大口连续喝几匙，才停下瞪眼问："换不换？"

可把音音难坏了，几番犹豫。

黄平平打扮得很淑女，头发蓬松卷曲，束成两绺垂在两耳后面，她感兴趣地询问郗海静考大学苦不苦，因为她发现郗海静模样比起二年前差远了。那时眉眼鲜亮，挺水灵，记得岗南这小子总是色眯眯地围着她转，他俩后来吵架了？

"看你够憔悴的。"她实话实说，

这句评价勾起郗海静一肚子喜悦的苦水，她落榜之后卧薪尝胆啊！白天去工厂上班，下班回来伏案苦读。每天只睡四五个小时，沾枕头就能睡着，累得连合上嘴唇的力气都没有，醒来口水流在枕巾上，到现在留下这后遗症，你给查查，有药治吗？

"简直脱层皮，我都不敢相信真的考上了，"她已经是第二次说这句，不过毫无察觉。她是真的感慨和庆幸，并无夸耀之意。她切下奶油鱼块用叉子送入口中，细细咀嚼不愿咽下去，觉得比妈妈做的味道差远了。

古岗南一直仔细注视郗海静。她瘦了，线条流畅的珠灰色裙子裹出盈盈细腰，细得似乎只够双手一掐，黑发软软地披在肩上，脸色有些发白。但眼睛喜气洋洋，很有光彩，要说憔悴可言过其实。

"脱层皮之后能上一重天，这点苦吃得值了！"黄平平叹息，努力切着她的牛排，餐刀不够锋利。她后悔没考，当时没信心，害怕。

"是，值了，毕竟改变了命运，真不敢相信！"郗海静又在感慨。

"你们厂还不错，同意让你考，给了三星期假吧？"古岗南问，

"不，可不愿意让考了，可他们也没权力阻挡，这可真要感谢邓小平。三星期假？那是我破釜沉舟硬歇的事假，真考不上还麻烦了！"

她分配在水泥构件厂当统计员，上了一年多班，连续考两次大学，必须有面对失败的勇气。

"唉"她再叹，

"我都不敢相信，真的越过人生的一个转折点。"

她有点范进中举的前兆。

古岗南眼光一闪，放下刀叉，挺直上身，伸长脖子朝餐厅四处张望。他神态异常认真，引起注意，音音和古胜利不掐架了，同黄平平和郗海静一样，都看着，奇怪他寻找什么？

他转动着脑袋张望，自言自语："胡屠户呢？"

大家都捂着嘴低声笑，生怕打扰邻桌。

受到奚落的郗海静也笑了，拿起餐刀，咬着牙要把他的手切几段。

餐厅的黄铜门框是雕花的，高大华丽，他们推开这道庄重的镶玻璃大门，鱼贯走出来，大家心情舒畅，光亮的大理石地面上响着清脆的高跟鞋叩击声。与餐厅相连有个安静的大堂，同样轩敞气派，巨大的空间，不起眼地散落安排着坐椅和沙发，坐着不少排队等待进去就餐的顾客，见有人出来，目光都远远投向这边。

他们从容不迫地走出来，轻声说笑。今天的聚会很成功，轻松愉快，气氛高雅，从这样的环境走出来，多少会感到有些与众不同，步态上都带点优越感。海静同古岗南并肩，悠闲地走在最前面。

过满则溢，智慧的古人早在千年之前就已告诫。

"见小米粒？没见过，好长时间没联系了，连里的那些人都忙着往北京办"假病退"，哪有心思理咱们啊。"

她回答古岗南的问话，只顾抬脸向上望着他的眼睛，没留神脚下打滑微响一声，转眼间已经摔坐地上。

这一跤摔的！

发生得太突然，郗海静都没反应过来就一出溜坐地上了。她一动不动坐在地上愣神，像个大洋娃娃，腿伸直坐着，裙子均匀地展开在地上竟然不凌乱。

大家惊得立马停步，一致向下低头望着她呆住。她在大家脚下，身体呈直角坐着，狼狈地仰着头，向上看看左边的古岗南，再看看右边的古胜利，他们都张口结舌。透过周围的腿缝，看见大堂的人全望着她，屋顶上垂下的水晶灯是那么富丽庄重。

她眼睫毛眨了眨，觉得自己可笑，很快眼睛里闪出调皮的神色，然后忍不住哈哈笑出声，清脆的笑声像珠玉一样轻轻敲击。她仰头朝他们开心地笑，气氛立刻转变，同伴也都笑起来，伸手拉，她接住两边的手轻盈地站起来，大家一同笑着轻声打趣走下两级台阶，走出转门。

3

刚才那一幕全看在一个人眼里。

这人和同学站在大堂偏远角落的一个烟酒柜台前，两人各买了一盒香烟。突然，售货员顾不得接钱，直着眼惊愕地盯住远处摔坐在地上的漂亮女子，同学也转身向那个方向观看，旁边的这人，一个身材颀长的青年，无意识地随着同学同样看了一眼，僵住了。

他是郑绩东。

他一眼认出坐在地上的郗海静，滑亮的柔发、挺直的鼻梁、黑亮美丽的大眼睛闪烁着欢乐，是她！

本以为往事如烟散去，无缘再见面，万万想不到突如其来眼前就是她。倏地，像强烈的电流击中心脏，他觉得血液"刷"地退去，心悬空，全身冰凉，不会想，不会动。接着热血又冲回来全集中到头上奔涌，太阳穴胀痛难忍，眼睛无法移动只会死死地紧盯着大厅另一边的她。

她是众人视线的中心，没有人注意到角落里的他——直直站立，脸色苍白。

伴随着他们细碎的笑声，她出去了，透过玻璃窗，看到她同一伙人走远，走出视线，他还在追随着窗外的景物。一切像梦，她出现，又消失，只剩他一人。

是她，确定无疑是她，那熟悉的动作，灵敏飘逸。

她变了，有成熟的韵味，时尚美丽，近在眼前，却远在天涯，他和她已经形同陌路。

他动作木木地，付钱买烟，走到外面，强迫自己开口说话，随便找个借口跟同学告别，他们原本一同来看展览，参观完出来后找地方买烟。

同学单独走向车站，心里很奇怪，同伴怎么失魂丧魄似的？刚才还兴头十足俩人滔滔不绝，对西德精巧的自动铣床赞叹不已，突然就一语不发了。

郑绩东感觉头晕眩，他急迫地需要独自一人，打发走同学，剩自己在展馆前逡巡。有点不辨方向头脑混乱，心里在喊叫，要疯了，眼前晃动着这么多人，他们要去哪儿？挡着我的路，躲开迎面的这几个人，绕过他们！哪儿安静？有安静的地方吗，我要安静！

看完展览的人群大量散出，他脚步零乱地穿过广场，寻找人流稀疏的地方。

拐上一条甬道，黑色铁栅栏上挂着"闲人免进"的牌子，他视若无睹推开栅栏门，道路深处有郁郁葱葱的绿树，清幽不见人影，他走过去在石阶上重重坐下。

解开白色衬衫所有的扣子，露出紧绷的背心，年轻健壮的胸膛下，似乎传出扑扑跳动的声音，现在，才能畅快地呼吸，胀痛的太阳穴逐渐松缓一些，一点点地恢复了思考能力。

他早已对过去的一切都放弃，不再抱希望，晚了，晚了，都过去了。艰难的历程像静静河水一样带走了纯净的青春，带走了以往火热的感情，时间是无情的，它不会等待。

可是，见到郗海静，心理震撼如此强烈，他心中酸楚地承认，那感情怎能轻易消失，怎能说一声抹掉就真的抹掉。

刚才的情景慢慢回到脑海，他眼里只有郗海静。穿着颜色淡淡的裙装，长袖口上密密的包扣束着手腕。她坐在地上一脸茫然，很快变成大笑，爽朗乐观，然后双腿侧屈隐在裙下，一下就站起来了，轻快得像利索的猫，甩甩爪子不沾一点水地摆脱了麻烦。她还是那个郗海静，他熟悉的活泼无忧的女孩。

心在作痛。这几年她的生活是什么样？他一无所知，办回北京了？有恋人了？他想起刚才与她在一起的那伙年轻人，闪电一样，从脑海里的画面上，提取出一个人。

是的，他们走出宽大的转门后，走在最后面的那高个青年，是古岗南。尽管当时眼光只顾得追寻郗海静，见到这个男子的身影，他的心中还是若有所动。现在，画面清晰，就是古岗南，英气逼人的古岗南。

他很晚才回到家，院子里各家窗户都已经黑了，四下里静悄悄。母亲急忙给他弄饭，他轻轻拦住，她辛劳一大啦，不忍心让她忙碌。自己随便拿个馒头，坐在院子里小桌旁的竹椅上，狼吞虎咽吃完，他饿了。看到母亲注视着他，他低声劝她回去睡吧，明天您还要上班。

"行，去睡。桌上那碗小米粥，我撒了芝麻盐，你喝了它。"母亲也小声说话，家里人都睡了，院里邻居们也都睡了。她抓住一切机会给他补充营养，其实他早已经恢复了健康。

他等着母亲进了屋，才把刚刚翻找出来的那束信放在小桌上，细心地解开捆扎的小绳，四周沉静，身后的大槐树黑影幢幢，挡不住银白月光。

那是在兵团时写给郗海静的信，载着他最真挚的感情。月光很亮，映在纸上能辨认出字迹，但是不需要看清信上内容，那些都已牢记于心，他只是想触摸往事。

很奇特，认清是古岗南陪着她，他反而倍觉安慰，她立即变得并不遥远，强烈的兵团气息越过了时间距离，熟悉的往事历历在目，哪能生疏？更不会成为陌生人。几小时前，郗海静如此鲜活地出现在眼前，唤醒了他最真实的感觉，甚至唤起了本能的冲动。他思恋的不再是失真的影像和模糊的记忆，而是刚才见到的那个一颦一笑都让他动心的真实女孩，她回到他生活里来了。

她爱过他，那么爱他，在连队不利的环境里，她敢于蔑视禁令，执著热烈又不无小心地维护俩人的感情，他，哪有权利擅自放弃！

顿时，他明白自己错在哪儿了，他太悲观、顾忌太多，成了隐身人，远不如古岗南大胆坦率。

他决定再写一封信，而且要寄出。

这是冒险决定。他不打算考虑她和古岗南现在是什么关系，狠下心要冲破一切束缚找回以往，找回自我。他曾经过于克制自己，现在最起码，他要坦露心灵，让她见到这几年活生生的郑绩东，至于接下来是什么，由她决定。

明天一早，就马上把信发出，不容自己有斟酌时间。

千言万语难以下笔，信写得很简单：今天见到她的震惊和无法压抑的感情，他请她原谅自己的沉默，请求，请求她了解一下自己。

然后把珍藏的四封信一同放进大信封里，挂号寄出，地址，他多年前就熟稔在心。

4

接下来的几天，如坐针毡般等待回信，自信心随着时间消逝而销蚀，最后，失望的剧痛啃啮着他，他知道，不会有结果了，不该打扰她平静的生活。

邻居孙成伟家搬走了，他们的小宝宝已经能满地跑、各屋串，那是他的特权，海静海音姐妹俩喜欢这个淘气的小家伙，宠着他，舍不得他搬走。落实知识分子政策，他们应当腾出郗家的房子，同样，他们也应当得到一套独立的单元房。所以最终，人去楼空，海静进到那间空房间，心中有喜悦也有一缕寂寞。

他们走前将空房间打扫得干干净净，只有墙壁上留下痕迹，显出那儿挂过相框，这儿被小宝宝的脏手涂成一幅抽象画。木隔断成为一面墙壁，拆卸它，就是一间宽敞的客厅，她打量着木墙壁，又走向对面，推开阳台门，走上多年没进的阳台。阳光明亮，可以养花了，当然，喜悦还是居多，十多年了，她们终于恢复了单独的家。

楼下邮递员特有的声调：

"挂号信——，××号。"

海静跑到阳台往下看，楼门前树荫下，站着身穿绿色工作服扶着自行车的邮递员，果然是叫她家。最近挂号信比较多，都是好事，高考的分数或大学录取通知书，记得上次是录取通知书，她一步二台阶地冲下楼，邮递员在门前笑着对她说："嚯，慢点，慢点。"

这次是什么好事？签字盖章之后，她微笑着接过一个厚厚的大信封，一见封面"郗海静收"几个曾经熟悉的字迹，她就变了脸色。

幸亏她急忙跑上楼之后才拆开信，幸亏她一人独自在家不必掩饰自己，幸亏……

她激动地打开大信封，"哗"地滑出五个信封，厚厚的信纸上郑绩东在缓缓向她诉说，他到底来信了。不知不觉大颗大颗泪水扑簌簌地滚下来，意外，惊喜，委屈，复杂的感觉，五味杂陈，她如在雾中头脑混沌地看信。

然而，渐渐地，她眼睛张得大大的，泪水早已干了，神情紧张，一页页目不转睛。连看几封后，她手指冰凉，嘴唇开始轻微抽动，脑子紧张地思索，那时我在干嘛？在心安理得地怨恨他时，他已形同囚犯，在沙漠里忍受干渴，在跟死亡抗争！

她目光再回到信上重看那段，上面写着：

"……随着迷路、随着黑暗降临，恐惧开始慢慢渗进血液浸入骨髓，摧毁你不屈的生存意志。干渴吸走全身的水分让你思维停滞，渴，喉咙滚烫似乎燃烧冒烟，双腿沉重无力拖不动了，顽强的角力到达了极限，死亡的游戏即将结束。眼前越来越黑，你只能屈服，绝望地躺倒在沙窝里，等待……走到人生的尽头了。

"很偶然，睁开眼仰面看见了星星，稀疏模糊，北斗七星渐渐清晰，暗淡的北极星也显现了，它慷慨地指示出方向，安慰失去求生意志的人：朝那儿走，坚持下去。大自然赐予生命之外，还以博大的胸怀向一切生灵施于仁慈，无论他是否遭到唾弃。

死而复生了？不敢确定。"

她端坐在自己床上，面容严肃，一字字默念，那是另一段。

"……片语只字随时都可能带来难以预料的罪名，书写意味着将留下危险，但是那种不可承受的愤懑压抑得太久会导致更大的灾难，两害相权后我宁愿选择前者而倾诉，在被迫走上最终毁灭的绝路之前心灵能倾诉出它的饥渴，足矣，明知道你不可能听到，倾诉出来内心还是得到片刻的松缓。

"我现在是'坏分子'，意味着我得以看到社会掩饰的另一面——蹂躏、粗暴、残忍。任何人都能用正义的名义把你踩在脚下再踏上一万只脚。如果你不屑把自己变成一只摇尾乞怜的狗，那么正义的拳头就会把劳动改造变成饥饿和超体力劳动的折磨，直至你从精神到肉体都完全垮掉。"

他过的是什么日子啊！我竟然一点儿不知道，想当然地以为他仕途坦荡弃置爱情，却不料伴随他的是厄运。遽然而来的喜悦又把她猝不及防地推入深渊，她顾不得自责，再次细细重阅他严酷的生活，不记得看了多少遍，直至房间里光线变暗，天色渐晚。

岁月锤炼得郗海静成熟多了，她不再感情外露，放下信沉着冷静去厨房做晚饭，吃饭时不引起注意地离桌。早早占据书房，她摊开满桌子书，有意让房门敞开一半，这样爸爸就知道她要用功，不会进来了。只开一盏台灯照亮书桌，她把信排好，按信上的时间摆放，再次阅读。这次她从容得多，梳理清楚，最早一封是他们吵架后写的，信封上已写好她家地址，显然本打算寄出。第三封厚重沉甸甸，信封信纸污黑折皱，有许多磨损，这时他已失去自由，所以信封上是空白，不存寄出的念头，信里的话才格外沉痛灼烫。最后一封信崭新，从内容看是前几天偶遇她之后马上写的，如果没有这次巧遇，他很可能还是保持沉默。

上天的确仁慈，安排了这个不期而遇。

她拿起钢笔，展开空白信纸，今晚就要把回信寄出去。然而，一旦打开封闭的心灵，文字就苍白无力难以承载满腹激情，热切的笔追赶不上越来越急切的心，她"啪"的扔下笔。略一考虑，看看表，匆匆去跟爸爸妈妈说：

"我出去一下。"

不等发问，就闪过他们的房门口，出了家门。

5

马路上还有行人，昏弱的路灯光下，公共汽车站也有人在等车。

公共汽车在疾驰，车上车下乘客稀少加快了车行的速度，郗海静独自坐在双排椅上，望着车窗外万家灯火，心里凄凉空落又急迫期盼。一个小时后，她到了城里，热闹多了，商店灯光明亮，街上行人熙熙攘攘。拐入胡同，立刻清静，街灯暗微，一路打听，她到了一个小院门前，这地址她虽然记得滚瓜烂熟，却是初次来访。大门旁有两个石门墩，轻推褪色斑驳的木门，是虚掩的，进去，穿过门道，下二级台阶，面对的是一个典型的四合院。她可感到为难了，东西厢，南北屋，家家窗里透出灯光，郑绩东家在哪屋？

她的满腔勇气支撑到这时，露出了考虑不周的毛病，他在不在？身后有人"咣啷叮当"地推进自行车靠在门道墙上，然后从她身边擦过，借着门道灯光，看出是个小伙子。他回头看一眼她，问：

"你找谁呀？"

听到她的回答以后，他边走边朝院里喊一声：

"东哥，有人找。"眨眼不知进了哪屋就不见了。

郗海静跟着走了两步发觉又剩自己一人，为难地站在院子当中。

身后东屋有竹门帘清脆的响声，有人出来，她急切地转回身看，是郑绩东。灯光斜洒在他脸上，照出他凝滞的表情。

很明显，她突然出现使他再次受到震动。来不及反应，行动迟缓，掀门帘的手忘记放下停留在半空，腿跨在门槛外的台阶上，似乎信不过眼前所见，唯有眼睛能泄露出内心已迅速掀起风暴。

他的眼睛黑炯炯，跳动着异样的光，他嘴唇动了动没说出话，只能够紧紧盯住她，用热烈的眼神告诉她：多么意外！多么惊异！ 你就这么闯来，难道你知道我等不及回信吗？知道失望的炙痛实在无法忍受？

乍一开始他并没认出。只看见她背影绰约身姿窈窕，只看见她回头，脖颈急速而柔软地先于腰肢转向他，黑亮的眼眸急于寻觅而首先盯住他眼睛，全身转过来的瞬间，显然她已认清是他，满目深情。这双眼睛他多么熟悉，与记忆中的不差分毫。

像有魔力一样他能动了，扔下竹帘迈下台阶，被她眼睛里的热切牵动着朝她走近，轻声叹：

"是你？"声音里透出心底的惊喜。

在她面前他止步站立，激动的眼神里闪出一抹迟疑，似乎询问：能拥抱你吗？或者握手？

他脸上线条粗韧，额角开朗，郗海静急迫地望着他，他很好，虽然不如原来魁梧但仍旧挺拔，受到的伤痛好像平复了。看到他渴望的目光，她柔情激荡，想也没想就走上前轻轻拥抱他，默默不语身体紧贴他的胸膛，感受到他急速的心跳，双臂轻柔地环抱住他。

他回来了，回到她身边，仿佛只分别了几天。她脸靠着他的肩，清晰地听到他呼吸的声息。

当她温暖柔软的身体抱住他时，他满心的激动瞬间化为一股暖流，流遍全身渗透每一角落。他轻轻揽住她的腰，抚着她的秀发，低头吻它，幸福毫无预兆地降临。不知过了多久，直到他妈妈出来，问：

"谁呀？"

俩人并没有惊慌，而是很自然地分开。他沉稳地用双手扶住她的肩，转过她的身体，让她正面朝向他妈妈，镇定地说："见见吧，是我妈。"

也是说给他妈妈听，声音自信，那语调，好似亲密的恋人已经进入水到渠成阶段。

那天，他们没有进屋，郑绩东的妈妈也不再继续坚持让儿子带这位秀丽文雅的姑娘进去见所有家人，她是深谙人情世故、体贴睿智的母亲。

他们并排走出小院，不知道要去哪儿，也不知道第一句话谈什么，一瞬间有点儿生疏冷场，沉默中，两人同时感觉到对方要开口讲话了，

"不，你别问，我答。"郑绩东停步转过身，拦住郗海静抢先说，

"是，我考了。对，考上了。你呢？"他与她面对面，不待她开口就直接不问自答，

他当然明白她首要的、最关心的是他的近况。对他来说，摆脱困境的最好方法是考上大学，这是目前知青能够掌握自己命运的唯一途径。

"啊，我早猜到了！那样他们就没法整你了。"郗海静立时满脸喜色，轻声叫好，

"你呢？也考了吧？"他再抢问，这是他关心的，她肯定要圆大学梦，他甚至在考场上都突然有一种强烈的感应：她一定也在某个考场。

"考了，刚考上，你考上哪儿啦？"她简单答，又急着问，

听她说刚考上，郑绩东急忙问"考上哪儿啦？"

俩人几乎同声发问，然后一齐笑了。郑绩东在全国恢复高考的当年就考上清华大学，在当地远近出了名，那些罪名撤销以后多少还留了一点小尾巴，这一出名，农垦局把尾巴也主动给消除了。

那晚，他们没有时间说太多的话，郑绩东最先冷静，理智地明白她不能在外面过夜，慢慢走到车站，陪她坐最后一班公共汽车到城外。

第二十八章　结　局

1

他步行回学校集体宿舍，尽管还有不近的路，尽管郗海静说家里有空出的房间，他仍不同意跟她上楼，他不愿唐突地深夜到访，给她家人添麻烦。在楼前告别，郑绩东打量这座只剩一二点灯光的灰楼，心里感慨，如果不是出了变故，他那次探亲回来的第二天，就会来这里探访。兵团催他速回的电报打乱了预定计划，回内蒙后，从火车下来踏上小站的那一刻他就失去自由。其实当时耽搁几天办好私事再回去，能有什么不同！心里多少次痛责自己的愚忠。

他们经常在海静家见面，他有很大变化，不再朝气勃勃的样子，面容不像在连队当副指导员时清朗有光彩，脸上皮肤粗糙，历经沧桑一样，额头上又多一道细纹，只有那眼神更明亮自信，言谈举止深沉了。有时，他还会陷入沉思，好像又回到了孤独时养成的习惯，内心在思考什么郗海静猜测不出来，只感觉伤痕犹在。

对她比从前亲密，眼睛常常追随她的一举一动，毫不掩饰迷恋之情。如果这时俩人视线碰到一起，他就会凝视她的眼睛，直到她用眼神发出疑问：你看到了什么？他才温厚的一笑，收回目光，不发一言。从前他并不这样，也许由于长期孤苦伶仃而产生脆弱，心灵角落有寻找依靠的强烈需要？她常常感动得心软绵绵的，不由自主伸手抚摩他脸颊。

郗海静发现他的另一变化，是抽烟。过去他没这个嗜好，现在身上有烟草味，眼角出现细纹，是吸烟时眯眼造成的，烟龄长或烟瘾大的特征。

实际上在七连受管制时，郑绩东已经被迫戒烟，后来处境好转心情并未同步好转，烟就重新成为伴侣。

海静拿来精巧的茶杯碟给他做烟灰缸，他们最初聊的大多还是兵团时的事，郗海静只跟他客气了两天就原形毕露，直率问："你那时生气，嫌我落后所以不理我吗？"

郑绩东想一想，掸一下烟灰，忠厚地点头承认："嗯，有这一因素。"

"那么，你还责备我不写信吗？"问题澄清了，郗海静基本满意，等待他顺理成章做出结论：她首先被冷落所以没有责任。

"哦，那也责备。"他仍旧忠厚，这次是固执己见。

"啊？你也学会严格要求别人了？"她惊奇地扬起眉毛，开心笑着感叹，"生活真是个大柒缸呀！"。这正是她喜欢的郑绩东，沉稳坦诚，为人真挚。

"你等等，那只是其中一个因素，还有**主要**因素没提呢。"他并没被绕迷糊，也不容用玩笑滑过去，照旧紧扣原题，生活这个"大柒缸"已经压制得他有足够的时间思索，养成思维严谨的习惯。

"你独自退出，拒绝沟通和交流，把对现实的不满与对我的气恼混在一起了，感情用事，当然要责备。"

郗海静无话可驳，她素来感情用事，沉吟片刻，试探着问：

"照你的意思，是我毁掉了这些年？"

"不是，不是。"郑绩东急忙消除这个误解，他一直责怪的是自己，几年艰难跋涉，最多的是质疑和深悟。他历经了自我否定，悟到从前做了许多错事，海静必须了解新的他。

"那时我虽然不接受'家庭出身'这类身份标签的概念，但还是凡事用政治眼光评判。所以，我因为前一点而自视甚高，坚信我没错；因为后一点而导致碰钉子，两点加在一起就一败涂地了。而那位恰巧穿越时代有了人性眼光的小姐却拒绝理性对话，气哼哼地独善其身！"

郗海静被逗笑了，想想他的描绘，气哼哼，的确活脱是她当时形象。

"恰巧？"她还是不服气。

"好吧，我醒悟的比你晚，问题就出在这儿，应该责备我。"他举手，妥协让步。

海静含笑看着他，本想冲口说出：因为你比我受挫折晚。猛然意识到不能重提惨痛往事，她见过他触碰这段回忆时凄然失神的沉重表情。

杯碟上烟灰已经积了不少，当他又伸手去拿火柴盒点燃新烟时，郗海静手指灵巧地抢在他之前捏住火柴盒，口里不赞成：

"抽太多了，怎么学会这个啦！"

郑绩东在半路停住手，眼睛望着她细腻秀气的手出神，仿佛又想起什么，那神情好像去了遥远的地方。郗海静刹那间明白他为什么学会了抽烟，无疑是因为她的绝情，被她害苦了？立刻心虚，一点一点松开火柴盒，每一根手指似乎都惭愧不堪。看到她的手指胆怯地缩回，分明在内疚，郑绩东醒悟，急忙挪开视线换了表情，欣然举起手里的那支烟告诫她："抽最后一支，你别干涉了，不然戒不成。"

2

他已经上大学一年。

恢复高考给每一个青年带来了公正公平的机会，一旦打破樊篱允许人们堂堂正正地追求知识，刻苦学习登时成了风气，似乎身边的每一位朋友都在备考，都跃跃欲试想当一回举子，在考场上屡败屡战不屈不挠的，大有人在。

去年，他从旗里在中学设的统一考场出来时，在人群中碰见王霖，只见他脸色难看，脚步虚弱，一看就知道他考糟了。安慰的话谁也说不出口，默默地一同回到兵团的转运站住宿。今年听说这位小老弟又落榜，他已经在自学大学有机化学的教材，怎么一上考场就不行呢！令人唏嘘不止。

而那些考中进了大学校门的青年，一时成了天之骄子，表面风光无限。实际，他们中许多人年龄偏大，经济拮据。上山下乡蹉跎了岁月，备经艰辛，得来求学的机会实属不易，哪里顾得上得意，更不容分心，只知埋头苦读，抓紧弥补生命中的空白。

郑绩东就是一个典型。他倍加珍惜时间，除了睡觉，几乎都泡在教室和图书馆，暑假大部分时光也在学校看书，宿舍楼里有不少跟他一样以校为家的同学。然而这些天，他过于奢侈了，成为郗海静家常客。晚上回到宿舍之后也不能沉下心学习，总是回味白天情景，满脑子是郗海静的影子，一颦一笑历历在目，常常看书的时候就眼神发直，不知不觉微笑起来，幸福得一塌糊涂。

这情形让他发慌，让他发愁，这样下去怎么得了！听课时走神太糟糕了，不知何时才能平静下来专心用功。

他比郗海静变化彻底，最明显的是，他非常松弛，不再绷着，仿佛从思想上解除了重负。设身处地替他想一想，从十分年轻时就一直为人表率，只能戴着面具拘谨着，以前只在郗海静面前稍微放松些，现在不再对周围人戒备，时不时露出幽默诙谐的一面，他的确得到了解放。

相比较，郗海静那副天不怕地不怕的样子是假相，开学时去学校报到，她最末一个到宿舍，只剩了一个晒着阳光的上铺，她并不在乎，反正不会在学校多住。兴奋之余，发现同学们年龄差距极大，个个豪气风发，校园里女同学更是形象斑斓灿烂，可能跟外语专业有关系，出乎她意料。本以为都是穷学生不会讲究穿着，来时特意穿着朴素，防止显眼，结果数她暗淡土气得乍眼。

看来郑绩东又有先见之明，不服他不行。

她在穿着上仅仅观念前卫，实施时仍不敢太惹眼，他则对她的胆怯不以为然，干嘛不敢与众不同？依着你的性格爱好吧，不必受别人限制。我看，穿上这条白色长裤显出你身材苗条得可怜，穿吧，肯定瞩目。闹得她分辨不出他是说反话还是正话？他站在过厅稍远距离欣赏，抬眼见她满脸疑惑，赶快亮明态度，"是真的！你看你，美就是美，我不会跟你说违心的话。"

那是爸爸出国开学术交流会带回的微型喇叭裤，看见女儿不敢穿，爸爸感觉奇怪，说："在美国我看满街的女孩都穿，挺好挺普通。"

他给音音买回的是一条玫瑰色的，音音瞟了一眼，马上大方地把喇叭裤扔到姐姐床上，

"送给你了，姐姐，我要这个。"她喜欢那支电子笔，不锈钢的笔杆上端有一个小巧的条形液晶电子表。

举行过新生欢迎会、文娱晚会、入学教育等等一系列活动后，发下了课程表。这是她最关心的，上课时间大部分在上午，满意之极，这下子有许多机会可以跟郑绩东在一起，她的心思还没放在学业上。下午四点后，当各处操场上逐渐欢快起来龙腾马跃时，就是她撤退去约会的时刻。

他们经常会面，许多时候在郗海静家，家里人全都熟悉了郑绩东。她的父母从第一眼就喜欢他的沉稳诚恳，欣赏他渴求知识的那股劲头。

音音对这个明确无误的未来姐夫有点敬畏，他看上去性格严肃，好像很难跟他谈谈笑笑。直到有一次，他额角上方贴了一小块橡皮膏和一方纱布，端正的形象受到破坏才壮起了她的胆子，好奇地问他：

"打架了？"中学生打架开脑瓢的多了，她只能往这儿去猜想，

"哪儿可能干那事？"郑绩东被这个天真的小女孩惹笑了，他认真地解释："长了一个很小的疮。"

用手比划了一下大小，以示程度轻微。他心中早就在纳闷，"穷长虱子富长疮"住在学校集体宿舍能算富？不相信校医的诊断。校医室说是疮，而且给贴上这纱布，他本不愿接受，那医生很严肃地讲了一通危害性暂时吓唬住了他。

"哦？"幼稚的小女孩听说是头顶长疮，立刻仰脸感兴趣地左右打量他脑门，充满同情地探问："脚底流脓了吗？"

"哈哈哈"郗海静坐在床上马上放声大笑躺倒在身后的被子上，她早已经疑心妹妹不安好心，妹妹从来没有那么关心过人。郑绩东只好笑着警告：

"好，好，你给我来这个是吧？"语带威胁，好像他握有多么大的惩罚权，从那以后，在音音眼中，他不复威严。

她很快尝到苦头，音音骑车去郊游，她跟同学们走散了败兴而归，在家中大发牢骚，

"明明笔直的大道，通到地平线也没遮挡，怎么就看不见他们？我眼睛是远视呢！百思不得其解。"

"因为你的眼睛直勾勾，而地球是圆的。"郑绩东在翻拣郗海静给他搜罗来的一堆工具书，听到这话没抬头开玩笑挪揄音音，妹妹躲在他背后用极轻的声音提醒姐姐：

"他脚底真流脓啦……"她用口形加以辅助，并悄悄指指他。

"还有，空气可以传播声音，到底谁'坏透'了我可清清楚楚。"郑绩东仍低头翻书不动声色地补了二句，揭穿她的原形，着实让音音尝到厉害。

其实，在郑绩东面前有一面明亮精致的镜子，他在镜子里朝幸灾乐祸的郗海静暗暗挥拳，粗心大意的音音始终不明白姐姐为什么突然掩住口不敢偷偷笑了。

郑绩东学习工程机械，目前偏重基础课，他跟海静的爸爸很谈得来，有些理论东西请教时可以得到这位长者的指点，由此展开谈到别的领域，还能受到不少其它教益。他佩服她爸爸身上具有科学家纯厚正直的气质和严谨的学者风度，显然他两个女儿还看不到这些。

她的妈妈也是典型的知识分子，通情达理，态度温和，招待人细心周到，在餐桌上吃饭时，常常不露声色地把话题转到青年人熟知的领域，让他很自然地参与谈话。

3

郗海静似乎迷上人口多的大家庭的热闹，津津有味观察郑绩东的弟弟妹妹们，入神地听他们聊天，虽然插不上几句话。他是长兄，弟弟妹妹都尊重他，凡事要看他的意见。父亲受到尊敬表面威风，下

班回来孩子们递茶送扇子忙着侍候他，实际家里掌舵的是利落的母亲，而母亲倚重大儿子。

母亲一生辛劳勤俭操持这个家，对人一眼就能看透，她看出海静有教养但娇气，指望她照顾大儿子生活恐怕是不现实。但是，儿子心里只有她，喜欢到骨头里，变了一个人似的从心底里泛出笑，眼睛跟着这姑娘转，能让他恢复高兴，母亲就对海静满心感谢。

对母亲的心思，郑绩东猜得八九不离十，他护着郗海静想让她露出最好的一面使母亲放心。所以当海静夸口说自己饭做得不错，给大家露一手时，他担心她的能力想阻拦，眼看拦不住就随侍左右当下手。他俩在窗外搭的小厨房忙，懂事的二妹妹见大哥干活心里不安，帮着在院里洗菜切菜打整好送过来，郗海静挽着袖子扎着围裙，噼里啪啦油火烹腾地炒了起来，不时忙里偷闲翻翻这儿瞧瞧那儿踅摸，郑绩东忠心耿耿地追着问："找什么？"

"味精放在哪儿？"她一边问一边翻动着东西不多的小搁架，或者问："有花椒吗？"

郑绩东就转身去西屋，喊："王奶奶，借点儿花椒……，"

有时是他母亲送过来，海静没注意他妈妈在邻居家忙着什么。

终于端整好了四菜一汤，油光晶莹散发出香味，盘子里有的白红相间，有的娇黄嫩绿，颜色搭配得悦目，摆在桌上很漂亮。妹妹弟弟布碗筷，另一个弟弟星期天上夜大刚进了家门，小妹妹也买回了馒头正在装盘，父亲坐在方桌上首之后，热热闹闹大家围坐上来。这时海静才发现出了大问题，这么多人，四盘菜哪够吃？太少了。她的脸立刻涨得通红，难为情地望着身边的郑绩东不敢说话，他妈妈扭脸对大儿子说："去把炖豆腐端来。"

然后慈祥地看着海静，倾过身来低声宽慰她，"没事，我那儿还有个当家菜垫底呢。"原来，她借邻居家厨房熬了一锅粉条丸子炖豆腐。

锅已经换到自己家的火炉上继续炖着，咕嘟咕嘟响得热闹。

郑绩东在厨房弓身悄悄问海静："姜还是老的辣吧？"她佩服得

一个劲地点头赞同。

此时，她从屋里溜过来帮他端菜，捧着大海碗看他一勺勺盛进来，酱红的丸子白豆腐块大宽粉条满满一大锅，热气腾腾香味扑鼻。突然，郑绩东勺子里冒热气的粉条滑出掉在郗海静的手背上，烫得她"啊"一声惊叫，本能地想缩手甩掉，却两手端着大碗不自由。眼看滚烫的粉条牢牢贴在她手背上，郑绩东慌得连忙用手去拂，不等他的手到达，只见闪电般她已把海碗扔进了锅里。郑绩东目瞪口呆，望望锅里的碗，它埋在软软的豆腐里安然无恙，望望他的郗海静，她抚揉着烫红的手背胆怯地望着他。

他实在忍不住笑开了，只顾笑，"嗬嗬"地小声压制地笑。直到他俩把大海碗洗净盛满端上桌，他还想笑，咬住嘴唇成一条缝强忍住，郗海静则惶恐不安脸微红。他母亲不解的目光几次滑过他的脸，他赶快垂下眼憋住笑隐忍不发。

结果，这顿饭，郗海静最爱吃粉条豆腐丸子，家里人则都喜欢她炒的菜。

事后，郑绩东不接受她的抱怨，她嫌他在席上总偷偷笑，笑她娇气。那是几天后在她家，想起这事她找后账了。

他反驳："娇气有什么大不了的，你怕？思想还是不开化，你比我还要左得不可救药，向劳动人民看齐不非要那些表面东西。"只要自然、不做作就是好，他最喜欢郗海静率真不矫饰。

"问题是我不娇气，那是自我保护。什么叫娇气，比如，吃米饭牙硌到砂子……"她觉得郑绩东对"娇气"的认知不准确，便循循善诱开导他，

"……你是把砂粒找出来，还是把满口饭都吐掉？"她望着他问，并且及时补充一句，"我不吐掉"。

因为她妹妹音音干脆彻底的都吐掉，那才是娇气。米饭里偶尔有砂子，她的确不吐掉，而是耐心地用舌尖找出那颗白色砂粒，他经受过磨难肯定也是找出砂粒，不会浪费粮食。

她望着他等待回答，胸有成竹。

"我全吞了！"他坐在她的书桌前低头摆弄手里的计算尺，注意力全在它上面，眼盯着上面细小的数字，只给了她一声简短回答。

啊，还有第三种选择？郗海静没词儿了。

郑绩东没抬头看，心里明白她水灵灵的眼睛肯定正在直愣愣望着自己，不由开心地笑了，她急于显示成熟，实际仍存单纯。

她不知道，他在兵团七连时，缺粮严重，返销粮有时都发霉了才拨过来，连队战士吃饭前集体背诵语录，饥肠辘辘地念叨："要节约闹革命，要进一步节约闹革命"，接着就是一通狼吞虎咽，哪里能感觉出砂子。她懂节约，受过苦挨过饿，但程度差远了。

那天在郑绩东家吃完饭，全家人在大屋热闹了一会儿便逐渐散开，出门的，在院里洗涮的，放开小桌在树下跟邻居下棋的，这样，屋子里面虽窄倒不显拥挤。

清静下来后，只剩郗海静与他妈妈在里屋聊天，

"想不通啊，怎么就成了坏分子？那几年光为他哭。不舍得来回花路费，考上大学办完所有手续他才从内蒙回来，那个瘦！像一根秫秸秆儿！受的都是什么罪从不告诉家里，我一见就掉了眼泪。专门给他做好的吃，一天一个鸡蛋，他不肯，让给他爸吃。没法儿，我就给全家一块儿做，隔三岔五不是丸子炖豆腐，就是粉条炖肉，全家人都有份他才吃。那两个月，借钱吃我也愿意，每礼拜都给包饺子，眼见着他缓上来！唉，挨着饿干苦力多少年，只剩下一身干巴劲，那手上茧子厚的打不过弯儿，我不敢看他那粗手，见了就想哭。这都回来一年了，看那手，还变不回来。去内蒙这些年，谁家孩子也没成这样啊，犯了什么泼天大罪……"

郗海静听着深深埋下头掩饰泪水，她不了解这些具体而微的鲜活细节，从不敢问。他妈妈红着眼圈缓缓述说，她欣慰多了一个心疼大儿子的人。

郑绩东进屋看到这情景，满脸诧异，问：

"怎么了？"

紧接着恍然大悟，埋怨："嗨，又提那事！"

"不提不提。"母亲急忙顺着他，

"说说老二结婚的事吧，要不，让他推后几个月等着你？"母亲眼睛看着他试探，

"您看您说什么呢，这儿正上大学呢，他结他的，早定好的事别改了。"郑绩东不想让郗海静有压力，马上阻止他的母亲。他三十岁了，一个妹妹插队办回城后已经出嫁，大弟弟也不能再等了，老人还想按顺序来。

天气转冷不愿出门，碰到两人下午都没课，更多的时候都是从学校回来在海静家会面，经常在海静的房间里各自用功。

郑绩东带来画图纸的作业，他在海静的桌上摆开摊子，专心在图纸上，耳里有时能听进她细细碎语。他站在桌前，躬身用两个透明大直角板在纸上比划着，需要标记号，拿起桌上海静的钢笔想用它，无意间一拧，平滑的笔杆上一个黄色长形金属框"咔"的凸了出来，与普通钢笔的笔身大不相同，

"嗯？"他站直身体注意力转到这儿，好奇地观察这笔，问海静：

"这是什么？"他把笔递出去拿近给她看，另一只手指着那块突出来的长形凸钮想按下它试试，海静坐在书桌旁边的床上，看他高高在上笔尖对着自己想按那钮，慌得急喊：

"别，别……"眼看来不及阻止他，一把扯过白色软枕头护住脸。她这鸵鸟政策止住了郑绩东，当她从大枕头上探出头时，看见他嘲笑的眼光在锐利地盯着她。

"怎么回事？"他问。

"你一挤就喷出墨水啦！"海静轻捷地举起胳膊从他手里抢过笔，松口气这才顾上解释，"那是吸墨水的按钮。"

"你……真能自我保护。"他点头由衷佩服。海静不好意思地"嘿嘿"笑着，她知道在他看来，脸脏了好洗，漂亮的枕头被喷出的墨水染蓝了就休想再洗白，她无法狡辩，讪讪地，

"是爱美之心，……"她脸上皮肤细腻，有淡淡的光泽，嘴唇红润在轻微翕动说着什么，郑绩东已经听不见，他向下望着她美丽的

脸，突然渴望吻她。他弯下身，轻轻亲她的嘴唇，她再次感受到他的痴迷，心中一热，用力拉他坐下，主动回应。用双唇摩挲他脸上每一角落，柔情蜜意地吻他的眼睛、眉毛、脸颊。他清楚感觉出她饱满有弹性的胸脯不时碰触他胸膛，痒痒地惹得他心跳加速，禁不住狠狠地回吻。

他们经常拥吻，郑绩东动起情来感情非常强烈，小心地紧抱她，长吻热烈执著。他不再谨慎地克制，而是放任地表达火热的爱。他压抑自己太久了，既然真心在爱，那种不自然的、违反本性的过分克制反而扭曲了最美好的人性，委屈了他也委屈了这个最可爱的女孩。

有时，他大胆得让海静脸红心跳，真正感觉到自己是在被男人爱，尽管这男人她都有点不认识了。她非常高兴自己具有魅力能让他入迷，但愿她能一点点熨平他心中创伤。

她陷入缠绵思恋，一刻也不舍得跟他分离，有空儿就回家等待他，爸妈下班回来，音音从学校回来，她不让郑绩东告辞，强拉着他与家人一同吃饭谈天，家里人都喜欢他，相处融洽，往往很晚了他才回校。

他的那几封信郗海静珍藏在奶奶留给她的一个黑花小漆盒里，他不喜欢提那段经历，所以她从不当着他打开这古色古香的盒子，治愈伤痛需要温柔和时间。

秋雨绵绵，隔着纱窗，透进阵阵寒气，可以看见树叶上盈着雨水，撑不住时，抖动着晶莹的大水滴滚落在窗台，前仆后继，连续成淅沥沥的轻声。

郑绩东坐在海静的书桌前，并没有读那本摊开的大书，而是望着窗外满树的湿叶，听着窗台上嘀嘀嗒嗒，出了一会神儿，转头对海静说：

"你知道吗，每当外面凄风苦雨，我能坐在干燥的屋里就觉得幸运，能够看着屋外的雨而不是身上淋着它就很幸运！现在更怪，觉得幸福。"

他说话声音低低的，眼神柔和有几分迷茫，又转回头盯着窗外雨滴。每逢秋雨时节他都要披着麻袋片独自去湿洼积水的地方浸泡那一大垛割倒不久的线麻秆，脏水灌进鞋里，双脚冻得始终麻木。

郗海静坐在书桌侧面的椅子上，戴着录音机的耳机正在听口语对话，赶快摘下耳机，听清了他的话，回味了一会儿，渐渐百感交集，为了冲淡泥泞冰冷和湿衣裹身度长夜的回忆，她伸出手软软地抚摸他的脸颊，充满同情地提醒他：

"说明你现在软弱了，被糖衣炮弹击倒，亲爱的副指导员同志。"

他只是笑一笑，神情仍然怅惘，没有从往事中被拽出来。

冬天降第一场雪，阳台地面覆了一层白雪，洁净悦目，但是几块立在角落的废弃破损玻璃显得有点儿煞风景，海静想扔掉，郑绩东不赞成，说还能利用，给下面楼道木门空着的几个缺口镶上。

他下楼去量尺寸，吩咐海静准备好一盆水，不一会儿他带着室外的寒气回来，看见备好的竟然是温水，不满地"嗨"了一声，抄起一块玻璃就去卫生间自己找个最大的盆，"哗哗哗"接满冰冷的水，端到寒冷的后凉台，朝她喊："剪子！"，口中喷出白雾。

郗海静把剪子递送过去，惊讶地看他把玻璃浸在冰凉扎手的水里，拿剪子"咔嚓咔嚓"一通剪，像剪饼干一样把玻璃剪成合适尺寸，她简直不能相信眼睛，那是一把普通剪布的铁剪子，所向披靡地剪玻璃！

他下楼捣腾出一阵响动，叮叮当当的，不一会儿楼道的镶格木门就变得完整漂亮，一改近十年的破败相，精神抖擞的。

郑绩东上来时手冻得通红，她强迫他把骨节粗、皮肤硬的手按在热水里泡，然后擦净，涂满搽手油开始给他耐心揉搓，灵巧的手指在他的手背和手心上穿梭不停，直至他忍受不下去提出抗议：太浪费时间，才还他自由。

从此，她有机会就给他搽油，喜欢反复揉磨他手心的硬茧，眼见得那双手的皮肤起了变化，日渐润软。起初他很感动，后来奇怪了，问她干嘛跟手这么较劲？她摆弄着他的几个手指，煞有介事地说：

"帮你找回青春，不怕一副老相配不上我吗？"

她不愿告诉他真实心意：这手是他艰难经历的明证，她有责任让他母亲永不再伤心。相信几年后，这手会变回母亲熟悉的原样。

她固执地抓回他总想逃跑的手继续揉，并且发问，

"你还会再干那傻事吗？"

"什么？"他装作心不在焉，想躲过这个话题，耐着性忍受她重返青春的尝试，

"理想主义，后悔吗？"

他沉吟，"后悔嘛……"残存着几分清俊的脸变得严肃，

"……说痛心比较准确，那片赤诚毕竟珍贵，可惜用的不是地方。"他诚恳地说，关于过去，他俩谈得比较浅，还是有必要彻底面对。

"对，我同意，用错了地方，浪费了人生，今后留着善待自己吧。"海静赶快跟着表态，

"也不能从此只为自己打算啊。"近来他发觉她有些矫枉过正，乘这机会表示不同意见，

"哦，你才左得不可救药，还想一心为公？"她有点担心，他改不了啦？

"你看，大公无私是一种境界，要求每个人时时刻刻都无私，那就偏颇了，后来发展到走极端否定自我存在，就更错了。所以那时我'先进'得在连里不得人心，是吧？"他显然反思过很长时间，说得流畅。

"对，那时和现在都不得人心。"她板着脸说，

他惩罚性地抽出手，表示反击。

她不防备揉了一个空，笑了，挥掌朝他臂膀内侧砍一下，这叫"剁麻筋"，是她的绝招，被她制服的人不在少数。工厂里的、师部篮球队的、无不捂着胳膊被麻倒失去反抗力。不料，在他身上不起作用，他强健的臂膀浑然不觉，她又剁，咬牙嘟哝：

"还治不了你这顽固派啦！"

他用手接住她的劈雳掌，继续说：

"我只是预防走向另一个极端，真正接受了教训，平衡！一心为公做不到，起码公私两不忘吧。放心，不会再丢失自我，也不会只有自我，再说，这都是观点，离实践还远呢。"他抱歉地朝她笑笑，知道她不太赞同他的殉道士情结。

"但愿你能平衡好，江山易改本性难……"她想挣脱出自己的手，

"平衡得非常好。"他打断她的话，吻她的脸颊，左边一吻，右边一吻，"看到吧，在平衡！"

海静只好看着他笑了，美丽的大眼睛充满对他的喜爱，引得他捧起她的脸吻眼睛，吻完左眼又吻右眼地平衡，然后迷蒙地口中喃喃：

"好像还有敌敌畏味。"

两人都无声地笑了。

他想起在兵团时她撞上沾满敌敌畏的布条伤了眼睛，治疗时他帮助冲洗，弄得自己身上的药味连续几天也不散。海静也回忆起五年前的这情景，那时他们暗暗相爱不敢有任何表示，唯有那次他不管不顾地照看她。

"那时你怎么不亲亲我，怕中毒？"

"那时候不仅不敢做，连这样想都不敢，你以为只有你们女排才纯洁无瑕？"

"嗯，这我相信，那时你还是正派人。"

他吃吃笑开了，"你再含沙射影，闭眼睛，闭眼睛……"

4

甜蜜的日子似乎能够这样延续下去。

但是妈妈忧虑了，她提醒女儿，"静静，你还是要注意……"

海静早就感觉到妈妈的目光，她一直有意避开，现在避不开就打断妈妈的话：

"我知道，你别担心了，去管音音吧，她可要考大学了。"

"我不放心的是你和小郑，你们俩都在上学，要能自制，注意……"

海静难堪极了，又羞又气，妈妈占着理但不该管到这地步，虽然知道自己连生气的资格都没有，还是忍不住说出气话堵住妈妈的嘴，不让她说下去，

"你就别不放心了，有什么可注意的？该干的已经都干了。"她急速含糊地吐出最后一句。

妈妈被女儿说得愣住，深深地看她一眼，坚持把话接着说完：

"……注意抓紧时间用功，不能耽误学习，这机会来得不容易，我就想说这些。"

原来是想说这些！她本以为要严重得多。海静狼狈不堪，顾不上为性急后悔，只顺着连声答应：

"我懂，当然不耽误，挺珍惜的……"赶快逃回房间，自己去跟自己着急上火。

她明白闯祸了。

天黑前，郑绩东来了，今天是星期日，他进城回家一趟，又在返校前来这里，进门就看出海静神色不对，贼头贼脑地示意他别出声快进她房间，他以为音音在书房复习怕吵，就没像往常那样跟她家人照面，听从了她，直接进到房间里，她把两小时前的事讲述一番，他一听立刻羞得面红耳赤，瞪着她半晌缓不过神来，只说出一句：

"瞎说什么呢，该干的都干了？"

再低头想想，自己处境糟透了，心里起急，哭笑不得地小声质问海静：

"我干什么了？"

海静答不出，一个劲儿眨巴眼，她看出他表面没发火，但是真着急了，他在那儿瞪大眼琢磨，认真地想为自己找条出路，最后泄气了，百口莫辩地咕哝一声：

"唉，我比窦娥还冤。"说完被抽了筋一般跌坐进椅子里，冤得他，仰身靠在圈椅上，两眼茫然望着书桌。

稍动脑子，他更憋闷，这不是俩人的事，涉及面深远呀！

翻身站起来，口中小声说：

"你这糊涂虫，我没脸见你父母啦，又不能去解释！"一瞬间他显得那么年轻可怜，站在房间中发愣。

海静都看呆了，从没见过他如此不中用，六神无主的，本指望他罗织个开脱的对策，现在反过来必须安抚他，其实，她的性知识贫乏得可怜，只限于小说里的爱情描写，而且，看到一些难以启齿的地方，还难为情得脸也发烧心也扑通通乱跳。此时，她又帮倒忙，急着宽慰：

"没怪你一个人，我是说咱们俩。"

郑绩东更愣了，无可奈何地看着她，一副有口难言的样儿，好像跟她这个无知的人说不清楚，海静赶快又解释：

"不是，我都懂。"她用坚定的目光表示她并不单纯，通晓那隐秘的一切，别忘了我在牲口棚劳动过。

"不就多说了一点儿？那是我故意的。"

什么？他听不懂，定定地看着她，首次发觉她不可思议，她这样对男女之事似懂非懂的，反而更可怕。面对他疑惑的目光，当过工厂统计员的郁海静只好厚着脸皮进一步解释，

"只剩最后一道工序没干呗，提早说了有那么可怕嘛！"她也有点不好意思，硬着头皮装作满不在乎，郑绩东再宽容再宠着她，也忍无可忍了，气得脸通红扭头就开门，嘴里说：

"唉哟，我还是走吧。"

"嘘"海静搂住他胳膊示意别出声，她听到妈妈房间的开门声，果然，妈妈来敲门，郑绩东急忙抽出自己的手臂推远她，一秒钟都不敢拖延，应声打开房门，妈妈在门外对他轻声说，

"小郑，你来一下。"

他脸色转变成青白，一副视死如归的样子，忍辱负重乖乖地马上跟过去，海静急欲追随，妈妈放郑绩东出去见她爸爸，却堵在门口阻拦她，说，"我跟你谈谈。"

妈妈不跟她正面交锋，兜圈子聊别的，显然是牵制她不许打扰两个男人的谈话。

郗海静到眼下才相信自己的莽撞的确单单给郑绩东闯来祸，那种错误女孩子是不担责任的。当时只想用蛮横压下妈妈的疑虑，却造成事与愿违的结果，正如原意是制止一个瓷花瓶摇晃，却粗手粗脚打翻了它。她心里万分难受，又伤害他了？

他回来时，脸色好多了，但仍不敢迎住她妈妈的目光，十分尴尬的样子。

谈话直截了当，她爸爸说，我们考虑，海静和你两人感情基础好，就没有必要长时间拖着了，在校生现在允许年龄大的结婚，你的意见呢？

郑绩东当然很感激，他本来难于开口，担心海静有重视学业的家长，会对学生期间结婚不以为然，已经做好四年后毕业再提的思想准备。

她爸爸小心谨慎地建议，客厅的隔断不打算拆卸，那个房间想留给你们住，这样离两人的学校都不远，住在这儿生活也方便，你们商量看行不行？

结婚后就能安下心学习了，他未来的岳父最后提醒一句。

这句话充满为他们着想的善意，偏偏令始终镇静的郑绩东羞愧难当，眼睛雪亮的父母啊！他没有把窘迫表现出来，除了脸稍微有些泛红。

对每个建议都点头，又不明确答应，最终还要听听海静的意见。所以，他出去后，爸爸对这个女婿十分信任，他没有照妻子的意见先问来一个明确的承诺，一见小伙子清澈的目光和微窘的神态，做父亲的就完全放心，所以直入本题。

妈妈很快就出去了，当房间里只剩他们两人时，海静听到安然度过危机喜不自胜，张开双臂热烈拥抱他。他可老老实实正人君子了，这女孩把他狠狠教训了一顿，到现在仍不知轻重，只关心眼前躲过一劫，根本没太注意结婚一事，远不若他对结婚的重大意义立刻理解。

意外得福，他算是服了她，甘拜下风。

一直到两个月后的新婚之夜，海静才懂得了自己曾经多么荒谬。郑绩东搂着她温润的身体沉沉睡去，她像只舒服的猫一样缩在他怀抱里，丝毫没有睡意。自始至终她驯顺温柔，一切任从丈夫，但是天地良心，她可的的确确没料到夫妻之间竟然是这样毫无保留！

她有点手足无措，丈夫却激情热烈无师自通，惹得她悄声在他耳朵边问："你从哪儿学的？"

郑绩东"扑哧"笑了，

"这是本性，傻瓜。"

现在她甜蜜地回想，既幸福又羞涩，理论方面她都懂，但是……

今晚，她才切身体会到理论与实践的巨大差异。与今夜相比，以前他的爱抚实属皮毛。

突然，她想起跟妈妈说的那番混话，不由笑了，真是不谙世事。为时太晚地脸上发热，再想想，更难为情地笑了，尽管房间黑暗，仍旧觉得无地自容，带着羞愧的笑把脸埋进枕头里，这轻微的动作惊醒了她精力充沛的丈夫……

5

听说古岗南旅行结婚回来了，他们夫妇去看望，敲响古岗南家的门，郗海静捧着一副方形画框躲在丈夫侧后，她有点紧张。

前几天她才刚刚领教：世上最费脑筋的就是买礼品。她上了几次街也看不出买什么合适，尤其不知道给古岗南什么礼品合适。还是郑绩东有眼光，一语拍板，买了这幅贝雕静物画。

打开门的正是古岗南，他头发剃得短短显得个子更高了，头几乎顶在门框，穿一件部队的绿绒衣，身形矫健。他首先目光落在郗海静脸上，微愕，然后迅速转向郑绩东，两人眼神瞬间交锋，随即都爽朗地笑着握手，多少年不见啦，早就想碰碰面，你还那样没变化，哈哈哈，请进请进。

其实，互相看的第一眼，他们都感觉对方除了外貌，内心变化极其巨大。郑绩东看出，古岗南那时年轻幼稚的锋芒已经磨砺成谨慎不愿外露的豪气，眼中闪着诚挚的欢迎而又不热情过分。他仍旧满身朝气。

古岗南记忆中的郑绩东还停留在当连队领导时的样子，事事起先进带头作用，稳重不苟言笑，这种风光无限的时代宠儿居然曾经被打入地狱，猛然听说令人大吃一惊。

现在见到眼前的郑绩东，轻松的气息扑面而来，他似乎还原了本真，很随和地微笑与主人寒暄，满怀善意富有亲和力。落座之前兴致盎然地打量新婚夫妇书柜里陈列的书，无意中透露出他的喜好，似乎在尽情享受生活中的纯净和自然，没有一丝一毫经受过刀剑的痕迹。

两人从各自的现状聊起，三言两语谈自己，感兴趣却有分寸地询问对方，他们本不是朋友，现在才开始互相了解，心中都清楚以后也不会成为亲密朋友。几句交谈古岗南感到，郑绩东内里要比所表现出的深沉很多，不可避免地大家要谈到他遭受的不公正对待，在回答一些关心和不解时，他言语平和，提到原因或涉及本质时，只分析不抱怨，却从简单的话中折射出浓重的思考，他胸怀的理想并未被摧毁，只不过更加冷峻明智。

郗海静看不出两个男士之间暗里的打量，认为会面的气氛挺好，尤其女主人林琳，款款招待礼数周到，淡淡的琥珀色茶水和艳红的果品摆上茶几琳琅悦目，海静热心地拆掉包装纸给林琳展示贝雕镶嵌画，两个女人都喜欢这种浮雕式的静物风格，有了共同爱好转换到轻松话题，气氛渐渐欢快，

"啊呀，"忽然海静懊恼地惊叫，原来不知何时，画框里玛瑙般的紫葡萄珠从玉盘中滚下二颗，零落在画面的角落，她有点垂头丧气也有点气愤，

"粘得不结实，这叫什么质量哇！长此以往，国将不国。"一边叨叨着一边急着让淘气的葡萄粒归位，举起玻璃画框翻过来倒过去地一番费劲，两个男人微笑地看着，古岗南心里一动，赶忙伸手阻止

郗海静，"不用，这样反而好看！"

他偏着头欣赏画，转脸问林琳，

"怎么样，更活泼吧？"

林琳赞同，珠玉似的葡萄粒落在盘子外面显得自然，的确，它们反而增加了灵动感。

郑绩东也夸赞，

"这是缺陷美，海静你那么喜欢当自由电子，这会儿怎么想不开啦？"

说得大家哈哈一笑。

男人们又转过脸来再次进入自己的话题：一个盼望着即将到来的下部队锻炼，一个沉醉机械制造已小试理论研究，两人还是难掩浓烈的功名心，真是气味相投。

近一个小时后他们才告辞。

总算渡过这关，郗海静得意自己周围都是大度大气的人。

又到秋高气爽，听说王霖考上了研究生，实在不容易，两人都替他高兴。他固执地把精力投入高考，无暇顾及其它，没参与返城大潮，直至连里知青寥寥无几时他才不得已放弃复习，几乎最后一个从兵团办回来。回到北京后他仍不安分，再起考试的念头，这次他做了一个大胆正确的决策，跳过大学直接考研究生！他的冒险成功了，严重偏科凭兴趣学习反而成就了他。

他对郗海静已经不生疏了。

起初见到郑绩东的女朋友居然是郗海静，他的反应很奇特，大感不解脱口而出：

"奇耻大辱，奇耻大辱。"

这话怎么讲？郑绩东比红了脸的郗海静更感兴趣，追问一句，王霖拍着脑门后悔，

"没看出来，真没看出一丁点儿！我跟小米粒闹得沸沸扬扬，天下人皆知，反倒吹了，嗨！老话说得好，咬人的狗不叫。"

"怎么说话呢？啥语文水平，怪不得你考不上大学。"郑绩东宽

厚地笑笑，这家伙词不达意。

"我们那时并没汪汪，怎么⋯⋯"王霖还在自怨自艾。小米粒忍受不住他的固执，丢下他先办回北京，分到工厂已经上班一年多了。她也参加了1977年的第一次高考，也落选了，失败击垮了她。从此，她向父母妥协，答应结婚生子过平静的生活。王霖则不成器，也不急着分配工作仍做大学梦，一气之下小米粒提出分手，重新交了一个朋友。郑绩东对王霖冒险的打算全力支持，帮他出主意选导师借专著。

他们为他考上研究生高兴，在他家坐了很长时间畅聊，三个人都没有为自己作远景规划，但信心十足，知道将来的道路一定宽敞。

告辞出来，王霖兴致不减陪着走出胡同，提议去看望张宝兴。

"就在不远，那条胡同。他老婆生了儿子刚满月，他成天抱出来嘚瑟，下了夜班也不困了。"

王霖满面笑容轻轻嘲讽他的好朋友，比起来，自己太失败，与小米粒的分歧竟然没本事弥合，两人甚至都不太吵架就那么冷淡分手，伤了他心。

这次中举了，他的心情才舒展开，但是也总感觉成功为时稍晚，有淡淡的遗憾，所以不能忘形地大乐。

张宝兴不在街口，唔？王霖奇怪了，时间对，太阳也温和，怎么不见踪影？继续带他夫妇往胡同里走，见到了。

张宝兴站在胡同深处院子的门口外，轻柔地托着他的孩子，让街道上的一片阳光能斜照在襁褓上，远远见到他们三人，高兴地瞪大眼张开嘴，无声地说了几句什么，笑着急急迎过来。

"哦，睡着了？"几人围上来，想看看他臂弯里的婴儿却怕惊着，悄声问。

幸福的父亲，始终平稳地托着他的心肝儿，婴儿太小，甚至都不能抱进他健壮的怀里，只在手臂上平躺，襁褓外包着粉色毯子，再裹着小花被子，才算臃肿地填满张宝兴的怀抱。层层叠叠，阳光哪能照到婴儿，可怜天下父母心。

郗海静尤其好奇，叹着：

"多可爱呀，小宝贝儿。"轻轻扒着襁褓，定要见见婴儿。

张宝兴脸上含着自豪又疼爱无比的微笑，小心翼翼掀开粉色毯子的一角，露出孩子的小脸儿让大家见见，几个人都探过头来……

"哟！"众声惊叫，原来襁褓里露出的是两只白嫩的小脚丫。

这个粗心大意幸福晕了的父亲，一直抱反了婴孩。

"你丫笨蛋，"王霖踢了他一脚，不敢用拳打他肩膀，此时他正慌着调整孩子的位置。

回来的路上，她笑，郑绩东也笑。但过了一会儿觉出两人笑的内容不完全一样，问她笑什么，她不答。北海的白塔沐浴着金色的阳光，团城下公共汽车弯曲迂回地绕过它巍峨的边墙，俩人在这灰墙边并排缓步，老北京城安详沉静，何时它将喧嚣？

谈起毕业后才要孩子，她又笑，想起新婚之夜。

他们曾经是无知的青年，自以为胸怀大志，实际单纯得像一张白纸，从坎坎坷坷中才逐渐走向成熟。

明天，憧憬着明天，什么在等着他们？

——完——
2009.7 初稿
2021.8 二稿

后　记

　　本书于 2006 年动笔。那时悠闲，心中平静，坐在大阳台上望着远处铁塔上的鹰盘旋，旁边茶几上放着纸笔，可以随时记下突来的灵感。……更多时候坐在那里发愣，任思绪飘游，无拘无束，不疾不徐。历经三年，人物、故事情节就这样逐渐显现。

　　当笔下人物有血有肉时，感情来了，常常含泪辍笔，变身成为了读者，为我们一代知青痛惜。随着情节的深入发展，下笔沉重了。作者似乎享有充分想象和恣肆虚构的自由，然而艺术上的创念还是要有边际的，本质的真实是必须的。因而，渐渐变成不是我纵笔，而是手中的笔循着历史的脚印，亦步亦趋。它不由走形，不由我自由落笔，不由我任意褒贬。

　　心已经不静，回望过去路，经历的那些风雨清晰再现，裹胁着我们青春走过的那个时代扑面而来，警醒着我要记下它，谨防欺骗重来。

　　2009 年，书写完了，却发现不能出版，试探努力了两次，毫无可能。三个春秋的心血只能束之高阁。无所谓，因为经受了"回眸"这一过程，不虚此行。况且，即使她养在深闺人不识，也照样是我的小儿女，怡我悦我。

　　环境愈来愈风霜刀剑严相逼，偏在此时，偶然得知，有志士创"胡志明小道"，帮助那些被钳口禁声者，不少人经此小道出书，得以发出微弱的声音。

　　古井般的心重新激起涟漪，要让我的小儿女见天日，她不但是作者人生的一段亲历，而且是一代青年的生活思想缩影。寻出电脑角落深埋十几年的文稿，即便她在艺术上幼稚，构思不够严谨，语言不够老练，也毕竟揭开了社会生活的一页。

我们每个人实际上都会面临"质本洁来还洁去"的那一天，知青一代即将离去，唯有留下真诚真实，才对得起自己。

　　"还洁去"之前，交出这朵野生雏菊，让它经阳光沐雨露，任世人评说。

2021 年 9 月 13 日
于京西山南